WOLFGANG BURGER

WENN RACHE NICHT GENÜGT

Ein Fall für
Alexander Gerlach

PIPER

Mehr über unsere Autoren und Bücher:
www.piper.de

Wenn Ihnen dieser Kriminalroman gefallen hat, schreiben Sie uns unter Nennung des Titels »Wenn Rache nicht genügt« an *empfehlungen@piper.de*, und wir empfehlen Ihnen gerne vergleichbare Bücher.

Von Wolfgang Burger liegen im Piper Verlag vor:
Heidelberger Requiem
Heidelberger Lügen
Heidelberger Wut
Schwarzes Fieber
Echo einer Nacht
Eiskaltes Schweigen
Der fünfte Mörder
Die falsche Frau
Das vergessene Mädchen
Die dunkle Villa
Tödliche Geliebte
Drei Tage im Mai
Schlaf, Engelchen, schlaf
Die linke Hand des Bösen
Wer den Tod betrügt
Wenn Rache nicht genügt

FSC
www.fsc.org
MIX
Papier aus verantwortungsvollen Quellen
FSC® C083411

ISBN 978-3-492-06153-7

Redaktion: Annika Krummacher
Satz: Kösel Media GmbH, Krugzell
Gesetzt aus der Stone Serif
Druck und Bindung: CPI books GmbH, Leck
Printed in the EU

Für Kimi

1

Für die meisten von uns ist die Familie ein Ruhepunkt, die Wärme spendende Sonne, um die unser Leben kreist. Für andere ist sie der Vorhof zur Hölle. Gustaf Cordes zählte zur zweiten Gruppe.

Seinen Namen hörte ich zum ersten Mal, als ich an einem feuchten Samstagnachmittag Anfang Juli durch die Heidelberger Altstadt streifte, um mir zwei oder drei Hemden der Preisklasse zu kaufen, die ich für den Berufsalltag bevorzugte. Nicht so teuer, dass ich mich ständig über das ausgegebene Geld ärgern musste, das sich im Alltagsstress zügig in Luft auflöste. Nicht so billig, dass ich mir von Sönnchen, meiner aufmerksamen Sekretärin, jeden Morgen ein Stirnrunzeln gefallen lassen musste. Es war ein grauer, windstiller Tag, der Sommerschlussverkauf bereits in vollem Gang.

»Herr Gerlach!«, brüllte eine Männerstimme in meinem Rücken, als ich eines der preiswerteren Bekleidungsgeschäfte an der westlichen Hauptstraße betrat, dessen Schaufenster von oben bis unten mit alarmroten »SALE!«-Plakaten zugekleistert waren. »Das ist ja ein Ding, dass Sie mir hier einfach so über den Weg laufen!«

Ich unterdrückte einen Seufzer und wandte mich um. Im ersten Moment glaubte ich unter Halluzinationen zu leiden, denn hinter mir stand niemand. Erst als ich den Blick weiter nach unten wandern ließ, entdeckte ich den Mann, dessen Körpergröße nicht zum durchdringenden Organ passte. Ich schätzte den Kerl, der mich von unten herauf tatendurstig anstrahlte, auf knapp einen Meter siebzig und maximal fünfzig Kilo. Und ich war mir sicher, ihm schon einmal begegnet zu sein. Und zwar in Ausübung meines

Berufs. Ich wusste nur nicht, wo und wann und in welchem Zusammenhang.

»Ach, guten Tag«, sagte ich. »Sie ...?«

»Strohschneider«, grölte der Fremde mit dem kräftigen Organ begeistert und streckte mir mit einer sportlichen Bewegung seine knochige Rechte hin. »Jetzt wissen Sie nicht, wo Sie mich komischen Vogel hinstecken sollen, gell?«

Natürlich! Der Mann, der gerade meine Hand quetschte, war Bewährungshelfer und in seinem Job außerordentlich erfolgreich. Obwohl er auf den ersten Blick nicht so wirkte, als könnte er seinen Klienten, meist harte Jungs und Wiederholungstäter, Respekt einflößen. Als ich im vergangenen Jahr bei ihm war, hatte er einen mehrfach verurteilten Hundertfünfzig-Kilo-Riesen und Gewohnheitsschläger herumkommandiert wie einen verschüchterten Erstklässler.

»Hätten Sie ein paar Sekündchen für mich?«, fragte Strohschneider, immer noch so freudig erregt, als hätte er endlich die Frau seiner Träume angesprochen und sich keinen Korb eingefangen. »Dann brauch ich Sie nicht anrufen. Das hatt ich nämlich eigentlich vor, Sie am Montag anrufen.«

Eine ausgeblichene, mehr graue als schwarze Jeans schlabberte um seine Hüften. Das blassgelbe T-Shirt mit der Aufschrift *I'm not old but vintage* war ihm zwei Nummern zu groß. An den Füßen trug er Sportschuhe, die schon bessere Tage gesehen hatten. Im schmalen, nachlässig rasierten Gesicht hing ein wenig schief eine kleine Nickelbrille mit dicken, runden Gläsern.

»Also, eigentlich ...«, erwiderte ich zögernd.

Hatte er bei unserem letzten Treffen nicht geschielt? Oder war er am Ende doch nicht der, für den ich ihn hielt?

»Weiß schon, es ist Samstag, und am Samstag haben Sie meistens frei. Aber jetzt geben Sie sich halt mal einen kleinen Ruck, Herr Gerlach«, forderte er grinsend. »Tun Sie auch mal was für die Resozialisierung. Sie können nicht immer bloß Leute in den Knast bringen und mich dann später die Drecksarbeit machen lassen.«

Als ich immer noch nicht in Begeisterung ausbrach, erlosch sein Grinsen. »Ich spendier Ihnen sogar einen Kaffee. Auf meine Kosten. So was wie Spesen gibt's in meinem traurigen Geschäft ja nicht.«

Bald darauf standen wir an einem Stehtisch vor einem Backshop unweit der traditionsreichen Buchhandlung mit der dunkelgrünen Fassade. Vor mir dampfte ein doppelter Espresso, der Bewährungshelfer hatte sich von seinem schmalen Gehalt einen Latte macchiato geleistet.

»Es geht um Gustaf Cordes.«

»Nie gehört.«

Mit theatralischer Geste langte er sich an den Kopf. »Logisch. Den hat ja noch Ihr Vorgänger eingelocht, der Seifried.«

Bei der Nennung des Namens klangen wenig Sympathie und eine Menge Vorbehalte mit. Offenbar waren die beiden Männer seinerzeit nicht die allerbesten Freunde gewesen.

Gustaf Cordes hatte vor fast sechs Jahren seinen Bruder erschlagen und war später wegen schwerer Körperverletzung mit Todesfolge zu einer Haftstrafe von fünf Jahren verurteilt worden.

»Und seit vierzehn Tagen ist er jetzt wieder raus.«

»Wo ist das Problem?«

»Das Problem?« Strohschneider nippte an seinem hohen Glas, sah einer bis zu uns hin duftenden Rothaarigen nach, die ihn um mindestens einen Kopf überragte und in ultrakurzem Röckchen und auf rekordverdächtig hohen Absätzen in Richtung Innenstadt schnürte. Dann wandte er sich wieder mir zu. »Das Problem ist«, sagte er in einem Ton, als würde er mir ein Staatsgeheimnis anvertrauen, »er behauptet, er war's gar nicht.«

Ich konnte mir ein Lachen nicht ganz verkneifen. »Unsere Gefängnisse sind überfüllt mit angeblich Unschuldigen.«

Gleichmütig rührte er mit einem langen Löffel in seinem Glas, wodurch der Latte macchiato sich zügig in einen Café au Lait verwandelte. Aus dem Inneren des Backshops wehte der Duft von frischen Brötchen heran.

»Weiß ich, Herr Gerlach, weiß ich doch auch. Aber in diesem Fall – ich bin normalerweise auch ziemlich dickfellig in so Sachen …«

»Sie glauben ihm?«

Er hörte auf zu rühren und sah mir wieder ins Gesicht. »Sagen wir, ich hab so ein Gefühl. Ja, lachen Sie ruhig. Tät ich an Ihrer Stelle wahrscheinlich auch. Aber trotzdem …«

Cordes hatte seine Tat im Drogen- und Alkoholrausch und weitgehender geistiger Umnachtung begangen, erfuhr ich in den folgenden Minuten, weshalb er nicht wegen Mordes verurteilt worden war. Eine Menge Indizien hatten gegen ihn gesprochen, und nach anfänglichem Leugnen hatte er die Tat bald zugegeben. Dieses frühe Geständnis war einer der Gründe dafür gewesen, dass der Richter eher am unteren Ende des möglichen Strafmaßes von drei bis acht Jahren geblieben war. Während der Haft hatte der junge Mann einen Drogenentzug begonnen und auch durchgehalten und sich im Großen und Ganzen ordentlich aufgeführt, sodass er eigentlich lange vor der Zeit hätte auf Bewährung entlassen werden können. Da er jedoch schon wenige Monate nach der Verurteilung begonnen hatte, seine Unschuld zu beteuern und Protestbriefe und Eingaben an alle Welt zu schreiben, hatte er seine Strafe wegen mangelnder Schuldeinsicht bis zum bitteren Ende absitzen müssen.

»So weit verstanden.« Ich leerte mein Tässchen, stellte es mit demonstrativer Endgültigkeit auf den Teller zurück. »Nicht verstanden habe ich, was mich das alles angehen soll.«

Strohschneiders Interesse galt vorübergehend einer kleinen Blonden, die eine frappierende Ähnlichkeit mit Marilyn Monroe hatte. »Dass Sie mal mit dem Gusti reden«, sagte er, als auch diese Ablenkung außer Sicht war. »Dass Sie sich eine Viertelstunde Zeit nehmen und seine Geschichte anhören. Das ist alles, worum ich Sie bitte.«

»Und was sollte dabei herauskommen?«

Marilyn kam schon wieder zurück, stöckelte mit hüpfenden Löckchen und ohne nach rechts oder links zu sehen in Richtung Bismarckplatz.

»Sie wissen so gut wie ich ...«, setzte ich an.

Der Bewährungshelfer seufzte so tief, als hätte er genau diesen Ausgang des Gesprächs vorhergesehen, und leerte sein Glas. »Klar weiß ich. Ich kenn auch die Gesetze. Aber irgendwie ...« Er zuckte die schmalen Achseln. »Herrgott, ich will mir halt später nicht vorwerfen müssen, irgendwas versäumt zu haben.«

»Fürchten Sie, er könnte sich was antun?«

Er stierte in sein leeres, mit bräunlichem Milchschaum verschmiertes Glas. In der Ferne verklang das Tackern von Marilyns Absätzen. »Ich komm einfach nicht mehr an den Knaben ran. Hab ihn während der Haftzeit betreut, und eigentlich haben wir immer ein prima Verhältnis gehabt. Aber seit er raus ist ... Vielleicht wirft er wieder irgendwas ein, was weiß ich, und eigentlich würd's mich ja auch gar nichts angehen, schließlich ist er nicht auf Bewährung.«

Um der Sache ein Ende zu machen, versprach ich, mir die Angelegenheit durch den Kopf gehen zu lassen und Strohschneider im Lauf der kommenden Woche anzurufen.

Meinen Espresso bezahlte ich vorsichtshalber selbst.

2

Am Montag wurde es später Nachmittag, bis ich Gelegenheit fand, einen Blick in die vier prallen Ordner zu werfen, die Sönnchen, meine Stütze in allen Lebenslagen, kluge Ratgeberin und nebenbei auch noch Sekretärin, ohne zu meutern aus dem Archiv geholt und auf meinen Schreibtisch gewuchtet hatte. Das Wochenende war gemütlich verregnet gewesen, sodass ich mich gut erholt hatte. Hemden hatte ich am Samstag dann doch keine gekauft, weil mir nach dem Gespräch mit Strohschneider nichts mehr gefallen wollte.

Das Allermeiste von dem, was ich flüchtig durchblätterte, interessierte mich nicht. Als Polizist interessierte ich mich für Fakten, weshalb ich erst zu lesen begann, als die Berichte kamen, die die Kollegen vom Dezernat für Kriminaltechnik vor fast sechs Jahren angefertigt hatten. Die Tat war am späten Abend des 15. September geschehen, einem Samstag. Nicht einmal die ungefähre Tatzeit hatte sich später noch feststellen lassen. Ohne Angabe von Gründen hatte jemand als Todeszeitpunkt »zwischen Mitternacht und zwei Uhr morgens« notiert.

Fotos waren beigefügt, wie damals noch üblich, säuberlich auf dünne Pappe geklebt. Der Tatort hatte ausgesehen, dass selbst ich als völlig Unbeteiligter schlucken musste. Eine blutige Schweinerei, wie man sie auch als Kriminalist glücklicherweise nicht oft zu sehen bekommt. Das Gemetzel hatte jedoch nicht der Täter angerichtet, sondern die zwei großen Hunde der Familie. Das Verbrechen hatte sich im geräumigen und hell eingerichteten Wohnraum eines Einfamilienhauses in Wiesloch ereignet, einem Städtchen etwa fünfzehn Kilometer südlich von Heidelberg. Nachdem der Täter die eiserne und scharfkantige Statue, die ihm als Waffe gedient hatte, wieder ordentlich an ihren Platz gestellt und sich schlafen gelegt hatte, waren irgendwann die Hunde über den Toten hergefallen. Gustaf Cordes hatte nach seiner Tat so tief geschlafen, dass er erst am Nachmittag des Folgetages wieder zu sich kam, als der Rest der Familie von was auch immer zurückkehrte und die grauenvolle Bescherung entdeckte. In der Akte fand ich mehrere vom Erkennungsdienst angefertigte Porträtfotos des geständigen Täters. Gustaf Cordes hatte ein längliches, etwas eingefallenes Gesicht. Unter den tief liegenden Augen hingen dunkle Ringe. Der Blick war leer und verriet nichts darüber, was in dem jungen Mann vor sich ging. Er erweckte den Eindruck, als hätte er zum Zeitpunkt der Aufnahme noch nicht verstanden, wie ihm geschah.

Die Statue war aus einem nicht genauer bezeichneten Metall gefertigt, gut dreißig Zentimeter hoch, stellte einen länglichen Frauenkopf mit Kussmund und geschlossenen Augen dar und besaß einen wuchtigen, kantigen Sockel. Das untere Ende war der Teil gewesen, der den Kopf des Opfers traf.

Das Blut des Toten hatte auch am nächsten Nachmittag noch an Gustafs Händen geklebt, seine Fingerabdrücke fanden sich auf der Tatwaffe, und sogar an seinen dicken Wollsocken hatten unsere Techniker Spuren von Blut gefunden. Um die Sache komplett zu machen, hatte er – offenbar in völliger Verblödung – auch noch einige Geldscheine und eine Kreditkarte aus der Geldbörse seines Bruders entwendet. Es war bekannt gewesen, dass die beiden sich hassten. Erst wenige Stunden vor dem tödlichen Zusammentreffen hatte es wieder einmal Streit und Geschrei gegeben. Alle, wirklich alle Indizien sprachen gegen Gustaf Cordes. Nach einigem Hin und Her hatte er gestanden. Das unterschriebene Geständnis war auf den 18. September datiert, also drei Tage nach der Tat.

Ich klappte den Ordner wieder zu, legte ihn auf den Stapel zurück und rief Strohschneider an.

»Vergessen Sie es«, sagte ich. »Solange er nicht irgendwas Belastbares beibringt, irgendwelche neuen Aspekte, die damals nicht bekannt waren oder von mir aus im Hauptverfahren nicht ausreichend gewürdigt wurden, wird kein Staatsanwalt der Welt die Akte noch mal anfassen.«

Der Bewährungshelfer wirkte nicht überrascht. »Trotzdem danke, dass Sie sich die Mühe gemacht haben.«

»Dann schicke ich den Krempel jetzt wieder ins Archiv zurück.«

»Versteh ich. Ich versteh Sie vollkommen.«

»Aber es passt Ihnen trotzdem nicht.«

Zögern. Unbehagliches Schnaufen. Dann: »Logisch nicht. Nein.«

»Herr Strohschneider ...«

»Herrgott, ich versteh nicht, wieso mir die blöde Geschichte nicht aus dem Kopf geht.«

»Da werde ich Ihnen vermutlich nicht helfen können.«

»Doch. Können Sie.«

»Und zwar wie?«

»Indem Sie halt mal mit dem Gustaf reden. Indem Sie sich selber ein Bild machen von ihm und seiner Story.«

Ich nahm die Brille ab und massierte meine müden Augen. »Haben Sie WhatsApp auf Ihrem Handy?«

»Klar. Wieso?«

»Darf ich Ihnen mal ein Foto von meinem Schreibtisch schicken?«

Strohschneider lachte. »In meinem Büro sieht's auch aus wie in einem Hühnerstall, in dem die Füchse Party gemacht haben. Wir sind einfach zu wenige. Der Staat gibt zu wenig Geld für die Resozialisierung aus und zu viel für die Knäste. Und dann wundert man sich, wenn die Knackis ein paar Wochen nach ihrer Haftentlassung schon wieder einsitzen. Aktuell hab ich knapp hundert Kunden auf meinem Zettel.

Und es werden ständig mehr. Wir kämpfen mit Kinderschäufelchen gegen einen Dammbruch, Sie so gut wie ich, Herr Gerlach. Und trotzdem, in unseren Jobs geht's doch um Menschen und nicht bloß um Fakten und Beweise. Hinter jedem einzelnen Namen auf meiner Liste steht ein Mensch mit seinem Schicksal …«

»Vielleicht sollten Sie sich mal ein paar Wochen Urlaub gönnen?«, schlug ich vor.

Sein Lachen klang dieses Mal nicht lustig.

»Selbstverständlich wirst du feiern!«, verkündete Theresa beim Abendessen ungehalten und legte das Messer neben den Teller. »Es ist dein Fünfzigster, das wäre ja noch schöner.«

»Es ist *mein* Geburtstag«, erwiderte ich trotzig. »Und deshalb habe ich wohl auch ein Wörtchen mitzureden.«

»Ebendeshalb. Man wird nur einmal im Leben fünfzig.«

»Eigentlich habe ich noch nie Geburtstag gefeiert, so mit Gästen und allem.«

»Dann ist es höchste Zeit, das zu ändern.«

Ich beschmierte eine Scheibe Roggenvollkornbrot dick mit fetter Leberwurst und biss mit Genuss hinein. Seit einigen Monaten aß und schlief ich abwechselnd bei meinen Töchtern und bei Theresa. Heute war ein Theresa-Abend.

»Ich sehe nicht ein, was es da zu feiern geben soll«, sagte ich, als ich den Happen heruntergeschluckt hatte. »Geburtstag heißt doch, der Tod ist wieder ein Jahr näher gerückt. Fünfzig heißt, die Hälfte des Lebens ist vorbei. Wo, bitte schön, siehst du da einen Grund, sich zu freuen?«

Darauf wusste zu meiner Überraschung selbst Theresa keine Antwort.

»Na ja«, sagte sie nach längerem Nachdenken, während sie Radieschen in dünne Scheiben schnitt und mit grobem Meersalz bestreute. »Man feiert, dass man es so weit geschafft hat, ohne von einem Bus überfahren worden oder an Krebs gestorben zu sein. Das Leben ist ja nicht ganz ungefährlich.«

Schließlich ließ sie die Angelegenheit auf sich beruhen und wechselte das Thema. Vor drei Wochen hatte sie endlich ihr drittes Manuskript an den Kölner Verlag geschickt, der auch ihre ersten beiden Bücher herausgebracht hatte. Den Arbeitstitel »Die lange Geschichte des ältesten Gewerbes der Welt« hatte die Lektorin bereits abgeschmettert. Vom Text dagegen war sie sehr angetan.

»Sie hat kaum etwas zu bemäkeln gefunden, sagt sie. Ende der Woche kriege ich es schon wieder zurück. Als Erscheinungstermin peilen sie den November an. November ist gut fürs Weihnachtsgeschäft. Demnächst soll auch der Vertrag kommen.«

Ich nippte am Rotwein, den ich mir inzwischen eingeschenkt hatte, und überlegte, ob ich mir noch eine zweite Scheibe vom frischen Brot mit dieser unglaublich leckeren geräucherten Leberwurst erlauben durfte. »Gibt es schon andere Titelvorschläge?«

»Esther meint, so was wie *Sex for sale* oder *Money for Love* wäre gut. Aber mir klingt das zu reißerisch.«

»Gute Mädchen kommen in den Himmel, böse kriegen Gold und Silber«, fiel mir spontan ein.

Theresa lachte. »Erinnert an ein Buch, das sich nur wegen seines Titels irre gut verkauft hat. Aber es macht neugierig, keine Frage. Ich kann es ja mal vorschlagen.«

»Wie laufen eigentlich deine anderen Bücher?«

Vor wenigen Tagen erst war die Abrechnung für das vergangene Jahr gekommen. Theresa hatte sie in meinem Beisein geöffnet, mir jedoch nicht gezeigt und anschließend längere Zeit schlechte Laune gehabt.

»Vom Ersten haben sie im vergangenen Jahr dreihundertsomething verkauft. Vom Zweiten nicht mal hundert.«

»Wird wohl noch ein paar Tage dauern, bis du davon leben kannst.«

Schnaubend griff sie sich in die honigblonde Lockenpracht. »Dazu müsste ich bei einem der großen Verlage sein. Diese Winzverlage werden vom Buchhandel einfach nicht ernst genommen.«

Ich entschied mich gegen Brot und Leberwurst, nahm mir stattdessen ebenfalls eine Handvoll Radieschen und schenkte mir Wein nach.

»Vertrag kommt demnächst – das heißt, du hast noch nichts unterschrieben?«

Theresa schüttelte den Kopf.

»Was hindert dich dann daran, das Manuskript anderen Verlagen anzubieten? Größeren Verlagen?«

Über diesen Punkt musste sie ein Weilchen nachdenken. »Nichts eigentlich«, sagte sie schließlich. »Außer dass ich ein schlechtes Gewissen hätte. Sie haben meine ersten beiden Bücher herausgegeben und sind bereit, auch das neue zu machen, obwohl sie damit bestimmt auch keinen Bestseller landen.«

»Du könntest es doch einfach mal versuchen. Kopier das Ding ein paarmal, schick es an ein paar große Verlage, das kostet nicht die Welt ...«

»Die Verlage nehmen Manuskripte heute nur noch elektronisch an. Spart das Porto für die Rücksendung der Papierberge.«

»Umso besser. Schreib eine originelle und witzige Mail dazu. Was hast du schon zu verlieren?«

»Den Glauben an mich. Ich käme mir schäbig vor.«

»Eines habe ich gelernt im ersten halben Jahrhundert meines Lebens ...« Ich seufzte. »Die Leute, die das große Geld machen, haben alle einen Gendefekt, der verhindert, dass sie sich jemals wegen irgendwas schäbig fühlen.«

Theresa grinste und nahm nun ebenfalls einen kräftigen Schluck vom Primitivo, den sie heute auf den Tisch gestellt hatte. »Zimperlichkeit ist nicht hilfreich im Geschäftsleben, das ist mir auch schon aufgefallen.«

»Und was machst du jetzt?«

»Jetzt räume ich den Tisch ab. Und dann machen wir es uns im Wintergarten gemütlich.«

Auf den Wintergarten freute ich mich. Man hatte nach zwei Seiten freien Blick in Theresas Garten, der aber über die Jahre so zugewuchert war, dass keiner der Nachbarn uns sehen konnte.

Theresa war eine attraktive, selbstbewusste Frau mit den richtigen Rundungen an den passenden Stellen und Zärtlichkeiten selten abgeneigt. Draußen ging ein friedlicher Sommerdauerregen nieder. Es versprach ein unterhaltsamer Abend zu werden.

3

Am Dienstagmorgen saß ich noch nicht einmal richtig am Schreibtisch, als mit unheilvollem Triller das Telefon loslegte. Am anderen Ende war wieder einmal Strohschneider. Diesmal laut und atemlos.

»Himmel, Arsch, Herr Gerlach ... Also, Morgen erst mal, jetzt ist genau das passiert, nein, stimmt überhaupt nicht, damit hab ich echt nicht gerechnet, damit nicht.«

Der Bewährungshelfer hatte auf dem Weg zu seinem Büro einen kleinen Umweg gemacht, um bei seinem aktuellen Problemfall Gustaf Cordes nach dem Rechten zu sehen.

»Er ist aber nicht da, und die Wohnungstür hat sperrangelweit offen gestanden, und am Boden ist Blut.«

»Wir sind in zehn Minuten bei Ihnen. Fassen Sie nichts an.«

Als wir die Krämergasse erreichten, in der Gustaf Cordes' Wohnung lag, war trotz Blaulichtraserei fast das Doppelte der veranschlagten Zeit vergangen. Die schmale Gasse lag im Zentrum der Heidelberger Altstadt, und das Haus, vor dem Sven Balke unseren Wagen rumpelnd auf dem kaum vorhandenen Gehweg abstellte, wirkte auf den ersten Blick unbewohnt. An den meisten Fenstern waren die hellgrau gestrichenen Klappläden geschlossen, eines im Erdgeschoss, an dem die Läden fehlten, hatten übermütige Jugendliche oder schwachsinnige Erwachsene beim Steinewerfen als Zielscheibe benutzt. Nur im zweiten Stock waren die Läden teilweise offen, und es hingen Gardinen an den Fenstern.

Hintereinander stürmten wir die staubigen und auf weiten Strecken mit Abfall und Bauschutt bedeckten Treppen hinauf. Offenkundig wurde das Haus gerade renoviert. Es roch nach Baustaub und Altbaukeller. Je weiter wir nach oben kamen, desto stärker mischte sich ein Duft nach Eukalyptusbonbons und Urin dazu.

»Herr Gerlach?«, tönte Strohschneiders Stimme hohl von oben. »Sie müssen ganz rauf. Und passen Sie auf, grad seh ich, auf den obersten Stufen ist auch Blut.«

Als wir das Dachgeschoss erreichten, schnaufte Sven Balke kaum weniger als ich, obwohl er zwanzig Jahre jünger war und regelmäßig Sport trieb. Die Joggerei zusammen mit Theresa schien allmählich doch Früchte zu tragen. Inzwischen schafften wir unsere Abendrunde über die Felder westlich von Handschuhsheim schon fast komplett ohne Atempause.

Der kleine Bewährungshelfer erwartete uns vor einer klapprigen Weichholztür, von der an vielen Stellen der blaugrau schmutzige Anstrich bröselte. Grau schien die Farbe dieses Hauses zu sein.

»Der Besitzer ist dabei, die Hütte zu sanieren«, erklärte der Bewährungshelfer mit einer allumfassenden Geste. »Aber irgendwie geht's nicht voran. Nehme an, die Handwerker lassen ihn hängen. Sie fangen an, damit die Leute zufrieden sind, und dann kommen sie wochenlang nicht mehr. Immer das Gleiche.«

»Bis auf diese und die Wohnung darunter scheint alles leer zu stehen.«

»Die Mieter in den unteren Stockwerken hat er schon rausgeekelt. In der Wohnung unter uns haust der Herr Hausbesitzer persönlich. Ist schon über neunzig und kann das Wasser nicht mehr halten, und ein grausliger Querschädel ist er auch, kann ich Ihnen sagen. Einen halben Nachmittag lang hab ich an den Mann hingelabert, dass er den Gusti hier wohnen lässt, wenigstens, bis es mit der Renoviererei wirklich ernst wird. Man weiß ja, wie lang sich so was hinziehen kann. Und das in einer Stadt wie unserer!«

In Heidelberg eine bezahlbare Wohnung zu finden war

auch für Menschen schwierig, die nicht frisch aus dem Gefängnis kamen.

Mit einem Papiertaschentuch in der Hand hielt Strohschneider uns die Tür zur Unterkunft seines Schützlings auf.

»Hab bloß im Wohnzimmer Licht gemacht, damit keiner aus Versehen in irgendwas reintritt. Ins Zimmer rein bin ich natürlich nicht.«

Balke und ich trugen jetzt Überschuhe aus weißer Plastikfolie, ebensolche Hauben auf den Köpfen und Latexhandschuhe. Den Raum, in dem sich die Tat ereignet haben musste, betraten auch wir nicht, sondern verharrten im Türrahmen und sahen uns um. Das Zimmer war bis auf einen quadratischen kleinen Tisch und zwei schon etwas ramponierte Holzstühle unmöbliert. Die klobigen Möbel sahen aus, als stammten sie aus einer Kneipe der einfacheren Sorte. Auch ohne kriminalistisches Talent war zu erkennen, dass hier ein Kampf stattgefunden hatte. Der Tisch war umgekippt, einer der Stühle ebenfalls, am Boden lagen diverse Gegenstände verstreut, die wohl zuvor auf dem Tisch gestanden hatten, darunter eine zerbrochene Bierflasche in einer Pfütze, daneben eine heile, ebenfalls mit Pfütze und ein schwerer, dreiarmiger Kerzenleuchter aus Messing ohne Kerzen. Neben dem Leuchter war ein schwarzer Fleck am Boden, den Strohschneider wohl nicht zu Unrecht für Blut hielt.

»Am Leuchter, gucken Sie, da ist auch was«, sagte er aufgeregt zappelnd. »Irgendwer hat dem Gusti eins übergebraten. Und jetzt gucken Sie mal hier, das sind doch Schleifspuren, oder was meinen Sie?«

Mit bloßen Augen war zu sehen, dass jemand etwas Schweres vom Blutfleck weg in Richtung Wohnungstür geschleppt und dabei zwei schmale Spuren im Baustellenstaub hinterlassen hatte. Vermutlich stammten sie von den Fersen des Menschen, der hier zuvor niedergeschlagen worden war.

»Wann haben Sie ihn zum letzten Mal gesehen oder gesprochen?«, fragte ich Strohschneider.

Der zog die Stirn kraus, wodurch die Nickelbrille ein Stück nach oben rutschte und noch schiefer hing. »Vergangenen Freitag? Stimmt, am Freitag war's.«

Von der Straße her waren Bremsenquietschen und das Klappen von Autotüren zu hören. Die Kolleginnen und Kollegen vom Kriminaldauerdienst rückten an und brachten auch gleich die Spurensicherung mit.

Strohschneider hatte den Tatort nicht betreten, versicherte er noch einmal. »Kennt man ja aus dem Fernseher«, meinte er ungewohnt ernst.

An der Decke des Zimmers baumelte eine nackte Glühbirne, den Boden bedeckte abgewetztes und miserabel verlegtes Laminat im Kirschholz-Look. Im Staub waren bei genauerem Hinsehen abgesehen von den Schleifspuren auch Sohlenabdrücke zu erkennen, offensichtlich von verschiedenen Schuhen. An der Längswand stand links neben der Tür ein waldgrünes Sofa im Fünfzigerjahre-Design, sah ich erst jetzt.

»Früher hat hier ein Studentenpärchen gehaust. Für den Gusti ist es ganz praktisch gewesen, dass sie einen Teil der Möbel einfach dagelassen haben, wie sie ausgezogen sind.«

Während die Spurensicherer ihre Metallkoffer öffneten und die Gerätschaften auspackten, besichtigten wir die anderen Räume – Küche, Bad und Schlafzimmer. Alle Räume hatten schräge Wände, die kleinen, einfach verglasten Fenster befanden sich in Gauben und ließen wenig Licht herein. Die Möblierung schien sich im Wesentlichen auf das zu beschränken, was die früheren Bewohner zurückgelassen hatten. Das Schlafzimmer war bis auf eine Matratze am Boden, einige herumliegende Kleidungsstücke und einen billigen, farbverschmierten Klappstuhl leer. Auf der Matratze lag ein zerknäulter hellblauer Schlafsack, und als Kopfkissen diente Gustaf Cordes ein mehrfach gefaltetes Handtuch mit aufgedruckten Röschen. Überall roch es nach feuchtem Altbau und verstopften Abflüssen.

»Wenn Sie meine unmaßgebliche Meinung hören möchten«, sagte Strohschneider in meinem Rücken, »nach Einbruch sieht das hier nicht aus.« Er deutete auf die altersschwache, aber unbeschädigte Wohnungstür. »Der Gusti muss den Typ gekannt haben, der ihm eins übergebraten und ihn anschließend fortgeschafft hat.«

Balke hatte sich inzwischen im Treppenhaus umgesehen. »Die Schleifspuren hören nach ein paar Stufen auf«, berichtete er. »Entweder das Opfer ist wieder zu sich gekommen, oder der Täter hat ihn sich über die Schulter gewuchtet und die Treppe runtergetragen.«

»Das könnte gehen.« Der Bewährungshelfer nickte eifrig und fand sichtlich Spaß an dem Ratespiel, das uns der Täter aufgegeben hatte. »Der Gusti ist zwar nicht so klein wie ich, aber trotzdem ein ziemliches Fliegengewicht. Viel mehr als sechzig Kilo bringt der nicht auf die Waage, würd ich schätzen. Ein kräftiger Bursche schmeißt sich den Jungen locker über die Schulter, und dann ab damit.«

Erneut kam Getrappel die Treppe herauf. Zwei junge Kollegen und eine noch jüngere Kollegin stürmten an uns vorbei. Die Männer schleppten weitere Metallkoffer in die Wohnung, die Frau trug einen aufgeklappten Laptop auf dem linken Arm wie ein Baby, tippte im Gehen darauf herum, nickte uns grüßend zu, ohne den Blick vom Bildschirm zu wenden. Von unten war eine gurgelnde Klospülung zu hören. Der alte Herr ein Stockwerk tiefer war offenbar schon wach.

Balke klärte die neu Hinzugekommenen über das Wenige auf, was wir bisher wussten, und ich stieg derweil die Treppe hinab. Dabei achtete ich darauf, wohin ich die Füße setzte, um keine Spuren zu verwischen. Ich erreichte das zweite Obergeschoss, läutete an der Tür, hinter der Licht brannte, wie ich durch das Oberlicht erkennen konnte.

Nichts geschah.

Ich drückte den Knopf ein zweites und drittes Mal, dann hörte ich endlich Geräusche aus der Wohnung, schlurfende, tappende Schritte.

»Gehen Sie weg!«, kreischte eine zittrige Greisenstimme durch die dünne Tür. »Ich schieße, wenn Sie nicht weggehen!«

»Polizei«, erwiderte ich ruhig. »Es geht um Ihren neuen Nachbarn.«

»Hier gibt es keine Nachbarn«, kam es von innen nach kurzer Pause. »Ich lebe allein im Haus.« Weitere Pause. Dann: »Und woher soll ich, bitte schön, wissen, dass Sie wirklich von der Polizei sind?«

»Wenn Sie die Tür einen Spalt öffnen, kann ich Ihnen meinen Dienstausweis zeigen.«

»Oder Sie überfallen mich und nehmen mir meine Sachen weg. Weil ich alt bin, bin ich noch lange nicht verblödet. Ich werde diese Tür nicht öffnen.« Wieder Pause. »Was ist das denn für ein Lärm oben?«

»Das sind meine Kollegen. Der junge Mann, der seit zwei Wochen über Ihnen wohnt, ist überfallen worden. Wahrscheinlich in der vergangenen Nacht.«

Das Blut am Boden war stellenweise noch feucht gewesen, hatte ich gesehen. Mehr als einige Stunden konnte der Kampf nicht zurückliegen, der dort oben getobt hatte.

»Da sehen Sie es. Nirgends ist man mehr sicher heutzutage. Seit diese ganzen Flüchtlinge durch die Stadt stromern, kann man kaum noch das Haus verlassen, ohne ausgeraubt zu werden. Und was tut die Polizei? Nichts tut sie, gar nichts!«

»Jetzt machen Sie schon auf«, seufzte ich, allmählich ein wenig angespannt. »Klinge ich, als wäre ich ein Flüchtling?«

»Nein, das tun Sie tatsächlich nicht, das muss ich zugeben …«

»Und ein Verbrecher bin ich auch nicht.«

»Behaupten Sie. Wer sagt mir denn, dass nicht in Wirklichkeit die Amerikaner Sie schicken?«

»Die Amerikaner?«

»Sehen Sie keine Nachrichten? Die Amerikaner sind im Begriff, Europa zu erobern und zu unterjochen. Dieser … wie heißt er noch?«

»Trump?«

»Richtig. Haben Sie gewusst, dass der angeblich Pfälzer sein soll?«

»Ich bin keiner.«

»Aber ich. Kurpfälzer, nämlich. Und wir Pfälzer sind anständige Leute, ob Kur oder nicht Kur. Aber dieser Trump, der ist kein Pfälzer, weiß Gott nicht.«

»Anständige Leute machen der Polizei die Tür auf, wenn sie klingelt.«

Dieses Argument schien ihm zu denken zu geben. Ich hörte Geraschel, die Sicherheitskette rasselte schon, da überlegte der kämpferische Alte es sich doch wieder anders.

»Wir können doch gut durch die Tür reden. Wieso sollen wir nicht durch die Tür reden?«

Es folgten einige Sekunden ratloser Stille auf beiden Seiten. Von oben hörte ich Gemurmel und leises Gespräch, hin und wieder sogar Lachen. Polizisten sind Schlimmeres gewohnt als ein wenig Blut am Boden.

»Herr Balke«, rief ich schließlich halblaut. »Schicken Sie mir bitte mal die junge Kollegin runter.«

Augenblicke später kam sie die Treppe herabgesprungen, Mitte zwanzig, rote Locken, ein fröhliches Lächeln um die ungeschminkten Lippen. Flüsternd erklärte ich ihr mein Problem.

»Herr Schuster?«, startete sie in säuselndem Ton ihren Versuch, dem alten Mann Vertrauen einzuflößen. Im Gegensatz zu mir hatte sie das Namensschild unter der Klingel bemerkt. »Machen Sie doch bitte auf. Wir haben bloß ein paar Fragen, und dann lassen wir Sie gleich wieder in Frieden.«

Der Ton des Schweigens jenseits der Tür schien sich verändert zu haben. Nach einigen stillen Sekunden wurde der Schlüssel gedreht, dann noch ein zweiter, schließlich die Tür einen Spalt geöffnet. Ich sah eine schwere verchromte Kette, die immer noch eingehakt war, und eine magere, zittrige Hand voller Altersflecken. Die Kollegin drückte dem misstrauischen Greis ihr Ausweiskärtchen mit dem Emblem des Landes Baden-Württemberg in die Hand, und kurz darauf standen wir endlich in der nach Desinfektionsmitteln, Eukalyptusbonbons und Altherrenurin duftenden Wohnung.

Herr Schuster bewegte sich unsicher auf seinen dünnen Beinen und benutzte einen Rollator, um vor uns her durch den langen, miserabel beleuchteten Flur ins Wohnzimmer zu wackeln. Er hatte tatsächlich vergessen, dass er seit Neuestem nicht mehr allein in seinem heruntergekommenen Haus lebte. Seine Wohnung verließ er nur noch an hohen kirchlichen Feiertagen oder wenn ein Arztbesuch es erforderte. Einkäufe und alles andere erledigte eine Zugehfrau namens Greta, auf die der alte Mann große Stücke hielt.

»Sie wohnt in Kirchheim draußen und kommt jeden Tag mit dem Rad, bei jedem Wetter. Und wenn die Amerikaner mich aus dem Haus haben wollen, dann werden sie mich schon vorher erschießen müssen. Was haben sie nicht alles schon versucht! Drohung, Bestechung, Schikanen jeder Art, Briefe, die angeblich von der Stadt kommen. Das Neueste ist jetzt, dass das Treppenhauslicht nicht mehr funktioniert. Wenigstens haben sie mir Strom und Wasser noch nicht abgestellt.«

Offenbar war ihm entfallen, dass er selbst der Auftraggeber der Handwerker war, die die Leitungen der Treppenhausbeleuchtung aus der Wand gerissen hatten.

Um den schmalen, runzligen Mund des Alten spielte ein

selbstgefälliges Lächeln. Von den wenigen Schritten außer Atem, plumpste er auf ein mintgrünes, sichtlich neues Sofa. Auf seinen Wink hin nahmen wir auf den beiden gegenüberstehenden Sesseln Platz.

In der vergangenen Nacht hatte Herr Schuster nichts gehört und nichts gesehen. Abends hatte er sich auf seinem riesigen und offensichtlich nagelneuen Flachbild-Fernseher eine DVD zu Gemüte geführt.

»*Des Teufels General* mit Curd Jürgens, einer meiner Lieblingsfilme. Hat mir die Veronika besorgt, meine Schwiegertochter, aus der Stadtbücherei. Mit meinem Sohn verstehe ich mich nicht so gut, deshalb kommt er nur noch her, wenn er mal wieder gucken will, ob es bald was zu erben gibt. Da hat er sich aber geschnitten, mein Herr Sohn. Hier wird es noch lange nichts zu erben geben.«

Das Gespräch war mühsam, voller Irrwege und Missverständnisse, da Herr Schuster nicht nur schlecht hörte, sondern seine Gedanken sich immer wieder selbstständig machten. Die junge Kollegin verstand er sehr viel besser als mich, sodass ich ihr die Gesprächsführung überließ und nur hin und wieder halblaut Regieanweisungen gab. Dass Herr Schuster vorhin überhaupt an die Tür gekommen war, verdankte ich dem Umstand, dass er genau in dem Moment zur Toilette musste, als ich zum dritten Mal den Klingelknopf drückte. Über dem Riesenfernseher hingen einige Blumenaquarelle in schmalen, silbernen Rahmen. Den Boden bedeckte ein weicher und gut gepflegter Berberteppich. Und über allem hing dieser penetrante Uringeruch.

Die Kollegin fragte den alten Herrn noch einmal, ob er in der Nacht ungewöhnliche Geräusche gehört habe. Wieder verneinte er energisch, was ich ihm angesichts seiner Schwerhörigkeit inzwischen glaubte.

»Die Veronika vielleicht«, sagte er mit plötzlich wieder wachem Blick. »Sie kommt morgens und hilft mir beim

Aufstehen und Waschen, und abends kommt sie noch mal und hilft mir ins Bett. Später am Vormittag kommt dann die Greta und kocht und putzt und kauft ein.«

»Ist Ihre Schwiegertochter heute schon da gewesen?«, wollte die rothaarige Kollegin mit standhaftem Dauerlächeln wissen.

Schuster zwinkerte zum Fenster hinaus. »Ich meine, ja«, murmelte er abwesend. »Ich vergesse so schrecklich viel in letzter Zeit. Wahrscheinlich tun die Amerikaner uns was ins Trinkwasser, um uns dumm zu machen. Obwohl ich schon lange kein Wasser aus der Leitung mehr trinke. Was haben Sie gesagt?«

Gestern Abend war die Schwiegertochter bei ihm gewesen, in diesem Punkt war Herr Schuster sich sicher. Heute Morgen wahrscheinlich auch, denn er lag ja nicht mehr im Bett.

»Sie hat mir eine Wärmflasche ins Bett getan und das Spiel gestartet. Ich friere in letzter Zeit so leicht, deshalb die Wärmflasche im Sommer. Aber was sage ich, das ist ja kein Sommer. Da reden die Leute von Klimaerwärmung. Klimaerfeuchtung nenne ich das, Klimaverwässerung …«

Die nicht etwa irgendwelche Treibhausgase bewirkten, sondern eine weitere Schikane des amerikanischen Präsidenten war.

Wir erfuhren, dass Herr Schuster im Schlafzimmer einen zweiten, noch größeren Fernseher stehen hatte und außerdem eine Playstation der allerneuesten Generation. Da er selten länger als eine Stunde am Stück schlief, vertrieb er sich die Nacht, indem er virtuelle Feindarmeen niedermähte, Panzer vernichtete, Fregatten versenkte und geschwaderweise Flugzeuge vom Himmel schoss.

»Fragen Sie ihn bitte, wann die Schwiegertochter gestern Abend das Haus verlassen hat«, bat ich die Kollegin, die auf den Namen Judith Redtenbacher hörte, wie mir endlich wieder eingefallen war.

Es sei schon dunkel gewesen, als sie ging, erinnerte sich der alte Mann. »Jetzt, mitten im Jahr, wird es spät dunkel.«

Die Kollegin verzog den Mund mit den vollen Lippen, sah mich an. »Zehn? Halb elf?«

Immer öfter starrte der kämpferische alte Herr uns plötzlich mit offenem Mund an, als rätselte er, wie diese beiden merkwürdigen Gestalten in seine Wohnung gekommen sein könnten. »Veronika ist sehr verlässlich, wissen Sie?«, sagte er völlig zusammenhangslos. »Ganz im Gegensatz zu meinem Sohn, der nur auf mein Geld aus ist.«

»Dürften wir Ihre Schwiegertochter anrufen?«, flötete Kollegin Redtenbacher. »Sie haben doch bestimmt ihre Nummer.«

Wieder erhielten wir keine Antwort. Der Alte wurde immer verwirrter und gab fast nur noch Unsinn von sich. Nach einigen Anläufen, noch einmal mit ihm ins Gespräch zu kommen, gaben wir auf.

Ich legte eine Visitenkarte auf den blitzsauberen Couchtisch und erhob mich mit dem üblichen Sprüchlein. »Falls Ihnen oder Ihrer Schwiegertochter noch etwas einfällt ...«

Judith Redtenbacher folgte mir fröhlich grinsend aus der Wohnung.

»Cordes hier«, meldete sich eine dumpfe Männerstimme im Telefon.

»Gustaf Cordes?«

Inzwischen war es elf Uhr geworden. Seit einer halben Stunde saß ich wieder an meinem Schreibtisch. Die Kriminaltechniker arbeiteten immer noch in der Krämergasse, würden jedoch demnächst ebenfalls zurückkommen und mit der Auswertung ihrer Funde beginnen.

»Ralph Cordes. Ich bin Gustafs Vater. Ein Herr Strohschneider hat mich eben informiert, Gustaf sei etwas zugestoßen?«

Ich berichtete dem besorgten Mann in knappen Worten,

was wir am Morgen in der Dachwohnung in der Krämergasse vorgefunden hatten.

»Ein Kampf?«, fragte der Vater, als wüsste er nicht recht, was das Wort bedeutete.

»Es muss nicht zwingend das Blut Ihres Sohnes sein, was wir gefunden haben. Vielleicht hat er selbst jemanden niedergeschlagen und ist anschließend geflüchtet, aus welchen Gründen auch immer. Bisher wissen wir nur, dass es ein Handgemenge gegeben hat, bei dem jemand verletzt wurde. Nichts spricht dafür, dass dieser Jemand ernsthaft zu Schaden gekommen ist. Wie es aussieht, war er nur kurz bewusstlos.«

Am anderen Ende herrschte für einige Sekunden ratloses Schweigen.

»Hört dieser Wahnsinn niemals auf?«, hörte ich Ralph Cordes dann murmeln. »Wird das denn nie ein Ende haben?«

»Sie hören von mir, sobald ich mehr weiß. Bis zum Abend werde ich Ihnen zumindest sagen können, ob das Blut von Ihrem Sohn stammt. Falls er sich in der Zwischenzeit bei Ihnen meldet, geben Sie mir bitte umgehend Bescheid, ja?«

»Das glaube ich nicht«, erwiderte der Vater kraftlos. »Er hat sich all die Jahre nicht bei mir gemeldet, die er im Gefängnis saß.«

»Ihnen ist bekannt, dass er behauptet, seinen Bruder nicht getötet zu haben?«

Ralph Cordes klang resigniert, als er erwiderte: »Natürlich weiß ich das. Es macht die Sache nicht gerade leichter für mich.«

»Haben Sie mit ihm über das Thema gesprochen?«

»Wir haben seit Jahren nicht mehr miteinander gesprochen. Gustaf hat sich völlig von uns zurückgezogen, hat sich mehr und mehr verrannt in seinen ... Wahnideen. Er will einfach nicht wahrhaben, was er getan hat. Aber auch schon vor seiner schrecklichen Tat sind wir kaum noch zu ihm durchgedrungen. Ich nicht, meine Frau nicht, oder besser gesagt, meine geschiedene Frau. Als er später im Gefängnis saß, wurde es nicht besser, sondern noch schlimmer. Gustaf hat sich regelrecht abgekapselt und sich seine eigene Welt zusammenfantasiert. Eine Welt, in der alle anderen böse sind und er das verkannte Unschuldslamm.«

»Wissen Sie, was seine nächsten Pläne waren? Was er nach der Haftentlassung machen wollte?«

»Nichts weiß ich, woher denn auch? Er wollte im Gefängnis nicht besucht werden, zumindest nicht von mir. Er hat meine Briefe nicht beantwortet, ich bin ... Ich sagte es schon – ich bin einfach nicht mehr zu ihm durchgedrungen.«

Ralph Cordes' Ehe war nach der Unglücksnacht vor fast sechs Jahren zerbrochen.

»Unser Leben ist damals regelrecht implodiert. Meine frühere Frau lebt jetzt in Bayern und ist wieder verheiratet. Unsere Tochter hat die Schule ein Jahr vor dem Abitur abgebrochen und ist ebenfalls eigene Wege gegangen. Ich selbst bin krank geworden, brauchte Therapie, jahrelang. Später musste ich sogar meinen Beruf aufgeben. Inzwischen bin ich im Ruhestand und vegetiere mehr oder weniger vor mich hin.«

Der vom Schicksal so schwer gebeutelte Vater war vor seiner Frühpensionierung Beamter gewesen, zuletzt Regierungsrat im Bauordnungsamt von Wiesloch.

»Alles perdu.« Er seufzte schwer. »Alles in Trümmern. Dabei waren wir doch eine ganz normale Familie. Nicht jeden Tag Sonnenschein, wo gibt es das schon, aber im Großen und Ganzen doch ... Ich meine, wo gibt es denn nicht hin und wieder Streit?«

»Ich muss jetzt leider Schluss machen«, fiel ich dem mitteilungsbedürftigen Frühpensionär ins Wort, um ihn loszuwerden. »Wenn Sie mögen, rufen Sie mich am späten Nachmittag noch mal an. Dann kann ich vielleicht schon Entwarnung geben.«

»Vielleicht ...«, hörte ich ihn brummeln, als hätte er mir nicht zugehört. »Vielleicht wäre es besser, wenn wir uns treffen? Dann kann ich Ihnen mehr von Gustaf erzählen.«

Dazu sah ich bisher keine Veranlassung, aber wenn er unbedingt wollte? Schaden würde es nicht, mir seine Geschichte anzuhören.

»Meine Sekretärin gibt Ihnen einen Termin.«

Diesen Vorschlag fand er im Prinzip gut. Aber in mein Büro wollte er keinesfalls kommen. Er schien panische Angst zu haben vor allem, was sich Polizei nannte. Am Ende wollte er dann unter Umständen vielleicht doch, aber nicht heute. Ralph Cordes war offenbar ein wenig verwirrt infolge der jüngsten Ereignisse.

»Rufen Sie mich an, wenn es Ihnen passt«, beendete ich seine fruchtlose Grübelei und legte auf, weil jemand an die Tür geklopft hatte und er mir außerdem auf die Nerven ging.

4

»Kein Zweifel?«

»Kein Zweifel«, wiederholte Laila Khatari, die in meinem Auftrag die bisherigen Ergebnisse der kriminaltechnischen Untersuchungen gesichtet hatte. Die junge, aufgeweckte Kollegin war im Irak geboren, aber schon im Alter von zwei Jahren zusammen mit ihren Eltern nach Deutschland gekommen. Als Jesiden hätten sie im Irak auf Dauer keine Überlebenschance gehabt. Laila zeichnete sich durch sehr dunkle Augen aus, die bei Bedarf sehr unschuldig gucken konnten, und durch ihr schier unverwüstliches, herzerwärmendes Lächeln. Sie war die jüngste Mitarbeiterin im Team, und ich sagte ihr eine steile Karriere voraus. Wenn sie sich in einen Fall verbissen hatte, dann standen die Chancen für den Täter schlecht, ungeschoren davonzukommen.

»Es ist definitiv sein Blut. Und am Kerzenständer kleben auch Haare von ihm. Logisch haben wir noch keine endgültige Sicherheit, weil die DNA-Ergebnisse aus Stuttgart erst in ein paar Tagen kommen. Aber die Blutgruppe stimmt, die Haarfarbe stimmt, bisher stimmt einfach alles.«

Inzwischen war früher Nachmittag. Der Tag hatte mit Regen begonnen, dann hatte es kurz aufgeklart, aber inzwischen schüttete es draußen schon wieder, als wollte es kein Ende nehmen.

»Was ist mit den Fußspuren?«

»Vier verschiedene haben wir bisher identifizieren können. Die meisten sind ziemlich deutlich, weil's da so furchtbar dreckig ist.« Laila nickte eifrig, als müsste das Gesagte noch verstärkt werden. »Alle sind von Männern, bis auf eine vielleicht.«

Gestern Nachmittag waren die Handwerker zum letzten Mal im Haus gewesen und hatten frischen Staub produziert.

»Drum war's einfach, alte Spuren von neuen zu unterscheiden. Wie der erste die Treppe rauf und wieder runter ist, war noch kein Blut auf den Stufen.«

»Ein Mann also ...« Ich versuchte ein wenig Struktur in die Sache zu bringen.

Die junge, fast knabenhaft schlanke Kollegin, heute nach Vanille duftend, trug einen sandfarbenen Rock zu einer azurblauen Bluse. An den Ohren funkelten bunte Glitzersteinchen, um den Hals hing ein dünnes, goldenes Kettchen. Den daran vermutlich baumelnden Anhänger konnte ich nicht sehen, da die Bluse ihn verdeckte. Im Moment blätterte sie hektisch in ihren Notizen hin und her und schien ein wenig den Überblick verloren zu haben. Aber dann ging es weiter:

»Wir sprechen von einem Herrenschuh, Größe vierundvierzig oder fünfundvierzig, glatte Ledersohle. Der zweite hat Sneakers getragen, eine bis zwei Nummern kleiner als der erste, wahrscheinlich Made in China, das wird momentan noch abgeklärt.« Kopfschüttelnd blätterte sie noch einmal zurück, schien das Gesuchte immer noch nicht zu finden. »Jedenfalls, das Sohlenprofil haben wir nicht im Computer. Der käme als Täter infrage. Er ist als Zweiter oder vielleicht auch als Erster rauf und definitiv als Letzter wieder runter.«

Die dritte Spur, meinte sie, könne von einer Frau stammen.

»Größe achtunddreißig bis vierzig, auch wieder Sneakers, von Nike diesmal und noch relativ neu. Der oder die ist aber bloß bis in den Flur gekommen, hat dort kehrtgemacht und ist wie der Blitz die Treppe wieder runter. So schnell, dass es ihn oder sie auf dem Treppenabsatz voll hingehauen hat.«

»War der Erste auch in der Wohnung?«

»Das ist noch nicht geklärt. Im Flur ist ein solches Durcheinander am Boden, dass wir die Spuren teilweise nicht mehr auseinandersortiert kriegen.«

»Noch mal der Reihe nach, damit ich es verstehe.«

»Also.« Sie holte Atem. »Nummer eins, der mit den glatten Sohlen, ist rauf und wieder runter. Zu dem Zeitpunkt war noch kein Blut auf der Treppe. Nummer zwei ist in der Wohnung gewesen und war als Einziger auch am Tatort. Er ist als Letzter wieder gegangen. Nummer drei, der auch ein Mädchen sein könnte, ist nach den ersten beiden gekommen und definitiv nach Nummer eins wieder gegangen.«

»Und Nummer vier? Sie haben von vier Spuren gesprochen.«

»Die sind vom Opfer, auch Sneakers. In der Wohnung haben wir seine Abdrücke überall gefunden. Auf der Treppe fangen sie erst nach ein paar Stufen an. Da, wo die Schleifspuren aufhören.«

Erneut blätterte sie, überflog noch einmal ihre Notizen. »Ansonsten haben wir noch massenhaft unausgewertetes Material. Das Blut auf der Treppe, Schmierspuren am Geländer, Faser- und Fingerspuren überall. Das wird noch ein bisschen dauern, bis wir damit durch sind.«

Laila blickte auf und sah mir erwartungsvoll ins Gesicht.

»Saubere Arbeit«, sagte ich. »Und Komplimente ans Labor. Das ging ja diesmal wie der Blitz.«

Sie strahlte.

»Wenn ich alles richtig verstanden habe«, rekapitulierte ich sicherheitshalber noch einmal, »dann war das Opfer zwar verletzt, konnte sich aber bald wieder aus eigener Kraft fortbewegen.«

»Und als er wieder auf den Beinen war, hat er sein eigenes Blut an der Hand gehabt«, führte sie meinen Gedankengang fort. »Wahrscheinlich hat er sich an die Wunde gefasst. Daher das Blut am Geländer.«

Vor den Fenstern wurde es noch dunkler, und der Regen wurde stärker. Ich knipste meine Schreibtischlampe an.

»Und anschließend sind die zwei einträchtig zusammen die Treppe runter?«, fragte ich verwundert.

Lailas dunkle Augen wurden noch ein wenig größer. »Vielleicht hat der Täter ihn gezwungen mitzugehen? Mit einer Waffe bedroht oder so?«

»Wer ist vorne gegangen und wer hinten?«

»Mal der eine, mal der andere.«

»Und das Opfer hat keinen Versuch gemacht, den anderen loszuwerden? Davonzulaufen oder zu kämpfen?«

Ratloses Kopfschütteln.

»Klingt irgendwie nicht danach«, folgerte ich, »als hätte der Täter eine Waffe in der Hand gehabt.«

»Ich versteh's auch nicht, Herr Gerlach«, gestand Laila Khatari mit treuherzigem Blick.

»Ich schon wieder.« Als Strohschneider mich zum zweiten Mal an diesem Dienstag anrief, war es schon später Nachmittag. »Da ist noch was, das müssen Sie wissen.«

Gustaf Cordes hatte in den Monaten vor seiner Tat Drogen nicht nur konsumiert.

»Er hat auch gedealt, hat mir grad jemand erzählt. Geschnappt worden ist er aber nie.«

»Eine Akte dazu finde ich auch nicht«, sagte ich nach einer kurzen Anfrage in unserem Intranet.

»Er hat sich seinerzeit hauptsächlich in Mannheim rumgetrieben.«

»Denken Sie, der Anschlag auf ihn hat etwas mit seinen Drogengeschäften zu tun?«

»Möglich wär's. Alte Schulden, eine offene Rechnung? Solange er im Knast war, konnten sie ja nicht an ihn ran …«

»Klingt nicht ganz unplausibel«, gab ich zu.

Der Drogenhandel war in Mannheim seinerzeit in den Händen von Russen und Tschetschenen gewesen, die sich mehr oder weniger bekriegten und nicht gerade durch übertriebene Nächstenliebe auszeichneten.

»Ein paar Tage bevor der Gusti verhaftet worden ist wegen der Sache mit seinem Bruder, ist einer von den Tschetschenen halb totgeschlagen und dann auch noch mit dem Auto überfahren worden.«

»Und Sie denken jetzt ...?«

»Das Denken überlass ich lieber Ihnen, Herr Gerlach. Aber vielleicht wär's nicht verkehrt, mal ein paar Takte mit Gustis Kumpels aus der Zeit zu reden?«

»Kennen Sie Namen?«

Strohschneider zögerte kurz mit der Antwort. »Der Gusti und ich haben während seiner Haftzeit ein recht gutes Verhältnis gehabt«, sagte er dann. »Er hat mir vertraut, und außer mir hat er keinen gehabt, der sich um ihn gekümmert hätte. Seine Familie hat ihn ja voll hängen lassen. Irgendwann haben wir auch über seine Drogengeschichten geredet. Eigentlich dürfte ich Ihnen das alles gar nicht verraten, aber ich tu's trotzdem, weil's ihm vielleicht hilft. Cornelius Neberger und Stefan Grosser, das waren damals seine Kumpels.«

Ich notierte mir die Namen.

»Der Neberger ist tot, soweit ich weiß«, fuhr Strohschneider fort. »Den haben sie eines Morgens am Neckarufer gefunden. Überdosis, das Übliche. Aber der Grosser, der hat die Kurve gekriegt, hat der Gusti behauptet. Und er hat seinen alten Kumpel sogar hin und wieder im Knast besucht.«

Er hatte nebenbei schon ein wenig gegoogelt: Der ehemalige Junkie und Kleindealer arbeitete heute bei einer Baufirma in Ilvesheim.

»Um welche Drogen ist es damals gegangen?«

»Hauptsächlich Shit und Partyzeugs. Von den harten Sachen haben sie die Finger gelassen, das war das Geschäft der Russen und so weiter. Der Neberger ist dann später leider Gottes ans Heroin geraten und hängen geblieben.«

Den größten Teil des Tages hatte ich sitzend in Besprechungen oder am Schreibtisch verbracht. In meinem Kalender standen keine weiteren Termine, und ich war am Morgen wegen des Regens mit dem Wagen zur Arbeit gekommen. So beschloss ich, dem Ex-Junkie Grosser einen Besuch abzustatten. Auf diese Weise kam ich aus dem Büro, hoffentlich auf andere Gedanken und außerdem an die frische Luft.

Die Großbaustelle im Wieblinger Industriegebiet, deren Leiter Grosser war, wie ich von seinem Arbeitgeber erfahren hatte, glich einem See. Schmutziges, schlammiges Wasser bedeckte fast die ganze Fläche von vielleicht zweitausend Quadratmetern. Schon als ich die Polizeidirektion durch den Hinterausgang verließ, hatte es so gekübelt, dass ich auf den wenigen Metern bis zu meinem Wagen triefnass wurde.

Als ich meinen bejahrten Peugeot-Kombi zwanzig Minuten später vor dem hohen Bauzaun abstellte, schien der Regen noch stärker geworden zu sein. Einige Männer in gelben Mänteln wateten mit ebensolchen Stiefeln in den Fluten herum und versuchten offenkundig, etwas gegen die Wassermassen zu unternehmen, was jedoch – aus ihren Gesten und Flüchen zu schließen – nicht klappen wollte. Ich nahm meinen großen Schirm vom Rücksitz, sprang aus dem Wagen in die Sintflut, spannte den Schirm auf und trat gleichzeitig in eine knöcheltiefe Pfütze.

»Herr Grosser?«, rief ich in das Rauschen und Tosen, während ich versuchte, mich auf halbwegs trockenes Gelände zu retten. Aber der matschige See wurde mit jedem Schritt nur tiefer. Ich kämpfte mich näher an den Zaun heran, schrie ein zweites und drittes Mal den Namen von Gustaf Cordes' angeblichem Freund.

Endlich hob eine der traurigen Gestalten den Kopf und brüllte durch das Wasserfallgetöse etwas, das wie »Büro« klang.

Wenige Meter hinter einem halb offen stehenden Gittertor befand sich ein Bürocontainer, in dem Licht brannte. Ich stapfte los. Je näher ich dem Container kam, desto feindseliger schienen die Naturgewalten zu werden. Als wollten sie mein Gespräch mit Stefan Grosser unter allen Umständen verhindern. Inzwischen war auch Wind aufgekommen, sodass mir der Schirm mehrfach fast aus der Hand gerissen wurde. Lauthals verfluchte ich meinen Entschluss, bei diesem Katastrophenwetter selbst nach Wieblingen zu fahren, statt den Job jemand anderem aufs Auge zu drücken. Schließlich erreichte ich das Stahlgitter-Podest vor der Tür des Containers, trat unter ein erbärmlich kleines Vordach, hämmerte gegen die Blechtür.

»Herein!«, hörte ich innen eine grobe Männerstimme rufen. Ich folgte der Einladung, zog jedoch zuvor die Schuhe aus, um sie zu leeren.

Auf nassen Strümpfen und mit den Schuhen in der Hand betrat ich das provisorische Büro, das kaum größer als mein Badezimmer war. In den länglichen Raum waren nicht weniger als vier Schreibtische gequetscht. Drei davon waren unbesetzt, über den hintersten gebeugt saß ein Riese mit dem Rücken zu mir und einem großen Handy am Ohr, in das er hineinschimpfte. Er wandte sich nicht um, als er mich eintreten hörte, sondern nahm nur das Handy kurz ein wenig vom Ohr.

»Was?«, fragte er entnervt. »Was habt ihr Pappnasen denn jetzt wieder für ein Problem?«

Auf das Dach der Blechkiste trommelte der Regen wie der verrückt gewordene Medizinmann eines bislang unentdeckten Buschvölkchens.

»Ich würde gerne mit Ihnen reden«, sagte ich zu dem breiten Rücken. »Es geht um Gustaf Cordes.«

Ruckartig hob Grosser den Kopf, machte auf seinem Stuhl mit überraschender Behändigkeit eine 180-Grad-Drehung, starrte mich finster an.

»Und Sie sind …?«

»Gerlach, Kripo Heidelberg.« Ich wedelte kurz mit meinem Dienstausweis. Es roch nach feuchten Klamotten, längst kalt gewordenem Kaffee und Männerschweiß.

»Was ist mit Gusti? Hat er schon wieder was angestellt?«

Auf die Idee, mir einen Stuhl anzubieten, kam Grosser nicht. So setzte ich mich einfach auf den Schreibtischsessel, der ihm gegenüberstand. Er bellte noch einige unfreundliche Worte ins Handy – offenbar ging es um eine verspätete Lieferung von Isolationsmaterial – und pfefferte es dann auf den Tisch.

»Sie haben ihn manchmal im Gefängnis besucht, habe ich gehört.«

»Stimmt«, erwiderte der andere, jetzt ruhiger, aber immer noch misstrauisch. »Nicht oft, allerdings. Und viel Zeit hab ich nicht für Sie, das muss ich Ihnen gleich sagen. Wenn meine Clowns da draußen die Pumpen nicht bald ans Laufen kriegen, dann saufen wir hier ab und können morgen wahrscheinlich wieder von vorne anfangen. Dabei sind wir jetzt schon drei Wochen im Verzug.«

Infolge der Überschwemmung hatte es einen Kurzschluss gegeben, erzählte er mir, sodass der größte Teil seiner Baustelle zurzeit stromlos war.

»Die Kiste hier hängt zum Glück an einer anderen Sicherung. Und was genau wollen Sie jetzt von mir hören?«

»Anscheinend sind Sie der einzige Mensch, der ein bisschen mehr über Gustaf weiß als das, was in den Polizeiakten steht.«

Ich erzählte ihm von dem nächtlichen Überfall auf seinen früheren Freund.

»Meine Antwort ist einfach.« Der Bauleiter lehnte sich entspannt zurück, was sein Stuhl zu empörtem Quietschen veranlasste. »Ich habe keinen blassen Dunst, was da passiert sein könnte. Die letzten Jahre haben wir keinen Kontakt mehr gehabt.«

»Darf ich fragen, warum nicht?«

»Weil er mir am Ende bloß noch auf den Geist gegangen ist, der Gusti, darum.«

Von draußen war mit einem Mal ein Brummen zu hören, und in Grossers linkem Mundwinkel erschien die Andeutung eines Lächelns. Sekunden später begannen noch eine zweite und schließlich eine dritte Pumpe zu arbeiten.

»Gott sei Dank«, grunzte er befriedigt. »Scheiße aber auch!«

»Wissen Sie etwas über seine Pläne?«

»Pläne?« Grosser lachte kurz und gallig. »Gusti und Pläne? Soll das ein Witz sein?«

»Er muss sich doch Gedanken gemacht haben, was er nach seiner Entlassung anfängt.«

»Überhaupt nichts wollte er anfangen. Erst mal raus aus dem Bunker und dann mal gucken. Das war O-Ton Gusti: ›mal gucken‹ hat er jeden Tag zehnmal gesagt.«

»Er behauptet, er sei unschuldig.«

Seufzend rollte Grosser die ein wenig vorstehenden Augen zur Decke. »Angeblich hat er den totalen Filmriss gehabt, wie er seinen Bruder umgehauen hat, weiß schon. Das Theater war übrigens seinerzeit ein Grund für mich, mit dem Drogenscheiß aufzuhören. Drum hab ich mich später auch ein bisschen um Gusti gekümmert. Mir war klar geworden, dass genauso gut ich irgend so einen Mist hätte bauen können, der mich in den Knast gebracht hätte.«

Auf das Dach der Blechkiste trommelte mit unvermindertem Eifer der Regen. Hier drinnen war es feucht und stickig. Grosser lief der Schweiß übers Gesicht, obwohl er sich kaum bewegte.

»Ich brauche Sie vermutlich nicht zu fragen, wer Ihren Freund niedergeschlagen haben könnte.«

Abwehrend schüttelte Grosser seinen schweren, fast völlig haarlosen Schädel. »Gusti ist schon lange nicht mehr mein Freund. Bei meinem letzten Besuch haben wir uns ziemlich in die Wolle gekriegt. Und das brauch ich nicht, ehrlich gesagt, mich von jemandem anscheißen zu lassen, dem ich helfen will.«

»Vielleicht eine kleine Andeutung, worum es ging bei dem Streit? Hatte es etwas mit Ihrer gemeinsamen Drogenvergangenheit zu tun?«

Grosser zögerte. Schien mit sich zu kämpfen.

»Ich bin so verschwiegen wie Ihr Beichtvater.«

Jetzt lachte er, dass die Scheiben klirrten. »Mein letzter Beichtvater ist zwar vor zwanzig Jahren gestorben, aber okay, um Conny ist es gegangen.«

»Cornelius Neberger?«

»Der Spinner ist fast mal draufgegangen, wissen Sie wahrscheinlich.«

»Ich dachte ...«

»Sie haben gedacht, er ist wirklich tot? Vielleicht ist er das inzwischen auch, wer weiß. Wie Gusti eingefahren ist, war Conny aber noch am Leben. Und auf einmal hat Gusti behauptet, ich hätte Conny zu starken Stoff gegeben, und zwar mit voller Absicht. Ein bisschen was war sogar dran an der Geschichte, muss ich zugeben. Ich war günstig an ein bisschen Eitsch gekommen, richtig guten Stoff, nicht so'n dreimal gestreckter Dreck, wie er sonst auf dem Markt ist. Gusti und ich haben nur ganz wenig genommen, weil wir diesen Heroinscheiß nicht so gewöhnt waren, zum Glück. Aber Conny, dieser Vollpfosten, hat sich um ein Haar den goldenen Schuss gesetzt.«

Da hatte Strohschneider offenbar nicht richtig zugehört, als Cordes vom Schicksal seines zweiten Freunds erzählte. Oder er hatte seine Notizen falsch entziffert.

»Und Gustaf hat also behauptet, Sie hätten Neberger absichtlich ...?«

»Ich hätte es mir denken können, hat er gemeint, dass Conny mit dem Zeug nicht klarkommt. Ich fand, er hätte sich auch was denken können. Letztlich haben wir beide nichts dafür gekonnt, dass dieser Irre sich nicht unter Kontrolle hatte. Wir waren alle drei nicht mehr zurechnungsfähig und haben jeden Tag einen anderen Mist gebaut.«

»Halten Sie es für denkbar, dass diese Geschichte hinter dem Angriff auf Gustaf steckt?«

»Keine Ahnung.« Grosser hob die mächtigen Schultern, ließ sie wieder sinken. Auch sein T-Shirt war schweißnass. »Vielleicht Conny selber? Der ist damals schon hohl im Kopf gewesen und dürfte über die Jahre nicht schlauer geworden sein.«

Von einer Sekunde zur nächsten endete das Geprassel auf dem Dach. Die Pumpen waren jetzt deutlicher zu hören. Dazu Männerstimmen, Männerlachen, als gäbe es einen Sieg zu feiern.

»Sie haben seither nichts mehr von Neberger gehört?«

»Wir haben erst später, im Lauf des Tages, erfahren, dass Conny fast über den Jordan gesegelt wäre. Wie sie ihn am nächsten Morgen gefunden haben, war er praktisch schon am anderen Ufer, aber irgendwie haben sie ihn wieder auf die Beine gekriegt. War ein mächtiger Schock für uns und übrigens der zweite Grund für mich, mit dem Mist endlich aufzuhören.«

Ich wiederholte meine Frage.

Kopfschütteln. »Keine Ahnung, was aus dem Hohlkopf geworden ist.«

»Eine Idee, wo er jetzt stecken könnte?«

Wieder Kopfschütteln.

»Wer etwas über ihn wissen könnte?«

Achselzucken.

»Ich habe gehört, es hätte damals Stress mit irgendwelchen Russen gegeben und ein Tschetschene sei ermordet worden.«

»Mit denen hatten wir nichts zu tun. Die Russen haben ihr Revier um den Bahnhof herum gehabt, die Tschetschenen am Marktplatz und in Klein-Istanbul. Zwischen denen hat es immer wieder mal Händel gegeben, aber wir haben uns da rausgehalten. So blöd waren wir dann doch nicht. Unser Revier waren die Neckarwiesen. Manchmal sind wir auch beim Wasserturm rumgehangen.«

»Was ist eigentlich Ihre Schuhgröße?«, lautete meine letzte Frage, als ich mich erhob.

Verdutzt sah Grosser zu mir auf. »Sechsundvierzig, wieso? Wollen Sie sich ein Paar Stiefel ausleihen? Können Sie haben, no problem. Aber Wiedersehen macht Freude.«

»Nein, nein.« Ich lächelte ihn unschuldig an. »Meine Schuhe sind sowieso schon reif für die Mülltonne.«

Als ich aus der stickigen Baracke in die nasse Kühle hinaustrat, hatte der Regen aufgehört, und die Pumpen brummten friedlich in der goldenen Spätnachmittagssonne.

Sarah und Louise saßen in der Küche, als ich in nassen Socken und durchweichten Schuhen nach Hause kam, und spielten das, was ich »heiteres Beruferaten« nannte. Ich stellte die Schuhe auf den Westbalkon, gönnte mir eine heiße Dusche und zog mich um. Dann gesellte ich mich zu meinen Zwillingen. Die letzten großen Sommerferien standen vor der Tür, anschließend würden sie in die Zwölfte kommen und die Abiturprüfungen mit jedem Tag näher rücken. Deshalb stellten sie sich seit einigen Monaten immer öfter die Frage: Was dann?

»BWL«, Sarah blickte zu mir auf. »Was ist das eigentlich genau, Paps? Was machen Betriebswirte denn so?«

Ich warf Strümpfe und Hose in die Waschmaschine und setzte mich zu ihnen. »BWL studieren Leute, die später Manager werden wollen. Hast du mal im Internet geguckt?«

Hatte sie natürlich, was für eine Frage. »Aber ich werd einfach nicht schlau draus. Versteh immer bloß Banane.«

Während Louise eher in die soziale Richtung tendierte, war Sarah seit Neuestem von der Aussicht fasziniert, Karriere zu machen, ordentlich Geld zu verdienen, ein schönes Haus zu besitzen und ein tolles Auto oder besser zwei. Im

Frühjahr war in meinem Zuständigkeitsbereich eine erfolgreiche Managerin zu Tode gekommen, Mitglied des Vorstands eines großen Düsseldorfer Konzerns. Noch bevor der Fall aufgeklärt war, hatte Sarah begonnen, mich mit Fragen zu dem Thema zu löchern. Allerdings hatte sie bis heute keine genaue Vorstellung davon, wie Manager ihre Arbeitstage verbrachten, worüber in den zahllosen Meetings beratschlagt wurde, die Menschen in Führungspositionen Tag für Tag überstehen müssen.

»Das ist doch keine Arbeit«, meinte sie empört und strich sich eine Strähne ihres weizenblonden Haars aus dem Gesicht. »Kaffee trinken und quatschen.«

»Das kann ganz schön anstrengend sein und Nerven kosten«, widersprach ich aus eigener, bitterer Erfahrung. Wie oft hatte ich mich schon gefragt, ob man anstelle einer vierstündigen Strategiesitzung nicht besser zwei, drei Taschendiebe aus dem Verkehr gezogen und damit das Sicherheitsempfinden der Heidelberger ein wenig verbessert hätte.

Louise trank einen Schluck Orangensaft, der in einem hohen, beschlagenen Glas vor ihr stand. Sie dachte ernsthaft darüber nach, Soziale Arbeit zu studieren, um später vielleicht Drogensüchtigen zurück in ein suchtfreies Leben zu helfen. Auf diesem Feld hatte sie durch ihren Freund Michael schon einige Erfahrungen sammeln können, und auch ich konnte ihr manches zu dem Thema erzählen. Zum Beispiel von Gustaf Cordes und seinen Freunden, deren Lebenswege unterschiedlicher nicht hätten verlaufen können. Meine Jüngste war sehr verblüfft, als sie hörte, dass der Schwerpunkt eines Streetworker-Jobs nicht darin bestand, Süchtige zu einer Therapie zu überreden, sondern dass es zunächst nur darum ging, ihnen ein halbwegs erträgliches Leben mit der Sucht zu ermöglichen. Dafür zu sorgen, dass sie überlebten, bis sie irgendwann hoffentlich selbst zu der Einsicht kamen, dass es so nicht mehr weitergehen konnte.

Im Gegensatz zu ihrer Schwester hatte sie ihr Haar schwarz gefärbt, aber an den Wurzeln schimmerte es schon wieder hellblond. Während Sarah trotz des Mistwetters ein buntes Sommerkleidchen trug, steckte Louise in einer farblich auf die Haare abgestimmten Jeans und einem sonnenblumengelben T-Shirt.

»Eine Therapie kannst du niemandem aufzwingen«, sagte ich. »Das weißt du selbst am besten.«

Michael, bis vor gar nicht so langer Zeit heroinsüchtig, hatte seinen stationären Entzug nun schon seit einigen Wochen hinter sich, war zurzeit clean, und allmählich begann ich zu hoffen, dass er es auch bleiben würde.

»Wo steckt er überhaupt?« Erst jetzt wurde mir bewusst, dass er nicht mit am Tisch saß.

»In der Stadt«, murmelte Louise mit finsterer Miene und abgewandtem Blick. »Kumpels treffen.«

Für kurze Zeit herrschte dröhnendes Schweigen in der Küche. Als ich die Worte »Kumpels treffen« zum letzten Mal aus dem Mund meiner Jüngsten hörte, hatte Stunden später ein Notarztwagen vor unserer Haustür gestanden. Seither rührte Louise nicht einmal mehr einen Tropfen Alkohol an.

Um das belastete Thema zu beenden, begann ich von Strohschneider, dem Bewährungshelfer, zu schwärmen.

»Hat zwar nicht so viel mit Drogen zu tun, ist aber auch ein interessanter und vor allem gesellschaftlich sehr wichtiger und nützlicher Beruf.«

Louise sah mich aufmerksam an. »Meinst du, ich könnt da mal ein bisschen reinschnuppern? Fänd ich voll spannend, mit echten Knackis und so.«

»Das ließe sich bestimmt einrichten«, meinte ich.

Da wurde im Schloss unserer Wohnungstür ein Schlüssel gedreht.

»Hi, ihr Süßen«, ertönte kurz darauf Michaels Stimme. »Bin wieder da.«

Dreifaches Aufatmen. Louise sprang auf wie eine gespannte Feder, um ihren heimgekehrten Liebsten zu begrüßen.

5

»Neberger? Wie man's spricht?«

»Vorname Cornelius«, erklärte ich der Kollegin im Mannheimer Polizeipräsidium, mit der ich am Mittwochmorgen telefonierte. »Er soll sich vor Jahren in der Mannheimer Drogenszene rumgetrieben haben.«

»Muss ich mich kundig machen. Bin erst seit zwei Jahren beim Verein.«

Wenige Minuten später rief mich ein älterer Kollege zurück, der sich noch gut an Neberger erinnerte. »Ein zähes Bürschchen ist der gewesen, alle Achtung! Wenn der nicht so eine robuste Gesundheit gehabt hätte, dann wär der nicht mehr am Leben. Ansonsten: dumm wie Bohnenstroh, aber harmlos. Will sagen, er hat geklaut, wie die meisten Junkies, die nicht fremder Leute Schwänze lutschen mögen, aber er ist nie durch Gewalttätigkeit aufgefallen. Andererseits ist ja klar, dass Drogen mit der Zeit die Psyche verändern. Die einen werden immer lahmer und gleichgültiger, die anderen drehen immer öfter durch, randalieren oder fallen wildfremde Leute an.«

»Wissen Sie, was aus ihm geworden ist?«

»Was ich weiß, ist, dass er vor drei Jahren vor den Kadi gekommen ist wegen seiner Klauerei. Er hat in einem kleinen Geschäft in der Neckarau eine Schnapsflasche mitnehmen wollen, aber die Inhaberin ist rausgeflitzt und hat ihn so lang in ihrem Lädchen eingesperrt, bis die Kollegen da waren und ihn hopsgenommen haben. Es kam zum Prozess. Der Neberger hat Bewährung gekriegt mit der Auflage, einen Entzug zu machen. Den hat er meines Wissens auch angetreten, den Entzug, und seither hat er sich zumindest bei uns nicht mehr blicken lassen. Vielleicht hat er ihn durchgehalten, den Entzug, wahrscheinlich eher nicht.«

»Wo könnte er heute stecken?«

»Er stammt aus der Pfalz, aus Deidesheim, wenn ich mich nicht irre. Probieren Sie's doch mal bei der Klinik in Landau. Oder in Klingenmünster.«

Der Tipp des Kollegen war goldrichtig. Nach der üblichen Einleitung betreffend Datenschutz und Persönlichkeitsrechte ihrer Patienten verriet mir eine Oberärztin an der Fachklinik für Drogenabhängige in Landau unter dem Siegel äußerster Verschwiegenheit, Cornelius Neberger sei bereits drei Wochen nach Beginn des stationären Entzugs desertiert.

In Deidesheim gab es zwar jemanden namens Neberger, einen Versicherungsmakler, der jedoch beteuerte, von einem drogensüchtigen Cornelius in seiner überschaubaren Verwandtschaft nie gehört zu haben.

An dieser Stelle betrat Sven Balke mein Büro, mit federndem Schritt und einer dünnen Akte unter dem Arm. Ich hatte sein Klopfen offenbar überhört.

»Die Spusi hat sich mal wieder selbst übertroffen«, verkündete er, während er sich setzte. Alles, was mir Laila Khatari gestern berichtet hatte, hatte sich im Zuge der weiteren Untersuchungen bestätigt. »Manchmal ist es echt ein Glück, dass Handwerker so viel Dreck machen.«

»Was ist mit Nachbarn und so?«

»Nichts. Wir haben an jeder Tür in den umliegenden Häusern geläutet. Wir haben Handzettel in die Briefkästen geworfen und Aushänge gemacht, aber …«

Mein Telefon meldete, dass Sönnchen etwas von mir wollte. Vermutlich ein externer Anruf, den sie für wichtig genug hielt, um unser Gespräch zu unterbrechen. Ich warf Balke einen um Verzeihung bittenden Blick zu und nahm den Hörer ab.

»Eine Frau Hoeffner will Sie sprechen.«

»Hoeffner?«

»Daphne Hoeffner. Sie ist die Mutter von dem jungen Mann, wie heißt er noch? Cordes?«

Daphne?

Ich schluckte.

»Später«, entschied ich. »Sagen Sie ihr, ich rufe zurück.«

Balke hatte meine kurze Verwirrung nicht bemerkt und fuhr gleichmütig fort: »Niemand hat irgendwas gesehen oder gehört. Die meisten wussten nicht mal, dass in dem Haus abgesehen von diesem schießwütigen Tattergreis überhaupt noch wer wohnt.«

»Wissen wir inzwischen Genaueres über den Tatzeitpunkt?«

»Anhand des Gerinnungszustands des Bluts: Mitternacht plus/minus eine Stunde.«

Ich stützte die Ellbogen auf den Tisch, nahm die Brille ab, massierte meine Nasenwurzel. »Die Frage ist erstens, wie schwer ist Cordes verletzt? Und zweitens, wo steckt er jetzt? Durch den Schlag auf den Kopf könnte er orientierungslos sein. Oder sogar später wieder in Ohnmacht gefallen sein.«

»Oder an einer Hirnblutung gestorben«, ergänzte Balke, ohne eine Miene zu verziehen.

Ich setzte die Brille wieder auf die Nase. »Verteilen Sie sein Foto an alle Reviere im Umkreis von – sagen wir, hundert Kilometern. Irgendwann wird er irgendwo wiederauftauchen.«

»Dead or alive.« Grinsend warf Balke einen Blick in seine Notizen, kratzte sich am Hinterkopf. Seine fast weißblonden Haare schnitt er jeden Morgen selbst, hatte er mir einmal erzählt, mithilfe eines Bartschneiders in der Einstellung »Dreitagebart«.

»Der Medizinmann, mit dem ich gesprochen habe, meint, nach Lage der Dinge müsste Cordes zumindest eine ordentliche Gehirnerschütterung haben. Der Kerzenständer wiegt anderthalb Kilo, damit kann man schon was anrichten.«

Balke hatte kaum mein Büro verlassen, als Sönnchen den nächsten Anrufer meldete.

»Wieder eine Frau. Achtung, sie klingt ein bisschen schräg.«

»Ich habe ihn gesehen!«, raunte mir Sekunden später eine heisere Stimme ins Ohr.

»Wen?«

»Den Mörder, den wo Sie suchen.«

»Wir suchen zurzeit keinen Mörder. Es ist ja niemand ums Leben gekommen.«

Erst nach einigem Hin und Her wurde mir klar, dass ich mit Veronika Schuster sprach, der Schwiegertochter des kämpferischen alten Herrn in der Krämergasse. Mit Freuden war sie bereit, zu mir zu kommen und mir Auge in Auge von ihren Beobachtungen in der Tatnacht zu berichten. Wie viele Menschen heutzutage war sie begeisterte Leserin von Kriminalromanen und brannte darauf, die Kripo von innen zu sehen und sogar einen leibhaftigen Kommissar kennenzulernen. Auch wenn dieser, wie in meinem Fall, schon lange kein solcher mehr war.

»Kriminaloberrat!«, rief sie beglückt. »Das klingt ja fast noch besser.«

Veronika Schuster war einige Jahre älter als ich, wirkte ein wenig verlebt und abgearbeitet. Sie trug eine graue Jeans und einen cremefarbenen Rollkragenpullover, die bloßen Füße steckten in Birkenstocksandalen, ihren Zehennägeln hätte ein wenig mehr Pflege gutgetan. Das einzige Bunte an ihr war eine Halskette aus Plastikperlen. Ihre beiden Söhne seien groß und längst aus dem Haus, erzählte sie mir, während sie umständlich Platz nahm.

»Der Ältere hat grad sein Examen als Ingenieur gemacht

und fängt im September bei der ABB an, der Jüngere studiert Sport.«

Ihr Mann reparierte bei der Rhein-Neckar-Verkehr GmbH Straßenbahnen. Es war nicht zu überhören, dass alle Hoffnungen des alternden Paars auf dem Haus ihres Schwiegervaters ruhten, der sich leider mit empörender Sturheit weigerte zu sterben.

»Es war am Montagabend, ich wollt grad wieder gehen. Es ist so gruselig da, seit alles leer steht und das Licht im Treppenhaus jetzt auch nicht mehr funktioniert. Und wie ich an der Wohnungstür bin, da hör ich unten die Haustür gehen. Die lässt sich ja schon ewig nicht mehr abschließen. Aber mein Schwiegervater, dieser Geizkragen, lässt ja alles verkommen. Es ist so eine Schande, so eine Schande ist das, und wenn man mal was sagt, dann schreit er einen an und wird nur noch eigensinniger.«

Ihre Augen waren so grau wie die Jeans, und die strähnigen Haare waren auf dem besten Weg dazu, es ebenfalls zu werden. Irgendwann aber würden sie und ihr Mann stolze Besitzer eines stark renovierungsbedürftigen Mietshauses im Herzen der Heidelberger Altstadt und zumindest auf dem Papier Millionäre sein – so viel stand fest.

»Sie haben also jemanden auf der Treppe getroffen?«

»Gott behüte, nein! Ich hab bloß durch den Spion geguckt. Und da seh ich, wie einer die Treppe raufsteigt, ein Mann, schon bisschen älter. Bis ganz nach oben ist er gegangen, dort, wo seit Neuestem dieser junge Mann wohnt. Stimmt es eigentlich, dass der im Gefängnis war?«

Ich bejahte.

»Wohnen kann man das ja nicht nennen, in der Bruchbude. Er wird nichts Besseres gefunden haben, denk ich.«

Nach ihrer Miene zu schließen war sie nicht begeistert gewesen, als ihr Schwiegervater ausgerechnet einen verurteilten Totschläger in seinem Haus wohnen ließ.

»Wie hat er ausgesehen, der Mann auf der Treppe?«

»Groß, ziemlich groß.« Sie nickte wichtig. »Mitte fünfzig etwa. Er hat ziemlich geschnauft auf der Treppe, obwohl er gar nicht dick war.«

Ihre Beschreibung passte zu Ledersohlen und Schuhgröße sechsundvierzig. Allerdings definitiv nicht auf Stefan Grosser.

»Das konnten Sie alles sehen, obwohl es im Treppenhaus stockdunkel war?«

»Es war nicht ganz dunkel. Direkt vor dem Haus hängt eine Straßenlaterne.«

Ich erfuhr, dass die Mieter in den beiden unteren Geschossen schon vor Monaten ausgezogen waren.

»Wegen diesem ewigen Geknalle nämlich. Jede verdammte Nacht schießt der Alte Flugzeuge ab und versenkt Kriegsschiffe und U-Boote. Das ist doch nicht normal, oder was sagen Sie? Unsere Jungs haben auch so Sachen gespielt, aber da waren die fünfzehn oder sechzehn und nicht zweiundneunzig! Mein Schwiegervater war früher bei der Bundeswehr, vielleicht liegt's daran. Pionier war er, Bataillonschef sogar.« Sie spielte mit der bunten Kette, kratzte sich an der etwas zu langen Nase. »Und jetzt steht das Haus leer, es kommt kein Geld mehr rein, aber meinen Sie, er tät sich um neue Mieter kümmern? Lieber verjubelt er seine schöne Pension mit teuren Fernsehern und Computerspielen und lässt das Haus verrotten.«

»Wie ging es dann am Montagabend weiter?«

»Ich hab noch gehört, wie er oben geklopft hat. Die Klingeln gehen ja seit Neuestem auch nicht mehr, und dann haben sie geredet. Verstehen konnt ich nichts, weil der Alte den Fernseher wieder mal so laut gedreht hat. Ich bin dann husch, husch die Treppe runter und ab nach Hause. Richtig Herzklopfen hab ich gehabt. Seit dieser Mörder im Haus ist, kann man sich ja nicht mehr sicher fühlen. Bald gehe ich überhaupt nicht mehr hin. Soll der alte Dickkopf doch sehen, wie er ohne mich zurechtkommt, ist doch wahr!

Ständig meckert er an einem rum, die schlimmsten Sachen wirft er einem an den Kopf. Je älter sie werden, die Männer, desto kindischer werden sie wieder.«

»Können Sie sagen, wie spät es ungefähr war?«

»Halb elf war's. Wie ich auf mein Rad gestiegen bin, hat die Uhr von der Heiliggeistkirche zweimal geschlagen, das weiß ich noch genau.«

Am frühen Nachmittag poppte eine E-Mail aus Deidesheim auf – die dortigen Kollegen hatten Cornelius Nebergers älteren Bruder ausfindig gemacht, der das elterliche Weingut in Neustadt an der Weinstraße übernommen hatte. Unter der angegebenen Nummer meldete sich eine atemlose und ein wenig begriffsstutzige Frau, die einige Minuten brauchte, bis sie ihren Mann schließlich im Gärkeller fand.

»Um was geht's?«, rief dieser aufgebracht ins Telefon. »Wieso Polizei?«

Auch er wusste nicht, was aus seinem Bruder geworden war. »Soll mir bloß vom Hals bleiben, der Blödkopf! Wenn der noch mal hier aufkreuzt, das sag ich Ihnen, ich hetz den Hund auf ihn!«

Cornelius hatte seinen Bruder vor etwa einem Jahr zum letzten Mal heimgesucht.

»Ausgesehen hat er, das sag ich Ihnen, wie der Tod persönlich. Verletzt war er auch, Schnittwunde an der Schulter, blaue Flecken überall und eine verbeulte Fresse dazu. Wer ihn so durch den Wolf gedreht hat, wollt er nicht verraten. Die Marianne hat ihn dann verbunden, ihm was zu essen gemacht und wollt ihn ein bisschen aufpäppeln. Aber am nächsten Tag, das sag ich Ihnen, hat er dermaßen den Tremor gekriegt, weil er natürlich seine Drogen gebraucht hat. Und irgendwann am Nachmittag ist er dann auf einmal nicht mehr da gewesen und die Kasse aus dem Verkaufsraum auch. Siebenhundert Euro und ein paar Zerquetschte! Wenn mir der noch mal unter die Augen kommt, das sag ich Ihnen, dann setzt's was! Der klaut bei mir nichts mehr, der nicht!«

Gerade als ich Frau Hoeffner zurückrufen wollte, begann das Telefon zu läuten. Auch Balke hatte sich um Neberger gekümmert und einiges von Interesse herausgefunden. Ich bat ihn zu mir, und nach gefühlten zehn Sekunden stand er vor meinem Schreibtisch.

Neberger hatte sich in den vergangenen Jahren an diversen Orten polizeibekannt gemacht, erfuhr ich. Meist ging es dabei um wenig aufregende Dinge wie nächtliche Ruhestörung, Pöbeleien, versuchte oder vollzogene Taschendiebstähle. In Freiburg hatte er sein Unwesen getrieben, in Stuttgart, Hannover, Köln und Berlin. Hie und da war er festgenommen worden, aber bis auf den einen Fall in Mannheim vor drei Jahren war es nie zur Anklage gekommen, sondern man hatte ihn mit guten Ratschlägen versehen und wieder laufen lassen.

»Zuletzt war er in Würzburg«, fuhr Balke fort. »Da hat er erst vorige Woche im Hofgarten einem Opa das Portemonnaie geklaut.«

Der alte Herr hatte den Diebstahl jedoch bemerkt und ein ziemliches Geschrei veranstaltet, woraufhin ein geistesgegenwärtiger Mitbürger dem nicht mehr ganz nüchternen Dieb ein Bein gestellt hatte.

Etwas in Balkes Miene und auch in seiner Stimme hatte sich seit unserem letzten Gespräch verändert. Er wirkte heiterer, entspannter, irgendwie gelöster.

»Dieses Mal kommt er nicht so billig davon«, war er überzeugt.

Der alte Herr hatte zwar keinen Verlust erlitten, war jedoch in der Aufregung über seine eigenen Beine gestolpert und hatte sich das Handgelenk gebrochen.

»Und Neberger hat eine Anzeige wegen Körperverletzung an der Backe.«

Da er jedoch ausnahmsweise einen festen Wohnsitz in einer Studenten-WG nachweisen konnte, hatten die Würzburger Kollegen ihn nach Aufnahme der Personalien bis zur Hauptverhandlung auf freien Fuß gesetzt.

Bei der WG hatte Balke schon angerufen.

»Das Mädel, mit dem ich gesprochen habe, sagt, er hätte noch am selben Tag sein Bündel gepackt und sich vom Acker gemacht.«

»Weiß sie auch, wohin er wollte?«

»Halten Sie sich gut fest, Chef.«

»Nach Heidelberg?«

»Er hätte irgendwas von einem Kumpel gemurmelt, bei dem er unterkriechen kann.«

»Hat dieser Kumpel auch einen Namen?«

»Sie denken an Cordes?«

»Fragen Sie die Frau doch bitte, was für Schuhe der junge Mann normalerweise trägt.«

Das hatte mein mitdenkender Mitarbeiter natürlich längst getan.

»Sneakers, zurzeit markenlose von Aldi. Er hat auch noch ein Paar Reeboks, aber die zieht er so gut wie nie an, sagt Svenja.«

Svenja? Ich konnte mir ein Schmunzeln nicht ganz verkneifen. Balke war mit seiner markigen Miene und dem sportgestählten Körper der heimliche und oft auch nicht ganz so heimliche Schwarm mancher Kollegin gewesen. Über die Jahre war es an dieser Front zwar ein wenig ruhiger geworden, aber noch immer konnte er nicht verhindern, dass Frauen von leichten Schwächeanfällen heimgesucht wurden, wenn sie nur seine Stimme hörten.

»Svenja?«, fragte ich.

Sein Blick wurde weich. »Sie ist echt supernett. Stammt wie ich von der Küste.«

Man hörte es, sobald er den Mund aufmachte, dass Balke im hohen Norden aufgewachsen war, in einem Örtchen östlich von Bremen. Seine Haut war hell und sonnenbrandgefährdet, das raspelkurz geschnittene Haar angemessen blond. Nun lehnte er sich behaglich zurück, streckte die durchtrainierten Biker-Beine in der eng sitzenden Jeans unter meinen Schreibtisch.

»Sie studiert Geschichte und Politologie. Am Wochenende wollen wir uns mal auf einen Kaffee treffen. Nach Würzburg wollte ich immer schon mal. Soll sehr nett sein.« Er lächelte noch zwei Sekunden vor sich hin, dann kehrte er in den rauen Polizeialltag zurück und setzte sich wieder aufrecht hin. »In der WG ist übrigens keiner traurig, dass Neberger nicht mehr da ist.«

»Hi, Alex«, begrüßte mich Gustaf Cordes' Mutter mit warmer Stimme. »So trifft man sich also wieder.«

»Hallo.« Mehr fiel mir als Antwort zunächst nicht ein. »Daphne, richtig? Hab ganz vergessen, dich zurückzurufen, sorry, tut mir wirklich leid.«

In Wirklichkeit hatte ich es keineswegs vergessen, sondern verdrängt, weil ihr Vorname ungute Erinnerungen in mir weckte. Wie viele Frauen mochte es in Deutschland geben, die diesen seltenen Namen trugen? Tausend? Fünftausend? Und nun hatte ich also ausgerechnet die eine am Telefon. Ihre Mutter war ein glühender Fan von Daphne du Maurier gewesen, hatte sie mir in jener Nacht vor über dreißig Jahren erzählt, und so war sie zu ihrem etwas altbackenen Vornamen gekommen. Damals hatte sie ihn gehasst – wie manches andere in ihrem jungen Leben. Selbst nach so langer Zeit hatte ich ihre Stimme sofort wiedererkannt.

»Roth habe ich damals geheißen. Und sag jetzt bitte nicht, du erinnerst dich nicht mehr an mich.«

»Das ist ja wirklich eine Überraschung …«

»Hast es weit gebracht, habe ich auf eurer Homepage gelesen. Polizeichef, alle Achtung!«

»Wenn du wüsstest«, seufzte ich, »wie schlecht der Staat

seine Beamten bezahlt. Und außerdem: nur Kripochef. Es gibt noch einen über mir.«

»Bist du verheiratet? Ich habe mir jetzt nicht die Mühe gemacht, mir die Finger wund zu googeln.«

»In festen Händen.«

»Me too«, gurrte sie in so verruchtem Ton, als würde dieser Umstand ihr Interesse an mir eher verstärken als dämpfen. Sie war ja schon damals kein Kind von Traurigkeit gewesen …

»Gustaf ist also dein Sohn?«, fragte ich blödsinnigerweise.

»Ralph hat mir eine Nachricht geschickt, dass Gustaf überfallen und halb totgeschlagen worden ist. Und jetzt ist er angeblich verschwunden, stimmt das?«

»Ganz so schlimm ist es hoffentlich nicht.«

»Er ist nicht verschwunden?«

»Nach allem, was wir bisher wissen, ist er nicht allzu schwer verletzt.«

Dass ihr Sohn schlimmstenfalls auch tot sein könnte, verschwieg ich, um sie nicht noch mehr zu beunruhigen. Ich berichtete Daphne das Wenige, was wir bisher wussten. Den Teil, den wir nur fürchteten, behielt ich für mich.

»Finde ihn«, bat sie ernst und plötzlich ganz unsexy. »Ich bitte dich, Alex. Finde ihn und bring ihn zur Vernunft. Der Junge muss endlich zur Ruhe kommen. Er hätte zur Abwechslung auch mal ein bisschen Glück verdient.«

»Wie ist es dir denn so ergangen?«, fragte ich, um wenigstens die Minimalanforderungen der Höflichkeit zu erfüllen.

»Gemischt«, erwiderte sie nach einigem Zögern. »Sei mir nicht böse, ich möchte das nicht vertiefen. Ich bin wieder verheiratet, heiße jetzt Hoeffner, aber … na ja. Freu dich, dass es für dich so gut läuft. Bist ein Glückspilz, Alex. Du hältst mich auf dem Laufenden, ja?«

»Ich schreibe mir gerade deine Nummer auf.«

Die Vorwahl auf dem Display war 0931. Daphne hatte aus

Würzburg angerufen, fand ich mithilfe weniger Mausklicks heraus, nachdem sie unvermittelt und grußlos aufgelegt hatte.

Zufall, oder …?

Ich nahm den Hörer noch einmal in die Hand und rief sie zurück.

»Kennst du einen Cornelius Neberger?«

»Neberger? Wer soll das sein?«

Mit einem Mal klang sie sehr erschöpft. Als hätte unser Telefonat sie ihre letzte Kraft gekostet.

»Er war vor Jahren mal mit Gustaf befreundet.«

»Nie gehört, nein. In den Monaten, bevor das mit Oli … passiert ist, hatte ich praktisch keinen Zugang mehr zu Gusti, weißt du? Wenn er nicht mit irgendwelchen Kumpels oder Kumpelinen auf Tour war, hat er sich in seinem Zimmer eingeschlossen und gekifft. Erzählt hat er uns schon lange nichts mehr. Es war furchtbar, mit anzusehen, wie er immer tiefer in seinem Sumpf versunken ist, vielleicht auch in einer richtigen Depression, ich weiß es bis heute nicht. Ich weiß nur, wir haben überhaupt keinen Draht mehr zu ihm gefunden. Außer Annalisa, die noch am ehesten.«

Annalisa war der Name der verschwundenen Tochter.

»Bismarckplatz«, wiederholte ich, schon halb im Stehen. »Ost- oder Westseite?«

»Mal da, mal da«, erwiderte die Kollegin, die glaubte, Cornelius Neberger entdeckt zu haben. »Mal schnorrt er Leute an, mal hockt er mitten auf dem Platz am Boden und glotzt Löcher in die Luft, dann eiert er wieder rum ohne Ziel und Plan. Schätze, der ist voll bis Oberkante Unterlippe.«

»Sie sind sich ganz sicher, dass er es ist?«

»Gar nicht, nein. Aber da ist eine ziemliche Ähnlichkeit, und mein Kollege meint auch, die Beschreibung könnte passen.«

»Beobachten Sie ihn weiter, aber bitte unauffällig aus der Ferne. Wir kommen und übernehmen.«

Von der Heidelberger Polizeidirektion zum Bismarckplatz braucht man zu Fuß bei normaler Geschwindigkeit vielleicht eine Viertelstunde. Balke und ich schafften es in der Hälfte. Cornelius Neberger – ich war mir schon nach dem ersten Blick sicher, dass er es war – kauerte jetzt neben einem überquellenden Mülleimer und kramte in seinen wenigen Sachen. Wir beobachteten, wie er sich am Mülleimer hochzog, auf die Füße kam und mit hängenden Schultern in Richtung Neckarbrücke davontorkelte. An seinen Füßen leuchteten weiße, überraschend saubere Sportschuhe im blassen Licht der Nachmittagssonne. Die Beine steckten in einer lappigen Jeans, die so aussah, als wäre sie ihm zwei Nummern zu weit. Darüber trug Neberger eine für die Temperatur viel zu warme auberginenfarbene Steppjacke. In der Hand hielt er einen großen blauen Rucksack, der hin und wieder am Boden schleifte, was den Besitzer jedoch nicht weiter zu stören schien.

Balke und ich folgten ihm, blieben jedoch auf Abstand, da ich den Mann im Getümmel des belebten Platzes nicht ansprechen wollte.

Mit schleppenden Schritten überquerte Neberger die letzte Ampel vor der Brücke bei Rot. Ein kleiner gelber Audi musste scharf bremsen, die dunkelhaarige Fahrerin hupte aufgebracht, reckte gleich beide Mittelfinger. Neberger gönnte ihr nicht einmal einen Blick, schlurfte weiter. Auch wir warteten nicht auf Grün, achteten jedoch immerhin auf den dichten Verkehr. Dadurch gewann der offensichtlich völlig zugedröhnte Junkie einige Meter Vorsprung.

Als wir die andere Straßenseite erreichten, war er schon fast auf der Mitte der Brücke. Dort war es relativ ruhig, während am anderen Ende wieder mehr Menschen unterwegs waren. Wir beschleunigten unsere Schritte. In diesem Augenblick blieb Neberger stehen, hatte auf dem Gehweg gegenüber jemanden entdeckt, den er anscheinend kannte. Es war ein Mann, etwa im selben Alter wie er, aber sehr viel kräftiger gebaut.

Balke und ich machten halt und beobachteten möglichst unauffällig, was weiter geschah. Der Fremde überquerte mit ausgreifenden Schritten die Straße, schlug Neberger leutselig und so kräftig auf die Schulter, dass dieser vorübergehend das Gleichgewicht verlor und von seinem Bekannten gehalten werden musste. Ich nickte Balke zu, und wir gingen langsam näher. Als wir die beiden Männer erreichten, hielt ich meinen Dienstausweis hoch.

»Polizei«, sagte ich ruhig. »Kein Stress, nur ein paar Fragen.«

»Fragen an wen?«, wollte der Große in aggressivem Ton wissen und baute sich drohend vor mir auf.

»An Ihren Freund. Von Ihnen will ich nichts.«

»Und um was geht's, wenn man fragen darf?«

»Darf man nicht, sorry. Lassen Sie mich bitte durch.«

»Also, jetzt hören Sie aber mal!«, mischte sich nun auch noch ein rüstiger Rentner mit Krückstock ein. »Sind wir schon wieder so weit?«

Aus den Augenwinkeln sah ich, dass Neberger zu laufen begann, überraschend flott angesichts seines Zustands. Balke hatte es ebenfalls bemerkt, drängelte sich an uns vorbei und sprintete los, um ihn noch vor dem Ende der Brücke einzuholen.

»Zeig doch noch mal deinen Ausweis her!«, blaffte mich Nebergers Bekannter an. »So ein Kärtchen kann sich ja jeder Trottel mit einem Farbdrucker basteln.«

»Da hat der junge Mann vollkommen recht«, sprang ihm der Rentner bei. »Ich dachte eigentlich, wir leben hier in einem Rechtsstaat ...«

Nun machte auch ich mich groß. »Wenn Sie mich nicht sofort vorbeilassen, dann verpasse ich Ihnen eine Anzeige wegen Behinderung der Polizeiarbeit.«

»Der junge Mann hat aber ein Recht darauf, dass Sie sich ausweisen«, trumpfte der Rentner mit zunehmend rotem Gesicht auf. »Sie tragen ja nicht mal Uniform. Wo sind wir denn hier?«

»Anzeigen, soso.« Ein hämisches Grinsen erschien auf dem breiten Gesicht des anderen Blödmannes. »Da bin ich ja gespannt, wie du mich anzeigen willst, wo du nicht mal weißt, wer ich bin, du eingebildeter ...«

Da die beiden mir die Sicht versperrten, konnte ich nicht sehen, was weiter hinten geschah.

Aber hören konnte ich. Stimmen, aufgebrachte Stimmen.

Ein lautes »Ahhh!« aus einem Männermund.

Die Schreie einer Frau.

Mehr Schreie, jetzt auch von anderen.

Ich rempelte den Kerl zur Seite und spurtete los.

Neberger war nicht mehr zu sehen.

Am Boden lag etwas.

Ein Mensch.

Zusammengekrümmt.

Balke.

Die Frau, die als Erste geschrien hatte, kam über die Straße gelaufen. Mit überkippender Stimme und wild fuchtelnd schrie sie: »Ein Messer! Der andere hat ein Messer! Er hat ihn ... in den Bauch hat er ihn ...«

Unter meinem Mitarbeiter breitete sich erschreckend schnell eine große, dunkle Lache aus.

Ich beugte mich über ihn, sprach ihn an. Erhielt keine Antwort.

Ich packte seine Schulter und schüttelte ihn. Keine Reaktion.

Am Straßenrand bremste ein Wagen. Blaulicht zuckte. Polizei. Verstärkung, dem Himmel sei Dank.

Zusammen mit den neu hinzugekommenen Kollegen, einer mittelalten, ruhigen Blondine und einem jüngeren, sehr aufgeregten Bartträger, drehten wir den Bewusstlosen auf den Rücken. Balkes Gesicht war weiß wie Milch. Immerhin schien er noch zu atmen.

»Sieht böse aus«, meinte die Kollegin. »Er hat ihn in den Bauch gestochen.«

Und hatte dabei hoffentlich nicht die Aorta verletzt, die größte Arterie eines Menschen. Stumm und verbissen versuchten wir, die Blutung irgendwie zu stoppen, während jemand nach einem Rettungswagen telefonierte, der glücklicherweise schon kurze Zeit später neben uns bremste.

Als ich wieder zu Atem kam, war Balke auf dem Weg ins Uniklinikum zur Notoperation. Und der Idiot, dem ich dieses Elend verdankte, war natürlich verschwunden.

»Wie siehst du denn aus?«, entfuhr es Theresa bei meinem Anblick.

Nachdem das Amtliche überstanden war, war ich von der Brücke nicht mehr zurück ins Büro gegangen, sondern zu Theresa, in mein zweites Zuhause. Erschöpft sank ich in ihre weichen Arme.

Meine Liebste half mir aus dem Mantel. Erst jetzt merkte ich, dass an meiner Kleidung Blut war, an den Händen, an den Schuhen, sogar in meinem Gesicht.

Mir war sterbenselend.

»Möchtest du einen Kaffee? Einen Cognac? Sag endlich, was ist passiert?«

Langsam, stockend erzählte ich. Merkte, wie mein Puls sich allmählich beruhigte, das Brausen in den Ohren nachließ. Mechanisch trank ich den Espresso, den sie vor mich hinstellte. Dass sie ihn zubereitete, hatte ich nicht einmal bemerkt.

»Hast du noch was von dem Primitivo?«, fragte ich irgendwann.

Wortlos stellte sie ein Glas vor mich hin, zog den Korken aus der Flasche, schenkte mir einen Schluck ein.

»Mehr!«

Sie zögerte, tat mir den Gefallen.

»Was sagen die Ärzte?«, fragte sie.

»Bisher noch gar nichts. Ich hoffe, er verblutet ihnen nicht auf dem Operationstisch.«

»Ihr habt ein Riesenglück gehabt, dass der Notarzt so schnell gekommen ist.«

Und dass das Uniklinikum so nah war.

Wenn ich in der allgemeinen Aufregung richtig verstanden hatte, dann war der Rettungswagen auf der Rückfahrt von einem Routineeinsatz gewesen, als der Notruf ihn erreichte. Nur deshalb war er innerhalb von weniger als einer Minute zur Stelle gewesen.

Und deshalb lebte Sven Balke jetzt vielleicht noch.

Vielleicht.

Ich schob mein leeres Glas zu Theresa. »Mehr. Bitte.«

»Ich glaube nicht, dass Alkohol im Moment das Richtige für dich ist.«

»Doch, ist es.«

Sie schenkte das Glas noch einmal halb voll, schlug demonstrativ den Korken in die Flasche.

»Du solltest lieber etwas essen.«

Entsetzt schüttelte ich den Kopf. »Ich ... Mir ... Später vielleicht.«

Sie überredete mich schließlich doch, eine Kleinigkeit zu mir zu nehmen. Es gab Spaghetti alla Puttanesca, die ich so liebte und die Theresa besser zubereitete als manche Profiköche. Ich schaffte es tatsächlich, fast eine halbe Portion hinunterzuwürgen. Als Belohnung wurde mir noch einmal ein halbes Gläschen vom Rotwein gewährt.

Zwischendurch rief ich immer wieder im Klinikum an, um mir immer wieder dasselbe anzuhören: Man operiere. Niemand könne sagen, wie lange noch und welche Komplikationen sich vielleicht einstellen würden, wie die Perspektive des Patienten war.

Was mich ein wenig beruhigte: Tote werden nicht operiert. Solange die Ärzte nicht aufgaben, gab es Hoffnung. Balke war jung und stark, verfügte über eine robuste Natur und einen Sportlerkreislauf.

Theresa umsorgte mich, ohne mir mit allzu großem Mitleid auf die Nerven zu gehen. Sie spielte Wunschkonzert für mich, suchte sogar eine alte Deep-Purple-LP heraus, weil ich aus irgendeinem Grund unbedingt *Smoke on the Water* hören wollte. Wieder und wieder und so laut, dass die Boxen schepperten. Ich bildete mir ein, harte Musik wäre gut für mich, würde meine erschütterten Neuronen wieder in die richtige Ordnung rütteln, und eine von Theresas Grundüberzeugungen lautete, der Patient wisse in aller Regel am besten, was gut für ihn ist.

In homöopathischen Dosen schenkte sie Primitivo nach, hatte auch für sich ein Glas geholt. Als wir uns gegen Mitternacht schlafen legten, war ich dennoch ziemlich betrunken.

6

Am Donnerstagmorgen kam ich zu spät ins Büro, da ich – wenig überraschend – miserabel geschlafen hatte. Erst als ich mich schon eine ziemliche Weile im Bett gewälzt hatte, war der erlösende Anruf aus dem Klinikum gekommen: Die Operation war erfolgreich verlaufen, der Patient hatte jedoch sehr viel Blut verloren und würde bis auf Weiteres in einem künstlichen Koma gehalten werden. Sollten sich keine unerwarteten Komplikationen einstellen, dann würde er schon in einigen Tagen von der Intensivstation auf eine normale Station verlegt werden können.

In der Nacht hatte ich allen möglichen Unsinn geträumt, abwechselnd geschwitzt und gefroren, war gefühlte tausend Mal aufgeschreckt mit rasendem Puls und eiskalten Händen. Entsprechend gut war meine Laune an diesem Morgen. Eine kleine Aufmunterung war das, was Sönnchen mir gleich beim Eintreten berichtete: Thorsten Kröger war noch in der Nacht festgenommen worden, der Bodybuilder, der mich gestern auf der Brücke angepöbelt und daran gehindert hatte, Balke zu begleiten. Er trug ganz eindeutig die Schuld daran, dass Balke jetzt nicht in seinem Büro saß, sondern in der chirurgischen Abteilung des Uniklinikums lag und von irgendwelchen komplizierten Geräten am Leben gehalten werden musste.

»Ich will ihn sehen. Sofort.«

»Wollen Sie nicht vielleicht erst mal …«

»Sofort. Hier, in meinem Büro.«

»Dann lass ich ihn raufbringen. Wen soll ich noch dazuholen?«

»Niemanden.«

»Herr Gerlach …«

»Es wird keine offizielle Vernehmung.«

»Sondern?«

Ich ärgerte mich, weil sie natürlich recht hatte. Aber mein innerer Schweinehund verlangte Genugtuung. Er wollte, dass ich diesem Maulhelden sofort und mit größtmöglicher Deutlichkeit zeigte, wo in diesem Haus der Hammer hing.

»Nennen Sie es einen freundschaftlichen Meinungstausch. Und keine Angst, ich werde ihn schon nicht umbringen. Nur ein bisschen foltern.«

Zehn Minuten später saß Kröger mir gegenüber auf einem mit blauem, schon ein wenig verschlissenem Stoff bezogenen Besucherstuhl. Heute wirkte er sehr viel kleiner und schmaler als bei unserem gestrigen Zusammentreffen. Auch er hatte eine unruhige Nacht hinter sich.

Und er tat mir den Gefallen, sofort frech und unverschämt zu werden.

»Ich verlange sofort …«

»Du verlangst hier gar nichts«, fuhr ich ihm in die Parade. »Du hältst die Klappe, bis ich dich was frage.«

»Das ist eine b… eine bodenlose Unverschämtheit, was Sie sich hier leisten.«

»Das ist erstens richtig und zweitens eine kleine Retourkutsche für gestern.«

Nun schwieg er erst mal.

»Und?«, fragte ich nach kurzer Pause. »Bist du stolz auf dich?«

Sofort ging er wieder in die Luft: »Das geht Sie einen Sch… einen Scheißdreck an, wie …« Seine Empörung klang nicht überzeugend. Wie erwartet, plagte ihn das schlechte Gewissen. Und das war schon mal ein guter Anfang. Leiser fügte er hinzu: »Wie kommen Sie überhaupt dazu, mich zu duzen?«

»Ganz einfach«, erwiderte ich mit galliger Fröhlichkeit. »Gestern hast du mich geduzt, heute duze ich dich. Du kannst dich später gerne irgendwo beschweren.«

Ich weiß, ich benahm mich kindisch und unprofessionell

und verstieß außerdem gegen gleich mehrere Vorschriften. Aber ich fühlte mich verdammt gut dabei.

»So läuft das aber nicht, M... Mann!«, jammerte mein Gegenüber, dessen Selbstbewusstsein dahinschmolz wie Neuschnee in der Märzsonne. »Hier gibt's ja nicht mal ein Tonband! Das ist v... voll illegal, was Sie da machen!«

»Weißt du was?« Ich beugte mich vor, fixierte ihn, bis er die Augen niederschlug. »Das hier ist *mein* Büro, und was ich hier darf und was nicht, bestimmt nur einer, nämlich *ich.*« Ruckartig ging ich wieder auf Abstand. Kröger sah auf, schloss kurz die Augen, als würde mein Anblick ihn blenden, senkte den Blick wieder. »Und weißt du auch, warum?«, fuhr ich allmählich ein wenig friedlicher fort. »Weil ich hier der Boss bin, und du bist seit gestern nur noch ein armes, ziemlich kurzes Würstchen, das demnächst eine Menge Stress und Ärger am Hals haben wird.«

»Ich werd ... also, sobald ich hier raus bin, können Sie aber was erleben!«, versetzte er kleinlaut.

Ich schwieg unheilvoll.

»*Ich* hab Ihrem Kollegen doch nichts getan!« Da Kröger nicht mehr wusste, wohin er noch blicken sollte, schloss er einfach die Augen. »Sie können mir nicht anhängen, dass Conny, dieser Vollhorst, ein Messer gehabt und auch noch zugestochen hat. Mir doch nicht.«

Damit hatte er allerdings vollkommen recht.

»Was wollen Sie?«, fragte er tonlos und mit immer noch geschlossenen Augen. »Was wollen Sie hören? Dass ich mich scheiße fühle? Tu ich, absolut. Soll ich mich entschuldigen? Mach ich, bitte sehr: Ent-schul-di-gung. Oder muss ich niederknien und den Boden küssen?«

»Deine Entschuldigung kannst du dir sonst wo hinstecken. Und du darfst ruhig sitzen bleiben.«

»Was wollen Sie dann?«, fragte Kröger jetzt fast weinerlich.

»Neberger.«

»Woher soll ich wissen, wo der jetzt steckt?«

»Wetten, dass es Ihnen wieder einfällt, wenn wir noch eine Weile so gemütlich zusammensitzen und plaudern?«

»Wenn ich es doch nicht weiß.«

Kröger hing zusammengesunken auf seinem Stuhl, kaute auf der blassen Unterlippe. Hin und wieder öffnete er den Mund, als wollte er etwas sagen, schloss ihn jedes Mal wieder. Schließlich atmete er tief ein und sagte mit gepresster Stimme:

»Okay. Ich kenne zwei, drei WGs, wo er früher manchmal gepennt hat. Vielleicht hilft Ihnen das ja.«

Ich ergriff einen Stift. »Ich höre.«

»Und bitte, was gestern passiert ist, das wollt ich wirklich nicht. Ich hab doch keine Ahnung gehabt, wie dieser Spast drauf ist. Dass der auf einmal so austickt ...«

»Woher kennen Sie ihn eigentlich?«

Auch mein Gegenüber hatte für einige Zeit an der Nadel gehangen, erfuhr ich, allerdings rechtzeitig den Absprung geschafft.

Ich drückte den Knopf meines Kugelschreibers. »Und wo sind nun diese WGs?«

Eine war in Neuenheim, dort also, wohin Neberger gestern Abend unterwegs gewesen war.

»Schröderstraße, Hausnummer weiß ich nicht. Hab da selber mal ein paar Monate gehaust, als Zwischenmieter. Von daher kenn ich auch den Conny. Wir haben ihn dann aber bald wieder rausgeschmissen, nachdem er einmal den Flur und das andere Mal die Küche vollgekotzt hat.«

»Schröderstraße – geht's vielleicht ein bisschen genauer?«

»Auf der Südseite ist es. Links daneben steht ein zweistöckiges Häuschen, gegenüber ist ein Kosmetikladen.«

Die zweite Wohngemeinschaft, die Kröger mir nannte, kannte ich schon. Sie residierte in einem abbruchreifen Gebäude an der Sandgasse und war bis vor wenigen Monaten das Zuhause von Louises Freund Michael gewesen. In diesem Moment wurde mir klar, dass ich Neberger schon einmal begegnet war. Ich war einmal in der Wohnung gewesen, um Michael einige Fragen zu stellen. Damals hatte im vermüllten Wohnraum der WG ein ausgemergelter Kerl auf dem Sofa gelegen und geschlafen. Michael hatte ihn geweckt und verscheucht wie einen Straßenköter. Und dabei hatte er den anderen »Conny« genannt.

Kröger nannte mir noch zwei weitere Adressen, wo Neberger untergekrochen sein könnte, und am Ende fiel ihm sogar noch eine fünfte ein. In seinem Beisein schickte ich ein kleines Geschwader von Streifenwagen los. Vorsichtshalber zwei pro WG, denn dort hausten nicht selten Menschen, deren Wertschätzung der Polizei sich eher in Grenzen hielt. Da steigerte eine gewisse personelle Übermacht die Kooperationsbereitschaft oft deutlich.

Anschließend ließ ich Kröger in seine Zelle im Kellergeschoss zurückbringen. Bis Mitternacht durfte ich ihn noch ohne weitere Formalitäten festhalten, und ein bisschen Strafe musste einfach sein.

Im Lauf der nächsten halben Stunde trudelten die Meldungen der uniformierten Kollegen ein – allesamt Fehlanzeigen. Niemand in den WGs, die sie aufgesucht hatten, hatte in den letzten Monaten von Cornelius Neberger gehört oder ihn gar gesehen. Viele kannten den Namen nicht einmal, da die Bewohner häufig wechselten. In der Zwischenzeit war mir jedoch eine andere Idee gekommen.

Ich hatte Glück und erreichte Mick auf dem Weg von einer Vorlesung zur nächsten. Louises Freund studierte Mathematik im zweiten Semester.

»Conny? Klar kenn ich den Hirni, wieso?«

»Könntest du dich ein bisschen in der Szene umhören? Du kannst ja erzählen, er schuldet dir noch Geld.«

Mick lachte. »Tut er tatsächlich. Über zweihundert Euronen. Aber ich bin ja selber schuld …«

»Es wäre ein bisschen eilig. Er hat gestern Abend einem Kollegen von mir ein Messer in den Bauch gerammt.«

»Scheiße, echt?« Im Hintergrund lachten einige junge Frauen. Heute war ein sonniger Tag, fiel mir erst jetzt auf. »Der Conny, ein Messer? Hab immer gedacht, der Typ ist zwar blöd wie die Polarnacht, aber harmlos. Weißt du was? Die nächste Vorlesung ist mir eh wurscht. Der Dozent ist ein Labersack, der nichts so erklären kann, dass es ein normaler Mensch versteht. Jetzt hab ich wenigstens einen guten Grund, sie zu schwänzen. Du hörst von mir, Alexander, gib mir zwei Stunden.«

Michaels Optimismus war leider nicht berechtigt gewesen, gestand er mir frustriert, als er mich gegen Mittag zurückrief. Conny Neberger sei zwar seit einigen Tagen wieder in der Stadt, hatte er in Erfahrung gebracht, aber niemand in der Szene habe ihm sagen können, wo er zurzeit steckte.

»Wahrscheinlich hat der die Biege gemacht, als ihm klar geworden ist, was für eine Scheiße er gebaut hat. Vielleicht nach Frankreich rüber?«

Dieser Gedanke war mir auch schon gekommen. Seit heute Morgen lief eine europaweite Fahndung nach ihm.

Nachmittags um kurz vor vier kam von völlig unerwarteter Seite die Erlösung: Wir konnten Cornelius Neberger deshalb nicht finden, weil er längst gefunden war. Es war wieder einmal eine dieser Geschichten, bei denen man als Vorgesetzter schreiend glatte Wände hochklettern möchte.

»Trau mich gar nicht, es Ihnen zu sagen«, begann der ältere der beiden Kollegen, die mit betretenen Mienen und den Dienstmützen in den verschwitzten Händen vor mir standen. »Also, gestern Abend nämlich …«

Die beiden waren zusammen auf Streife gewesen. Zu Fuß. In Neuenheim.

»Und da haben wir dann also diese Schnapsleiche gefunden. Obwohl, gefunden trifft's nicht ganz …«

Sie hatten einen Hinweis erhalten, im Park des Pflegeheims St. Hedwig liege eine hilflose Person. Es war schon zehn vor acht gewesen, kurz vor Ende ihrer Schicht, und eigentlich hatten sie diese lästige Sache den Kollegen der nächsten Schicht überlassen wollen. Da sie jedoch ohnehin in der Nähe waren, hatten sie sich schließlich doch zum Ort des Geschehens bemüht, den am Boden in seiner Kotze liegenden, nicht mehr ganz jungen Mann besichtigt, einen Rettungswagen gerufen und nach dem Eintreffen der Sanitäter zielstrebig den wohlverdienten Feierabend angetreten.

»Den Bericht wollten wir gleich heut Morgen schreiben. Aber dann ist so ein Trubel gewesen wegen diesem Dings, Sie wissen schon.«

»Wenn ich Sie richtig verstehe«, sagte ich mühsam beherrscht, »dann wollen Sie andeuten, dass dieser Dings, wie Sie ihn nennen, jetzt in irgendeinem Krankenhaus gemütlich seinen Rausch ausschläft.«

Zerknirschtes Nicken in Stereo. Die zwei Pechvögel wagten nicht mehr, mir ins Gesicht zu sehen, und mein Blick muss in diesen Sekunden auch ziemlich mörderisch gewesen sein. Da versetzte man die Polizei halb Europas in Aufruhr, hetzte zig Kollegen durch die Gegend, und der Mann, nach dem man so fieberhaft fahndete, erholte sich in nächster Nähe in einem weichen Bett von den Strapazen seines Junkie-Alltags.

»Wohin haben die Sanis ihn denn gebracht?«

»Ins Vincentius«, gestand der Jüngere, der bisher noch kein Wort gesagt hatte. »Das hab ich noch gehört, wie wir weggegangen sind.«

Ein kurzer Anruf in der Klinik bestätigte mir, dass Cornelius Neberger gestern Abend tatsächlich als Patient aufgenommen worden war. Ich verabschiedete die beiden, die ja im Grunde nicht viel falsch gemacht hatten und genug unter ihren Selbstvorwürfen und der Furcht vor dem unvermeidlichen Spott ihrer Kollegen litten.

Kurz darauf war ich zusammen mit Klara Vangelis auf dem kurzen Weg zum St.-Vincentius-Krankenhaus, das keine zweihundert Meter von der Stelle entfernt lag, wo Neberger sein Messer gezückt hatte.

Vangelis fuhr, ich telefonierte.

»Zimmer dreihundertzehn«, erklärte mir der Mann an der Rezeption. »Soll ich die Stationsschwester schon mal vorwarnen, dass Sie kommen?«

Als ich Minuten später in die Augen der resoluten, kräftig gebauten und momentan ein wenig blassen Schwester blickte, ahnte ich sofort, dass schon wieder etwas schiefgegangen war.

»Vor einer Stunde ist er wirklich noch da gewesen«, erklärte sie aufgeregt gestikulierend. »Aber wie ich grad in sein Zimmer gucke, da … na ja …«

Ich roch den üblichen Krankenhausgeruch, hörte die typischen Krankenhausgeräusche, fühlte die verhalten brodelnde Hektik um mich herum, die in Kliniken heutzutage überall herrschte wegen des allgegenwärtigen Personalmangels und Rationalisierungsdrucks.

Neberger hatte sich von seinem Tropf befreit, seine abgerissenen Klamotten angezogen, seinen schmutzigen Rucksack genommen und still, aber zügig das Weite gesucht.

In finsterem Schweigen fuhren wir mit dem Lift ins Erdgeschoss hinunter, durchquerten im Sturmschritt das moderne Foyer, bestiegen unseren Dienstwagen, der in der absoluten Halteverbotszone stand. Vangelis wendete so zackig, dass die Reifen quietschten.

»Wir haben ihn bald«, knurrte ich kochend vor Zorn. »Wir kriegen ihn. Weit kann er nicht sein.«

Ich wollte diesem Kerl endlich in die Augen sehen. Ich wollte ihn weinen sehen. Ich wollte …

Handytrillern unterbrach meine Mordfantasien.

»Biegen Sie da vorne links ab«, sagte ich zu Vangelis, als ich das Gespräch beendete.

Kollegen von der Schutzpolizei hatten Neberger entdeckt, während sie die Altstadt zu Fuß durchstreiften, wo sie den Taschendieben und anderem Gesindel das Leben ein wenig ungemütlicher machten. Der Mann, den wir so fieberhaft suchten, saß zu Füßen des großen Brunnens auf dem Marktplatz.

Fünf Minuten später waren wir vor Ort. Neberger ließ sich willenlos festnehmen, schien nicht mehr zu begreifen, wie ihm geschah. Sein Gesicht hatte die Farbe von leicht angegammeltem Magerquark, die Lippen waren blau, und er zitterte am ganzen Leib.

Alles passte schon fast zu perfekt: Neberger kannte Gustaf von früher, er war auf der Suche nach einer Unterkunft gewesen, er trug Sportschuhe Made im Fernen Osten. Gustaf hatte seinen alten Drogenkumpel in die Wohnung gelassen, man hatte zusammen Bier getrunken auf die alten Zeiten, aus irgendeinem Grund hatte es Streit gegeben, und am Ende hatte Neberger seinem Gastgeber den Kerzenständer an den Hinterkopf geschlagen. Aus diesem Grund hatte er so überreagiert, als Balke ihn ansprach.

Die notwendigen Beweise würden mir die Kollegen von der Kriminaltechnik beschaffen. Blutspuren an Nebergers Händen, längst abgewaschen, aber dennoch nachzuweisen. Seine Fingerabdrücke in der Wohnung und auf der Tatwaffe. Spuren des Treppenhausstaubs an seinen Sohlen. Spuren seines Opfers an der Kleidung.

Alles war nur noch eine Frage der Zeit und gewissenhafter Laborarbeit.

Bis ich Neberger in die trüben Augen sehen und ihm meine Fragen an den Kopf werfen konnte, würde es nach Meinung der Ärztin, die ihn inzwischen untersucht hatte, leider noch ein wenig dauern.

»Der Mann ist voll auf Turkey«, erklärte sie mir fröhlich entspannt. »Ich habe ihm Methadon gespritzt und einen

Tropf mit Nährlösung verpasst. Wahrscheinlich hat er seit Tagen nichts gegessen.«

»Alles kein Grund, einem Menschen ein Messer in den Bauch zu rammen«, grummelte ich und schluckte meine Verbitterung hinunter. Vermutlich war es ganz gut, dass ich mich ein wenig beruhigen konnte, bevor die erste Vernehmung begann.

Als endlich wieder so etwas wie Ruhe eingekehrt war und ich wieder an meinem Schreibtisch saß, meldete Sönnchen einen externen Anruf.

»Wieder eine Frau, eine ganz junge diesmal. Sie ist ein bisschen schüchtern und will nicht mit der Sprache raus, um was es geht. Soll ich trotzdem …?«

»Hier ist Svenja«, hörte ich die Anruferin Sekunden später mit stark norddeutsch gefärbter Mädchenstimme sagen. »Svenja Hagenbeck. Bitte entschuldigen Sie die Störung, aber ich …« Sie schluckte, klang, als würde sie gleich in Tränen ausbrechen. »Ich rufe wegen Sven an, weil … Ich kann ihn nicht mehr erreichen, sein Handy ist aus, und dabei wollten wir doch gestern Abend telefonieren. Ich habe schon alle möglichen Leute angerufen, aber keiner will mir etwas sagen. Die Kliniken sagen, ich soll mich an die Polizei wenden. Bei der Polizei heißt es, ich soll mit dem Chef reden. Sie sind doch der Chef?«

Offenkundig sprach ich mit der Studentin, die gestern Vormittag das verliebte Lächeln in Balkes Gesicht gezaubert hatte. Von der er erfahren hatte, dass Neberger seit Neuestem wieder in Heidelberg war. Was am Ende dazu führte – ach herrje!

Der Mann, dessen Stimme sie so schmerzlich vermisste, lag immer noch im künstlichen Koma, hatte ich erst vor wenigen Minuten erfahren, man war jedoch optimistisch, dass er die Rundumversorgung der Intensivstation bald nicht mehr nötig haben würde.

Ich verriet der jungen Frau nur, dass Balke gestern im

Dienst verletzt worden war und im Krankenhaus lag. Dass er bis auf Weiteres nicht zu sprechen sein würde, sie sich aber dennoch keine Sorgen machen müsse. Svenja reagierte geschockt, schien nun wirklich Tränen in den Augen zu haben. Da hatte es offenbar nicht nur auf Balkes Seite heftig gefunkt bei diesem Telefonat gestern.

»Er ist aus zähem Holz«, versuchte ich Svenja zu trösten. »Der ist bald wieder auf den Beinen.«

»Wenn Sie ihn sehen, würden Sie ihm bitte sagen, dass ich angerufen habe?«, bat sie verzagt. »Vielleicht könnten Sie ihm auch meine Nummer geben für den Fall, dass er das Handy dabeihat? Wäre echt sooo lieb von Ihnen, Herr … Wie war noch mal Ihr Name?«

7

»Warum?«, begann ich am Freitagmorgen um Punkt neun mein erstes Gespräch mit Cornelius Neberger, das ich deshalb nicht Vernehmung nannte, weil so die Anwesenheit eines Anwalts und diverse andere Lästigkeiten nicht erforderlich waren. »Warum das Messer? Ich verstehe es einfach nicht.«

Dass der Mann, der mir mit krummem Rücken und gehetztem Blick gegenübersaß, noch keine dreißig Jahre alt war, hätte bei seinem Anblick niemand geglaubt. Auf der Straße hätte ihn jeder auf mindestens fünfzig geschätzt. Sein Gesicht war zerfurcht wie ein frisch gepflügtes Kartoffelfeld und grau wie ein Meer bei Regen, der Mund stand ständig halb offen, was den Eindruck minderer Intelligenz noch verstärkte. Der stumpfe Blick fand nirgendwo Halt, im Sekundentakt liefen Schauer durch den ausgemergelten Körper, als wäre er kurz vor dem Erfrieren. Sein Atem ging leise pfeifend.

Als ich meine Frage in etwas drängenderem Ton wiederholen wollte, nuschelte Neberger endlich etwas wie: »Weiß auch nich. Wollt ich nich. Voll scheiße gelaufen irgendwie, Mann.«

In seinem Gepäck hatten meine Leute außer ein wenig Marihuana keine weiteren Drogen gefunden. Seine Barschaft belief sich zurzeit auf elf Euro siebzehn. Irgendetwas anderes von Wert hatte er nicht bei sich gehabt.

Die Schule hatte Neberger mit der mittleren Reife abgeschlossen, wusste ich inzwischen, seine Noten waren nicht einmal besonders schlecht gewesen, und anschließend hatte er in Frankfurt eine Ausbildung zum biologisch-technischen Assistenten begonnen. Diese hatte er jedoch schon nach zwei Monaten wieder beendet. Er war nach Neustadt an der Weinstraße zurückgekehrt, seine Heimatstadt, hatte dort eine Lehre als Möbelschreiner angefangen und dieses Mal schon nach einer Woche abgebrochen. Noch gestern Abend hatte Laila Khatari für mich Nebergers tabellarischen Lebenslauf zusammentelefoniert.

»Warum?«, fragte ich wieder. »Ist eine Woche nicht ein bisschen arg wenig?«

»Der Meister«, nuschelte Neberger mit nervösem Zwinkern. »Ist voll das Arschloch gewesen. War aber auch sonst nix für mich. Hab mich so … beengt gefühlt. Unfrei, irgendwie.«

»Als Nächstes haben Sie es als Buchhändler probiert, lese ich hier.«

Er nickte, gewann allmählich ein wenig Sicherheit und vielleicht auch Klarheit im Kopf. »Bloß ein Praktikum, so versuchsweise quasi. Hat aber auch nicht so gepasst. Arbeit in geschlossenen Räumen ist irgendwie nix für mich. Und ständig: ›Mach das, mach jenes, beeil dich gefälligst mal …‹ Bin mehr so der Freiheitstyp irgendwie.«

Auch sein Arbeitgeber hatte bald eingesehen, dass die Arbeit in einer Buchhandlung nichts für einen Freiheitstyp wie Neberger war, und ihm schleunigst wieder zu mehr frischer Luft verholfen. Der gescheiterte Praktikant hatte die Entlassung nicht weiter krummgenommen, einige Zeit herumgegammelt, mit Freunden abgehangen, hin und wieder ein wenig gejobbt.

»Prospekte verteilen und so. Bei der Weinernte geholfen. So Sachen. Aber die Schufterei bei der Ernte – nee. Ohne mich.«

An die Drogen war er wohl schon in seiner Frankfurter Zeit geraten. Bald war ihm auch das gelegentliche Arbeiten irgendwie zu einengend geworden, sodass er begann, sich das Geld, das er zum Leben brauchte, durch kleinere Diebstähle zu beschaffen. Den Anfang hatte er bei seinen Eltern gemacht, die ihn, nachdem er sich hatte erwischen lassen, unverzüglich und dieses Mal endgültig vor die Tür setzten. Daraufhin hatte er seinen ständigen Wohnsitz nach Mannheim verlegt, wo er fürs Erste bei einem alten Bekannten unterkriechen konnte: Stefan Grosser.

»Haben Sie damals schon an der Nadel gehangen?«

Verlegenes, verkrampftes Nicken.

»Damals haben Sie auch Gustaf kennengelernt? Gustaf Cordes?«

»Der Gusti«, murmelte er, in irgendwelchen wirren Gedanken versunken. »Sitzt im Bunker, hab ich gehört.«

»Seit ein paar Wochen ist er wieder draußen.«

Zum ersten Mal sah Neberger mir ins Gesicht. »Sind echt schon fünf Jahre rum seit der Scheiße mit seinem Scheißbruder?«

Sollte es sein, dass der Kerl doch nicht so dumm war, wie ich dachte?

»Ja, so schnell vergeht die Zeit. Haben Sie das etwa gar nicht gewusst?«

Neberger kaute auf der eingefallenen, unrasierten Backe, kratzte einen Pickel neben seiner großen Nase blutig, schien meine Frage überhört oder nicht verstanden zu haben. »Wenn der Oli mein Bruder gewesen wär – ich hätt dem auch eins über die Rübe gehauen, echt wahr.«

»Kommen wir noch mal zu gestern Abend. Wieso sind Sie abgehauen? Sie hatten doch nichts zu befürchten.«

»Weil ...« Wieder durfte ich eine Weile sein nervöses Mienenspiel beobachten. »Hab mal Stress mit paar Typen gehabt. Schulde denen noch bisschen Asche ...«

»Und da haben Sie gedacht, wir wollen das Geld von Ihnen eintreiben, und haben mal eben meinen Kollegen erstochen?«

»Wie hätt ich denn ahnen sollen, dass der Bulle ist? Dann hätt ich doch nicht ... Ich bring doch keinen um. Ist er denn ...« Sein Blick wurde panisch. »Ist er echt tot?«

»So gut wie. Es steht Spitz auf Knopf.«

»Was kriegt man für so was?«

Nein, so verblödet, wie ich gedacht hatte, war er offenbar doch nicht. »Wenn Sie sehr viel Glück haben, kommen Sie mit schwerer Körperverletzung davon.«

Der Blick ging wieder auf unruhige Wanderschaft. »Heißt?«

»Wenn der Richter einen guten Tag hat, kommen Sie mit zwei, drei Jahren davon. Wenn er schlecht geschlafen hat, ist leicht auch das Doppelte drin. Und wenn es richtig schlecht läuft, wenn mein Kollege nicht überlebt, wenn Sie irgendwelche Mätzchen versuchen, dann werde ich persönlich dafür sorgen, dass der Staatsanwalt auf Mord plädiert.«

»Mord?«, keuchte Neberger.

»Beten Sie, dass er durchkommt, sonst werden Sie den Knast nie wieder von außen sehen.«

»Ey, Mann, ich bin doch total zu gewesen! Hab null Peilung gehabt, was ich mache!«

»Für mich hat es anders ausgesehen. Sie haben ganz genau gewusst, was Sie taten. Und das werde ich vor Gericht auch aussagen.«

»Wie sie mich in das Scheißkrankenhaus gefahren haben, konnt ich nicht mal mehr stehen«, quengelte er. »Wie soll ich denn da …«

»Ach, wissen Sie«, ich winkte kalt lächelnd ab, »diesen Trick haben schon die Neandertaler gekannt. Sie haben sich natürlich erst hinterher die Kante gegeben, damit Sie mildernde Umstände kriegen. Nachtrunk nennen die Juristen das. Die Masche zieht bei uns schon lange nicht mehr.«

Nun wurde er richtig laut. »Das ist doch voll die Verarsche hier!«, heulte er. »Sie wollen mich hinhängen, weil ich …«

Ich beugte mich weit vor und fiel ihm grob ins Wort: »Weil Sie einen von meinen Leuten wahrscheinlich umgebracht haben, ganz richtig.«

»Wollt ich doch nicht!« In Nebergers Augen loderte jetzt blankes Entsetzen. »War doch bloß so'n Kurzschlussdings. Hab doch gar nicht mehr gewusst, wo ich bin und was ich mache.«

Ich wandte eine Methode an, die immer wieder zu erstaunlichen Erfolgen führt: abrupter Themenwechsel. »Sie wissen, wo Ihr alter Freund Gusti zurzeit wohnt?«

Neberger stutzte, schien zu überlegen, ob sich hinter dieser Frage eine Falle verbergen könnte, und erkannte die Falle leider auch. »Nö«, behauptete er, ohne mir ins Gesicht zu sehen. »Hab ja nicht mal gewusst, dass er wieder draußen ist.«

»Sagen Sie.« Ich beugte mich noch weiter vor. Unwillkürlich wich er zurück. »Er hat eine nette kleine Dachwohnung in der Krämergasse. Dort ist er vor vier Tagen überfallen und schwer verletzt worden. Wir haben am Tatort massenhaft Spuren gefunden, und ich wette, viele davon sind von Ihnen. Spätestens morgen werde ich Ihnen beweisen können, dass Sie dort waren. Wenn Sie hier ein paar Punkte machen wollen, dann packen Sie jetzt gleich aus, und nicht erst, wenn ich Ihnen die Beweise vorlege.«

»Bullshit!«, schrie Cornelius Neberger, nun gar nicht mehr grau im Gesicht. »Alles Bullshit, was Sie da labern! Sie wollen mich hinhängen, wegen ... weil ... wegen der Scheiße mit dem Messer halt.« Er legte das Gesicht in die schmutzigen Hände mit schwarzen Trauerrändern an den Fingernägeln. »Shit, Shit, Bullshit.«

»Ich sage Ihnen jetzt mal, wie es wirklich war«, fuhr ich milder fort und entspannte mich wieder.

»Das interessiert mich einen Scheiß, Mann!«

»Sie haben am Montagabend Ihren alten Freund besucht, weil Sie ein Bett gesucht haben. Sie haben Bier getrunken, es hat Streit gegeben, und dann haben Sie ihm eine mit dem Leuchter verpasst ...«

»Weiß nix von einem Scheißleuchter, Mann!«

»Sie haben gedacht, er ist tot, wollten die Leiche wegschaffen, aber als Sie im Treppenhaus waren, ist er wieder zu sich gekommen …«

»Bullshit!«, keifte er mit viel Spucke und überkippender Stimme. »Alles Bullshit!«

»Bei unserem Telefonat sagten Sie, wir sollten uns treffen«, sagte Ralph Cordes zwei Stunden später am Telefon. »Inzwischen habe ich mich ein wenig … nun, gefangen und denke, es wäre möglicherweise doch eine gute Idee.«

»Wann und wo?«, entgegnete ich nicht übermäßig freundlich. Ich war immer noch wütend, weil Neberger kein Geständnis ablegen wollte.

»Überall, nur bitte nicht bei Ihnen.«

»Es ist sehr ruhig und gemütlich hier. Unsere Maschine macht einen ganz wunderbaren Kaffee …«

»Mir wäre es aus gewissen Gründen trotzdem angenehmer auf … neutralem Boden. Ich verbinde ungute Erinnerungen von damals mit …« Am anderen Ende der Leitung herrschte für eine Weile nervöses Schweigen. Dann sprach Ralph Cordes in plötzlich verändertem Ton weiter: »Ich werde allmählich wahnsinnig, Herr Gerlach. Erst das Drama mit Oliver, die Scheidung. Und jetzt, wo ich dachte, es ist endlich überstanden, ich kann Gustaf vielleicht ein wenig dabei helfen, sein Leben in den Griff zu bekommen, da … Wie groß ist die Wahrscheinlichkeit, dass er überhaupt noch lebt, was denken Sie?«

»Seine Verletzung scheint nicht allzu schwer zu sein. Aber bei Kopfverletzungen lässt sich leider nie vorhersagen, was am Ende die Folgen sein werden.«

»Gustaf sei auf der Treppe schon wieder zu sich gekommen, sagten Sie. Weshalb ist er nicht weggelaufen? Weshalb hat er nicht die Polizei gerufen?«

»Vielleicht hält er sich versteckt aus Angst, sein Gegner könnte es noch einmal versuchen. Und auf die Polizei ist er vermutlich – wie Sie auch – nicht allzu gut zu sprechen.«

»Er könnte sich doch stattdessen bei mir melden oder bei seiner Mutter, bei irgendjemandem? Er kann sich doch denken, dass wir uns Sorgen machen.«

Vielleicht weil Gustaf benommen davongewankt war, später eine Gehirnblutung erlitten hatte und jetzt irgendwo tot in einem Keller, in einer finsteren Ecke, im Neckar lag? Vielleicht weil der Täter ihn in den Schwitzkasten genommen und fortgeschleppt hatte, um Gott weiß was mit ihm anzustellen? Vielleicht hielt er sich auch wirklich einfach nur versteckt.

Mein anfänglicher Optimismus, Gustaf Cordes werde bald wiederauftauchen, begann sich zu verflüchtigen.

»Früher oder später wird er sich bei Ihnen melden«, behauptete ich dennoch.

Der besorgte Vater stöhnte. »Wir sollten uns wirklich treffen, Herr Gerlach. Ich habe sonst niemanden, mit dem ich über diese Dinge sprechen könnte und …«

Es war zehn vor zwölf. »Ich komme zu Ihnen«, sagte ich kurz entschlossen. »Passt es Ihnen in einer halben Stunde?«

»Mir wäre es, ehrlich gesagt, lieber …« Er verstummte mitten im Satz.

»Was?«, fragte ich, allmählich ein wenig genervt von seinem Mangel an Entschlusskraft. »Was wäre Ihnen lieber?«

»Könnten wir uns vielleicht bei dem Haus treffen?«, fragte er demütig. »Bei dem Haus, wo Gustaf …?«

Ralph Cordes erwartete mich auf dem schmalen Gehweg. Er war ein mittelgroßer, hagerer, früh ergrauter und gebeugter Mann etwa in meinem Alter und trug einen komisch blauen und lange nicht gebügelten Anzug. Der Vater hatte viel Ähnlichkeit mit seinem Sohn, von dem ich ja schon Fotos gesehen hatte. Das längliche Gesicht, die tief liegenden Augen, sogar der Blick. Seine Miene war ansonsten nichtssagend, sein Händedruck der eines Waschlappens. Außer dem Lieferwagen eines Paketdienstes stand vor der Tür des Mietshauses ein rot lackierter Transporter mit der Aufschrift einer Mannheimer Elektrofirma. Aus dem Haus war das Geratter von Bohrhämmern zu hören. Der Radau erstarb, eine kehlige Männerstimme fluchte in einer slawisch klingenden Sprache.

Gustafs Vater wollte die Wohnung sehen, in der sein Sohn gehaust hatte. So traten wir ins staubige Dämmerlicht des Treppenhauses, stiegen die krumm getretenen Stufen hinauf, trafen auf zwei Handwerker, die ihre ohrenbetäubenden Arbeiten schon wiederaufgenommen hatten und nur für Sekunden noch einmal unterbrachen, um uns vorbeizulassen. Als wir vor der Tür zur Dachgeschosswohnung standen, wusste mein Begleiter plötzlich nicht mehr, was er hier wollte.

Ich hatte vorsorglich den Schlüssel mitgebracht, zerriss die beiden Polizeisiegel, nacheinander betraten wir die karg möblierten Räume, sahen uns auch in der Küche um. Cordes schien nach etwas zu suchen, vielleicht einem versteckten Hinweis auf den Verbleib seines Sohnes, vielleicht nach etwas anderem. Er öffnete sogar den altersschwachen Kühlschrank, der bis auf eine letzte Bierflasche, eine Tüte Supermarktbrot, ein Restchen Butter und ein großes Stück schon etwas eingetrocknetem Gouda leer war.

Als wir schließlich im Wohnraum standen, wo immer noch die längst eingetrockneten und von frischem Baustellenstaub überpuderten Flecken am Boden zu sehen waren, blieb Cordes abrupt stehen, schwankte, und für einen Moment fürchtete ich, er könnte im nächsten Augenblick umkippen. Sicherheitshalber trat ich näher an ihn heran. Sein Atem ging jetzt stoßweise, als litte er an Atemnot. Er sah mich an, als wollte er sich vergewissern, dass ich ihn nicht im Stich ließ.

»Seltsam«, sagte er so leise, dass ich ihn im Baulärm kaum

verstand. »Ich fühle nichts. Keine Wut, keine Angst, keine ... In mir ist so eine Leere, ich weiß nicht ...«

»Was halten Sie davon, wenn wir irgendwo in der Nähe einen Happen essen?«, fragte ich mit Blick auf die Uhr. Ich hatte keine Lust, meine Mittagspause in diesem staubigen Loch zu vertrödeln.

Zu meiner Überraschung war Cordes, der inzwischen wieder fest auf seinen großen Füßen stand, sofort einverstanden. An diesen Füßen sah ich rehbraune Schnürschuhe. Altmodische Schnürschuhe mit glatten Sohlen. Die Größe schätzte ich auf mindestens fünfundvierzig ...

»Was wollten Sie in der Wohnung?«, fragte ich, als wir uns kurz darauf an einen der letzten freien Tische des Restaurants *Goldener Falke* setzten. Das Lokal lag am Marktplatz, nur wenige Schritte von Gustafs Wohnung entfernt.

Auf meine Frage fiel Cordes auch nach längerem Nachdenken keine Antwort ein. Wir hatten nur einen Zweiertisch im hinteren Bereich des Lokals erwischt, da die Tische an den Fenstern alle schon belegt waren. Um uns herum wurde fast ausschließlich Englisch oder Japanisch gesprochen.

Mutlos sah mein Gegenüber mir ins Gesicht. »Seit das mit Gustaf geschehen ist, laufe ich herum wie ferngesteuert. Alles, was ich vergessen glaubte, verarbeitet, vergangen, ist plötzlich wieder da. Sie kennen die Tragödie, die Gustaf ins Gefängnis gebracht hat?«

»Nur ungefähr.« Ich blätterte nebenbei in der Speisekarte, entschied mich für überbackenen Fetakäse, obwohl mein Magen Lust auf die Schlemmerplatte meldete. Cordes blätterte ebenfalls, allerdings ohne wirklich hinzusehen, wählte schließlich eine Gemüsesuppe mit Backerbsen.

»Ich habe die Akten bisher nur überfliegen können«, fuhr ich fort, nachdem wir unsere Bestellungen losgeworden waren.

»Weshalb haben Sie sie nicht gründlicher studiert?«, fragte Cordes irritiert.

»Weil es im Moment nicht darum geht, was vor sechs Jahren war, sondern um das, was in der Nacht von Montag auf Dienstag passiert ist.«

»Vielleicht hilft es Ihnen aber zu wissen, was damals war?«

»Dann erzählen Sie«, sagte ich und nickte aufmunternd. »Vielleicht kann ich mir dadurch die Aktenleserei ersparen.«

»Nun«, begann Cordes mit trostlosem Blick auf die hübsch gemaserte Tischplatte aus dunklem Holz. »Im Grunde ist es eine ganz simple Geschichte. Wir waren alle zu einer Hochzeit eingeladen, in einem Nachbarort. Die Braut – ich weiß nicht einmal mehr ihren Namen – war eine Freundin von Daphne.«

»Wie heißt dieser Ort?«

»Rauenberg. Sie kennen es vermutlich.«

Ich wusste immerhin, dass das Städtchen etwa fünf Kilometer südlich von Wiesloch lag, wo die Familie Cordes damals lebte. Dort gewesen war ich allerdings noch nie. Die Hochzeitsfeier hatte in einem noblen Hotel stattgefunden.

»In der Villa Bellini wurde gefeiert. Die liegt etwas außerhalb am Hang in einem kleinen Park. Um die achtzig Gäste waren da. Alles sehr gediegen und in gewisser Weise sogar vornehm. Die Feier muss ein kleines Vermögen gekostet haben.«

Der Name des Hotels sagte mir nichts. »Ihre Frau hat mich übrigens gestern angerufen.«

»Ach ja?«, fragte Cordes überrascht. »Weshalb?«

»Aus demselben Grund wie Sie: Weil sie sich Sorgen um ihren Sohn macht.«

»Das hätte sie vielleicht früher tun sollen«, sagte er mit verkniffener Miene.

Unsere Getränke wurden serviert. Wir hatten beide Wasser bestellt, ich medium, Cordes ohne Kohlensäure. Er trank gierig, wischte sich mit dem Handrücken über den Mund. Vor den Fenstern sah ich mal geschäftige, mal entspannte Menschen hin- und herziehen, ab und zu Touristengruppen aus aller Herren Ländern, die versuchten, ihre Führer nicht zu verlieren. Weiße Kumuluswolken zogen freundlich in Richtung Osten. Vielleicht würde es nun doch bald Sommer werden. Allerdings, fiel mir ein, hatte der Wetterbericht heute Morgen bereits die Ausläufer des nächsten Atlantiktiefs angekündigt.

Cordes stierte immer noch mit leerem Blick auf den Tisch, schien wieder einmal finsteren Gedanken nachzuhängen.

»Sie waren also bei einer Hochzeitsfeier …«, versuchte ich ihn wieder ins Hier und Jetzt zurückzuholen. »Ihre Söhne aber nicht.«

Plötzlich kam er wieder zu sich. »Nein. Doch. Oliver wollte von vornherein nicht mit. Er hatte solchen Ärger damals wegen seiner Firma. Gustaf war dabei, anfangs wenigstens. Später nicht mehr.«

»Ihr Ältester hatte eine Firma?«

»Gehabt«, wurde ich mit saurer Miene korrigiert. »Sie ist pleitegegangen, und deshalb hatte er Schulden. Große Schulden. Ein Gläubiger hatte ihn sogar verklagt, und in der folgenden Woche sollte der Prozess beginnen.«

»Darf ich fragen, von welchen Summen wir sprechen?«

»Etwas über eine halbe Million. Die Pleite seiner Firma war übrigens auch der Grund dafür, dass er wieder bei uns lebte. Seine große Wohnung musste er aufgeben, sein Auto auch. Er hatte nichts mehr.« Cordes lachte traurig. »Weniger als nichts, um genau zu sein.«

»Gustaf hat die Feier später wieder verlassen?«

»Er fand solche Dinge entsetzlich langweilig und ist irgendwann einfach verschwunden. Ohne jemandem Bescheid zu geben oder sich von den Gastgebern zu verabschieden, hat er sich davongeschlichen. Das war ja immer schon seine Art: einfach weggehen, wenn ihm etwas nicht passt. Bereits als Kind war er so. Sobald es unangenehm wurde, war Gustaf nicht mehr da.«

»Und weiter?«

»Nun, wir haben gegessen und getrunken, was man auf solchen Feiern eben tut. Daphne hat getanzt. Nicht mit mir. Ich tanze nicht so gerne.«

Offenbar war sie immer noch die ausdauernde Tänzerin, die sie schon vor dreißig Jahren gewesen war. Allein, wenn ich ihren Namen hörte, stieg mein Puls, und meine Handflächen wurden feucht. Ich räusperte mich.

»Wie ist er nach Hause gekommen?«

»Zwischen sieben und acht war er plötzlich verschwunden. Als er zu Hause war, ist er angeblich auf direktem Weg in sein Zimmer gegangen und rasch eingeschlafen. Irgendwann in der Nacht muss er wieder hinuntergegangen sein. Benebelt von Alkohol oder schlimmeren Dingen. Es habe Streit gegeben, hat er später ausgesagt. Sie haben damals ja ständig gestritten, die beiden, und nicht nur sie.« Cordes fuhr sich mit der Rechten fahrig über die hohe Stirn. »Es war eine schreckliche Zeit. Sehr belastend für uns alle. Wir wollten Oliver nicht im Stich lassen, hatten andererseits nicht die Mittel, seine Schuldner zu befriedigen. Daphne hat sogar das Haus beliehen, es war ihr Haus. Einiges hatten wir auch auf der hohen Kante, aber es hätte dennoch nie und nimmer gereicht. Und ständig hing dieser Prozess über uns wie ein Damoklesschwert …«

Hinter dem Tresen ließ jemand einen Teller fallen. Fast gleichzeitig warf ein Kleinkind an einem der Fenstertische ein Glas um. So herrschte für kurze Zeit Geschrei und Gelächter um uns herum. Aus der Küche duftete es nach Knoblauch.

»Wie ist es an dem Abend weitergegangen?«

»Ganz unspektakulär. Wir ahnten ja nicht, was zu Hause los war. Auch ich bin kein großer Freund solcher Anlässe, um ehrlich zu sein. Ich habe es eher ertragen als genossen und bin so früh wie möglich nach oben in unser Hotelzimmer gegangen und habe mich hingelegt. Lange konnte ich nicht einschlafen, daran erinnere ich mich noch. Ich musste sogar eine Tablette nehmen.«

Da damit zu rechnen war, dass Alkohol getrunken würde, hatte man im Hotel übernachtet und war nachts nicht mehr nach Wiesloch zurückgefahren.

»Wann Daphne ins Bett kam, kann ich nicht sagen. Am nächsten Morgen lag sie neben mir und hat fast bis Mittag geschlafen. Später hat sie sich geärgert, weil wir Gustafs Zimmer bezahlen mussten, obwohl er es nicht einmal betreten hatte.«

Die junge Frau, die den Teller hatte fallen lassen, servierte unser Essen unfallfrei. Ihr Gesicht war immer noch ein wenig gerötet.

Ich wiederholte meine Frage, wie Gustaf nach Hause gekommen war. »Hatte er einen eigenen Wagen?«

Cordes brachte sogar ein kleines Lachen zustande. »Er hat zwar einen Führerschein, ist aber so gut wie nie gefahren. Solche bürgerlichen Dinge sind ihm unwichtig. Per Anhalter ist er nach Hause gefahren, das hat er Ihren Kollegen später erzählt.« Er schluckte, sah auf seine schmalen Hände, die er auf dem Tisch wie zum Gebet gefaltet hatte. Daran klebten Spuren von Gips und Farbe, bemerkte ich erst jetzt.

Schon bei unserem ersten Telefonat war mir aufgefallen, dass Cordes sich gerne gewählt ausdrückte. Manchmal verstummte er mitten im Satz, bis er das passende Wort gefunden hatte.

»Er war so anders als Oliver, der keine Minute still sitzen konnte, ständig neue Unternehmungen plante und oft genug auch verwirklichte.«

»Aber am Ende ist er pleitegegangen ...«

»Richtig.« Er nickte müde. »Aber er hatte es immerhin

versucht. Gustaf hat nie etwas versucht. Wir haben ihm die Wege geebnet, ihn zu einem Studium gedrängt. Er hat es murrend begonnen und gleich im ersten Semester wieder aufgegeben. Wann das mit den Drogen angefangen hat, weiß ich bis heute nicht. Am Ende hat er praktisch nur noch in seinem Bett gelegen, Musik gehört, Haschisch geraucht und kaum noch etwas gegessen.«

Nur den Kontakt zu seiner Schwester Annalisa hatte er nicht abgebrochen. Sie war die Einzige in der Familie, die noch ein wenig Einfluss auf ihn hatte.

»Mit uns … mit Daphne und mir wollte er nichts mehr zu tun haben. Nachdem er das Studium abgebrochen hatte, haben wir es mit mehr Härte versucht. Das Resultat war, dass er anschließend überhaupt nicht mehr mit uns gesprochen hat.«

»Wie alt waren Ihre Kinder damals?«

»Oliver achtundzwanzig, Gustaf einundzwanzig, Annalisa achtzehn.«

»Wer hat den Toten am nächsten Tag gefunden?«

»Auch das wissen Sie nicht?« Erstaunt, fast empört sah er mich an. »Ich, ich war es. Am frühen Sonntagnachmittag. Im Hotel gab es noch einen großen Brunch. Aber weder Annalisa noch ich hatten Appetit. Deshalb haben wir uns bald verabschiedet. Ich war mit meinem Wagen da, Daphne in ihrem geliebten Alfa Romeo. Und da … da lag er dann. Oliver. Tot. Im Wohnzimmer. Und … die Hunde …«

Cordes brach ab. Starrte blicklos in seine Suppe, die er bisher nicht angerührt hatte. Wieder und wieder schluckte er, als gäbe es einen Kloß im Hals, dem er einfach nicht gewachsen war.

»Was war mit den Hunden?«

Er nahm den Löffel in die Hand, konnte sich jedoch noch immer nicht überwinden, die Suppe zu probieren. »Oliver musste ja immer alles haben. Schon als Kind hat er anderen die Spielsachen weggenommen. Eine riesengroße Wohnung hatte er sich geleistet, schon als die Firma noch ganz klein war, später einen Porsche. Und irgendwann auch Hunde, gleich zwei, Rottweiler, schreckliche Tiere. Und ich … ich kann nicht darüber sprechen, bitte …«

Ich hatte die Fotos gesehen: Tierfraß nach Tötungsdelikten ist nichts Ungewöhnliches, so schrecklich es klingt. In diesem Fall war es allerdings um einiges schlimmer gewesen als sonst. Die großen, kräftigen Hunde hatten die Leiche ihres Herrn kreuz und quer durch den Raum geschleift, teilweise in Stücke gerissen, schienen sich in einen regelrechten Blutrausch hineingesteigert zu haben. Auch mich schauderte bei der Vorstellung.

Nachdem ich in einer Mainacht vor etwas mehr als einem Jahr um ein Haar gestorben wäre, das Messer schon am Hals hatte, mir gegenüber die Frau des Täters mit durchgeschnittener Kehle auf einen Stuhl gefesselt, hatte ich Probleme mit Situationen und Bildern, in denen Blut eine große Rolle spielte. Was für den Chef der Kriminalpolizei kein geringes Handicap darstellte.

Es dauerte einige Sekunden, bis ich meine nächste Frage stellte: »Hat Gustaf die Tat sofort zugegeben?«

Mein Feta war mörderisch heiß, aber sehr lecker. Ich biss vom knackigen Baguette ab, das dazu serviert wurde. Die Sonne hatte sich inzwischen wieder verzogen, aber der Himmel war immer noch hell. Die meisten Menschen, die vor den Fenstern vorbeiflanierten, schienen gute Laune zu haben. Ganz im Gegensatz zu mir und meinem Gegenüber.

Cordes schüttelte den Kopf, fing endlich an zu essen. »Zunächst hat er alles abgestritten. Er habe die ganze Nacht geschlafen wie ein Stein, hat er behauptet, ein betrunkener und von Haschisch betäubter Stein. Überhaupt nichts will er gehört oder gesehen haben. Erst als Ihre Kollegen ihn damit konfrontierten, dass seine Fingerabdrücke an der Statue waren, dass er Olivers Blut an den Händen hatte und so weiter, hat er es zugegeben. So war er schon immer: Nie steht er zu seiner Verantwortung. Immer versucht er sich durchzulavieren, sich herauszureden, Schwierigkeiten aus dem Weg zu gehen.«

Für Sekunden herrschte wieder Schweigen an unserem Tisch. Dann fuhr Cordes fast flüsternd fort: »Unsere Welt ging buchstäblich unter, Herr Gerlach. Es war eine solche Katastrophe, Sie können sich das nicht vorstellen. Alles krachte innerhalb weniger Tage zusammen. Annalisa musste psychologisch betreut werden, bis sie dann ... Daphne und ich ... es ging plötzlich nicht mehr.« Wieder schwieg er lange. »Das Haus, wir konnten da nicht mehr leben. Und die Trennung war letztlich unvermeidlich.«

»Was macht Ihre Tochter heute? Hat sie die Krise überwunden?«

Cordes starrte mich an, als hätte ich ihm eine unfassbar schwierige oder selten dämliche Frage gestellt, wandte den Blick wieder ab und gestand kleinlaut: »Ich weiß es nicht.«

»Sie wissen es nicht?«

»Sie konnte das alles nicht mehr ertragen. Am wenigsten vermutlich von uns allen.«

Und so war sie eines Tages, nur wenige Wochen nach dem Tod ihres großen Bruders, plötzlich nicht mehr da gewesen.

»Sie hat zwei kleine Koffer gepackt und einen Brief zurückgelassen. Nur wenige Zeilen: ›Ich kann nicht bei euch bleiben. Sucht bitte nicht nach mir. Ich melde mich, wenn ich wieder die Kraft dazu habe.‹ Ich weiß es noch Wort für Wort. Aber sie hat sich nie gemeldet, nie, bis heute nicht. Daphne und ich haben bald darauf die Scheidung eingereicht, ich habe mir die kleine Wohnung in Walldorf gesucht, in der ich heute lebe. Daphne hat ihr Haus verkauft und ist ebenfalls geflohen. In Würzburg hatte sie eine Freundin, bei der sie fürs Erste wohnen konnte. Heute lebt sie immer noch dort und ist wieder verheiratet. Mit einem Immobilienmakler, wenn ich richtig informiert bin.«

»Und Ihre Tochter hat sich seither nie wieder bei Ihnen gemeldet?«

Kopfschütteln. Achselzucken. Seufzen.

Von Beruf war Cordes Architekt. Bei diesem ungefährlichen Thema kam plötzlich wieder Leben in ihn. »Ich war Beamter, bei der Stadt. Die Arbeit hat mir Freude gemacht. Ich hatte immer schon eine künstlerische Ader, dachte eine Weile sogar, Gustaf hätte sie von mir geerbt. Studiert habe ich dann allerdings nicht Kunst, sondern Architektur. Nachdem ... Ich war lange krankgeschrieben, sehr lange. Mit der Arbeit ging es immer schlechter. Ich konnte mich nicht mehr konzentrieren. Die Flashbacks, die Albträume – ich habe sie bis heute hin und wieder. Trotz aller Therapien.«

Meinen Käse hatte ich inzwischen vertilgt, das Wasser getrunken. Cordes hatte seine Suppe mit einiger Mühe ebenfalls bewältigt.

»Ein Punkt noch«, sagte ich mit Blick auf die Uhr. »Gustaf hat die Tat gestanden. Bei der Polizei, später auch vor Gericht. Und kaum sitzt er im Gefängnis, versteift er sich darauf, dass er es doch nicht getan hat.«

»Ich sagte es doch«, erwiderte Cordes mit einem Blick, als wäre ich schuld daran, dass sein Sohn so ein Chaot war. »Nie steht er zu dem, was er angerichtet hat.«

»Und Sie haben immer noch keine Idee, wo er sich versteckt halten könnte?«

»Sie denken also wirklich, er lebt noch?« Der verzweifelte Mann war erst überrascht, dann so erleichtert, als hätte ich eine tonnenschwere Last von seinen hängenden Schultern genommen.

»Solange ich keinen Beweis für das Gegenteil habe, selbstverständlich.«

Wieder war Cordes von einer Sekunde auf die andere wie ausgewechselt. Seine Miene war mit einem Mal lebhaft, der

Blick wieder klar. »Ich kann Ihnen gar nicht sagen, wie sehr mich das freut. Ich fürchtete, Sie warten nur auf eine passende Gelegenheit, um mir die schlimme Nachricht schonend zu überbringen.« Mit Bewegungen, als hätte er lange Versäumtes nachzuholen, nahm er einen großen, gierigen Schluck Wasser. »Nein, leider, ich habe keine Idee, wo er sich verstecken könnte.«

Die Hände meines Gegenübers, die eben noch wie tot in seinem Schoß gelegen hatten, waren jetzt in ständiger Bewegung. »Ich überlege die ganze Zeit, ob er in der Stadt Freunde hat, aber ... ich muss gestehen, ich weiß es nicht.«

»Hat er vielleicht eine Freundin? Wir haben Hinweise darauf, dass er in der Nacht möglicherweise Besuch von einer Frau hatte.«

Auch das wusste er nicht. »Ich weiß so wenig über ihn, es ist schrecklich.«

»Er könnte während der Haft einen neuen Freund gefunden haben.«

»Er wollte ...« Der vom Schicksal so grausam gestrafte Mann wurde schon wieder unsicher. »Gustaf wollte nicht, dass ich ihn im Gefängnis besuche«, gestand er kleinlaut. »Er wollte keinen von uns mehr sehen, keinen.«

8

»Neinneinnein, reden können Sie auf gar keinen Fall mit ihm«, erklärte mir eine stämmige Stationsschwester mit einem Blick, als würde sie Leben und Gesundheit meines Mitarbeiters zur Not mit Gewalt verteidigen. »Er ist manchmal schon kurz wach, aber er braucht noch sehr viel Ruhe und Schonung.«

Nach der ein wenig kühlen und ratlosen Verabschiedung von Cordes hatte ich beschlossen, nicht direkt zur Polizeidirektion zurückzukehren, sondern einen Umweg über das Uniklinikum zu machen. Sönnchen hatte mir telefonisch bestätigt, dass in meinem Terminkalender für den Nachmittag nichts stand, was sich nicht verschieben ließ. Ich hatte plötzlich das Bedürfnis gehabt, Balke zu sehen, mich mit eigenen Augen davon zu überzeugen, dass er noch lebte.

An der Rezeption hatte ich zu meiner großen Erleichterung erfahren, dass Balke schon nicht mehr auf der Intensivstation lag. Und jetzt stand ich auf einem endlos langen, blitzsauberen Flur, von dem rechts und links sehr viele Türen abgingen, und die kräftige Schwester versperrte mir mit in die Hüften gestemmten Händen den Weg. Ein intensiver Geruch von scharfen Desinfektionsmitteln kitzelte mich in der Nase.

»Frühestens nächste Woche«, fuhr sie eine Spur gnädiger fort. »Er ist ein zäher Bursche, Ihr junger Kollege, das muss man schon sagen. Ein Kreislauf wie ein Ochse.«

»Er ist schon über dem Berg?«

Sie zog den üppigen Mund schief. »Es geht aufwärts, das schon. Kann aber immer noch plötzlich was sein. Eigentlich liegt er nur bei uns, weil sie auf Intensiv sein Bett gebraucht haben für jemanden, der es noch nötiger gehabt hat. Aber das Schlimmste ist wohl überstanden, doch.«

»Entschuldigung bitte!«, hörte ich eine Mädchenstimme hinter mir rufen, als ich halb missmutig, halb erleichtert vor der Lifttür auf den Gong wartete. Eine zierliche junge Frau kam auf mich zugelaufen, reichte mir eine zerbrechliche Rechte. Sie war abenteuerlich bunt gekleidet und verwegen geschminkt. Die pink gefärbten Haare hatte sie zu einem Irokesenschnitt geföhnt. Im linken Ohr, an der Unterlippe und am rechten Nasenflügel glitzerte Metall. Aber selbst das genügte nicht, um zu verbergen, dass sie hübsch war.

»Ich bin Svenja, Sie wissen schon. Ich habe Ihre Stimme erkannt. Sie sind doch der Herr, mit dem ich telefoniert habe? Können Sie mir sagen, was mit Sven ist? Die Leute hier, mir sagen sie ja nichts.«

In ihren blassblauen Augen standen Tränen und Besorgnis.

Ich berichtete ihr, was ich eben erst von der Schwester erfahren hatte. »Und Sie kommen extra aus Würzburg angereist, um nach ihm zu sehen? Das wird ihn freuen.«

»Er hat Ihnen von mir erzählt?«, fragte sie mit aufleuchtenden Augen. »Wir haben uns am Telefon so gut verstanden, haben dann gleich Fotos ausgetauscht. Sven sieht so nett aus, und seine Stimme ...« Fragend, flehend sah sie mich an. »Er ist doch nett, oder?«

»Sehr nett sogar. Ein toller Bursche, wirklich.«

Sie strahlte mich so dankbar an, als hätte ich ihr soeben das Leben gerettet. »Ich weiß selbst, es klingt total irre, ich kann seither kaum noch an was anderes denken als an ihn. Wir wollten am Abend noch mal telefonieren. Dann hat er sich aber nicht gemeldet, und ans Handy ist er auch nicht gegangen, das hab ich Ihnen ja alles schon am Telefon gesagt, glaube ich ... Jedenfalls bin ich fast durchgedreht, weil niemand mir etwas sagen wollte. Da musste ich einfach herkommen, ich musste einfach. Sämtliche Krankenhäuser hab ich abgeklappert, mir die Füße plattgelaufen und den Mund fusselig geredet, bis …« Sie stockte, sah mir erschrocken ins Gesicht. »Es geht ihm wirklich schon besser? Sie sagen das nicht nur, damit ich Sie in Ruhe lasse?«

»Kommen Sie mal mit.«

Verblüfft folgte sie mir ins Schwesternzimmer, wo die Dame, die mir vorhin Auskunft gegeben hatte, dabei war, leise vor sich hin schimpfend Formulare auszufüllen. Hier roch es nicht nach Krankenhaus, sondern nach einem Fertigmenü aus der Mikrowelle.

Mit einem »Was ist denn jetzt schon wieder?«-Blick sah sie auf.

Ich stellte Svenja vor, schilderte der immer finsterer dreinblickenden Frau unser Anliegen.

»Also gut«, seufzte sie am Ende und stemmte sich aus dem Schreibtischsessel. »Aber bloß mal kurz gucken, ja?«

Svenja stieg auf die Zehenspitzen, hauchte mir einen Kuss auf die rechte Wange, machte auf dem Absatz kehrt und folgte der grummelnden Schwester in Richtung Zimmer zweinullfünf.

Lange hing noch der Duft ihres Veilchenparfüms an mir.

Dieses Mal war die Sache offiziell, und ein Anwalt beehrte uns mit seiner Gegenwart. Ich sprach Datum, Uhrzeit, die Namen aller Anwesenden sowie den Grund der Vernehmung auf Band. Es war vierzehn Uhr und drei Minuten, als ich den Blick hob und mich zurücklehnte.

Neberger sah noch schlechter aus als am Vormittag. Und ich spürte bald, dass der von wem auch immer bestellte Anwalt seinen Mandanten nicht ausstehen konnte.

Dieser blieb bei seiner Aussage, bis heute Morgen nicht gewusst zu haben, dass Gustaf wieder in Freiheit war. Deshalb habe er natürlich erst recht nicht wissen können, wo er jetzt wohnte. Neberger besaß zwar ein Handy, aber sein

Guthaben war schon seit Wochen aufgebraucht, und er hatte bisher noch keine Gelegenheit oder kein Geld gefunden, es wieder aufzuladen. Ob sich Gustaf Cordes inzwischen ein Handy angeschafft hatte, war noch nicht geklärt. Auch Strohschneider hatte mir zu diesem Punkt keine Auskunft geben können.

»Wo waren Sie in der Nacht von Montag auf Dienstag?«, fragte ich.

Zunächst behauptete er, noch in Würzburg gewesen zu sein. Als ich ihn mit Svenjas Aussage konfrontierte, korrigierte er sich sofort und begleitet von einem Achselzucken.

»Bin wohl mit dem Datum bisschen …«

»Sie wollten hier bei einem Kumpel einziehen, habe ich gehört.«

Desinteressiertes Nicken war die einzige Antwort.

»Wie heißt er?«

»Xaver.«

»Xaver und …?«

Wusste er nicht. War ihm egal.

»Wo wohnt er?«

»Eigentlich in der Sandgasse. Da ist er aber nicht mehr. Mick auch nicht. Keiner ist mehr da. Voll zum Kotzen.«

»Wo haben Sie dann geschlafen?«

»Im Freien. Auf 'ner Parkbank.«

»Obwohl es fast ständig geregnet hat?«

Achselzucken.

»Und am Montagabend haben Sie dann Ihren alten Freund Gustaf besucht.«

»Herr Gerlach«, mischte sich der Anwalt friedlich ein, ein kleiner, dürrer Mann mit einem mächtigen Vollbart im schmalen Gesicht. »Keine Unterstellungen, bitte.«

Ich nickte ihm freundlich zu und sprach einfach weiter: »Auch am Montag hat es geregnet. Da war das mit der Parkbank auf Dauer wohl nicht so günstig.«

Der Anwalt zog die linke Braue hoch, schwieg jedoch.

»Hab ich nicht«, behauptete der Verdächtige verstockt. »Ich hab den Gusti ewig nicht gesehen.«

»Eine Frau, die in der Wohnung unter ihm war, hat dafür Sie gesehen«, log ich, ohne den Blick abzuwenden. »Im Treppenhaus. Zwischen zehn und halb elf.«

»Dann hat sie nicht alle Latten im Zaun.«

»Wir werden eine Gegenüberstellung machen.«

»Wenn's Ihnen Spaß macht.«

Der Anwalt blätterte in einer Akte, die vermutlich gar nichts mit seinem Klienten zu tun hatte.

Dennoch lief es nicht gut.

Neberger war einfach nicht intelligent genug, um so überzeugend zu lügen, und nicht einmal die Ankündigung der Gegenüberstellung hatte ihn merklich beunruhigt. Wir kamen zum eigentlichen Anklagepunkt: dem Messerangriff auf einen Polizisten. Auch hier blieb er bei seiner Version. Er habe nicht gewusst, was er tat. Er habe Angst bekommen, als ihm dieser muskulöse Typ nachstellte. Dass dieser etwas von »Polizei« rief, wollte er nicht gehört haben. Als der andere ihn an der Schulter packte, habe er im Reflex das Messer gezückt, blindlings zugestochen und sei dann einfach weggerannt.

Es würde nicht leicht werden, ihm das Gegenteil zu beweisen.

Nein, es lief alles andere als gut.

»Okay«, sagte ich nach einigen weiteren sinn- und ergebnislosen Anläufen. »Sie bleiben vorläufig in Haft, bis die kriminaltechnischen Untersuchungen abgeschlossen sind.« An den Anwalt gewandt, fügte ich erklärend hinzu: »Er hat keinen festen Wohnsitz. Ich habe keine andere Wahl.«

Der grinste entspannt und klappte seine Akte zu. »Alles gut, Herr Gerlach. Keine Einwände meinerseits.« Seine Miene sagte: Sperren Sie den Idioten in Gottes Namen weg, und sorgen Sie dafür, dass er mir nie wieder unter die Augen kommt.

Billige Stühle quietschten über harten Boden, und die Vernehmung war zu Ende, bevor sie richtig begonnen hatte.

Mein Freund Lorenzo wirkte gelöst wie lange nicht, als er mir seine Tür übertrieben weit aufhielt. Wie jedes Jahr war er im Mai in den Süden geflogen, um den Sommer in seinem geliebten Italien zu verbringen. Dieses Mal war er allerdings schon nach wenigen Wochen wieder zurück gewesen, da es in Kalabrien noch schlimmer geregnet hatte als in Deutschland.

Es schien noch einen zweiten Grund zu geben für seine rasche Wiederkehr, über den er sich jedoch beharrlich ausschwieg. Immerhin hatte er sich dieses Mal nicht wieder unglücklich verliebt wie im vergangenen Jahr, als er sein Herz an eine viel zu junge Schauspielerin aus Reggio di Calabria verloren.

»Tritt ein, mein Freund«, rief Lorenzo mit galanter Verbeugung.

Am Nachmittag hatte es erneut zu regnen begonnen. Später hatte der Regen jedoch plötzlich aufgehört, und jetzt, am frühen Abend, brach die Sonne erneut durch die lichter werdenden Wolken. Außerdem war es inzwischen so warm geworden, dass wir unser Abendessen auf Lorenzos Terrasse mit Blick auf Neckar, Schloss und Altstadt würden einnehmen können.

»Das duftet ja wieder«, stellte ich fest, als ich meinen ausnahmsweise einmal trockenen Trenchcoat an den Haken hängte. »Was gibt's denn heute Leckeres?«

Am sonnigsten wurde Lorenzos Laune immer dann, wenn er über seine Kochkünste sprechen durfte. In diesem Punkt war er über die Jahrzehnte im Süden zum Italiener geworden. Stunden und Tage konnte er in seiner bestens ausgestatteten Küche verbringen, um die Köstlichkeiten zu zaubern, mit denen er mich dann verwöhnte.

Als Vorspeise hatte er eine apulische Fischsuppe gekocht,

als kleinen Zwischengang Spaghetti alle Vongole – »Trivial, ich weiß. Aber ich hatte plötzlich Lust darauf, und wirklich nur ein Häppchen für jeden« – und als Hauptgang einen überbackenen Seehecht mit Rosmarin.

»Das Vieh hat über ein Kilo gewogen, stell dir vor. Deshalb gibt es nur Brot dazu.«

Welches er selbstredend selbst gebacken hatte, weshalb er nach seiner Überzeugung die beste Ciabatta nördlich der Alpen servierte. Minderwertigkeitskomplexe waren noch nie Lorenzos Sache gewesen.

Während des Essens auf der Terrasse, beschienen von einer angeberischen Abendsonne, sprachen wir über dies und jenes und landeten am Ende wieder einmal beim ewigen Thema Liebe.

»Ich beneide dich um deine Theresa«, gestand Lorenzo mit Blick auf seinen Teller. »Ich habe mit den Frauen im Grunde ja immer nur Pech gehabt.«

»Vielleicht hättest du dir nicht immer solche aussuchen sollen, die halb so alt sind wie du.«

Nun sah er mir traurig ins Gesicht. »Haben wir eine Wahl, in wen wir uns verlieben?«

Die hatten wir wohl eher nicht, musste ich zugeben.

Dieses Jahr habe es in Italien tatsächlich keine amourösen Zwischenfälle gegeben, sagte er. Es sei ihm schlicht zu kalt und zu feucht gewesen in seinem Haus in den Bergen Kalabriens mit Blick auf das Tyrrhenische Meer und die Insel Stromboli.

»Ich wusste gar nicht, dass du da unten ein Haus hast«, staunte ich. »Hast du noch nie erzählt.«

Das Thema schien ihm ein wenig peinlich zu sein, aber schließlich gestand er, dass das Anwesen nicht wirklich sein Eigentum war, dass er aber ein lebenslanges Wohnrecht habe. Vor langer Zeit hatte er einmal dem Sohn eines Mafiabosses das Leben gerettet, das wusste ich schon seit Längerem, und seither genoss er in seiner zweiten Heimat diverse

Vergünstigungen und nicht nur dort. Ich war überzeugt, dass auch der kiloschwere Fisch nur über Lorenzos Connections in die italienische Stiefelspitze den Weg in seinen Topf gefunden hatte.

»Ich habe beschlossen, was die Damenwelt betrifft, ab sofort kürzerzutreten«, verkündete er, als wir die selbstredend rekordverdächtig gut schmeckenden Spaghetti verspeisten. Die Venusmuscheln waren zart, der Knoblauch genau richtig dosiert, der eingekochte Wein vom Feinsten. »Im Herbst werde ich siebzig. Ein gutes Alter, um allmählich vernünftig zu werden, findest du nicht auch?«

»Ich weiß nicht, ob das mit der Damenwelt jemals ganz aufhört.«

Ich erzählte ihm von meinem Vater, der sich mit dreiundsiebzig noch eine zwanzig Jahre jüngere Geliebte zugelegt hatte. »Aber das hat natürlich auch nicht lange gehalten.«

Seit dem Frühjahr wohnten meine Eltern nun wieder zusammen, und mein Eindruck war, dass sie sich besser verstanden als in den Jahrzehnten davor.

»Sie wissen wieder, was sie aneinander haben. Und dass das Gras woanders auch nicht grüner ist als daheim.«

Mit versonnenem Lächeln räumte Lorenzo die Teller ab. Minuten später kam er erst mit frischem Geschirr, dann mit einer enormen schmiedeeisernen und sichtlich uralten Kasserolle zurück, in der der Seehecht friedlich in einem göttlichen Fond aus Knoblauch, Kräutern und diversen Gemüsen simmerte. Mit routinierten Bewegungen löste er die Haut vom Fisch, das Fleisch vom Skelett, lud mir eine ordentliche Portion auf den vorgewärmten Teller, stellte fest, dass er das weltberühmte Weißbrot in der Küche vergessen hatte und außerdem die erste Weinflasche zur Neige ging. Eine zweite Flasche des sommerfrischen Greco Bianco wurde entkorkt, Lorenzo nahm wieder Platz, und wir machten uns über den Fisch her.

»Nur einmal«, sagte Lorenzo irgendwann mit Blick in die

untergehende Sonne und ließ sein Besteck vorübergehend ruhen. »Da hätte es vielleicht wirklich gepasst. Sie war vielleicht die Frau, die das Schicksal mir zugedacht hat oder Gott oder wer auch immer.« Sein Blick wurde weich wie nie, als er fortfuhr: »Sie hieß Luca, und es ist schon vierzig Jahre her ...«

»Ich dachte, Luca ist ein Männername?«

Er nickte nur, pickte ein Stückchen Fisch vom blütenweißen Porzellan, schob es in den Mund, kaute sorgfältig, bevor er es hinunterschluckte und fortfuhr: »Es war in Rom, bei einem Abendessen, dessen Anlass ich vergessen habe. Wir waren in einer kleinen Trattoria nicht weit von der Spanischen Treppe, etwa zwanzig Gäste. Sie hat mir gegenübergesessen, und wir konnten den ganzen Abend kaum die Augen voneinander lassen. Wer weiß, was geschehen wäre, hätte nicht der Tisch zwischen uns gestanden. Und außerdem ...«

Wieder wurde seine Hälfte des Seehechts ein wenig kleiner.

Außerdem war Luca in Begleitung eines Mannes gewesen.

»Sie war verheiratet?«

»Ich vermute es. Die beiden sind jedenfalls miteinander umgegangen wie ein Ehepaar. Ein Ehepaar allerdings, das sich nicht mehr viel zu sagen hat.«

Luca war nicht unbedingt schön gewesen, hübsch aber schon und vor allem eloquent, schlagfertig und von sprühender Intelligenz.

»Bis zu diesem Abend hatte ich nicht geglaubt, dass es das gibt: Liebe auf den ersten Blick. In diesem Fall müsste ich wohl sagen: aufs erste Wort. Auf den ersten Satz. Alexander, ihre Stimme! Ihr Lächeln!«

»Und wie ist die Geschichte ausgegangen?«

»Sehr einfach.« Lorenzo legte das Silberbesteck auf den Teller, als wäre ihm plötzlich der Appetit vergangen. »Wir haben uns nie wiedergesehen.«

Am Ende des Abends hatte man sich verabschiedet, umarmt und kurz gedrückt, Küsschen links, Küsschen rechts.

»Aber dann, als es hätte zu Ende sein sollen … wir konnten uns nicht loslassen, wir konnten einfach nicht. Zum Glück war ihr Mann gerade im Gespräch und hat uns den Rücken zugewandt. Und dann, sie hat mich auf den Mund geküsst, wie ich noch nie geküsst worden bin. Nicht davor und nicht danach.«

»Und du Einfaltspinsel hast sie einfach gehen lassen?«

»Was blieb mir übrig? Was hätte ich schon tun können?«

»Herausfinden, wo sie wohnt. Sie morgens, mittags und abends anrufen, ihr jeden Tag zwei Briefe schreiben, bündelweise Rosen schicken, vor ihrem Schlafzimmerfenster schmalzige Lieder singen, ihren Mann von deinen Mafiafreunden erschießen lassen …«

Lorenzo seufzte und lachte in einem. »Ich bin kein Polizist wie du. Ich habe bei diesem Essen abgesehen vom Geburtstagskind keinen Menschen gekannt, und Roberta mochte ich nicht mit so einem Unfug belästigen.«

»Liebe ist niemals Unfug. Und wer ist Roberta?«

»Das Geburtstagskind, eben ist mir der Name wieder eingefallen. Und, nun ja, ich war damals ein wenig schüchtern, musst du wissen.«

Zudem hatte er Rom schon am nächsten Morgen verlassen müssen, weil er für einige Zeit in Mailand zu tun hatte. Lorenzo hatte bis zu seiner Pensionierung als Rezeptionist in großen Hotels gearbeitet, lange in Italien, später in Deutschland.

»Im Principe di Savoia hatte ich eine vielversprechende Anstellung gefunden. In den folgenden Tagen bin ich herumgeschlichen wie betäubt. Mehr als einmal wurde ich gefragt, ob ich krank sei. Ständig habe ich überlegt, alles stehen und liegen zu lassen, nach Rom zurückzufahren, um sie zu suchen und ihr mit Herzschmerzliedern auf die Nerven zu gehen.«

Aber wie es manchmal kommt, hatte es fast ein Jahr gedauert, bis seine Wege und Geschäfte ihn wieder in die Stadt der sieben Hügel führten.

»Da habe ich mich dann längst nicht mehr getraut. Ich habe befürchtet, dass sie überhaupt nicht dem Bild entspricht, das ich mir von ihr gemacht hatte. Dass sie langweilig sein könnte, ordinär wie leider nicht wenige Italienerinnen.«

»Mit einem Wort: Du warst feige.«

Lorenzo nahm einen großen Schluck aus seinem Glas und seufzte schon wieder, dieses Mal ohne Lachen. »Ja, du hast recht, ich war feige. Ich fürchtete, all meine schönen Erinnerungen könnten zu Staub und Asche zerfallen, wenn ich sie bei Tageslicht und in nüchternem Zustand wiedersehe.«

Ich nahm ebenfalls einen Schluck vom Greco, stellte mein Glas ab.

»Was weißt du sonst noch über sie? Außer dass sie einen Männernamen trägt und sagenhaft gut küsst?«

»Alles, was ich weiß, habe ich dir schon erzählt.«

»Wie war der Nachname der Gastgeberin? Wie hieß das Lokal?«

»Alexander, du wirst doch nicht etwa ...«

»Wieso nicht? Was hast du zu verlieren?«

Mein Freund nickte langsam. Blinzelte ins zügig verglühende Abendrot.

»Nun gut«, sagte er endlich. »Warum eigentlich nicht?«

Selbst an den Namen des Restaurants konnte er sich nicht mehr erinnern. Vermutlich hatte es inzwischen ohnehin mehrfach den Pächter gewechselt. Nur beim Namen des Geburtstagskinds war er sich fast sicher: Roberta, Nachname Valieri. Oder so ähnlich.

»Ihr Mann hatte eine kleine Kunstgalerie in der Via Rasella, meine ich. Sie haben das Geschäft gemeinsam betrieben.«

»Das ist doch schon mal besser als nichts. Morgen früh setzt du dich an deinen Computer – ach so, hast du ja nicht. Dann hängst du dich halt ans Telefon. Wer nicht wagt, der findet auch keine Frau …«

»Allmählich begreife ich, weshalb du Polizist geworden bist«, sagte Lorenzo mit einem kleinen, seligen Kinderlächeln im faltigen Gesicht. Er erhob sich und ging ins Haus, um noch mehr vom besten Weißbrot des Planeten zu holen, damit wir es in die nicht weniger rekordverdächtige Soße tunken konnten.

Für den Samstag hatte ich mir vorgenommen, endlich den Frühjahrsputz nachzuholen und wieder einmal meine Wohnung aufzuräumen. Meine Töchter und Mick schliefen an schul- und vorlesungsfreien Tagen gewöhnlich bis zur Erschöpfung und würden sich vor Mittag nicht blicken lassen. Theresa war schon gestern Abend nach Darmstadt gefahren, um mit ihrer Freundin Viola ein »Mädelswochenende« zu verbringen. Viola hatte Theresa früher, als ihr Mann noch lebte, hin und wieder als Alibi gedient, wenn wir uns ein zweisames Wochenende in irgendeinem entlegenen Hotel gönnten.

Nach einem extragroßen Frühstückscappuccino nahm ich mir das Wohnzimmer vor, brachte diverse angestaubte Gläser in die Küche, die alle nicht von mir stammten, saugte Keks- und Chipskrümel vom großen und vom kleinen Sofa, trug vergessene und vermutlich noch nicht einmal vermisste Lippenstifte, Nagellackfläschchen und Haargummis ins Bad. Ich räumte herumliegende Bücher ins Regal, stellte missmutig fest, dass dort seit dem Untergang des Oströmischen Reichs niemand mehr staubgewischt hatte, bewaffnete mich mit einem Mikrofasertuch, dem kleinen Handstaubsauger und einer Trittleiter, fand auf der zweitobersten Bücherreihe eine Papprolle, die einen wunderhübschen und gewiss nicht billigen Kunstdruck enthielt. Ein Geschenk von Theresa zu meinem vorletzten Geburtstag, das ich immer noch nicht aufgehängt hatte, obwohl der Rahmen schon seit Ewigkeiten bereitstand.

Ich beschloss, diesem Umstand endlich abzuhelfen, denn die verblüffend echt aussehende Kopie eines Aquarells von August Macke gefiel mir immer noch ausnehmend gut. Das Bild würde sich an der Nordwand gut machen, wo es nachmittags viel Licht hatte. Nachdem das Blatt gerahmt war, machte ich mich auf die Suche nach Hammer und Nägeln. Ersteren fand ich, Letztere nicht.

Dies nahm ich als willkommenen Anlass, meine nicht gerade vergnügungssteuerpflichtige Tätigkeit zu unterbrechen. Zudem war mir während meiner Säuberungsaktion eingefallen, dass ich seit Ewigkeiten einen neuen Duschkopf fürs Bad besorgen wollte, da der alte hoffnungslos verkalkt war, was zu regelmäßigen Beschwerden seitens meiner Töchter führte. Schon lange wünschten sie sich eine Regendusche, wie sie heute alle Welt hatte, nur wir natürlich nicht.

Da außerdem alles besser war, als sich in der eigenen Wohnung eine Staublunge zuzuziehen, schlüpfte ich in die Schuhe, zog den Mantel über, vergaß auch den Schirm nicht, da es draußen wieder einmal regnete, fand ohne größere Sucherei mein Auto wieder, meinen achtzehn Jahre alten und sehr geliebten Peugeot-Kombi. Um aufrichtig zu sein: Nur ich liebte den treuen Wagen, der bald zum Oldtimer avancieren würde. Die Zwillinge hassten den Peugeot, seit sie das Wort »Auto« aussprechen konnten. Sie meinten, er gehöre ins Museum oder, noch besser, unter die Schrottpresse, und niemand unter ihren Freundinnen und Freunden müsse sich noch in einer so megapeinlichen Fred-Feuerstein-Kutsche herumchauffieren lassen.

Der Motor sprang willig an, es brauchte ein wenig Hin und Her, um aus der engen Parklücke zu kommen, während sich hinter mir schon jemand mit tickendem Blinker über den frei werdenden Platz freute. Wenig später bog ich in die Blumenstraße ein, wo eine andere Freundin von Theresa zu Hause war, deren Wohnung uns anfangs als Liebesnest gedient hatte, und merkte, dass ich lächelte bei der Erinnerung. Der Regen wurde stärker, ich verließ die Weststadt, fädelte mich in den lebhaften, aber flüssigen Verkehr ein, erreichte den Römerkreis, suchte nebenbei einen anderen Sender im Radio, weil mir das launige Gequatsche auf SWR 3 auf die Nerven ging.

Aus dem Nichts heraus krachte es.

Wie von einer Riesenfaust wurde ich zur Seite geworfen, in Richtung Beifahrersitz, vom Sicherheitsgurt aufgefangen und zurückgerissen, knallte gegen die Fahrertür, während die Welt um mich herumwirbelte, Glas klirrte, Blech schepperte, Reifen quietschten, und dann war es plötzlich ganz still. Nein, nicht ganz. Im Radio plärrte ABBA schadenfroh *Waterloo*.

Ich brauchte eine Weile, um mit bebenden Händen das Gurtschloss zu öffnen, stieg aus, bemerkte als Erstes, dass es in Strömen goss.

»Sind Sie blind?«, zeterte eine raue Männerstimme. »Himmel, Arsch und Gottverreck, haben Sie den Lappen im Lotto gewonnen oder beim Aldi gekauft? Sind Sie blöd im Kopf, oder was?«

Der Wagen, der mich gerammt hatte, war ein blitzneuer, sehr teurer und sehr weißer Mercedes. Der Fahrer, ein bulliger Kerl Anfang vierzig, ging mit vorgeschobenem Kinn und geballten Fäusten auf mich los, wurde jedoch glücklicherweise durch mein zwischen uns stehendes Auto daran gehindert, handgreiflich zu werden. Eine kleine, blasse Frau saß mit schreckgeweiteten Augen auf dem Beifahrersitz des demolierten Wagens und zog es vor, im Trockenen zu bleiben.

»Ich bin …«, stammelte ich. »Ich weiß auch nicht …«

»Aber ich weiß, verdammt noch mal!«, brüllte der andere

über das Dach meines so herzzerreißend malträtierten Peugeot hinweg. »Sie haben Rot gehabt, Knallrot haben Sie gehabt! Aber Sie haben ja nicht mal gebremst! Stimmt irgendwas mit Ihrem Kopf nicht, oder was ist mit Ihnen los?«

»Es tut mir leid, wirklich.« Ich griff mir an den Kopf, entdeckte, dass damit tatsächlich etwas nicht stimmte, denn anschließend hatte ich Blut an der Hand. Vom Sturzregen zügig verwässertes Blut. »So was ist mir noch nie passiert, ehrlich, ich ...«

Hinter dem Mercedes begann Blaulicht zu blitzen. Kollegen stiegen aus ihrem Streifenwagen, setzten in Ruhe die Mützen auf, kamen entspannt herangeschlendert, begrüßten mich mit Handschlag.

»Ich hab's gesehen!«, mischte sich nun eine aufgebrachte Frau mit gellender Stimme ein. »Der Mann ist wirklich bei Rot gefahren. Ich hab's genau gesehen.«

»Hellrot oder Dunkelrot?«, wollte der ältere der Kollegen launig wissen, während sein Mitstreiter im Kampf um Anstand und Gerechtigkeit begann, mithilfe seines Handys Fotos vom blechernen Schlamassel zu knipsen. Ein Schlamassel, den ich selbst verursacht hatte, wie mir nur allmählich klar wurde. Ich fühlte mich wie auf einen fremden, sehr ungastlichen Stern gebeamt, erbärmlich klein und dumm. Die schlimmsten Fehler sind ja immer die, an denen man keinem anderen die Schuld geben kann.

»Dunkelrot«, behauptete die blöde Zeugin. »Zappendusterrot war's. Er hat überhaupt nicht auf die Ampel geguckt, so sieht's nämlich aus.«

Um uns herum staute sich mehr und mehr Samstagvormittagsverkehr. Jemand hupte lange und sinnlos, in der Hoffnung, den Verkehr dadurch wieder zum Fließen zu bringen.

Und der Regen strömte.

Der Kollege mit dem Handy fragte in die Runde, ob jemand verletzt sei, ob er einen Krankenwagen rufen solle. Dies war zum Glück nicht der Fall.

»Sie bluten am Kopf, Herr Gerlach«, stellte der ältere Kollege mit kritischem Blick fest. »Wir können Sie nachher gerne zum Arzt fahren. Muss vielleicht genäht werden. Ist Ihnen schwindlig? Haben Sie Sehstörungen?«

Ich schüttelte den Kopf, wollte etwas erwidern, als sich eine zweite Zeugin zu uns gesellte, diese als einzige mit Schirm, einem albern bunten Damenschirm, und keifend die Aussage der ersten vollumfänglich bestätigte. Der eine Kollege notierte sich die Namen, während der andere nach einem Abschleppwagen telefonierte.

»Also, Herr Gerlach«, wandte sich der eine Uniformierte schließlich wieder an mich und steckte sein Büchlein ein. »So leid's mir tut, das Malheur geht leider auf Ihre Rechnung.«

Statt mit Nägeln und neuem Duschkopf kam ich mit dröhnendem Kopf, durchweichtem Trenchcoat und in Schuhen nach Hause zurück, in denen wieder einmal das Wasser quatschte. Auf den Arztbesuch hatte ich verzichtet, nachdem ich mir die kleine Platzwunde neben der linken Schläfe im Rückspiegel angesehen hatte. Der Schirm, der die ganze Zeit trocken und zufrieden im Wagen gelegen hatte, lag noch immer dort und war jetzt auf dem Weg nach irgendwo, vermutlich zu einem Schrottplatz am Rande der Stadt. In einem Punkt hatte Einigkeit geherrscht: Der Mercedes war noch zu retten, mein armer alter Kombi nicht mehr.

»Für das, was die Reparatur kostet, kriegen Sie locker drei von der Sorte«, hatte der jüngere Kollege sachverständig gemeint.

»Wie siehst du denn aus, Paps?«, wurde ich zweistimmig und mit runden Augen begrüßt, als ich die Küche betrat, wo die Zwillinge und Michael beim späten Frühstück saßen. Auch Michael guckte besorgt bei meinem Anblick.

Meine Töchter gaben sich empörend wenig Mühe, ihre Freude zu verbergen, als sie hörten, wir würden nun unerwartet bald ein neues Auto bekommen.

»Die Vorderachse hat's voll erwischt«, hatten sowohl der Abschlepper als auch der sachkundige Kollege gemeint. »Lenkung im Arsch, Achse im Arsch, Differenzial kaputt, und wahrscheinlich hat der Rahmen auch was abgekriegt. Minimum fünftausend, wenn Sie's bei einem Schrauber richten lassen, der Sie nicht übers Ohr haut.«

»Und das bei einem Zeitwert von drei fuffzig«, hatte der Abschlepper hinzugefügt, dieser immerhin mit einem leisen Anflug von Mitgefühl.

Meine Töchter beschlossen spontan, mich bei der Suche nach einem passenden Gefährt zu unterstützen. Schon wurden die Smartphones gezückt.

»Gebraucht, natürlich«, bremste ich die ausbrechende Begeisterung. »Und maximal zehntausend Euro. Mehr gebe ich für ein Auto nicht aus.«

»Was wünschst du dir eigentlich zum Geburtstag?«, fragte Sarah zwischendurch, ohne den Blick vom Display zu wenden. »Wir wollten später in die Stadt, da wär's ganz praktisch …«

Ich hatte mich inzwischen zu ihnen an den Tisch gesetzt und den Schrecken halbwegs verdaut. Meine Hände zitterten kaum noch, nur im Kopf hallte noch der Zusammenprall mit der zum Glück nicht zerbrochenen Seitenscheibe nach.

»Ihr müsst mir nichts schenken. Was ich brauche, habe ich. Und was ich nicht habe, brauche ich auch nicht.«

»Wenn man Geburtstag hat, muss man sich was wünschen«, widersprach Louise kategorisch. »Und guck mal hier, Paps, ein Mercedes SLK 280, voll billig. Cool, nicht?«

Bei dem Preis von 8999 Euro brauchte der tolle Mercedes wahrscheinlich einen neuen Motor, oder er war geklaut. Sarah hatte fast gleichzeitig einen Porsche Panamera entdeckt, auf den ersten Blick ebenfalls erstaunlich preiswert, auf den zweiten allerdings mit einem vermutlich irreparablen Unfallschaden.

»Ein kaputtes Auto hab ich schon«, erklärte ich kraftlos. Mit einem Mal war ich sehr müde.

9

Sven Balke, im Normalzustand ein energiegeladenes Kraftpaket mit schwer zu erschütterndem Optimismus, sah zum Erbarmen aus, wie er so blass und eingefallen in seinem blütenweißen Krankenbett lag. Ich hatte den regenarmen Sonntagnachmittag dazu genutzt, einen längeren Spaziergang zu machen, und war, ohne es wirklich geplant zu haben, in die Nähe des Neuenheimer Felds geraten, wo sich die Unikliniken befanden. Am Morgen war ich mit Kopfschmerzen aufgewacht, aber die hatte ich mit einem kräftigen Cappuccino erfolgreich in die Flucht geschlagen.

»Höchstens eine Minute, ja?«, hatte mir eine ungewöhnlich freundliche Schwester mit auf den Weg zu Balkes Zimmer gegeben. Svenja war immer noch oder schon wieder da, wurde jedoch im Gegensatz zu mir nicht einmal in die Nähe des Mannes gelassen, in den sie sich im Zuge eines zehnminütigen Telefonats offenbar bis in die Haarspitzen verliebt hatte.

Über Balkes Gesicht huschte ein scheues Lächeln, als er mich erkannte. »Hi, Chef«, murmelte er. »Tut mir so leid …«

»Hören Sie bloß auf«, fuhr ich ihm ins Wort und setzte mich auf den Stuhl neben seinem Krankenlager. »Wenn hier jemandem was leidtun muss, dann bestimmt nicht Ihnen. Schön, dass es Ihnen besser geht. Und entschuldigen Sie, dass ich keine Blumen dabeihabe. Habe nicht damit gerechnet, dass …«

Er winkte ab, grinste schon wieder ein wenig. »Blumen kann ich sowieso nicht ausstehen. Was ist eigentlich mit Ihrem Kopf passiert? Sie haben ja eine mächtige Beule.«

Schon bald stellte sich heraus, dass Balkes Erinnerung wenige Sekunden vor dem Stich in den Unterbauch endete.

»Ich weiß nur noch, dass ich diesem Schwachkopf hinterher bin. Er war nicht besonders schnell, ich hab ihn eingeholt und dann ...«

Herrschte Dunkelheit.

»Sie haben ihn hoffentlich schon geschnappt?«

Ich nickte grimmig. »Er wird so bald niemandem mehr lästig fallen, darauf können Sie Gift nehmen.«

»Warum ...«, wiederholte Balke die Frage, die ich am Freitag Neberger gestellt hatte, schloss kurz die Augen, zwang sie wieder auf. »Warum hat er das gemacht?«

»Aus Dummheit.«

Ich erzählte Balke, dass Neberger angeblich geglaubt hatte, wir seien Geldeintreiber.

»Können Sie sich daran erinnern, dass Sie ›Polizei‹ gerufen haben?«

»Nicht nur einmal«, flüsterte Balke.

Die Augen fielen schon wieder zu und wurden diesmal nicht mehr geöffnet.

Dafür öffnete sich die Tür in meinem Rücken. Die Schwester hüstelte streng.

Ich erhob mich und sagte leise zu Balke: »Nicht einschlafen. Ich möchte Ihnen noch jemanden vorstellen.«

»Hab's schon gehört«, begrüßte mich Sönnchen am Montagmorgen mit sorgenvollem Blick. »Sie sollen sogar geblutet haben.«

»Bloß ein Kratzer. Nicht der Rede wert.«

»Sie hätten eine Gehirnerschütterung haben können. Mit so was ist nicht zu spaßen.«

»Hab ich aber nicht.« Gähnend hängte ich den Mantel auf. »Das Einzige, was erschüttert ist, sind meine Nerven. Und meine Finanzen natürlich.«

»Sie bräuchten ein neues Auto, heißt es.«

»Steht es auch schon in der Zeitung? Kommt gleich das Fernsehen für ein kleines Interview?«

»Was soll's denn werden? Wieder ein Franzose? Wieder ein Kombi?«

»Ich weiß es noch nicht«, gestand ich. »Habe noch nicht so richtig darüber nachgedacht.«

Dafür hatten sich die Zwillinge übers Wochenende umso mehr Gedanken gemacht. Nachdem sie mich gestern Vormittag zum dritten Mal beim Entspannen auf dem Sofa mit neuen Sonderangeboten genervt hatten, hatte ich ihnen verboten, mich weiter mit dem Thema Auto zu behelligen.

»Sie mögen nicht drüber reden«, stellte nun auch Sönnchen leicht beleidigt fest.

»Richtig«, lautete meine knappe Antwort.

Unser Labor hatte übers Wochenende weitere Überstunden angehäuft, stellte ich fest, als ich mit einem Cappuccino versorgt am Schreibtisch saß und meine Mails sichtete. Laila Khatari, die ich beauftragt hatte, sich um die Auswertung der Berichte zu kümmern, bat um einen Termin wegen neuer, aufregender Ergebnisse.

Mit einer Miene, als hätte sie sich bei der Wochenendschicht prächtig erholt, stürmte sie kurz darauf herein.

»Was den Neberger betrifft, sieht's leider schlecht aus«, begann sie, nachdem sie auf einen Stuhl geplumpst war und ihre weiße Bluse zurechtgezupft hatte. »Wir haben am Tatort nichts von ihm gefunden. Keine Fingerspuren, die Fußabdrücke passen auch nicht. Wenn dieser Typ nicht superintelligent ist …«

»Ist er definitiv nicht …«

»… dann ist er nie da gewesen, tut mir echt leid.« Sie blätterte kurz in ihrer Loseblattsammlung, sah wieder auf. »Am Kerzenständer haben wir neben ein paar älteren Spuren zwei Sorten DNA gefunden, die frisch waren. Eine davon ist logischerweise vom Opfer, die zweite vom Täter. Aber eben nicht von diesem Neberger, und im Computer finden wir sie auch nicht.«

Zudem hatte das Labor des Landeskriminalamts in Stuttgart inzwischen auch diverse andere Spuren ausgewertet.

»Von der Türklinke und einiges an Hautschuppen und Haaren vom Boden.«

Eine der DNA-Spuren am Boden des Flurs wies große Ähnlichkeit mit der des Opfers auf. Wahrscheinlich ein Verwandter ersten Grades, meinten die Spezialisten am LKA. Die DNA war zwar ähnlich, aber nicht identisch.

Natürlich dachte ich sofort an den Mann mit den altmodischen Schuhen, den Veronika Schuster durchs Guckloch gesehen hatte.

»Sie haben am Samstag einen Unfall gehabt«, wusste auch Laila schon und warf einen neugierigen Blick auf meine nicht zu übersehende Beule.

»Nichts Ernstes. Bloß ein Blechschaden.«

»Ein Auto ist ersetzbar. War ja auch schon ziemlich alt, oder?«

Ralph Cordes hatte mich offenbar belogen, als er behauptete, seinen Sohn seit Jahren nicht mehr gesehen zu haben. Viele Verwandte ersten Grades gab es nicht, die ihre Hautschuppen in Gustafs Wohnung hätten verstreuen können. Und die Beschreibung des nächtlichen Besuchers, die Herrn Schusters Schwiegertochter gegeben hatte, passte perfekt auf ihn. Weshalb log er? Was war schlimm daran, dass er seinem Sohn einen Besuch abgestattet hatte? Die naheliegendste Erklärung war, dass die beiden in Streit geraten waren und der Vater dem Sohn mit dem Leuchter eins übergebraten hatte.

»Können Sie sagen, wann dieser Verwandte dort war?«

»Na logisch.« Jetzt strahlte Laila wieder. »In der Tatnacht. Aber als Täter kommt er trotzdem nicht infrage.« Triumphierend schwenkte sie einen Computerausdruck. »Im Wohnzimmer ist er nämlich gar nicht gewesen. Bloß im Flur.«

Am Nachmittag fand die angekündigte Gegenüberstellung statt. Zu diesem Zeitpunkt hatte ich die Hoffnung schon aufgegeben, Neberger könnte der Mann sein, der Gustaf Cordes niedergeschlagen hatte. Veronika Schuster war denn auch schon nach einem kurzen Blick überzeugt, dass der Mann, den sie durch den Türspion gesehen hatte, nicht unter den für sie aufgestellten fünf Herren war.

»Er war größer«, sagte sie, als wir uns nach der frustrierenden Veranstaltung in meinem Büro bei einem Kaffee gegenübersaßen. »Und älter auch. Wie er sich bewegt hat und so, tut mir ...«

Mein Telefon begann so laut und plötzlich zu trillern, dass wir beide zusammenzuckten.

»Ich hab wen in der Leitung«, sagte Sönnchen. »Versteh nicht ganz, was er will. Angeblich hat es was mit dem verschwundenen jungen Mann zu tun.«

»Ja, hallo, ich wünsche einen schönen guten Tag«, gellte es kurz darauf in mein linkes Ohr. »Mein Name ist Hage Kowacz, hinten mit c-z, und ich hätte bitte eine Aussage zu machen.«

Der Mann mit der schrillen Stimme sprach mit ostdeutschem Akzent. Und er sprach zu laut und mit schmerzhaften Frequenzen in der Stimme. Ich nahm den Hörer ein wenig weg vom Ohr.

»Es geht um die Nacht von Montag auf Dienstag vergangene Woche. Ich war anschließend einige Tage auf Reisen, weshalb ich erst gestern erfahren habe, dass jemand umgebracht wurde, und ...«

»Bisher ist niemand umgebracht worden ...«

»Und vergangene Nacht ist mir dann siedend heiß eingefallen, dass da doch dieser junge Bursche war, spätnachts. Ich war mit einer ... äh ... Freundin im Kino gewesen, anschließend hatten wir noch eine Kleinigkeit getrunken, und wie ich so zu nachtschlafender Zeit feuchtfröhlich nach Hause wanke – ich wohne nämlich in der Krämergasse, schräg gegenüber von dem Haus, wo der Mord geschehen ist …«

»Welcher Mord?«

»… da fliegt gegenüber die Tür auf, und heraus stürzt ein Kerl. Im wahrsten Sinn des Wortes. Will sagen, der junge Mann war so in Eile, dass er um ein Haar hingeschlagen wäre.«

»Sie sind sicher, dass es ein Mann war? Könnte es nicht auch eine Frau gewesen sein?«

»Wenn, dann ist sie sehr schlank und sportlich und trägt das Haar kurz. Aber im Prinzip wäre es durchaus möglich, ja, durchaus.«

»Wie hat er oder sie ausgesehen?«

»Klein, dunkle, kurze Haare, schmächtig und außerordentlich flink. Dunkle Jeans, heller Kapuzenpulli, helle Sportschuhe. Die Kapuze hatte er nicht oben, sonst hätte ich logischerweise seine Haare nicht sehen können.« Kowacz mit c-z lachte selbstgefällig. »Mein Eindruck war: Das war kein Deutscher. Der kam aus Nordafrika, Syrien, Libanon, Sie wissen schon.«

Ich nahm den Hörer wieder näher ans Ohr. »Und weiter?«

»Weiter nichts. Er hat sich wieder aufgerappelt und ist davon, als hingen ihm tausend Höllenhunde an den Fersen.« Auch diesen Umstand fand er zum Lachen.

»Können Sie die Uhrzeit etwas genauer eingrenzen?«

»Zwischen Viertel nach eins und halb zwei war es. Das Lokal, wo wir unseren Schlummertrunk nahmen, schließt um eins. Meine Freundin und ich hatten noch überlegt, woanders hinzugehen, aber ich musste am nächsten Morgen früh aus den Federn, weil ich beruflich nach Dresden düsen musste.«

»Ich habe vorhin Ihren Vornamen nicht richtig verstanden …«

Der Anrufer kam aus dem Lachen gar nicht mehr heraus.

»Hage – die Kurzform von Hans-Günther. Aber alle nennen mich nur Hage. Das war schon so, als ich noch ein Schulkind war.«

Ich bedankte mich für den wertvollen Hinweis und drehte nebenbei mein Notebook so, dass die Zeugin den Bildschirm sehen konnte. Im Internet hatte ich am Vormittag ein altes Pressefoto gefunden, das Ralph Cordes bei der Einweihung einer Turnhalle im Norden Wieslochs zeigte, nicht weit von dem Haus entfernt, wo er damals noch wohnte. Dem offiziellen Rahmen entsprechend, trug er wie die Männer links und rechts von ihm einen dunklen Anzug.

Frau Schuster kräuselte die Stirn, zog den Klappcomputer näher zu sich heran.

»Der da«, sagte sie dann ebenso schnell entschlossen wie vorhin. »Der mit der gelben Krawatte.«

Ralph Cordes, also doch. Weshalb hatte er mich belogen? Mir fiel nur ein denkbarer Grund ein – er wollte verhindern, dass etwas ans Licht kam. Wenn er nicht versucht hatte, Gustaf zu erschlagen, hatte er dann vielleicht Oliver auf dem Gewissen, seinen älteren Sohn?

Ich musste mir den Mann noch einmal vorknöpfen, am besten heute noch. Und dieses Mal würde ich ihn härter anfassen als bei unserem Plauderstündchen am Freitag. Ich verabschiedete die Zeugin und griff zum Hörer.

Meine Entschlossenheit zerschellte an der Tatsache, dass Ralph Cordes sein Handy ausgeschaltet hatte. Eine Festnetznummer schien er nicht zu haben.

Sven Balke ging es heute sehr viel besser, erfuhr ich von Sönnchen. Bald würden die Ärzte keine Einwände mehr gegen ein etwas längeres Gespräch haben. Vielleicht morgen, vielleicht erst am Mittwoch.

Die nächste Nummer, die ich wählte, war die von Strohschneider, dem Bewährungshelfer.

»Fällt mir jetzt aus dem Stand auch nichts dazu ein«, erwiderte er auf meine Frage. »Klein, dunkelhaarig? Da klingelt nichts. Falls mir doch noch ein Geistesblitz kommt, hören Sie von mir.«

»Vielleicht haben die zwei sich in der JVA kennengelernt?«

»Wäre eine Idee … Wissen Sie was? Ich muss später eh nach Mannheim. Da werd ich mal ein bisschen rumfragen, ob vielleicht einer was weiß.«

»Stopp!«, rief ich, als er schon auflegen wollte. »Ich habe noch ein privates Anliegen. Es geht um meine Tochter.«

Wie erwartet, hatte er nichts dagegen einzuwenden, dass Louise ihm hin und wieder über die Schulter sah bei seiner nervenaufreibenden Tätigkeit. »Glaub aber kaum, dass sie den Job toll finden wird. So viel Hektik, so viel Stress und Verantwortung und unterirdisch wenig Kohle.«

Ralph Cordes wohnte im dritten Stock eines gesichtslos grauen Fünfzigerjahre-Mietshauses am Südrand des Walldorfer Marktplatzes. Im Erdgeschoss befand sich ein Pub, vor dem einige Tische und Korbstühle standen, die jetzt, am Spätnachmittag, noch spärlich besetzt waren. Eine kleine Gruppe tätowierter männlicher Teenager grölte und blödelte herum, pfiff vorbeigehenden Frauen hinterher, hatte offenbar schon einige Bierchen mehr intus, als ihnen guttat. Den Tag über war es trocken geblieben, aber jetzt kündigte ein finsteres Wolkengebirge im Westen neues Unheil an.

Der Türöffner schnarrte. Das Treppenhaus war kühl und schmal. Meine Schritte hallten.

»Hallo?«, rief Cordes von oben. »Bringen Sie das Paket?«

Ich antwortete nicht, sondern stieg zügig weiter die Treppen hinauf.

»Ach«, entfuhr es ihm, als er mich im Halbdunkel erkannte. »Mit Ihnen hatte ich … Also …«

Ich roch ein wenig Alkohol, als ich seine Hand drückte. Aber der Blick war klar, ebenso die Sprache. Aus seiner Wohnung drang ein süßlich riechender Dunst, der mir verriet, dass Gustafs Vater sich nicht nur mit Alkohol betäubte, sondern hin und wieder auch mithilfe eines gepflegten Joints. Hier fiel wohl zur Abwechslung der Stamm nicht weit vom Apfel.

»Dann kommen Sie in Gottes Namen herein«, murmelte er kopfschüttelnd. »Auch wenn es mir im Moment wirklich nicht passt, treten Sie ein in mein bescheidenes Heim. Mir genügt es. Viel besser als das große Haus früher. Weniger zu putzen, kein Rasen zu mähen, kein Unkraut zu jäten.«

Die enge Dreizimmerwohnung mit bedrückend niedrigen Decken wirkte schon im Flur wie ein Museum für Architekturmodelle. In wandfüllenden Regalen und beleuchteten Glasvitrinen standen dicht an dicht liebevoll bemalte und detailreich gebastelte Häuschen, Fabrikgebäude, sogar vereinzelt Kirchen. Offenbar tat Cordes in seiner Freizeit im Kleinen das, was er im Großen nicht mehr konnte: Er entwarf Gebäude. Infolgedessen roch es nicht nur nach Alkohol und Haschisch, sondern auch nach Klebstoff und Ölfarbe.

In einer Ecke des Wohnzimmers stapelten sich Bildbände, soweit ich erkennen konnte, alle zum Thema Architektur. Der oberste und mit Abstand dickste trug in eckigen Buchstaben den Titel *Bauhaus*.

Auf dem Boden verstreut lagen einige lose Blätter, überwiegend Skizzen für zukünftige oder bereits vollendete Werke, dazwischen vergessene und noch nicht vermisste Kleidungsstücke. Die Einrichtung war minimalistisch, gradlinig und zweckmäßig. An der Längswand stand eine beeindruckende, vor Jahrzehnten einmal teure Stereoanlage mit wuchtigen Boxen.

Hastig und sich unentwegt entschuldigend, schaffte Cordes ein wenig Platz auf dem niedrigen Couchtisch, der normalerweise offenbar sein Zeichentisch war, bot Kaffee an, ohne meine ablehnende Antwort wirklich zur Kenntnis zu nehmen. Erst als wir uns gegenübersaßen, schien er wieder in der Wirklichkeit anzukommen.

»Kein Kaffee also«, konstatierte er sachlich. »Vielleicht ein Glas Wasser?«

Dieses Angebot akzeptierte ich, um die Stimmung ein wenig aufzulockern. Meinem Gastgeber steckte immer noch der Schreck wegen meines unerwarteten Auftauchens in den Knochen. Verdächtig lange räumte er in seiner Küche herum, aber am Ende stand ein sauberes Glas voller Leitungswasser vor mir, allerdings in einer Pfütze, da er es zu voll gemacht hatte. Er entschuldigte sich ausführlich für seine Schusseligkeit, machte jedoch keine Anstalten, einen Lappen zu holen, sondern schüttelte nur immer wieder den Kopf über sich selbst.

»Was ist nun ... Was kann ich ... für Sie tun?«, stammelte er mit einer Miene, als wäre er infolge der Aufregung schon wieder am Ende seiner Kräfte und Nerven.

Kurz leugnete er es noch, aber dann gab er zu, am Abend vor dessen Verschwinden bei seinem Sohn gewesen zu sein. Gegen zehn Uhr.

»Wieso haben Sie das nicht gleich gesagt?«

»Weil ich ... Ich weiß es selbst nicht mehr. Ich war so erschrocken über das, was Gustaf zugestoßen ist. Vielleicht nur wenige Minuten nachdem ich vor seiner Tür stand.«

»Nur vor der Tür?«

»Er hat mich ja nicht einmal in seine Wohnung gelassen.« Cordes' Blick irrte ab. Er war ein miserabler Lügner. »Er hat sich einfach tot gestellt. Oder ...« Jetzt sah er mich wieder an. Mit runden Augen. »Halten Sie es für denkbar, dass er zu diesem Zeitpunkt schon ... am Boden lag?«

»Denkbar wäre es. Allerdings hätte er Ihnen dann kaum die Tür geöffnet.«

»Sie müssen nämlich wissen ...« Cordes sah hierhin, sah dorthin wie ein in die Enge getriebenes Tier, das Gefahr riecht. Begriff erst mit Verzögerung, was ich gesagt hatte.

»Wie soll ich das verstehen?«

»So, wie ich es gesagt habe. Er hat Ihnen die Tür geöffnet. Oder vielleicht haben Sie sie auch selbst geöffnet. Jedenfalls waren Sie in der Wohnung. Und zwar nicht nur kurz. Sie haben dort eine Menge Spuren hinterlassen.«

Er plusterte sich auf, verkündete, meine Behauptung sei eine bodenlose Unverschämtheit.

»Es ist die Wahrheit. Wir haben DNA-Spuren gefunden, die von einem Verwandten ersten Grades stammen. Da Gustaf meines Wissens keine Kinder hat, können diese Spuren nur von Ihnen, Ihrer Frau oder Ihrer Tochter stammen.«

Cordes senkte den Blick. »Es ist nicht wahr. Ich war nie in dieser Wohnung. Sie müssen sich irren. Wir haben nur miteinander gesprochen. Durch die Tür. Und nicht sehr freundlich. Absolut nicht freundlich, leider.«

»Wie lange ungefähr?«

»Ein, zwei Minuten. Höchstens fünf. Es war schrecklich laut im Treppenhaus. Ich konnte kaum etwas verstehen. Im Stockwerk unter uns scheint sich jemand einen Kriegsfilm angesehen zu haben, bei höchster Lautstärke, abends nach zehn Uhr!«

»Weshalb wollten Sie Gustaf sprechen?«

»Weil er immer noch mein Sohn ist. Ich wollte ihn fragen, was jetzt werden soll. Ob ich ihm helfen kann. Außerdem wollte ich ihm Geld geben, fünfhundert Euro fürs Erste, später vielleicht mehr.«

»Aber er wollte Ihre Hilfe nicht.«

»Das Geld hat er genommen, doch. Aber dann hat er mich weggeschickt.«

»Haben Sie es unter der Tür durchgeschoben oder unten in den Briefkasten geworfen?«

Er wurde immer konfuser, merkte selbst, dass er sich mehr und mehr in seinen Lügen verhedderte. »Ich solle verschwinden, hat er geschrien. Er wolle nichts mit mir zu tun haben. Nie mehr. Stellen Sie sich das einmal vor!«

Ich lehnte mich zurück, atmete einige Male ein und aus. Dann sah ich wieder ins Gesicht dieses Jammerlappens, der mir mit Büßermiene gegenübersaß.

»Machen wir Schluss mit dem Unfug«, sagte ich. »Dürfte ich Sie um eine Speichelprobe bitten? Dann werden wir ja sehen, ob Sie in der Wohnung waren oder nicht.«

»Eine ... was?«, fragte er mit aufflackerndem Entsetzen im Blick. »Was erlauben Sie sich?«

»Dauert nur eine Sekunde und tut überhaupt nicht weh. Ich habe alles mitgebracht, was ich dafür brauche.«

Starrköpfig blieb er bei seinem Nein.

»Ohne richterlichen Beschluss kann ich Sie nicht zwingen. Aber den werde ich mir gleich morgen früh besorgen, den Beschluss, und dann sehen wir uns wieder.« Ich sammelte mich kurz. »Ich wollte Sie noch wegen eines anderen Punkts sprechen.«

»Ach ja?« Cordes war sichtlich erleichtert, dass die Gefahr fürs Erste vorbei war. »Worüber denn?«

»Es geht um die Vernehmungen damals. Sie sind ja auch mehrfach zum Gespräch geladen worden.«

»Das ist richtig. Und um ehrlich zu sein, Ihre Kollegen waren nicht gerade übertrieben freundlich, vorsichtig ausgedrückt.«

»Hat man Sie unter Druck gesetzt?«

»So weit würde ich nicht gehen. Aber Ihr Vorgänger – der Name ist mir entfallen – war ein äußerst zielstrebiger Mann. Er und sein Kollege wollten einen Mord aufgeklärt haben, und wie es uns damit ging, war ihnen vollkommen gleichgültig. Drei, vier oder fünf Mal musste ich erzählen, wie sich alles abgespielt hatte. Wann ich nach Hause kam. Wie es im Wohnzimmer aussah. Es gab Widersprüche, was die Zeitangaben betraf, auch wegen anderer Kleinigkeiten, auf denen sie bis zum Erbrechen herumgeritten sind.«

Auch an den Namen des Kollegen konnte er sich nicht mehr erinnern.

»Ich weiß nur noch, dass er schon älter war und fast noch unfreundlicher als der andere. Da fällt mir ein, einmal war auch eine Frau dabei. Eine Frau mit einem Namen ... Wie dieser griechische Musiker.«

»Vangelis?«

Cordes nickte dankbar. »Aber auch sie hat sich nicht durch übermäßige Empathie ausgezeichnet. Es waren furchtbare Tage für uns, ganz furchtbare Tage. Wir standen alle unter Schock, aber niemanden hat das in irgendeiner Weise interessiert. Zeitweise haben Ihre Kollegen so getan, als hielten sie uns alle zusammen für schuldig, als hätten wir Oliver gemeinsam erschlagen. Bis dann auf einmal Gustaf verhaftet wurde. Dann haben sie uns endlich in Frieden gelassen.«

Meine Töchter waren mit der Suche nach unserem nächsten fahrbaren Untersatz gut vorangekommen. Stolz präsentierten sie mir ihre Vorschläge.

»Aber, Paps«, eröffnete Sarah wie nebenbei die Verhandlungen. »Zehntausend kannst du knicken. Für das Geld kriegst du nur Schrott.«

»Mein Auto muss fahren können«, erwiderte ich. »Es soll vier Sitze haben, eine Heizung, ein Lenkrad, einen Motor ...«

»Ohne Connectivity geht heute aber nichts mehr«, assistierte Louise ihrer Schwester resolut. »Alles andere ist voll Oldschool.«

»Conne-was?«

»Internet. Du kannst beim Fahren sogar skypen oder auf Insta posten und so.«

»Ich skype nicht mal, wenn ich nicht im Auto sitze.«

»Außerdem muss das Radio unbedingt einen Aux-Eingang haben«, lautete der nächste Punkt auf ihrer Anforderungsliste. »Damit wir vom Handy Musik hören können.«

Das konnte ja nicht allzu teuer sein.

»Wir sollen ja auch damit fahren, oder etwa nicht?«,

fragte Sarah mit einem Hauch von Misstrauen in der Stimme.

Auch Keyless Go war heutzutage ein absolutes Must-have, wurde ich aufgeklärt. Mit leuchtenden Augen präsentierten sie mir auf ihren Laptops die Interieurs ihrer jeweiligen Traumautos. Knöpfe über Knöpfe sah ich, tausend Lämpchen, große, bunte Bildschirme voller geheimnisvoller Anzeigen.

»Mädels!« Ich griff mir an den Kopf. »Ihr müsst erst mal einen Führerschein machen, bevor ihr ein Auto fahren dürft, und ich muss vermutlich noch mal einen Führerschein machen, damit ich diesen elektronischen Firlefanz bedienen kann, oder?«

»Fünfzehn musst du mindestens hinlegen, Paps. Darunter kriegst du nur Technik von vorgestern.«

»Besser zwanzig«, kam Sarah ihr eilig zu Hilfe. »Unser Paps macht doch keine halben Sachen.«

»Wir machen eine Liste«, schlug ich nach kurzem Nachdenken vor. »Jeder schreibt auf, was das Auto aus seiner Sicht alles können oder haben muss. Dann gehen wir alles zusammen durch und entscheiden, was wirklich sein muss und was nicht.«

»Und du bügelst am Ende alles ab, schon klar«, maulte Sarah. »Und wir zockeln mit der nächsten Schrottmühle durch die Gegend.«

»Weißt du«, Louise gab sich nicht so leicht geschlagen, »wenn das Auto erst mal da ist, dann zeigen wir dir schon, wie alles geht und so. Du wirst dich schnell dran gewöhnen. Sooo alt bist du ja auch wieder nicht, Paps.«

»Ihr solltet noch mal über eure Zukunftspläne nachdenken. Als Autoverkäuferinnen wärt ihr beide top.«

Es fühlte sich nicht wirklich gut an, als Vater von seinen Kindern die moderne Welt erklärt zu bekommen.

10

»Cordes?«, wiederholte meine Erste Kriminalhauptkommissarin Klara Vangelis am Dienstagmorgen. »Wir sprechen von *dem* Fall Cordes?«

Vangelis war Tochter griechischer Eltern, jedoch in Deutschland aufgewachsen. Sie erfüllte nur knapp die Mindestanforderungen an die Körpergröße von Polizisten, trug meist elegante, selbstgeschneiderte Kostüme in gedeckten Farben und war eine meiner besten und zuverlässigsten Mitarbeiterinnen. Eine ihrer Grundüberzeugungen lautete, sie als Frau müsse immer mindestens doppelt so gut sein wie ihre männlichen Konkurrenten, um sich durchzusetzen. Ihr einziger Makel war eine fast schon legendäre Humorlosigkeit.

»Der junge Mann, den wir zurzeit suchen, ist der damalige Täter.«

Sie schüttelte den Kopf mit den blauschwarzen Locken. »Dass mir das nicht gleich aufgefallen ist. Deshalb wollten Sie mich sprechen?«

»Ich habe erfahren, dass Sie an dem Fall mitgearbeitet haben.«

Mit wachsamem, fragendem Blick nickte sie.

»Gustaf Cordes ist seit ein paar Wochen wieder auf freiem Fuß. Und er behauptet seit Längerem, er sei unschuldig.«

Ihr Blick wurde erst ungläubig, dann empört. »Wir hatten so viele Beweise gegen ihn in der Hand. Hieb- und stichfeste Beweise. Auch der Richter hat das später so gesehen. Außerdem hat er ein Geständnis abgelegt ...«

»Die anderen Familienmitglieder sind auch vernommen worden, und der Vater sagt, man hätte ihm damals ziemlich zugesetzt.«

»Eine Vernehmung ist selten ein gemütliches Kaffeekränzchen.«

»Ich habe nicht gemeint, dass Sie selbst …«

Sie schlug die dunklen Augen nieder, dachte kurz nach, sah wieder auf.

»Ich war bei den Vernehmungen nur einmal kurz dabei, Ansonsten war ich bei der Fußtruppe. Am zweiten oder dritten Tag hieß es dann bei der Morgenbesprechung, Cordes hätte ein Geständnis abgelegt. Das er übrigens nie widerrufen hat.«

»Doch, hat er. Allerdings erst, als er schon einige Zeit einsaß.«

Vangelis lächelte milde.

»So habe ich anfangs auch reagiert.« Ich erwiderte ihr Lächeln. »Wenn wir jeden Fall neu aufrollen wollten, bei dem der Täter irgendwann anfängt, seine Unschuld zu beteuern …« Ich nahm die Brille ab und legte sie auf den Schreibtisch. »Wenn Sie zurückblicken, Frau Vangelis, welchen Eindruck hatten Sie damals von Gustaf Cordes?«

Für Sekunden betrachtete sie missmutig ihre farblos lackierten, kurz geschnittenen Fingernägel.

»Mein Eindruck war: Der Junge hat sich nicht wirklich für die ganze Angelegenheit interessiert. Manchmal dachte ich, er hält das alles für eine Art Spiel. Oder es ist ihm einfach gleichgültig, was mit ihm geschieht. Er war so träge, so antriebslos, ohne jedes Rückgrat. Manchmal wirkte er regelrecht apathisch, als wäre er nicht ganz bei sich.«

»An der Beweisführung haben Sie aber auch jetzt noch keine Zweifel?«

»Selten ist ein Fall so klar und rund gewesen. Auch aus Sicht der Staatsanwaltschaft übrigens. Die Soko ist ausdrücklich gelobt worden für ihre gute Arbeit und die zügige Aufklärung des Falls.«

»Wer hat das Team damals geleitet?«

»Offiziell Prokop. Inoffiziell hat Seifried den Fall als seine persönliche Angelegenheit gesehen. Als Prokop zwei Jahre später ausschied, habe ich übrigens seine A13-Stelle geerbt.«

»Wissen Sie, was aus Prokop geworden ist?«

»Ich habe gehört, er hätte nach der Pensionierung sein Haus verkauft und sei mit seiner Frau nach Griechenland gezogen, auf eine der Ägäischen Inseln. Soweit ich weiß, hatten sie dort schon länger ein Häuschen.«

»Würden Sie bitte versuchen, ihn zu erreichen?«

Sie schrieb mit ihrer minimalistischen Handschrift eine kurze Notiz in ihr kleines, ledergebundenes Büchlein.

»Wer war damals noch dabei?«, fragte ich weiter.

»Rolf, das weiß ich noch. Sonst?« Sie hob die Schultern im heute hellgrauen Kostüm. »Wir hatten viel Wechsel in den vergangenen Jahren.«

Ich bat sie, den Kollegen zu mir zu schicken.

Zehn Minuten später saß mir Rolf Runkel mit geradem Rücken und leicht angespannter Miene gegenüber. Auch er erinnerte sich noch gut an den Fall Cordes.

»Bin damals von Anfang an dabei gewesen. Seinerzeit war ich ja noch beim Dauerdienst, und es war ein Sonntag.« Runkel senkte den Blick und die Stimme. »Die Hunde, diese verdammten Mistviecher ... Sie wissen, Chef, ich mag Hunde, hab ja selber einen. Aber was diese Rottweiler mit ihrem Herrchen angestellt haben ... So was hab ich davor nie gesehen, und ich will es auch nicht noch mal sehen.« Noch immer schauderte er bei der Erinnerung. »Eine Sauerei ist das gewesen, eine Granatensauerei. Sogar seine eigene Mutter hat den armen Teufel kaum noch erkannt.«

Runkel, ein älterer Kollege mit breitem Kreuz und kräftigen Bauernhänden, war nicht mehr weit von seiner Pension entfernt und sicher nicht die hellste Leuchte der Heidelberger Polizeidirektion. Aber er war loyal, fleißig und verlässlich. Auch er hatte die Vernehmungen nicht persönlich miterlebt, sondern zusammen mit Klara Vangelis und anderen Kolleginnen und Kollegen Nachbarn belästigt, Briefträger befragt, Gassi gehende Hundebesitzer und Paketboten gelöchert.

»Die Verhöre hat der Prokop gemacht. Meistens zusammen mit dem Seifried, Ihrem Vorgänger.«

Dieser hatte schon nicht mehr gelebt, als ich an seine Stelle trat. Nach einer weinseligen Weihnachtsfeier war er gegen einen Brückenpfeiler gerast und sofort tot gewesen. Es hatte einige Mühen gekostet, die Tatsache zu verschleiern, dass er dabei sturzbetrunken war.

»Der Prokop hat gern den harten Hund raushängen lassen, und der Seifried ist auch kein Freund von Samthandschuhen gewesen. Die zwei sind noch von der alten Schule gewesen, wenn Sie wissen, was ich meine. Zu zweit haben sie den Jungen durch den Wolf gedreht, und am Morgen danach haben sie sein Geständnis gehabt. Mit Unterschrift und allem Pipapo.«

Meine Miene verdüsterte sich. »Sie haben ihn nachts vernommen?«

»Tag *und* Nacht. Achtzehn Stunden lang, wenn ich mich nicht täusche.«

»Und der Anwalt hat keinen Krach geschlagen?«

»Einen Anwalt hat's ja nicht gegeben.«

Gustaf Cordes hatte eine förmliche Erklärung unterschrieben, dass er auf die Hinzuziehung eines Rechtsbeistands verzichtete.

»Wieso macht einer so was?«, fragte ich kopfschüttelnd.

»Weil ihm alles am Arsch vorbeigeht?«, schlug Runkel treuherzig vor. »Weil er es hinter sich bringen will? Weil …«

»Weil?«

Er zögerte kurz. Gab sich schließlich einen Ruck. »Wahrscheinlich haben sie ihm irgendwas dafür versprochen, denk ich. Strafminderung oder so. Der Prokop hat später vor Gericht auch ausgesagt, dass der Gustaf alles gleich zugegeben hat und sehr kooperativ war.«

Achtzehn Stunden Kreuzverhör, eine Nacht ohne Schlaf – danach gesteht fast jeder Mensch alles. Aber weshalb hatte Gustaf Cordes das Geständnis nicht spätestens beim Prozess widerrufen?

»Sie hätten den Jungen sehen müssen, Chef«, fuhr Runkel mit grüblerischer Miene fort. »Der war ein Wrack. Ganz käsig im Gesicht und mager wie der Tod. Und wie der die ganze Zeit gezittert hat …«

»Na klar!« Mir wurde immer unwohler. »Er war natürlich auf Drogenentzug. Man hätte ihn einem Arzt vorstellen müssen, bevor man mit der Vernehmung hätte anfangen dürfen.«

Runkel rieb sich das runzlige Gesicht mit beiden Händen. »Der Junge ist total am Ende gewesen. Angeblich hat er sich an gar nichts erinnern können, was in der Nacht passiert war. Nur eines ist klar gewesen: Die zwei Halbbrüder haben sich nicht leiden können. Das haben alle gesagt, die sie gekannt haben.«

»Wieso Halbbrüder?«

»Weil sie verschiedene Väter gehabt haben. Den älteren Sohn hat die Frau mit in die Ehe gebracht.«

Das war mir neu, spielte im Moment jedoch wohl eher eine untergeordnete Rolle.

»Sie haben sich so sehr gehasst, dass der eine den anderen totschlägt?«

Ratlos hob mein Mitarbeiter die schwieligen Hände, ließ sie klatschend auf die stämmigen Oberschenkel fallen. »Sie haben am Tag davor gestritten, hab ich gehört. Irgendwann in der Nacht muss er aufgestanden sein, ist runter ins Erdgeschoss, hat dem anderen dieses komische Kunstding über den Kopf gezogen und sich wieder ins Bett gelegt.«

Und während die Hunde später im Blutrausch tobten, hatte Gustaf Cordes seinen Drogenrausch ausgeschlafen.

»Laut Labor war der in der Nacht hackezu«, fuhr Runkel unglücklich fort. »Über eins Komma fünf Promille Alkohol und dazu noch den einen oder anderen Joint. Drum hat der Richter dann ja auch auf mildernde Umstände erkannt.«

»Er war völlig zugedröhnt, kann sich an nichts erinnern, und trotzdem gesteht er?«

Runkel nickte mit gesenktem Blick. Für eine Weile herrschte fassungsloses Schweigen.

»Sagen Sie es ruhig«, forderte ich ihn schließlich auf. »Ihnen liegt doch was auf der Zunge.«

Jetzt sah er wieder auf. »Der Prokop, also, ich will ja keine Kollegen anschwärzen«, sagte er mit fester Stimme. »Aber wie der mit dem armen Kerl umgesprungen ist, das war nicht in Ordnung. Andere haben das auch gesagt. Und der Seifried, der war ja fast noch schlimmer. Die haben den Jungen so durch die Mangel gedreht, am Ende hätte der sogar gestanden, dass er den Kennedy erschossen hat.«

»Was ich immer noch nicht begreife: Wieso hat Cordes sein Geständnis nicht spätestens vor Gericht widerrufen? Er hat doch Monate Zeit gehabt, es sich zu überlegen.«

Von der Verhaftung bis zur Hauptverhandlung war fast ein Dreivierteljahr vergangen. Die Gründe konnte ich mir denken: Überlastung der Gerichte, Überlastung der Staatsanwälte und nicht zuletzt der Polizei, die ja nach dem Geständnis des Schuldigen auch erst einmal ihre Akten in Ordnung bringen muss, bevor sie sie ihrer vorgesetzten Behörde übergeben kann.

»Sein Anwalt«, sagte Runkel. »Ich bin bei der Verhandlung zeitweise dabei gewesen, als Zeuge. Von der Familie ist übrigens keiner gekommen. Die haben den Jungen voll hängen lassen. Jedenfalls hab ich den Eindruck gehabt, der Anwalt, so ein Jungspund frisch von der Uni, der hat ihm geraten, nicht zu widerrufen. Weil er so billiger davonkommt, wahrscheinlich.«

»Und kaum sitzt er im Knast, fällt ihm ein, dass alles ganz anders war.«

Runkel zuckte die gut gepolsterten Schultern, grinste mich betreten an.

»Wahrscheinlich ist ihm klar geworden, dass er gelinkt worden ist. Erst von Prokop und Seifried und später von diesem Depp von Anwalt.«

Der vermutlich von der Schuld seines Mandanten überzeugt gewesen war.

»Glauben Sie, es hat was mit der alten Geschichte zu tun, dass er jetzt verschwunden ist?«, fragte Runkel.

»Wenn Gustaf tatsächlich unschuldig ist, dann schläft der wirkliche Täter zurzeit nicht besonders gut ...«

Und war vermutlich ungefähr so nervös wie Gustafs Vater. Der dummerweise ein perfektes Alibi hatte für die Nacht, in der sein Stiefsohn starb. Wie die restlichen Familienmitglieder auch, in deren Begleitung er bei der Hochzeit in Rauenberg gewesen war. Was vermutlich zig Zeugen bestätigen konnten.

»Solange der Junge im Knast war, ist der wirkliche Täter nicht an ihn rangekommen.« Runkel sah mir nachdenklich ins Gesicht. »Und jetzt versteckt er sich irgendwo, damit der andere es nicht noch mal versucht.«

Seit der Nacht, in der Gustaf Cordes verschwand, war inzwischen eine Woche vergangen. Die Wohnung in der Krämergasse ein zweites Mal nach Spuren absuchen zu lassen in der Hoffnung, Neberger doch noch zu überführen, hatte längst keinen Sinn mehr. Ich überlegte, welche Rolle der junge, angeblich arabisch aussehende Mann (oder die Frau?) in diesem undurchsichtigen Stück spielen mochte. Dem Bericht der Spurensicherer war zu entnehmen, er sei die Treppe hinaufgestiegen, habe die Wohnung auch betreten, allerdings – wie der Vater – lediglich den Flur, und sofort wieder kehrtgemacht. So eilig, dass er auf dem Treppenabsatz gestürzt war und auf der Straße fast noch ein zweites Mal.

Falls der junge Mann (oder die Frau?) tatsächlich aus dem Nahen Osten oder Nordafrika stammte, dann würde es nicht leicht werden, ihn zu finden. An solchen Männern herrschte in Heidelberg kein Mangel. Zählte man die Bewohner des Ankunftszentrums jenseits der Autobahn A5 mit, dann lebten in der Stadt ständig um die zweitausend Gestrandete, vorwiegend aus dem arabischen Raum. Das zentrale Ankunftszentrum des Landes Baden-Württemberg war im Patrick-Henry-Village untergebracht, einem ehemaligen Kasernenareal der US-Army, und bildete eine Durchgangsstation für die Heimatlosen, wo sie registriert und ärztlich untersucht wurden. Sie konnten dort ihren Asylantrag stellen und wurden schon nach wenigen Tagen weitergeschickt an die Orte, wo sie leben würden, bis über ihren Antrag entschieden war. Die Menschen im Ankunftszentrum hatten deshalb kaum Gelegenheit, in der Stadt Kontakte zu knüpfen, weshalb der, den Kowacz gesehen hatte, dort eher nicht zu finden sein würde.

In den über die Stadt verstreuten Wohneinrichtungen lebten darüber hinaus dauerhaft ungefähr 450 Flüchtlinge, die ein Bleiberecht genossen, bis über ihren Antrag entschieden war. Unter diesen mochte es fünfzig, vielleicht sechzig junge Männer geben, auf die Kowacz' Beschreibung zutraf. Hinzu kam eine unbekannte Anzahl von Studenten sowie regulären Migranten, die hier einen Arbeitsplatz gefunden und sich auf Dauer niedergelassen hatten. Darüber hinaus gab es auch noch eine naturgemäß nur ungenau bekannte Anzahl von illegalen Eingereisten, die keinerlei Chance auf ein dauerhaftes Bleiberecht oder einen halbwegs anständig bezahlten Job hatten.

Wo anfangen?

Ralph Cordes fiel niemand ein, auf den Kowacz' Beschreibung passte und der früher mit Gustaf in Kontakt gestanden hatte.

»Aus der Schule vielleicht?«, fragte er mit einer Stimme,

als hätte ich ihn mit meinem Anruf aus einem verstörenden Traum geweckt. »Gustaf hat am Ende kaum noch Freunde mit nach Hause gebracht. Er hat sein eigenes Leben gelebt, ist nach der Schule oft nicht einmal mehr heimgekommen, sondern erst spätabends. Das Handy, das wir ihm gekauft haben, hat er nur selten eingeschaltet.«

Später, als Gustaf in U-Haft saß, hatten die Eltern in seinem vermüllten Zimmer ein zweites Handy gefunden.

»Für seine sogenannten Freunde, vermute ich. Selbst gekauft oder gestohlen. Sogar das halte ich für möglich, dass er es gestohlen hat. Das Böse hat schon damals in ihm gesteckt.«

Daphne zu fragen, verspürte ich wenig Lust. Sie würde auch nicht mehr wissen als ihr Ex-Gatte. So bat ich Sönnchen um den zweiten Cappuccino des Tages, und da mein Terminkalender heute nur locker gefüllt war, saßen wir ein wenig zusammen und plauderten über dies und das. Zum Beispiel über die Zukunftspläne meiner Töchter und ihren Mann Christian, der kürzlich eine dreistündige Zahnoperation hatte über sich ergehen lassen müssen.

»Für den gibt's jetzt erst mal bloß noch Tee und Brei. Zum Glück ist er keiner von den Männern, die ständig rumjammern. Wie läuft's übrigens mit Ihrem Auto?«

»Ach ...«

»Sie haben nicht mal angefangen, drüber nachzudenken, geben Sie es zu.« Sie lächelte mütterlich-verständnisvoll. »Mit Anfang zwanzig hab ich einen Käfer gehabt, mein allererstes Auto. Und wie ich den weggeben musst, weil der TÜV ihm keinen Stempel mehr geben wollt, da hab ich geheult, als wär mein alter Hund gestorben.«

Sönnchen hieß mit bürgerlichem Namen Sonja Walldorf, hatte schon meinem Vorgänger Seifried beigestanden und dessen Vorgänger auch. Und sie bestand hartnäckig darauf, Sönnchen genannt zu werden, da sie aufgrund ihres sonnigen Gemüts schon als Kind so gerufen worden war.

Ich leerte meinen Kaffeebecher. »Wenigstens freuen sich meine Töchter, dass wir bald ein modernes Auto kriegen.«

»Soll's ein neues werden oder ein gebrauchtes?«

»Vor allem eines, mit dem ich fahren kann, ohne vorher einen Master in Informatik machen zu müssen. Irgendwas Normales ohne allzu viel Schnickschnack.«

»Ich könnt den Herby fragen«, schlug meine unersetzliche Assistentin vor. »Der kann Ihnen vielleicht helfen.«

Auch ohne Herby zu kennen, fand ich das eine wundervolle Idee, die mir vielleicht eine Menge Lauferei ersparen würde. Als Heidelberger Urgestein kannte Sönnchen unendlich viele Menschen, welche wiederum unendlich viele andere Menschen kannten. Trotz seiner hundertfünfzigtausend Einwohner und weltweiten Bekanntheit war Heidelberg in manchen Dingen immer ein Dorf geblieben.

Herby war seit drei Jahren in Rente, erzählte sie mir, und weil ihm das Nichtstun zu langweilig war, importierte er hin und wieder Gebrauchtwagen aus Frankreich und verkaufte sie mit einem kleinen Gewinn weiter.

Während sie sprach, war mir ein naheliegender Gedanke gekommen.

»Erinnern Sie sich noch an den Fall Cordes?«

»Ja klar. War eine ziemliche Aufregung im Haus, bis das geklärt war.«

»Haben Sie vielleicht auch Vernehmungsprotokolle getippt?«

Daran konnte sie sich nicht erinnern, sie hielt es jedoch für möglich.

»Ich habe gehört, mein Vorgänger sei auch mit im Team gewesen.«

»Da war er wie Sie, Herr Gerlach.« Sie lachte mich verschmitzt an. »Der Herr Seifried hat sich auch gern in alles eingemischt. Und wenn ein Fall wichtig war, dann hat er ihn an sich gezogen, damit er später bei der Pressekonferenz gut dasteht.«

»Ich hoffe, man sagt nicht dasselbe über mich.«

Ihr Lächeln wurde wärmer. »Dass Sie sich gern in alles einmischen, weiß jeder. Aber Sie mögen keine Pressekonferenzen.«

Ich erzählte ihr von dem jungen Araber.

»Oje«, meinte sie zu diesem Punkt. »Das wird schwer. Vielleicht hat er ja gar nichts mit der Geschichte zu tun? Hat gesehen, dass die Haustür nicht abgeschlossen war, und wollt ein bisschen gucken, ob's drinnen was zu holen gibt?«

»Höre ich da ein kleines Vorurteil, Frau Walldorf?«, fragte ich mit gespielter Strenge und drohte mit dem Zeigefinger.

»Lieber Gott!« Sie blies die Backen auf und sah in ihren Kaffeebecher. »Was sollen die armen Kerle denn machen? Arbeiten dürfen sie nicht. Zurück in ihre Heimat können sie auch nicht, weil sie dort bis auf die Knochen blamiert wären. Eine Frau finden sie nicht, weil die wenigsten deutschen Mädels sich mit so einem abgeben. Wie soll einer da nicht auf dumme Gedanken kommen?«

Sollte es so gewesen sein? Hatte der junge Mann rein zufällig in Gustafs Flur gestanden, als im Wohnzimmer etwas geschah, das ihn so in Angst und Schrecken versetzte? Oder hatte er doch einem alten Freund einen Besuch abstatten wollen?

Sönnchen erhob sich, ergriff ihren leeren Becher, blickte freundlich auf mich herab.

»Hübsch geworden, Ihre Beule«, fand sie. »So schön bunt. Tut's denn arg weh?«

»Es sind mehr die seelischen Schmerzen.«

»Und was ist jetzt mit Ihrem Auto?«

Herby kannte sie aus dem Tennisclub, wo sie seit Jahrzehnten ebenso unverdrossen wie erfolglos versuchte, Bälle übers Netz zu schlagen und irgendwann einmal ein Match zu gewinnen.

»Schaden kann es nichts, wenn Sie Ihren Freund mal fragen.«

»Man könnt fast glauben, Sie wollen gar kein neues Auto.«

»Ich leide noch zu sehr unter Trennungsschmerz, als dass ich schon zu einer neuen Beziehung bereit wäre.«

Jetzt lachte sie wieder. »Der Herby ist auch so einer. Der würd am liebsten nur mit Oldtimern rumfahren. Wenn sie halt nicht so viel Benzin verbrauchen würden, gell?«

11

Das LKA hatte am Morgen den abschließenden Bericht geschickt. Cornelius Neberger war mit fast hundertprozentiger Sicherheit nicht in Gustafs Wohnung gewesen. Die Spuren des Vaters dagegen – beziehungsweise eines anderen Verwandten ersten Grades – hatte man im Flur gefunden, aber definitiv nicht im Wohnraum und erst recht nicht an der Tatwaffe. All das war nicht neu.

Dann aber kam eine kleine Sensation: Die DNA des Unbekannten, der auf dem Treppenabsatz gestürzt war, war in den Datenbanken des Bundeskriminalamts erfasst. Der kleine sportliche Dunkelhaarige stammte aus Afghanistan, hieß Muhammad Massoud und hatte wegen Körperverletzung für einige Monate im Gefängnis gesessen, in der JVA Mannheim. Dort hatte er vermutlich Gustaf Cordes kennengelernt. Auch er war in der Wohnung gewesen, allerdings ebenfalls nur im Flur. Damit kam auch er nicht als Täter in Betracht. Möglicherweise war er aber ein Augenzeuge und hatte die Gewalttat aus nächster Nähe beobachtet, was seine panische Flucht erklären würde.

Ich erhob mich und tat das, was ich gerne tat, wenn ich nicht weiterwusste: Ich begann in meinem Büro meine Kreise zu ziehen. Wenn ich mich bewegte, konnte ich besser denken. Allzu viel zu denken gab es jedoch nicht, stellte ich bald fest. Neberger, mein Favorit, war aus dem Spiel, Massoud musste ich erst einmal finden, und Ralph Cordes war zwar ein notorischer Lügner, aber als Totschläger konnte ich ihn mir immer noch nicht vorstellen. Ich hielt seine Behauptung für glaubhaft, er habe seinem verlorenen Sohn Hilfe anbieten wollen. Manches wiedergutmachen wollen, was er in der Vergangenheit versäumt hatte.

Das Telefon setzte meiner Bürowanderung ein Ende. Es war Daphne.

»Gibt's was Neues, Alex?«

»Von Gustaf, falls du das meinst, weiß ich nicht mehr als beim letzten Mal«, erwiderte ich nicht annähernd so abgeklärt, wie ich es mir gewünscht hätte.

Nach kurzer, ungemütlicher Stille wagte sie, die entscheidende Frage zu stellen: »Glaubst du nach wie vor, er ist noch am Leben?«

»Ich sehe immer noch keinen Grund, daran zu zweifeln«, behauptete ich, doch das war schon fast eine Lüge. Gustaf war nun seit einer Woche verschwunden, und allmählich sank auch meine Hoffnung, er könnte sich nur versteckt halten.

Ich hatte das Gespräch im Stehen angenommen, nun setzte ich mich. »Jetzt muss ich dich doch mal fragen«, begann ich vorsichtig. »Gustaf hat etwas Schlimmes getan, keine Frage, etwas sehr Schlimmes. Aber trotzdem – hättest du dich in den Jahren, die er im Gefängnis war, nicht mal ein bisschen um ihn kümmern können? Du warst nicht mal beim Prozess, habe ich erfahren. Ist er dir so gleichgültig?«

»Er ist mir überhaupt nicht gleichgültig«, erwiderte sie gequält. »Deshalb rufe ich dich doch an, Herrgott, weil er mir nicht egal ist.« Für Sekunden hörte ich nur ihren heftigen Atem und Sönnchen, die im Vorzimmer fröhlich telefonierte. Einmal meinte ich den Namen Herby zu vernehmen.

»Gusti war kein einfaches Kind«, fuhr Daphne schließlich fort. »Schon als kleiner Junge hat er einen oft in den Wahnsinn getrieben mit seiner Bockigkeit, mit seiner Dickköpfigkeit. Als er dann in die Pubertät kam, wurde alles noch viel komplizierter. Er hat jedes ernsthafte Gespräch verweigert, und am Ende hat er dann ja überhaupt nicht mehr mit uns gesprochen.«

»Mit der Tochter lief es besser?«

»Annalisa? Kein Vergleich. Sie war unser Sonnenkind. Anfangs wenigstens. Später, in der Pubertät, war sie auch nicht ohne. Da haben wir uns auch öfter gefetzt.«

»Und Oliver?«

»Der war wieder anders. Oli war schon als Dreijähriger selbstbewusst, ein kleiner Draufgänger, manchmal auch ein bisschen altklug. Ralph ist übrigens nicht sein Vater. Ich habe Oli sozusagen mit in die Ehe gebracht, und er hat ihn dann adoptiert.«

»Ich weiß. Wie alt war der Junge da?«

»Fünf.«

»Und der biologische Vater?«

»Der tut hier nichts zur Sache. Es war nur eine kurze Beziehung, und wir haben seither keinen Kontakt mehr.«

»Deine beiden Söhne sollen sich nicht gerade herzlich geliebt haben.«

Sie lachte kurz und ein wenig schrill. »Sehr diplomatisch ausgedrückt, ja. Die zwei waren so verschieden, wie zwei Menschen nur sein können. Oli war ein Kämpfer, hat immer große Ziele gehabt, manchmal zu große, zugegeben. Er wollte es zu etwas bringen, und wer nichts riskiert, der gewinnt bekanntlich nichts …«

»Wenn einer zu viel riskiert, verliert er manchmal aber auch.«

Dieses Thema war ihr unangenehm. Ich hörte sie schlucken. »Richtig«, sagte sie schließlich nur.

»Was für eine Art Firma war das eigentlich?«

»Weshalb willst du das wissen?«

»Weil ich Polizist bin und einen ungelösten Fall auf dem Schreibtisch habe und ungelöste Fälle hasse.«

»Computerspiele. Oli hat eigentlich Mathe und Physik studiert, auf Lehramt.«

Aber bald war dem jungen Mann klar geworden, dass Lehrer nicht sein Lebensziel sein konnte.

»Er hat schon früher ein Händchen für Computer gehabt. Schon mit fünfzehn hat er Programme geschrieben, mit denen er bald sogar ein bisschen Geld verdient hat. Für einen Nachbarn zum Beispiel, er hat ein Malergeschäft, hat er ein maßgeschneidertes Projektmanagementprogramm entwickelt. Der war dann so begeistert davon, dass er Oli immer wieder Aufträge zugeschanzt hat, auch von anderen Malermeistern.«

Später hatte ihr Ältester seine Begeisterung für das Programmieren von Computerspielen entdeckt. Daraus entstand noch vor Beginn seines Studiums eine Ein-Mann-GmbH, die bereits ein Jahr später zwei Angestellte beschäftigte sowie eine wachsende Schar von Kommilitonen und Kommilitoninnen als billige Hilfskräfte und Tester. Von Monat zu Monat stiegen die Umsätze und die Anzahl der Mitarbeiter. Zwei Jahre später bewohnte Oliver eine Sechs-Zimmer-Penthouse-Wohnung in Viernheim und fuhr im geleasten Porsche zur nur einen halben Kilometer entfernten Firma.

»Das Studium hat er dann bald geschmissen, um sich voll auf seine Projekte zu konzentrieren. Die ersten Jahre lief es richtig gut, fast schwindelerregend gut. Ständig hat er neue Leute eingestellt, noch mehr Räume angemietet und teure Computer angeschafft.«

»Und das kostet alles Geld ...«

»Die Banken haben ihn geliebt und ihm die Kredite fast aufgedrängt. Anfangs habe ich auch eine Hypothek auf das Haus aufgenommen, hunderttausend. Die hat Oli ein Jahr später zurückbezahlt, mit Zinsen.«

»Aber dann muss wohl irgendwas aus dem Ruder gelaufen sein ...«

Nun wurde Daphne etwas leiser. »Die Bank hat kalte Füße gekriegt, weil sie kein Geld verdient haben. Die Werbung lief schon, überall wurde dieses phänomenale, noch nie da gewesene Adventure-Game mit der supersensationellen

Grafik angekündigt, aber sie konnten nicht liefern. Immer hieß es, zum Quartalsende, nächsten Monat, wenigstens eine Betaversion. Aber es kam einfach nichts. Dann hat die Bank von heute auf morgen alle Kredite fällig gestellt.«

Das Wetter schien sich heute nicht entscheiden zu können. Am Morgen hatten wieder dunkle Wolken mit Regen gedroht. Jetzt herrschte draußen eine diesige, weiße Helligkeit, die einem in den Augen schmerzte.

»Deshalb der private Investor, dem Oliver so viel Geld schuldete?«

»Ich hätte ja wieder eine Hypothek aufgenommen, aber es hätte nicht mehr gereicht. Zum Glück kannte ich jemanden, der genug Geld hatte, um Oli unter die Arme zu greifen. Ich habe die beiden zusammengebracht, und er war auch sofort begeistert von seinen Plänen, von den Perspektiven, von allem. Oli hatte so eine Art, weißt du, er konnte die Leute regelrecht besoffen reden. Ein begnadeter Verkäufer, das war er. Buchhaltung war leider nicht so sein Ding.«

Es war nicht zu überhören, dass sie ihren toten Sohn immer noch bewunderte, während sie den Zweitgeborenen am liebsten aus der Erinnerung getilgt hätte.

»Darf ich fragen, wie dieser Investor hieß? Er ist mit einer halben Million eingestiegen, stimmt das?«

»Tut das irgendwas zur Sache?«, fragte sie unwillig zurück. »Findest du Gusti schneller, wenn du es weißt?«

»Daphne, bitte ...«

Sie zögerte, verriet mir schließlich doch den Namen: »Okay, bevor du mich auf die Streckbank spannen lässt: Hagen Borsing heißt er. Er hat eine Firma in Eppelheim, eine Druckerei.«

»Er wird sich nicht gefreut haben, als er auf einmal um eine halbe Million ärmer war.«

»Hagen konnte es verkraften, aber geärgert hat er sich natürlich schon. Er hat Oli damals ziemlich Druck gemacht und ihn am Ende sogar wegen Konkursverschleppung angezeigt. Aber ich verstehe immer noch nicht, wieso du auf diesen alten Geschichten herumreitest. Oli ist tot, die Firma existiert nicht mehr, Hagen hat den Verlust verschmerzt. Er investiert immer wieder mal in solche Start-ups. Mal verliert er, oft genug gewinnt er auch. Wenn Oli ein bisschen diplomatischer gewesen wäre, vielleicht wäre alles anders gekommen.«

»Dein Ältester war ein ziemlicher Hitzkopf, höre ich heraus.«

Daphne seufzte. »Er war leicht zu begeistern und auch leicht zu verärgern. Im Gegensatz zu Gusti – und Ralph übrigens auch – hat er seinen Zorn nie in sich hineingefressen. Leider ist er dabei hin und wieder übers Ziel hinausgeschossen. Er hat sich nicht nur Freunde gemacht mit seiner impulsiven Art.«

Ich setzte mich anders hin, kratzte mich am Hinterkopf, betastete meine Beule, die allmählich abschwoll und kaum noch wehtat. »Wenn ich mir vorstelle, was damals bei euch los war ...«

»Die Hölle«, nahm sie mir das Wort aus dem Mund. »Miese Stimmung, wohin man schaute. Eine sehr, sehr belastende Situation für uns alle.«

»Wie ging es deiner Tochter damit?«

»Annalisa hat gelitten wie ein Hund. Sie konnte es nicht vertragen, wenn dicke Luft war. Gusti ging es wohl ähnlich, aber bei ihm hat es sich anders geäußert. Er hat nicht geheult, sondern die Musik laut gedreht und sich einen Joint angesteckt. Das Schlimmste war der drohende Prozess. Oli ist am Ende wegen jeder Kleinigkeit explodiert. Ralph war total genervt, Gusti hat seine Müll- und Dreckhöhle nur noch in Notfällen verlassen. Annalisa war unser Familienseismograf, hat Ralph mal in einem lichten Moment gesagt. Wenn sie feuchte Augen bekam, dann stimmte etwas mit dem Haussegen nicht. In den Tagen vor Olis Tod sind ihre

Augen gar nicht mehr trocken geworden. Für mich hat es sich angefühlt, als wäre unter unserem Haus eine Atombombe mit Zeitzünder vergraben.«

»Noch ein anderes Thema, Daphne.« Zum ersten Mal hatte ich es geschafft, ohne Zögern ihren Namen auszusprechen. »Du klingst, als wärst du nicht besonders überrascht gewesen, als es hieß, Gustaf hätte Oliver erschlagen.«

»Was redest du da?«, brauste sie auf. »Wir waren alle völlig niedergeschmettert, alle.« Ihr Atem ging jetzt heftig. »Weißt du, was mich am meisten aufgeregt hat? Dass ihm das alles so vollkommen gleichgültig war. Und dass er keine Spur von Reue gezeigt hat. Gusti war in den Tagen und Wochen danach wie ein Alien. Wie R2D2, nur nicht so kommunikativ und lustig. Er war nicht mehr er selbst, verstehst du? Er war nicht mehr der Gusti, der er mal gewesen war. Und, na ja, mit Oli war es im Grunde ja auch nicht anders. Den hat man auch kaum noch wiedererkannt nach dem Konkurs.«

»Zu spontanen Aggressionen hat Gustaf aber nicht geneigt?«

»Eigentlich nicht, nein. Der hat sich lieber aus allem rausgehalten und sein eigenes Ding gemacht.«

»Und dann soll er auf einmal eine Statue gepackt und seinem großen Bruder über den Schädel gehauen haben?«

»Sie hatten am Nachmittag einen wüsten Streit gehabt. Und, ja, manchmal habe ich mich gefragt, ob Gustis Desinteresse an allem und jedem vielleicht bloß gespielt war. Eine Maske, hinter der Gott weiß was gebrodelt hat? Manche Menschen ticken so. Lange halten sie still, aber dann, auf einmal – rums!«

Vor den Fenstern rauschten Verkehr und Regen wieder einmal um die Wette. Ich hatte gar nicht bemerkt, dass es wieder begonnen hatte zu regnen. In der Ferne mehrstimmiges Tatütata der Feuerwehr.

»Worum ging es bei dem Streit?«

»Oli hat sich ständig über Gusti lustig gemacht, auch früher schon. Weil er nichts auf die Reihe kriegt, weil er sich so hängen lässt, weil er keinen Plan für sein Leben hat, weil er nicht Millionär werden wollte. An dem Tag ist Gusti dann wohl der Kragen geplatzt, und er hat Oli Kontra gegeben. Ich war oben im Bad, um mich für die Feier aufzuhübschen, und habe zum Glück nicht viel mitbekommen davon. Irgendwann hat die Tür von Gustis Zimmer geknallt, aber anschließend ist der Krach gleich weitergegangen.«

Nach Gustaf war Ralph an die Reihe gekommen.

»Er hat mir später erzählt, Oli hätte Geld von ihm verlangt. Angeblich hätte Ralph viel mehr auf der Bank, als er zugibt, und wollte es nur nicht rausrücken. Ich hatte so die Nase voll von diesem Mist. Ich wollte bloß weg und bin dann auch früher als die anderen zur Hochzeit gefahren. Wenn du mehr über die Streiterei wissen willst, müsstest du Ralph fragen. Ich weiß nur: Die Männer haben sich unten angebrüllt, Gusti hat sich eingeschlossen, und Annalisa ist mal wieder heulend die Treppen rauf.«

»Könnte es sein, dass Gustaf den Streit mit deinem Mann durch die Tür mitgehört hat?«

»Laut genug waren sie. Aber wahrscheinlich hat er die Kopfhörer aufgehabt und Musik gehört.«

»Wahrscheinlich …«

»Himmel noch mal, Alex!«, fuhr Daphne mich an. »Woher soll ich denn wissen, was er in seiner Räuberhöhle getrieben hat? Woher soll ich wissen, was er gehört hat und was nicht? Ich war gottfroh, als ich endlich im Auto saß und mir für eine Weile kein Gekeife und Gezänk anhören musste.«

Der Rest der Familie war später nachgekommen.

»Alle außer Oliver. Der hat in den Tagen definitiv keinen Nerv für irgendwelche Feiern gehabt. Er hätte da aber auch niemanden gekannt.«

Ich kann bis heute nicht sagen, weshalb ich nicht lockerließ. Vielleicht war es, weil Daphne immer wieder zögerte mit ihren Antworten. Sie schien ehrlich zu sein, aber oft dauerte es eine Spur zu lange mit der Ehrlichkeit. Vielleicht wollte sie einfach nicht mehr an die schrecklichen Tage denken, vielleicht steckte aber auch etwas anderes hinter ihrer Zurückhaltung. Draußen wurde es noch dunkler. Der Regen wurde stärker.

»Wann genau bist du los nach Rauenberg?«

»Kurz nach drei bin ich ins Auto gestiegen, spätestens Viertel nach.«

»Und die anderen?«

»Ralph und Gusti sind gegen halb sechs aufgekreuzt. Beide mit Mienen, als müssten sie zu ihrer eigenen Beerdigung. Gusti hat sowieso keine Böcke auf diese spießbürgerliche Scheinfröhlichkeit gehabt, wie er es nannte. Hatte sich auch mit Absicht die schlampigsten Klamotten angezogen, die er in seinem Misthaufen finden konnte.«

»Und Annalisa?«

»Die kam noch später. Mit verheulten Augen und ach ... Was habe ich mich geschämt für meine drei Trauerklöße! Die meiste Zeit habe ich mich zu anderen Leuten gesetzt, wo nicht so eine Friedhofslaune war.«

»Hattet ihr drei Autos?«

»Wie?«

»Du bist mit dem Wagen gefahren, sagtest du.«

»Mit meinem Alfa Spider. Den habe ich heute noch. Ah, jetzt verstehe ich deine Frage: Die Männer sind in Ralphs altem Ford gekommen, Annalisa mit dem Rad. Sie ist damals viel geradelt. Hat zwar ausgesehen, als könnte sie jeder Windstoß umwerfen, aber körperlich war sie unheimlich zäh.«

»Abgesehen von den beiden Jungs habt ihr alle im Hotel übernachtet ...«

»Es wurde natürlich kräftig gebechert. Sogar Ralph hat am Ende Schräglage gehabt. Seine Laune war dadurch aber nicht besser geworden. Annalisa war wahrscheinlich die Einzige im Saal, die nüchtern geblieben ist. Sie trinkt bis heute keinen Alkohol.«

»Woher weißt du das? Angeblich hast du sie seit Jahren nicht mehr gesehen.«

»Alex, was bist du nur für eine Nervensäge!« Sie stöhnte affektiert. »Ich nehme halt an, dass sie immer noch nichts trinkt, Himmel noch mal!«

»Ihr habt nach wie vor keinen Kontakt?«

»Fragst du immer alles dreimal? Nein. Ich weiß nicht mal, ob sie noch lebt.«

»Habt ihr nie Nachforschungen angestellt?«

»Ich war sogar bei der Polizei. Aber sie haben nur gesagt, Annalisa sei erwachsen, und ich soll mir keine Sorgen machen. Sie würde sich schon melden, irgendwann.«

»Alle waren lustig bei der Hochzeit, nur die Familie Cordes nicht.«

»Ich schon«, widersprach Daphne heftig. »Ich habe mich prächtig amüsiert. Ralph ist ja immer schon überzeugter Nichttänzer gewesen, aber es gab ja zum Glück noch andere Männer. Sanne hatte fast hundert Gäste eingeladen, und über achtzig sind gekommen.«

Ich ergriff einen Stift. »Sanne?«

Susanne Wernberger hieß die Braut, die zum Zeitpunkt ihrer Hochzeit schon deutlich über dreißig Jahre alt gewesen war. Daphne und sie waren Nachbarn gewesen, bis Susannes Eltern zusammen mit ihrem Töchterchen nach Rauenberg zogen.

»Sie war zwar viel jünger als ich, aber wir haben trotzdem oft miteinander gespielt, weil sonst niemand da war. Wir waren beide Einzelkinder, und Sanne war für mich so was wie eine kleine Schwester. Später haben wir den Kontakt nie ganz verloren, weil unsere Eltern sich hie und da besucht haben. Wieso Sanne dann ausgerechnet mich als Trauzeugin wollte, verstehe ich trotzdem bis heute nicht ganz.«

Als wir uns zum ersten und letzten Mal trafen, hatte Daphne vor dem Abschluss ihrer Ausbildung zur Bankkauffrau gestanden. Damals war mir ihr Alter natürlich herzlich gleichgültig gewesen. Erst später, viel später, war es mir wichtig geworden. Sie habe kürzlich ihre Führerscheinprüfung bestanden, hatte sie mir noch vor Beginn der stürmischen Zärtlichkeiten voller Stolz und Optimismus erzählt, und spare auf ein Auto.

Sie war volljährig gewesen. Führerschein mit siebzehn gab es vor drei Jahrzehnten noch nicht.

»Alex?«, hörte ich sie unruhig fragen. »Was grübelst du? Habe ich mich verdächtig gemacht, weil ich mit anderen Männern getanzt habe?«

Ihr Lachen klang ein wenig gezwungen.

Ich schüttelte den Kopf, um unangenehme Erinnerungen zu verscheuchen. »Entschuldige, mir ist gerade was durch den Kopf gegangen.«

»Hat es mit Gusti zu tun?«

»Nein.«

»Hast du ... sonst noch Fragen?«

Nein, die hatte ich im Moment nicht. Abgesehen natürlich von der einen, die ich jedoch heute nicht stellen würde.

Glücklicherweise streckte in diesem Moment Sönnchen den dauergewellten Lockenkopf durch den Türspalt. Ihr Blick kündigte wichtige Neuigkeiten an.

»Du meldest dich, wenn es etwas Neues gibt?«, fragte Daphne ernst. »Ich mache mir solche Sorgen, Alex. Es ist wirklich nicht so, als wäre mir Gustis Schicksal gleichgültig. Ich bin eben nicht so eine Glucke, die ständig hinter ihrer Brut herrennt.«

»Sie haben einen Toten gefunden«, sagte Sönnchen, als ich den Hörer auflegte. »Im Schriesheimer Steinbruch. Einen jungen Mann.«

12

»Kein schöner Anblick, Herr Gerlach«, begrüßte mich ein spindeldürrer Kollege in Uniform, als ich aus meinem Dienstwagen stieg. »Er liegt schon ein paar Tage.«

Über seiner Uniform trug er eine durchsichtige Pelerine aus dünnem Plastik, die ihn vor dem minütlich stärker werdenden Regen schützte. Die Anfahrt zum hoch über der Rheinebene liegenden Steinbruch hatte mich über mal bessere, mal schlechtere, oft steile Waldwege geführt. Nur durch die Handyunterstützung des Kollegen war es mir endlich gelungen, den unbefestigten Waldparkplatz zu finden, wo er mich erwartete. Der graue Opel-Kombi der Spurensicherer und zwei Streifenwagen standen schon da. Ich spannte meinen Schirm auf. Nebelfetzen hingen in den Bäumen wie festgeklebt, überall um mich herum tropfte, platschte und plätscherte es.

Nach Lage der Dinge war der Tote eine etwa zwanzig Meter hohe und fast senkrecht abfallende Felswand hinuntergestürzt, erfuhr ich, während wir die letzten hundert Meter zu Fuß zurücklegten. Auch mein Führer duckte sich trotz Pelerine dankbar unter meinen großen Schirm.

»Nehme an, er ist oben vom Weg abgekommen, ausgerutscht und runtergefallen. Kein Wunder bei diesem ewigen Regen und dem Matsch überall.«

»Oder es hat ihn jemand gestoßen.«

Der Kollege, dessen Deodorant ein wenig überfordert zu sein schien, nickte aufgeregt. »Mit Spuren wird es schwierig, das muss ich Ihnen gleich sagen.«

Gefunden hatten den Leichnam zwei Jugendliche auf der Suche nach Gott weiß was.

»Nix Besonderes«, behauptete der kleinere der beiden

Jungs im Alter meiner Töchter, die etwas entfernt vom Fundort der Leiche von einem Fuß auf den anderen traten. Er war rothaarig, sommersprossig und schien der aufgewecktere der beiden zu sein.

»Stimmt«, sprang der andere ihm lahm bei. »Bisschen spazieren gehen und Pflanzen gucken und so.«

»Blödsinn«, widersprach der Kollege, ein ruhiger Mann Mitte fünfzig, in väterlich wissendem Ton. »Klettern wolltet ihr zwei Schlawiner. Habt ihr die Verbotsschilder nicht gesehen? Und was meint ihr wohl, wozu der Zaun da ist? Zum Drüberklettern? Wisst ihr zwei denn nicht, wie gefährlich die Kletterei ist, wenn alles nass ist?«

»Vorhin hat's ja noch gar nicht geregnet«, erwiderte der Lahme gekränkt. Auch der Rothaarige setzte zu einer Rechtfertigung an, aber ich winkte ab.

»Gut, dass ihr Bescheid gegeben habt.«

Nach einigen Metern halsbrecherischer Kraxelei über glitschiges Geröll und schlüpfrigen Kies erreichten wir den Ort des Geschehens. Der Tote lag mit dem Gesicht nach unten am Fuß der Felswand aus rötlichem Sandstein in dichtem, dornigem Gestrüpp. Die Farbe des klatschnassen Haars, das ich sah, konnte passen. Auch Körpergröße und Statur entsprachen der Beschreibung von Gustaf, die sein Vater mir diktiert hatte.

Das Gestrüpp um den Toten herum wurde gerade von übellaunigen Spurensicherern in weißen Overalls so weit wie nötig beseitigt, damit sie und der Arzt, der in Kürze erwartet wurde, überhaupt an den Leichnam herankamen. Mein Führer und ich blieben etwa zehn Schritte entfernt stehen und sahen zu. Der Tote trug ausgebleichte Jeans, konnte ich von meiner Position aus sehen, und einen militärgrünen Parka.

Hoffentlich musste ich Daphne demnächst nicht eine traurige Nachricht überbringen.

»Dieser Scheißregen aber auch«, schimpfte der Kollege,

der immer noch unter meinem Schirm Schutz suchte. »Alles ist patschnass, alles ist rutschig. Oben wird's nicht anders sein wie hier. Drum steht da ja auch ein Zaun. Aber manche superschlauen Zeitgenossen glauben natürlich, der gilt für sie nicht.«

»Selbstmord?«, überlegte ich laut.

»Liebeskummer oder so.« Er nickte eifrig. »Hab ich auch schon gedacht. Obwohl, sooo jung sieht er eigentlich gar nicht aus.«

Ich musste an Lorenzo denken und hätte fast aufgelacht.

Die Spurensicherer hatten inzwischen ein weißes Zeltdach über der Fundstelle aufgebaut und begonnen, das Umfeld der Leiche Zentimeter für Zentimeter nach Winzigkeiten wie abgebrannten Streichhölzern oder weggeworfenen Zigarettenstummeln oder abgebrochenen Fingernägeln abzusuchen, Fotos zu schießen, alles Mögliche und Unmögliche einzutüten und akkurat zu dokumentieren. Auch der Arzt kam nun hinzu, ein stämmiger Mann in signalroter Jacke mit Leuchtstreifen am Rücken. Nach kurzer Diskussion beschlossen wir, die Leiche auf den Rücken zu drehen.

Einer der Kriminaltechniker half dem Arzt, den Körper so umzudrehen, dass er auf einer zuvor ausgebreiteten Plane zu liegen kam.

»Ach du Scheiße!«, entfuhr es dem Uniformierten neben mir, als er das Gesicht erblickte, das keines mehr war, sondern nur noch ein blutiger Brei aus Fleischfetzen und Knochensplittern. Der Tote war mit dem Kopf auf einem großen Stein aufgeschlagen, der ihm den Schädel zertrümmert hatte wie eine überreife Melone.

»Auweia.« Selbst der Arzt klang erschüttert. »Mit der Identifizierung dürft das kompliziert werden.«

Die Jacke des Toten wurde durchsucht, die Hosentaschen wurden geleert. Abgesehen von ein wenig Geld, einem Kassenbeleg von der Gaststätte in der nicht weit entfernten

Strahlenburg und einem überraschend kleinen Schlüsselbund trug er nichts bei sich.

Als wollte das Wetter auch seinen Teil zum allgemeinen Elend beitragen, kam nun auch noch Wind auf und versuchte mir den Schirm zu entreißen.

»Zellengenosse sogar?«, fragte ich, als ich eine Stunde später wieder an meinem Schreibtisch saß, mit eiskalten Händen, feucht am Kopf klebenden Haaren und wieder einmal durchnässten Schuhen. Nur mit Mühe hatte ich Sönnchen davon abhalten können, mich mit einem Kamillentee zu beglücken. Inzwischen war es Mittag geworden.

»Genau«, erwiderte Strohschneider aufgekratzt. Er hatte schon während meiner Abwesenheit zweimal angerufen, und Sönnchen hatte mir eines ihrer beliebten gelben Klebezettelchen auf den Laptop gepappt. »Ein paar Wochen haben sie in der gleichen Zelle gesessen, weil die JVA mal wieder total überbelegt war. Sie haben sich nicht besonders gut vertragen, heißt es.«

Muhammad Massoud war vor drei Jahren als unbegleiteter Minderjähriger nach Deutschland gekommen, hatte der Bewährungshelfer zwischenzeitlich in Erfahrung gebracht.

»Angeblich ist er gerade mal neunzehn, aber der JVA-Mensch, mit dem ich geredet hab, glaubt das nicht. Er meint, er sei in jedem Fall älter.«

»Er hat wegen Körperverletzung eingesessen, habe ich gelesen.«

Strohschneider lachte und hustete in einem. »Es hat Streit gegeben mit zwei Syrern. Worum es ging, weiß ich nicht. Vielleicht um Drogen, vielleicht war's auch eine Art Glaubenskrieg zwischen Schiiten und Sunniten, weiß der Teufel. Jedenfalls hat er ein Messer gezückt. Der andere hat's zum Glück überlebt. War bloß ein Stich in den Oberarm.«

»Seit wann ist Massoud wieder draußen?«

»Seit einem halben Jahr ungefähr.«

Wo er sich in der Zwischenzeit herumgetrieben hatte, wo er jetzt steckte, wusste im Moment niemand zu sagen.

»Dass er ein cleveres Bürschchen ist, sagen alle. Um nicht zu sagen, ein ausgemachtes Schlitzohr. Angeblich spricht er sehr gut Deutsch, aber sobald es ungemütlich wird, versteht er kein Wort mehr.«

Schon eine halbe Stunde später wusste ich mehr. Muhammad Massoud war sechs Wochen nach seiner Haftentlassung in seine Heimat zurückgekehrt. Nicht freiwillig, aber letztlich hatten alle Tricks und Versuche, sich der Abschiebung zu entziehen, nichts gefruchtet. Wie hatte er dann aber vor einer Woche in Gustafs Flur stehen können?

Beim Kaffee nach dem Mittagessen kam die Meldung aus Schriesheim: Der Tote im Steinbruch war nicht Gustaf Cordes. Nach Einschätzung des Arztes war er mindestens vierzig, möglicherweise sogar über fünfzig Jahre alt. Zudem verrieten seine Hände, dass er in seinem Leben viel schwere Arbeit verrichtet hatte. Eine weitere Stunde später kannte ich seinen Namen: Hartmut Gerstner war von Beruf Bauschlosser gewesen und hatte ein unauffälliges und unspektakuläres Leben geführt, bis ihn vor drei Monaten aus heiterem Himmel seine Frau verließ. Laut seinem Chef hatte er schon früher hin und wieder einen über den Durst getrunken, und nach dem Scheitern der Ehe war er regelrecht abgestürzt. Auch der Zeitpunkt seines Todes war inzwischen halbwegs eingegrenzt: Am Samstagabend, also vor drei Tagen, war er im Gasthof der Strahlenburg gewesen, hatte einen Ritterspieß mit Bratkartoffeln verzehrt und zur Begleitung fünf Viertel Schriesheimer Ritterberg getrunken, einen Grauburgunder. Laut Kassenstreifen hatte er um einundzwanzig Uhr siebzehn seine Zeche bezahlt und laut Aussage einer Bedienung, die Mitleid mit dem armen, traurigen Kerl hatte, den Gasthof allein und ohne zu schwanken verlassen. Warum er sich dann nicht nach Hause begeben hatte, sondern zum Steinbruch hinaufgestiegen war, ob er sich schlicht verlaufen und in der Dunkelheit den Abgrund übersehen hatte oder absichtlich in die Tiefe gesprungen war, würde wahrscheinlich nie zu klären sein. Nicht wenige Unfälle sind in Wahrheit unerkannte Selbstmorde.

Kaum hatte ich aufgelegt, rief Strohschneider schon wieder an.

»Hab noch ein bisschen rumtelefoniert, Herr Gerlach. Die Geschichte lässt mir einfach keine Ruhe …«

Ein Bekannter von Massoud, ebenfalls aus Afghanistan, der einige Wochen in derselben Flüchtlingsunterkunft wie dieser gelebt hatte, behauptete, Muhammad sei inzwischen schon wieder in Deutschland. Wie und wann er zurückgekehrt und was anschließend aus ihm geworden war, wusste der Mann allerdings auch nicht.

»Der Muhammad hat ihn vor ein paar Tagen angerufen, sagt er, und gefragt, ob er ein, zwei Nächte bei ihm schlafen kann. Vielleicht reden Sie mal selber mit dem Mann?«

Muhammad Massouds Bekannter hieß mit Nachnamen Benawa und sprach ebenfalls überraschend gut Deutsch.

»Ich habe in Kabul bei der deutschen Botschaft gearbeitet, als Dolmetscher«, erzählte er mir am Telefon mit müdem Stolz. »Deshalb mussten wir dann leider unsere Heimat verlassen. Die Taliban haben gedroht, alle zu töten, die mit Ausländern kooperieren.«

Der Asylantrag für ihn und seine Familie war zügig und problemlos genehmigt worden.

»Es gefällt uns sehr gut in Deutschland. Ich kann aber jetzt nicht lange sprechen, bitte verzeihen Sie.«

Zurzeit arbeitete er in seinem alten Beruf als Dolmetscher im Patrick-Henry-Village und hatte dort reichlich zu tun.

»Ihr Freund Muhammad hat Sie vor Kurzem angerufen, habe ich gehört.«

»Muhammad war niemals mein Freund«, erwiderte Benawa streng. »Aber er hat mich angerufen, das ist richtig.

Vor neun Tagen war das, am Sonntag. Aber jetzt muss ich unser Gespräch leider beenden. Man wartet auf mich, bitte verzeihen Sie …«

»Könnten wir uns treffen? Vielleicht heute noch?«

»Möchten Sie uns vielleicht die Ehre Ihres Besuches erweisen?«, fragte der Afghane nach einer kurzen Denkpause. »Ich lade Sie von Herzen zum Abendessen ein. Meine Frau wird glücklich sein. Wir haben so selten Gäste in letzter Zeit.«

Die Düfte einer fremden Kultur, ein völlig überheizter Raum, ein überreichlich gedeckter Tisch und fünf paar dunkle Augen empfingen mich. Die Gastgeberin, die ihr schwarzes Haar nur nachlässig mit einem farbenfrohen Kopftuch bedeckte, hatte vermutlich den ganzen Nachmittag mit der Zubereitung all der Köstlichkeiten zugebracht. Fast nichts von dem, was ich sah, kannte ich. Kadu Bouranee wurde eine Speise aus Kürbisschalen und Auberginen genannt, die mit Chaka, einer sauren Sahnesoße, und getrockneter Minze verzehrt wurde. Dopyasa entpuppte sich als eine landestypische Kebabvariante aus Lammfleisch. Als Beilagen gab es Reis sowie selbst gebackenes Fladenbrot, das auf den Namen Chapati hörte. Den Rest konnte ich mir nicht merken. Drei Kinder saßen mit am Tisch. Ein vielleicht zehnjähriges Mädchen und zwei Brüder, die deutlich jünger waren.

Ich hatte befürchtet, stundenlang mit gekreuzten Beinen auf einem Kissen sitzen zu müssen und das Essen auf einem am Boden ausgebreiteten Tuch vorzufinden. Stattdessen saßen wir um einen ganz normalen mitteleuropäischen Tisch herum. Als Gast hatte ich den Ehrenplatz zugewiesen bekommen, der von der Tür am weitesten entfernt war. Die Kinder ließen den so erschreckend groß gewachsenen Fremdling nicht aus den Augen und beobachteten jede meiner Bewegungen aufmerksam.

»Muhammads Familie war unterwegs von Kholm nach Masar-e Scharif, um Verwandte zu besuchen«, begann Awalmir Benawa bedächtig, nachdem der erste Hunger gestillt war. »Zumindest hat Muhammad das so erzählt. Angeblich war er damals zwölf Jahre alt, vielleicht aber auch elf oder dreizehn. Er weiß es wohl selbst nicht genau. Außerdem weiß man bei ihm nie, was man ihm glauben darf und was nicht. Wenn er etwas dreimal erzählt, dann hört man drei verschiedene Geschichten.«

Außer Muhammad hatten seine Eltern, zwei Schwestern, die jünger waren als er, und ein schon fast erwachsener Bruder im Wagen gesessen.

»In einem Mercedes sind sie gefahren, wie Muhammad gerne betont. Leider kamen sie nicht weit. Es war Abend, kurz vor Sonnenuntergang, als sie plötzlich beschossen wurden, ob von Taliban oder Wegelagerern, weiß niemand. Der Vater saß am Steuer und wurde als Erster getroffen. Der Mercedes kam von der Straße ab, prallte gegen einen Felsen, es wurde weitergeschossen, Allah allein weiß, von wem und weshalb. Der Wagen begann zu brennen. Muhammad blieb wie durch ein Wunder unverletzt, ließ sich aus dem Wagen fallen, krabbelte in ein Loch oder eine kleine Höhle. Er hörte Männer lachen und Parsi sprechen, und er hörte seine Mutter schreien, auch seine Schwestern. Später wurde es still. Muhammad wartete in seinem Versteck, bis auch der Mond unterging, erst dann wagte er sich heraus. Den Rest der Nacht lief er zurück nach Kholm. Zurück nach Hause.«

Instinktiv war er dabei nicht auf der staubigen Straße gegangen, sondern immer ein Stück daneben.

»Allah hat seine schützenden Hände über ihn gehalten, denn er trat weder auf eine Mine, er wurde von keinem Berglöwen angefallen, von keiner Schlange gebissen. Er stürzte in keinen Abgrund, stolperte nicht über schlafende Banditen.«

Der etwa vierzigjährige Familienvater sprach mit einer Miene, als ginge es um eines seiner eigenen Kinder, die still und wohlerzogen den Worten ihres Vaters lauschten. Awalmir – wir hatten gleich beim Händeschütteln vereinbart, auf das förmliche »Sie« zu verzichten – starrte eine Weile blicklos an die Wand hinter mir, kehrte dann mit einem Blinzeln in die Gegenwart zurück.

»Muhammads Erzählungen über jene Nacht und die Tage danach waren stets wirr und voller Widersprüche«, fuhr er fort. »Verständlicherweise hat er nur sehr ungern über die Ereignisse gesprochen, die sein Leben zerstörten.«

»Er ist vermutlich schwer traumatisiert.«

Awalmir nickte mit großem Ernst. »Er war noch ein Kind.«

»Wie ist er nach Deutschland gekommen?«

»Seine Reise hat Jahre gedauert. Er wollte nach Deutschland, unbedingt nach Deutschland. Er hatte schon in seiner Heimat hin und wieder deutsche Soldaten gesehen, sie haben bei Masar-e Scharif einen Stützpunkt. Für den kleinen Muhammad waren diese Männer Helden, Halbgötter, Menschen, die das Glück gepachtet hatten. Sein Vater, ein Kaufmann, war sehr stolz gewesen auf seinen Mercedes. Und dort, wo man solche Autos bauen konnte, wo diese großen, unbesiegbaren Kämpfer zu Hause waren, dort wollte Muhammad hin. Bis zur iranischen Grenze ist er zu Fuß gegangen oder hat sich von mitleidigen Menschen mitnehmen lassen. Er hat gestohlen, wo er konnte, gebettelt, wo er musste, und irgendwann, nach vielen Wochen, war er in Isfahan. Persisch sprach er fließend, denn seine Mutter war Perserin.«

Awalmir schluckte mühsam, starrte jetzt auf den Tisch, den ein mit bunten Ornamenten bedrucktes Tuch bedeckte.

»Von dort ging es vermutlich weiter über die Türkei und Griechenland«, sagte ich.

Wieder nickte der hagere Afghane. Die beiden Söhne

konnten allmählich nicht mehr still sitzen, während die aufgeweckte Tochter sich schon sehr erwachsen und verständig gab. Die Mutter, die dem Bericht ihres Mannes ebenfalls konzentriert folgte, schien einige Jahre jünger zu sein als er.

»Er muss schreckliche Dinge erlebt haben während seiner langen Reise. Wie soll ein junger Mensch zu einem ehrlichen und gottesfürchtigen Erwachsenen heranreifen, wenn er jahrelang auf der Flucht ist, auf sich allein gestellt ohne Führung, ohne Halt, ohne einen sicheren Ort?«

Frau Belawa schenkte gesüßten Tee nach, lächelte mich dabei offen an. Zur Begrüßung hatte sie mir ohne Zögern die Hand gereicht und mir dabei in die Augen gesehen.

»Er saß schon in der Türkei im Gefängnis«, fuhr ihr Mann fort. »Wegen Diebstahls, soweit ich weiß. Darüber hat er nur ungern gesprochen. Auch in Griechenland war die Polizei hinter ihm her. Da er als Kind nirgendwo Arbeit fand, blieb ihm lediglich, seinen Lebensunterhalt zu erbetteln oder zu stehlen. Auch die Griechen wollten ihn einsperren, um ihn in die Türkei zurückzubringen, aber er konnte ihnen immer wieder entwischen.«

»Er hat auch hier in Deutschland im Gefängnis gesessen, weil er jemanden mit dem Messer angegriffen hat. Waren dabei Drogen im Spiel?«

Awalmir schüttelte den Kopf. »Muhammad hasst Drogen. Er trinkt auch keinen Alkohol. Wenn man glauben darf, was erzählt wird, hat er eine Frau … belästigt. Die Frau eines der Männer, die ihn später zur Rede stellten.«

»Nur belästigt oder mehr?«

Dem strenggläubigen Afghanen war das Thema sichtlich unangenehm. Vermutlich hätte er freier gesprochen, wäre seine Familie nicht dabei gewesen.

»Sie hat sich zu wehren gewusst«, sagte er leise und unbehaglich. »Ihr Mann und sein Bruder sind noch am selben Abend zu Muhammad gegangen, um ihm den Kopf zurechtzurücken, wie man im Deutschen so schön sagt. Aber leider hatte er ein Messer.«

»Er kann also auch gewalttätig sein.«

Awalmir sah mich erstaunt an. »Weshalb fragst du das?«

»Ich suche ihn im Zusammenhang mit einem Überfall auf einen Mann, den er im Gefängnis kennengelernt hat. Er hat dich angerufen in der Hoffnung, dass er vorübergehend bei dir wohnen kann?«

Mit finsterer Miene nickte Awalmir.

»Habt ihr ihn aufgenommen?«

»Das Recht auf Gastfreundschaft ist in unserer Kultur heilig. Allerdings sind uns auch andere Dinge heilig. So musste ich ihn schon am nächsten Morgen wieder vor die Tür setzen.«

Muhammad hatte sich offenbar gründlich danebenbenommen. Ich ersparte Awalmir die Frage, gegen welche Verhaltensregeln er dieses Mal verstoßen hatte. Am Abend desselben Tages hatte er Gustaf aufgesucht.

Frau Benawa erhob sich mit raschelnden Gewändern, ging mit lautlosen Schritten über dicke Teppiche in die Küche, brachte den Nachtisch. Es gab Trauben, saftige Melonenstücke und gezuckerte Mandeln. Ich war inzwischen so satt, dass ich nur aus Höflichkeit noch ein wenig probierte.

Awalmirs Blick irrte hin und her.

»Er hat so viel Gewalt erlebt in seinem jungen Leben. Oft hat er fliehen können, manchmal hat er sich wehren müssen. Niemand außer Allah kann in die Seele eines Menschen hineinblicken. Aber Gewalt ist nicht seine Art, Probleme zu lösen. Es sei denn, er wird dazu gezwungen. Wenn er sich eines Feindes erwehren muss, dann kann und tut er das auch.«

»Wo könnte er jetzt sein, hast du vielleicht eine Idee?«

»Muhammad ist nach dem Tod seiner Familie zu einem Meister des Versteckens geworden. Er kann zugleich überall und nirgends sein.«

»Tod der Familie? Heißt das, seine Mutter lebt auch nicht mehr?«

»Das weiß ich nicht«, erwiderte Awalmir unglücklich. »Und ich möchte darüber nicht sprechen. Die Männer, die Muhammads Familie das angetan haben, waren gottlose Menschen. Sie sprechen viel von Allah und dem Propheten, aber für sie sind die Frauen anderer nicht heilig, sondern Vieh. Vieh, das man ... Nein, bitte, ich möchte nicht davon sprechen.«

»Wie konnte er nach seiner Abschiebung so schnell wieder nach Deutschland kommen? Beim ersten Mal hat er Jahre dafür gebraucht.«

»Dafür gibt es nur eine Erklärung«, war der Afghane überzeugt. »Mit Geld ist in dieser verdorbenen Welt alles möglich.«

»Geld, das er aber nicht hatte.«

»Er muss es sich in der Heimat beschafft haben. Dazu einen neuen Namen, neue Papiere.«

»Kennst du andere Menschen, die Umgang mit ihm hatten?«

»Muhammad ist mit jedem gut Freund, von dem er sich etwas erhofft. Auf gewisse Weise ist er zugleich sehr kontaktfreudig und ganz verschlossen.«

»Er traut niemandem mehr.«

»In ihm ist die Liebe gestorben. Er bräuchte viele Jahre und gute Menschen um sich herum, um wieder auf den Pfad des Propheten zu finden. Ich weiß, dass man hier im Westen nicht viel von Gott hält. Aber für uns, die wir im Glauben aufgewachsen sind, im Vertrauen auf und der Furcht vor Allah verwurzelt sind – für uns tut sich ein bodenloser Abgrund auf, wenn da auf einmal nichts mehr sein soll als die kalte Leere der Gottlosigkeit. Ich weiß nicht, ob du das verstehen kannst.«

»Ich versuche es. Falls du etwas hörst von Muhammad, bitte informiere mich. Ich will ihm nichts Böses. Der Weg, auf dem er jetzt unterwegs ist, führt tatsächlich zu nichts Gutem.«

»Als Flüchtling bist du niemals auf dem richtigen Weg«, sagte Awalmir, ohne auf meine Bitte einzugehen. »Du bist überall am falschen Ort. Dort, wo du herkommst, darfst du nicht mehr sein, dort, wo du hingehst, wirst du für lange Zeit ein Fremdling bleiben, vielleicht für immer. Ein Störfaktor. Ein Ärgernis. Im schlimmsten Fall ein Feind.«

»Du hast immerhin deine Familie bei dir.«

Er schlug die Augen nieder. »Ich bete jeden Tag zum Allmächtigen dafür, dass meine Kinder ohne Krieg heranwachsen dürfen. Dass sie ohne die ständige Angst vor dem Tod, vor Verletzung oder Erniedrigung leben dürfen. So viele Probleme wir hier auch haben, so schwierig das alles für uns ist – niemals möchte ich es eintauschen gegen das, was früher war. Für uns ist dies hier das Paradies. Für die Jungen wie Muhammad, die alleine kommen, die hier niemanden haben, muss es die Hölle sein. Sie suchen Liebe, Anerkennung, Hoffnung und stoßen ständig auf Hass, Verachtung und Enttäuschung. Wie sollen sie da nicht bitter werden?«

»Ich brauche deine Hilfe, Alexander«, hatte Lorenzo kläglich gesagt, als er mich während meines Heimwegs anrief. Ich hatte den Dienstwagen auf dem Parkplatz der Polizeidirektion abgestellt und mich zu Fuß auf den Weg in die Heidelberger Weststadt gemacht, da der Regen sich im Lauf des Nachmittags wieder verzogen hatte und der Abend sich ausnahmsweise ein wenig nach Sommer anfühlte. »Könntest du bitte zu mir kommen? Vielleicht heute noch? Ich weiß, es ist ein wenig plötzlich, aber ich ... Bitte, Alexander, ich brauche jemanden zum Reden.«

Ich hatte sofort kehrtgemacht. Lorenzo hatte geklungen wie jemand, der es zutiefst hasste, andere Menschen um Hilfe zu bitten, aber keinen anderen Weg mehr fand aus seiner Verzweiflung.

»Zu essen kann ich dir leider nur einen kleinen Imbiss anbieten«, begrüßte er mich zerknirscht, als ich zwanzig Minuten später vor seiner Tür stand. »Ich bin nicht auf Besuch eingerichtet, hatte auch keine Gelegenheit …«

»Alles gut.« Heiter winkte ich ab. »Gegessen habe ich schon mehr als genug, und wenn du noch ein Fläschchen Wein in deinem großen Keller findest, bin ich völlig zufrieden. Aber jetzt sag schon: Was ist los, um Gottes willen? Welche Hütte brennt denn?«

Ich hatte es schon geahnt: Das Problem meines Freunds war weiblichen Geschlechts und hörte auf den für eine Frau eher ungewöhnlichen Namen Luca.

»Alles habe ich versucht, alles.« Er seufzte herzzerreißend, als er unsere Weingläser füllte. »Aber ich komme nicht weiter. Seit Tagen stehe ich neben mir, kann an nichts anderes mehr denken als an sie und fühle mich dabei wie der größte Narr unter der Sonne. Auf der anderen Seite fürchte ich mich davor, sie zu finden. Wahrscheinlich wird sie sich überhaupt nicht mehr an mich erinnern, nach so vielen Jahren. Vielleicht ist sie längst gestorben, wer kann das wissen? Auf jeden Fall ist sie alt geworden und vermutlich … Ach, Alexander, sei bitte ehrlich, findest du, dass ich verrückt geworden bin?«

»Du bist verliebt. Dummerweise sieht das von außen oft so aus, als hätte man den Verstand verloren.«

»Es ist alles so ein Unfug«, jammerte er weiter. »Hinzu kommt, ich liebe sie, wie sie vor vierzig Jahren war. Vermutlich ist sie heute ein altes, keifendes Weib. So etwas ist doch keine Liebe, eine Kinderei ist das. Ich bin doch kein Teenager mehr, Himmel noch mal!«

Noch nie hatte ich Lorenzo so aufgebracht erlebt, außer wenn es um den italienischen Innenminister oder um den aktuellen Präsidenten der USA ging.

Wir hoben die Gläser, stießen an.

»Jetzt mal der Reihe nach«, nahm ich ihn nach dem ersten Schluck ins Verhör. »Was hast du denn schon alles probiert?«

»Als Erstes habe ich versucht, Roberta zu finden.«

Aber sowohl das Geburtstagskind als auch ihr Ehemann Paolo waren seit Jahren tot, hatte er herausgefunden.

»Ein Flugzeugabsturz. Du erinnerst dich vielleicht an die Air-France-Maschine, die über dem Atlantik verschwand und erst nach Jahren gefunden wurde? Außerdem habe ich das Ristorante ausfindig gemacht.«

Er hatte zwar den Namen nicht mehr gewusst, aber die Straßenecke, an der es lag. Das Lokal existierte heute noch und hieß immer noch wie schon vor vierzig Jahren: *La Dolce Vita*.

»Der jetzige Inhaber konnte mir allerdings nur sagen, dass der frühere Pächter, von dem er das Lokal vor zwanzig Jahren übernommen hat, jetzt auf Elba lebt und sich zur Bildhauerei berufen fühlt.«

Ich zückte meinen Stift. »Wie heißt er?«

»Enrico Pacenza. Auf Elba gibt es aber niemanden dieses Namens.« Lorenzo nahm zur Beruhigung seiner geschundenen Nerven einen extragroßen Schluck, stellte das Glas hart auf den Tisch. »Ich habe es auch in Piombino versucht, sogar in Livorno. Aber diese Italiener, wenn man nicht persönlich vorspricht und vielleicht auch diskret ein paar Scheinchen über den Tisch schiebt, dann halten sie sich gerne streng an die Vorschriften.«

»Und was hindert dich daran, hinzufahren und persönlich vorzusprechen? Du bist ein freier Mann, du hast alle Zeit der Welt, und genug Scheine für ein kleines Trinkgeld hast du auch.«

»Meine Angst.« Mit waidwundem Blick sah er mir in die Augen. »Die Angst, Alexander.«

»Angst vor der Enttäuschung?«

»Sie muss ja jetzt auch schon weit über sechzig sein, und wahrscheinlich ist sie immer noch verheiratet.«

»Lorenzo, also bitte! Welche Ehe hält denn heute noch so lange? Wahrscheinlich ist sie längst geschieden.«

»Und wieder verheiratet.«

»Und wieder geschieden. Oder glücklich verwitwet ...«

Theatralisch hob mein Freund die Hände. »Vielleicht, vermutlich, wahrscheinlich ... Das Schlimmste ist, ich fühle mich so unfassbar dumm bei der ganzen Sache. Ich werde kommendes Jahr siebzig. Sollte ich nicht allmählich vernünftig werden?«

»Liebe kennt kein Alter und keine Grenzen und vor allem keine Vernunft. Zumindest das solltest du in deinem langen Leben gelernt haben, mein Freund.«

»Lächerlich ist es! Kindisch! Aber seit ich mit dir darüber gesprochen habe, bekomme ich sie nicht mehr aus dem Kopf. Ich denke beim Aufstehen an sie, an ihr Lächeln, an ihren Kuss und den Blick danach, diesen verheißungsvollen Blick. Den Tag über kann ich an nichts anderes mehr denken, und nachts ...«

»Träumst du von ihr.«

Beschämt nickte er. »Hätte ich dir nie von ihr erzählt. Si tacuisses, Lorenzo, si tacuisses ...«

Wieder tröstete er sich mit einem großen Schluck.

»Erinnerst du dich noch an andere Namen? Andere Gäste, die bei diesem Geburtstagsessen waren?«

Lahm wiegte er das große Haupt mit dem immer noch vollen weißen Haar. »Neben mir saß ein Buchhändler. Er hieß ... Warte ... Daniele? Ach, ich weiß es doch nicht mehr.«

»War seine Buchhandlung in der Nähe? War es eine wissenschaftliche Buchhandlung oder eine fürs gemeine Volk?«

Mit Leidensmiene schloss Lorenzo die Augen. Sein faltiges Gesicht verzerrte sich vor Anstrengung. »Ich glaube, nein, ich bin mir beinahe sicher, es war ein Antiquariat. Wir haben über eine fast hundert Jahre alte Dante-Ausgabe gesprochen, die ich zu gerne gehabt hätte, wenn ich sie hätte bezahlen können. Wo dieses Antiquariat war? Ich kann es beim besten Willen nicht sagen.«

»In welcher Beziehung stand dieser Daniele zur Gastgeberin?«

Finster, geradezu vorwurfsvoll sah mein liebeskranker Freund mir ins Gesicht.

»Alexander, ich bitte dich, wie soll ich denn …«

Er brach ab. Schwieg für Sekunden. »Entschuldige, ich habe mich falsch erinnert. Die Dante-Ausgabe war sein Geschenk für Roberta. Ein prächtiges Buch mit geprägtem Ledereinband und Goldschnitt. Ich habe ihn gefragt, ob er noch ein zweites Exemplar zu verkaufen hat. Er meinte, er könne vielleicht noch eines besorgen. Als er mir allerdings den Preis nannte, war es vorbei mit meiner Begeisterung. Er war leider ein wenig vorlaut und aufdringlich, dieser Daniele, wollte mir dann gleich etwas anderes andrehen.«

»Was denn?«

»Erotische Literatur. Er habe im Keller ein ganzes Regal voll davon, hat er behauptet.«

Den Namen hatte ich mir schon notiert. »Woran erinnerst du dich noch?«

Wieder wurden seine Augen klein. »Rechts von mir saß eine Frau. Eine furchtbar penetrante Matrone, deren Namen ich mir vorsichtshalber gar nicht erst gemerkt habe. Sie ist regelrecht zudringlich geworden. Nach dem Primo, es gab hausgemachte Linguine mit einem herrlichen Pesto Genovese, fühlte ich auf einmal ihre Hand auf meinem Oberschenkel. Für meinen Geschmack war übrigens eine Spur zu viel Parmigiano am Pesto.«

»Aber du hast natürlich nur Augen für Luca gehabt.«

Er nickte und seufzte und nickte wieder. »Nach weiteren Namen frage mich bitte nicht. Seit Tagen zermartere ich mir das Hirn, ich weiß einfach nichts mehr.«

Mir kam ein Gedanke.

»Hat es eigentlich Musik gegeben?«

Verdutzt sah Lorenzo mich an. »Du hast recht! Zwei Gitarristen aus Puglia, sehr gut, wirklich sehr gut, die beiden. Sie haben jazzig interpretierte Volksmusik gespielt und gesungen. Sie haben mir ein wenig leidgetan. Schon nach dem Primo hat ihnen kaum noch jemand zugehört. Da fällt mir ein: Sie waren ein Paar.«

»Die Musiker?«

»Maria e Francesco. Pietro e Maddalena. Etwas in der Art.«

Ich bat ihn, den Abend noch einmal Revue passieren zu lassen und alles zu erzählen, was ihm spontan einfiel. Nicht selten führte diese Vernehmungsmethode zu Assoziationsketten und spülte dabei vermeintlich Vergessenes wieder an die Oberfläche. Namen, kleine Randbegebenheiten, die einen weiterbringen. Aber in diesem Fall half auch das nicht.

»Möglich, dass dir später noch das eine oder andere einfällt. Falls es so ist, bitte unbedingt notieren, okay?«

»Du würdest mir altem Wirrkopf wirklich helfen? Es ist mir so unsäglich peinlich, dich mit diesem Unfug zu behelligen.«

»Versprechen kann ich nichts.«

»Vielleicht sind die Behörden dir gegenüber gesprächiger?«

»Das bezweifle ich. Deutschland ist zurzeit in Italien nicht gerade hoch angesehen. Aber versuchen werde ich es. Ist diese Flasche etwa schon leer?«

Lorenzo sah mich bedeutungsvoll an, reckte den Zeigefinger in die Luft.

»All diese Astrophysiker lügen nämlich«, behauptete er mit feierlichem Ernst. »Das Universum dehnt sich nicht aus. Im Gegenteil, es schrumpft, und zwar rapide. Man merkt es an Kleinigkeiten. Früher waren Weinflaschen zum Beispiel größer, und man hat viel länger gebraucht, um sie auszutrinken. Und eine Woche war auch mindestens doppelt so lang wie heute. Sechs Wochen Sommerferien waren eine Ewigkeit …«

Ich bat ihn, das Philosophieren den Philosophen zu überlassen und stattdessen eine zweite Flasche aus dem Keller zu holen.

13

»Ich weiß ja nicht, ob es das Richtige für Sie ist«, begrüßte mich Sönnchen am Mittwochmorgen mit unternehmungslustigem Blick. »Es wäre kein Peugeot, sondern ein Citroën. Der Herby meint, er könnt Ihnen gefallen.«

Ihr Freund und Tennisgegner hatte einen gebrauchten C5 für mich gefunden.

»Bloß vier Jahre alt, und er hat so gut wie nichts von dem modernen Brimborium drin, das Sie so hassen.«

»Was genau heißt ›so gut wie‹?«

Sie nahm mir mein Misstrauen nicht übel. »Tempomat, aber den müssen Sie ja nicht benutzen. Klimaanlage muss heutzutage einfach sein. Im Sommer werden Sie gar nicht mehr begreifen, wie Sie bisher ohne zurechtgekommen sind. Elektrische Fensterheber sind auch Standard und elektrische Spiegelverstellung und Radio.«

»Das Auto würde ich mir gerne ansehen.«

»Es ist aber kein Kombi.«

»Meine Töchter tragen keine Windeln mehr.«

»Und er ist schwarz.«

»Farbe ist mir egal. Wenn nur das Radio etwas taugt.«

»Wenn Sie wollen, dann bringt er ihn gleich her, und Sie könnten eine Probefahrt machen …« Sie warf einen kritischen Blick auf ihren Computerbildschirm. »Um neun sind Sie beim Chef, auf zehn haben Sie die Frau Vangelis zu sich bestellt. Danach wären Sie bis Mittag frei.«

»Okay«, sagte ich optimistisch. »Dann fragen Sie Herby bitte, ob ihm elf Uhr passt.«

Die Nacht hatte ich bei Theresa verbracht. Am Abend hatten wir lange im Wintergarten gesessen und über den sich immer weiter ausbreitenden Rechtsradikalismus gesprochen. Theresa meinte, uns drohe wohl wieder einmal ein Zeitalter der Dummheit. Später hatten wir ein wenig gekuschelt, aber es war nicht zum Äußersten gekommen.

Mein Termin bei Kaltenbach, dem Leiter der Heidelberger Polizeidirektion und meinem direkten Vorgesetzten, verlief erfreulich unspektakulär und zudem angenehm kurz. Kaltenbach legte Wert darauf, sich hin und wieder berichten zu lassen, was es an offenen und neu hinzugekommenen Fällen gab. Aber alles, was ich ihm heute auftischte, schien ihn zu langweilen. Vermutlich war er mit dem Kopf schon halb im Urlaub, den er morgen antreten würde. Der Tote in Schriesheim war identifiziert, Fremdverschulden konnte nach Lage der Dinge ausgeschlossen werden. Der Gerichtsmediziner hatte gnädigerweise Unfall als Todesursache angekreuzt.

Den Fall Gustaf Cordes streifte ich nur. Die Sache mit Sven Balke fand Kaltenbach zutiefst erschütternd, ein Punkt, in dem wir ausnahmsweise einmal einer Meinung waren. Dass der Messerstecher bereits hinter Gittern saß, erfüllte ihn mit chefmäßiger Befriedigung.

Anschließend plauderten wir noch zehn Minuten über sein derzeitiges Lieblingskind, eine Software, die er höchstpersönlich aus den USA angeschleppt hatte. Das Programm diente zu etwas, das sich Predictive Policing nannte, und war angeblich imstande vorherzusagen, wann in naher Zukunft wo welche Verbrechen verübt werden würden, sodass unsere Leute im Idealfall nur hinter einem Gebüsch versteckt warten mussten, bis die von selbst lernenden Algorithmen vorausberechneten Einbrecher auftauchten. Seit Kaltenbach mir die CD im Frühjahr in die Hand gedrückt hatte, lief die Software bei uns im Testbetrieb und steuerte die Fahrrouten unserer Streifenwagen. Ob erfolgreich oder nicht, darüber schieden sich nach wie vor die Geister. Manche Kollegen lachten sich krumm, wenn sie auf Anordnung eines Computers wieder einmal in einem verträumten Viertel ihre Runden drehten, wo vor drei Jahren zum letzten Mal etwas Polizeirelevantes vorgefallen war, während einen Kilometer weiter gerade ein Geldautomat in die Luft gesprengt wurde, wie es leider in Mode gekommen war, seit es in den Banken nichts mehr zu holen gab. Kaltenbach jedenfalls glaubte felsenfest an den Erfolg und parierte kritische Bemerkungen mit dem Argument, alles müsse sich erst einspielen und vor hundertachtzig Jahren seien die Menschen ja auch gegen die Eisenbahn gewesen.

Mit Klara Vangelis zusammen versuchte ich eine Zwischenbilanz des Falls Gustaf Cordes zu ziehen, der offiziell ja noch nicht einmal ein Fall war. Bisher hatten wir lediglich gewisse Hinweise darauf, dass der junge Mann und Ex-Knacki verletzt worden war und ein wenig geblutet hatte.

Die entscheidenden Fragen lauteten, darin waren wir uns sofort einig: Wie ging es Gustaf momentan? Wo steckte er? Hielt der Täter ihn irgendwo gefangen? Wenn ja, zu welchem Zweck? Oder war Gustaf ihm entkommen und hatte sich versteckt, damit sein Gegner nicht noch einmal versuchte, ihn ums Leben zu bringen? Oder sollte Gustaf – dies war die Worst-Case-Variante, die in Betracht zu ziehen ich immer noch zögerte – inzwischen tot sein?

»Keiner, den ich bisher gefragt habe, hatte irgendeine Idee, wo er sich versteckt halten könnte. Er hat kaum Geld, anscheinend keine Freunde …«

»Was ist mit Handyortung?«, fragte Vangelis.

»Er scheint kein Handy zu haben. Jedenfalls haben wir in der Wohnung nichts gefunden, das darauf hindeutet. Im Moment können wir nur abwarten, bis er irgendwann irgendwo wiederauftaucht oder bis seine Leiche gefunden wird.«

»Was sind unsere Hypothesen?«

»Ich denke, der Überfall hat etwas mit dem Tod seines Bruders zu tun. Es ist natürlich nicht auszuschließen, dass es um eine ganz andere Geschichte geht, vielleicht aus der Zeit, als er noch mit Drogen gedealt hat. Falls es aber wirklich um den Totschlag geht und er unschuldig sein sollte, dann will der damalige Täter natürlich mit allen Mitteln verhindern, dass er am Ende doch noch auffliegt.«

»Jemand aus der Familie?«, spekulierte Vangelis mit kritischem Blick.

»Halte ich für unwahrscheinlich.« Natürlich war in den allermeisten Fällen von Mord und Totschlag der Täter im engsten Umfeld des Opfers zu finden.

»Ich sehe einfach niemanden, der infrage kommt. Okay, die Mutter hat ihren Ältesten vergöttert. Aber wäre das ein Grund, sechs Jahre später seinen angeblichen Mörder zu erschlagen, der ja ebenfalls ihr Kind ist?«

Dass ich Daphne persönlich kannte und eine solche Tat einfach nicht zutraute, ließ ich unerwähnt.

»Der Vater ist nicht der Typ für so etwas. Viel zu schusselig und weltfremd. Die Tochter scheint ein verschrecktes Mädchen gewesen zu sein, das ständig in Tränen ausgebrochen ist. Außerdem neigen Frauen üblicherweise nicht dazu, jemanden mit Kunstgegenständen zu erschlagen.«

Seltsam fand Klara Vangelis, dass die Tochter seither spurlos verschwunden war.

»Ich denke, sie hat sich abgesetzt, weil sie die ewigen Streitereien nicht mehr ertragen konnte«, vermutete ich. »Die Tochter hat einen Brief hinterlassen, in dem so etwas stand. Sie wollte nicht mehr in dem Haus leben, wo sie so furchtbare Dinge erlebt hatte. Sie wollte nicht mehr mit den Menschen zusammen sein, die sie ständig daran erinnerten.«

»Haben Sie den Brief gesehen?«

Das hatte ich natürlich nicht. Und dass Ralph Cordes gerne die Unwahrheit sagte, war hinlänglich bekannt.

»Bricht man deshalb den Kontakt auf Dauer ab? Wäre es nicht normal, dass sie früher oder später zumindest ein kleines Lebenszeichen von sich gibt? Nachdem sie ein wenig zur Ruhe gekommen ist?«

Ich griff mir an die Stirn, weil mir ein schlimmer Gedanke gekommen war.

»Wir müssen unbedingt klären, ob in den vergangenen Jahren irgendwo eine nicht identifizierte weibliche Leiche im passenden Alter gefunden worden ist.«

Ich ärgerte mich, weil ich nicht früher daran gedacht hatte, dass Annalisa vielleicht längst nicht mehr am Leben war. Möglicherweise getötet von demselben, der ihren Halbbruder auf dem Gewissen hatte und vielleicht kürzlich versucht hatte, auch ihren zweiten Bruder zu erschlagen.

»Wie sieht es im weiteren Umfeld aus?«, wollte Vangelis wissen.

»Dazu habe ich bisher nur einen einzigen Namen auf der Liste: Hagen Borsing. Er hatte Oliver Cordes einen Kredit über eine halbe Million gegeben und wollte sein Geld zurückhaben. Er hat ihn dann sogar wegen Konkursverschleppung und Betrug verklagt.«

Sollten Gläubiger und Schuldner sich an dem Abend zu einer Aussprache getroffen haben? Um vielleicht doch noch zu einer gütlichen Einigung zu finden? Die Situation war eskaliert, ein Wort hatte das andere gegeben …

»Außerdem müssen wir die Anruflisten zum Festnetztelefon der Familie und zu Olivers Handy durchsehen. Ich meine zumindest eine der Listen in den Akten gesehen zu haben.«

Vangelis machte sich eine Notiz.

»Und dann fühlen wir diesem Herrn Borsing auf den Zahn. Mehr haben wir ja im Augenblick noch nicht.«

Ich wandte mich meinem Laptop zu, begann zu tippen, ließ es wieder bleiben. Nun war ich schon so lange Chef der Kriminalpolizei, und noch immer neigte ich dazu, alles selbst zu erledigen, statt solche Standardaufgaben zu delegieren.

»Würden Sie bitte die Adresse recherchieren? Angeblich hat Borsing eine Druckerei in Eppelheim. Und außerdem interessiert mich natürlich dieser junge Afghane.«

Sönnchen hatte inzwischen Fotos von Muhammad Massoud besorgt. Ich leitete sie per Mail an Vangelis weiter.

»Wir schreiben ihn zur Fahndung aus.«

Sie sah von ihrem Büchlein auf. »Mit Hinweis, dass er gefährlich ist?«

Ich zögerte kurz, bevor ich mit »Ja« antwortete.

»Der Muhammad, ach je!«, stöhnte der Leiter der JVA Mannheim, den ich anrief, als ich wieder allein im Büro war. »Die Zelle misst sechzehn Quadratmeter, die Kloschüssel hat einen Sichtschutz. Von den Vorschriften her gibt's da nichts zu beanstanden. Hat er sich beschwert?«

Ich klärte ihn darüber auf, dass Muhammad bald nach der Haftentlassung nach Kabul abgeschoben worden war, inzwischen jedoch schon wieder in Deutschland herumgeisterte.

»Das Letzte, was der tun würde, ist, sich irgendwo zu beschweren. Mich interessiert auch nicht, ob die Doppelbelegung in Ordnung war, sondern wie er und Cordes sich vertragen haben.«

»Der Muhammad hat kein Problem damit gehabt, aber der Cordes umso mehr. Der hat pro Woche mindestens einen schriftlichen Protest eingelegt. Seit der angefangen hat, Jura zu studieren, hat er sich regelrecht einen Sport daraus gemacht, uns ständig irgendwelche Paragrafen um die Ohren zu hauen. Freunde hat er sich damit im Haus keine gemacht, das können Sie mir glauben. Und erreicht hat er natürlich auch nichts, außer dass wir noch mehr Schreibkram gehabt haben als sowieso schon.«

»Hat er sich beschwert, weil er mit Muhammad als Person

nicht einverstanden war, oder ging es um die Doppelbelegung?«

»Angeblich Letzteres.«

»Hat es Streit gegeben zwischen den beiden?«

»In so einer stressigen Situation wie hier gibt's jeden Tag irgendwo Zoff. Wenn's zwischen den beiden ernstlich gekracht hätte, dann wüsste ich das. Will sagen, sie haben sich nicht groß geprügelt, es ist kein Blut geflossen. Solange sich die Herrschaften bloß angiften und rumschubsen, halten meine Leute sich raus. Da hätten wir viel zu tun ...«

»Befreundet waren sie also nicht gerade?«

Der JVA-Chef lachte verhalten. »Wo Menschen so eng aufeinandersitzen, liegen jeden Tag die Nerven blank. Da kann in der einen Minute Friede, Freude, Apfelkuchen sein und in der nächsten Krieg, weil einer ein falsches Wort gesagt oder über einen Witz nicht laut genug gelacht hat.«

»Ist Massoud während der Haft sonst mal gewalttätig geworden?«

»Dazu ist der viel zu klein und zu clever. Der mogelt sich lieber durch, als dass er kämpft.«

»Hat er zu anderen Gefangenen engeren Kontakt gehabt?«

»Müsst ich mich schlaumachen. Falls ich was erfahre, ruf ich Sie zurück.«

Zehn Minuten später wusste ich, dass Muhammad Massoud während seiner Zeit in der JVA einige Male mit einem Landsmann zusammen gesehen wurde.

»Abdul Rahmani heißt der Mann. Fast zwanzig Jahre älter als Muhammad, und sie sind nur zwei Wochen zusammen gewesen, weil der andere dann schon wieder entlassen worden ist.«

»Haben Sie eine Adresse?«

»Sollte ich haben, Augenblick ...« Ich hörte eine Schublade auffahren, Aktengerumpel und Papiergeraschel. Offenbar war man in der JVA mit der Digitalisiererei auch nicht weiter als bei uns. »Käfertaler Straße 17, hier in Mannheim. Ob die Adresse noch stimmt, kann ich natürlich nicht überprüfen.«

Rahmani war wegen wiederholter Erschleichung von Beförderungsleistungen verurteilt worden – er hatte sich ohne gültigen Fahrschein in der Straßenbahn erwischen lassen. Die Geldstrafe, zu der das Gericht ihn verdonnert hatte, konnte oder wollte er nicht bezahlen, und so hatte er stattdessen eine vierwöchige Ersatzfreiheitsstrafe angetreten. So etwas geschieht in Deutschland Jahr für Jahr Tausende von Malen, was bedeutet, dass Menschen, die ein kleines – wenn auch zugegebenermaßen ärgerliches – Vergehen begangen haben, mit Vergewaltigern, Mördern, Millionenbetrügern und Bankräubern zusammengesperrt werden, unsere Gefängnisse überfüllen und den Staat nebenbei Unsummen kosten, die an anderer Stelle sehr viel besser eingesetzt wären. Zum Beispiel im nach wie vor sträflich vernachlässigten Feld der Resozialisierung.

Auf dem kleinen Dienstweg bat ich meine Mannheimer Kollegen um Amtshilfe, und eine Viertelstunde später wusste ich, dass Abdul Rahmani immer noch unter der alten Adresse gemeldet war, wo er zusammen mit seiner Frau, zwei Kindern und dem alten Schwiegervater in einer Zweizimmerwohnung lebte. Sein Asylantrag war inzwischen genehmigt, und er hatte sogar schon Arbeit gefunden.

»Als Krankenpfleger schafft der jetzt«, berichtete mir eine gut gelaunte Kollegin, die mich aus ihrem Streifenwagen anrief. »Nette Leute, die ganze Familie. Die Frau spricht schon ein bisschen Deutsch, und die Kinder sind so süß mit ihren dunklen Knopfaugen!«

Der Zufall wollte es, dass Abdul Rahmani eine Anstellung am Heidelberger Uniklinikum gefunden hatte, im selben Gebäude, in dem Sven Balke den Tag seiner Entlassung herbeisehnte. So beschloss ich, über Mittag einen Krankenbesuch zu machen und bei dieser Gelegenheit mit Rahmani zu sprechen.

Zuvor galt es jedoch einen schwarzen Citroën zu besichtigen.

»Hab ich erst gestern aus Colmar geholt«, verkündete Sönnchens Freund mit Stolz. »Mit der mageren Ausstattung kriegen Sie den in Deutschland gar nicht. Hier wollen sie einem ja immer gleich diese Komplettpakete verkaufen. Glauben Sie mir, das Wägelchen ist genau das Richtige für so Puristen wie Sie und mich.«

Wir standen auf dem Parkplatz hinter der Direktion, es nieselte ein wenig, ein frischer Wind ging. Der Wagen sah gepflegt aus, war nicht schwarz, sondern vornehm dunkelblau und hatte nur knapp fünfzigtausend Kilometer auf dem Tacho. Der Preis war erschütternd niedrig.

»Typische Familienschaukel halt«, meinte der Verkäufer fachmännisch. »Ein Diesel, und besonders sportlich ist er nicht gerade. Sie sind vorher einen alten Peugeot gefahren, hat die Sonja mir erzählt. Da sind Sie ja dran gewöhnt, nicht so viele Pferdchen unter der Haube zu haben.«

Der Motor erfüllte leider nur die Abgasnormen nach Euro 5.

»Nach Stuttgart dürfen Sie damit bald nicht mehr fahren.«

»Was soll ich in Stuttgart? Wie ist es mit der Connectivity?«

Der Mann, der sich mir nur als Herby vorgestellt hatte, sah mich verdutzt an. »Anhängerkupplung kann man nachrüsten«, erwiderte er nach kurzem Zögern, »kein Problem.«

»Ich meine Internet und so.«

»Seit wann braucht der Mensch denn Internet im Auto?«

Herby wurde mir mit jeder Minute sympathischer. Und

auch der Wagen, der immer noch französische Kennzeichen trug, gefiel mir bei jeder Umrundung besser.

»Navi ist dabei. Liegt im Kofferraum. Auch gebraucht, logisch, aber noch prima in Schuss.«

»Er gefällt mir«, sagte ich, nachdem ich die minimalistische, PS-arme Familienkutsche ein letztes Mal von allen Seiten beäugt hatte. »Wie machen wir es mit der Bezahlung und so weiter?«

»Wollen Sie ihn denn gar nicht Probe fahren?«, fragte Herby verdattert.

»Sie sind doch mit ihm gefahren.«

»Ja, klar. Gestern von Colmar nach Heidelberg und grad vorhin zu Ihnen.«

»War alles in Ordnung?«

»Alles picobello.«

»Würden Sie für mich das mit der Ummeldung organisieren? Ich habe im Moment nicht die Zeit dafür.«

»Null Problemo. Übermorgen kriegen Sie ihn mit neuen Nummernschildern.«

»Wollen Sie nicht wenigstens eine Anzahlung?«

Herby grinste mich an und reichte mir eine kräftige Tennisspieler-Rechte. »Vertrauen gegen Vertrauen, Herr Gerlach.«

Noch nie hatte ich in so kurzer Zeit ein Auto gekauft.

Meinen Töchtern würde ich die Neuigkeit bei passender Gelegenheit und taktisch geschickt beibringen müssen.

»Ging schon mal besser«, empfing mich Sven Balke mit mattem Grinsen. »Eigentlich fehlt mir ja gar nichts mehr. Ich darf mich nur nicht anstrengen und nicht aufregen, weil sonst womöglich irgendwas reißt in mir drin.«

»Sie sehen schon wieder blendend aus.«

Um seinen linken Mundwinkel spielte ein verträumtes Lächeln. Ein Lächeln, wie ich es in seinem männlich-markanten Gesicht noch nie gesehen hatte.

Ich setzte mich an sein Bett. »Svenja?«

»Seit gestern ist sie wieder in Würzburg. Muss heute ein Referat halten, das sie die letzten Tage hier geschrieben hat, auf dem Stuhl, auf dem Sie gerade sitzen. Morgen kommt sie wieder.«

»Sie war die ganze Zeit bei Ihnen?«

Das Lächeln wurde stärker. »Nur zum Schlafen ist sie hin und wieder für ein paar Stunden verschwunden. Herr Gerlach, ich ...«

»Sie hat's erwischt. Ist bestimmt günstig für die Genesung.«

»Eigentlich ist Herzklopfen genau das, was sie mir verboten haben. Ich habe so was noch nie erlebt. Nicht so.« Er begann, das zu erzählen, was frisch Verliebte immer erzählen: »Als hätten wir uns schon immer gekannt. Als hätten wir als Kinder zusammen Fangen gespielt.«

Von einem verschwundenen Gustaf Cordes, von Cornelius Neberger, dem Kerl, der ihm so zum Schreien sinnlos sein Messer in den Bauch gerammt hatte, wollte Balke nichts hören.

»Regt mich alles nur auf«, meinte er dazu, und das selige Lächeln machte vorübergehend dem wohlbekannten Grinsen Platz. »Und Aufregung ist mir ja leider verboten.«

Abdul Rahmani war ein großer, fülliger Mann, der ebenfalls gut Deutsch sprach, allerdings lustigerweise mit ausgeprägtem bayerischem Akzent. Schon im ersten Satz erklärte er mir, wie überglücklich er sei, endlich wieder arbeiten zu dürfen.

»Es treibt einen in den Wahnsinn, immer nur faul herumzusitzen und zu warten und zu warten und sich ständig von anderen sagen lassen zu müssen, was man tun soll und was man nicht tun soll.«

In Kabul war er Oberarzt am German Medical Diagnostic Center gewesen, erfuhr ich. Bis zu dem Tag, als er einem bei einem Verkehrsunfall verletzten amerikanischen Soldaten Erste Hilfe leistete.

»Am nächsten Morgen lag der Zettel im Briefkasten: ›Verräter! Wir werden dich und deine Familie töten!‹ Da war klar, wir müssen fort. Wir hatten ein Haus, wir hatten zwei Kinder und Dienstpersonal, denn wir waren beide berufstätig. Außerdem hatten wir Aminas Vater, der zu krank war, um ihn allein zurückzulassen. Ich habe noch am selben Tag Touristenvisa beantragt für Deutschland. Bis die genehmigt waren, haben wir uns in einem Hotel in einem Außenbezirk von Kabul versteckt. Wir haben praktisch nichts mitnehmen können, weil wir uns nicht einmal mehr in die Nähe unseres Hauses wagten. Zwei Wochen später ging der Flug über Dubai und Amsterdam nach Frankfurt.«

Das war vor anderthalb Jahren gewesen, und seither hatte er mit zunehmender Ungeduld auf eine Arbeitserlaubnis gewartet.

Wir saßen in einem kleinen Besprechungsraum ganz am Ende eines Flurs der Station für Kinderchirurgie. Balke lag in einem anderen Trakt in der Abteilung für Gefäßchirurgie und Endovaskuläre Chirurgie. Vor dem Afghanen stand ein großer, dampfender Becher mit rötlichem, exotisch duftendem Tee, vor mir ein Plastikbecher mit einer bitter schmeckenden Plörre, die sich aus unerfindlichen Gründen Kaffee nannte.

»In Ihrer Heimat waren Sie Oberarzt, und hier arbeiten Sie als Pfleger …«

»Und ich bin froh und dankbar dafür. Es ist so wichtig für uns, dass wir nicht mehr auf Almosen angewiesen sind und unsere Kinder wieder eine Zukunft haben. Alles Weitere wird sich finden. Die Anerkennung meines Abschlusses habe ich längst beantragt. Aber auch das dauert leider.«

Medizin studiert hatte Abdul Rahmani in Paris, Berkeley und die letzten vier Semester in Regensburg. Seine Doktorprüfung hatte er dann allerdings in Kabul abgelegt.

»Ich wollte immer zurück. Ich wollte meinem Volk helfen, sich aus diesem entsetzlichen, endlosen Chaos zu erheben. Wieder in Würde zu leben. Die Afghanen sollten endlich wieder stolz sein dürfen auf ihr Land, auf ihre uralte Geschichte und Kultur …«

Ich nahm einen Schluck aus meinem Becher. »Es geht um Muhammad.«

»Das sagten Sie am Telefon. Was hat er jetzt wieder angestellt?«

»Abgesehen davon, dass er sich illegal in Deutschland aufhält, meines Wissens nichts. Ich suche ihn als Zeugen.«

»Und ich soll Ihnen sagen, wo Sie ihn finden?« Rahmani lachte trocken. »Muhammad ist ein Wiesel. Böswillige würden sagen, eine Ratte. Eben ist er noch hier, schon ist er dort. Er versteht sich mit jedermann, und am nächsten Tag kennt er einen nicht einmal mehr. Er findet immer jemanden, der ihm hilft, der ihm ein Bett überlässt oder eine Luftmatratze und sein Essen mit ihm teilt. Und dem er am Ende vielleicht ein wenig Geld stehlen kann. Vergangenes Jahr war er zweimal bei uns zum Essen. Für uns Afghanen ist die Gastfreundschaft eine große Sache.«

»Sie kennen ihn also gut?«

Wieder dieses trockene, ein wenig abfällige Lachen. »Niemand kennt Muhammad. Er ist ein Kosmos für sich. Sie kennen seine Geschichte?«

»In groben Zügen.«

»Meine Frau hat sich geweigert, ihn noch einmal einzuladen, und so war der Kontakt dann beendet. Ich werde mich aber gerne für Sie umhören. Vielleicht weiß ja doch irgendjemand, wo er zurzeit herumstromert.«

»Weshalb haben Sie den Kontakt einschlafen lassen?«

Abdul Rahmani schwieg mit gesenktem Blick, spielte mit seinen kräftigen Fingern. Dann sah er abrupt auf und in mein Gesicht. »Sie haben ein feines Gespür für Menschen.«

»Das gehört zu meinem Beruf.«

»Ich habe keine Lust mehr auf Muhammad, weil er schlimme Dinge über Deutschland gesagt hat und außerdem einen schlechten Einfluss auf unsere Kinder hat. Vor Kurzem durfte er dann doch noch mal bei uns zu Gast sein. Aber dann musste ich ihm endgültig die Tür weisen, weil er Amina gegenüber ... unhöflich war. Sehr unhöflich, ja.« Er nickte heftig zur Bekräftigung, wandte den Blick nicht ab.

»War das nach seiner Rückkehr aus Afghanistan?«

»Amina war gleich dagegen, dass er noch mal zu uns kommt. Aber wie gesagt, für uns ist die Gastfreundschaft wichtig. Muhammad war übermüdet, halb verhungert und brauchte einen Platz zum Schlafen. Außerdem war er – wie sagt man? – total durch den Wind. Er hatte sich verändert in den wenigen Monaten in Kabul.«

Der frühere Arzt und jetzige Krankenpfleger trank zwei kleine Schlucke von seinem heißen Tee. Ich nippte an meinem Kaffee und schüttelte mich.

»Als Erstes ist mir aufgefallen, dass er auf einmal betet. Fünfmal am Tag, wie es sich gehört. Ich habe mir nichts Böses dabei gedacht. Im Gegenteil, ich dachte, er hat doch noch zu Gott gefunden, zum Glauben seiner Väter. Das wird ihm Kraft geben, dachte ich, Kraft und Halt, und Allah wird ihm den rechten Weg weisen. Aber als er dann gesehen hat, dass Amina das Haus ohne Kopftuch verlassen wollte, da ... er ist vollkommen durchgedreht. Eine Hure hat er sie genannt, eine räudige Schlampe. Und da habe ich ihn dann hinausgeworfen. Mehr oder weniger im wahrsten Sinn des Wortes. Was blieb mir übrig? Amina war völlig außer sich.«

»Wann war das?«

Nun sah der Arzt zur Decke. »Ein Gast darf sich vieles erlauben. Aber so etwas nicht.« Er sah mich wieder an. »Vor knapp drei Wochen.«

»Früher war er nicht religiös?«

»Kein bisschen, nein! Er hat sogar Alkohol getrunken, und gebetet hat er nie. Nicht ein einziges Mal habe ich gesehen, dass er gebetet hätte.«

Awalmir hatte das Gegenteil behauptet. Offenbar gab es verschiedene Muhammads.

»In Afghanistan muss etwas vorgefallen sein, das ihn so verändert hat.«

»Das sehe ich genauso. Er ist in schlechte Gesellschaft geraten. Die haben ihm wahrscheinlich auch das Geld gegeben, damit er zurückkehren kann.«

Meine anfängliche, eher unbestimmte Sorge hatte sich während der letzten Minuten in einen Großalarm verwandelt. Ich nahm mir vor, umgehend das BKA zu informieren und außerdem die Kollegen vom Dezernat für Staatsschutz zu fragen, ob sie Muhammad Massoud schon auf dem Radar hatten. Der inzwischen vermutlich einen ganz anderen Namen führte.

»Die Fahndung nach Massoud läuft«, berichtete mir Klara Vangelis, als wir uns eine halbe Stunde später auf der Treppe trafen. »Wie geht's Sven?«

»Er macht schon wieder Witze. Was ist mit Borsing?«

»Seine Sekretärin sagte mir, er sei zurzeit in seinem Wochenendhaus in Wilhelmsfeld oben. Ich habe es noch nicht geschafft, dort anzurufen.«

Der Ort lag nur wenige, allerdings serpentinenreiche Kilometer von Heidelberg entfernt im Odenwald. Ich bat Vangelis, einen Termin mit dem Druckereibesitzer zu vereinbaren. »Besser heute als morgen. Eine halbe Stunde sollte reichen. Wie weit sind wir mit Neberger?«

»Die Akten liegen bei der Staatsanwaltschaft. Es wird wohl am Ende auf schwere Körperverletzung hinauslaufen. Und natürlich wird der Kerl jede Menge strafmildernde Umstände zuerkannt bekommen.«

Auch Vangelis hätte es lieber gesehen, wenn Neberger für immer aus dem Verkehr gezogen würde.

»Und Gustaf Cordes?«

»Bisher nichts als Falschmeldungen und Fehlalarme.«

14

»Ein Herr Cordes hat angerufen«, begrüßte mich Sönnchen, als ich mein Vorzimmer durchquerte. »Schon zweimal. Er will mit Ihnen reden.«

Ich machte halt und wandte mich um, fragte hoffnungsvoll: »Gustaf Cordes?«

Nein. Wieder nur Ralph, die Nervensäge.

»Was er will, hat er nicht gesagt?«

»Nur dass er Sie persönlich sprechen muss und dass es superduperwichtig ist.«

»Er soll in Gottes Namen herkommen. Ich hab sowieso noch ein paar Hühner mit ihm zu rupfen.«

Schon vier Minuten später saß Gustafs Vater mir wieder gegenüber. Er hatte seinen Widerwillen gegen die Polizei überwunden und anderthalb Stunden vor der Direktion gewartet, bis ich ihn zu mir bat.

»Ich hoffe, Sie haben die richterliche Verfügung noch nicht beantragt?«

Das hatte ich erstens vergessen und zweitens ohnehin nicht wirklich vorgehabt. Ich war davon ausgegangen, dass Cordes dem Druck dieser Drohung sowieso nicht lange standhalten würde.

»Ich muss Ihnen nämlich etwas gestehen«, fuhr er denn auch mit demütig gesenktem Blick und zappeligen Händen fort. »Ich habe Sie leider schon wieder belogen.«

»Warum überrascht mich das jetzt nicht?«, fragte ich ohne großes Interesse, während ich den Rohkostsalat in der Tupperbox beäugte, den Theresa mir als Mittagessen eingepackt hatte.

»Ich habe tatsächlich mit Gustaf gesprochen am fraglichen Abend. Ich war auch in seiner Wohnung, allerdings nur im Flur. Wollte ihm Hilfe anbieten, wie schon gesagt, ein wenig Geld, vielleicht auch meinen Rat. Das Geld hat er genommen.«

»Okay ...« Ich schob das Gemüse zur Seite. »Und das ist jetzt wirklich die Wahrheit?«

Cordes nickte, schwieg für Sekunden, sank noch mehr in sich zusammen. »Er hat mir nicht einmal die Hand gegeben. Und die Tür hat er demonstrativ offen gelassen.«

»Er war stinksauer auf Sie. Und ehrlich gesagt, ich kann ihn sogar verstehen.«

»Sauer ...« Er kicherte albern, wischte sich das linke Auge mit dem Handrücken. »Sauer ist nicht der passende Ausdruck. In seinen Augen war Hass, blanker Hass. Gustaf war wie von Sinnen. Ich weiß nicht, ob er wieder Drogen nimmt. Alkohol habe ich gerochen, aber er war nicht betrunken. Dennoch war kein vernünftiges Gespräch möglich. Am Ende hat er mich sogar angeschrien, hat behauptet, ich selbst hätte Oliver auf dem Gewissen. Und hätte ihn dafür fünf Jahre im Gefängnis schmoren lassen. So hatte ich ihn noch nie erlebt, so aggressiv, so gehässig, zynisch, so verletzend. Am Ende hat er mich sogar angegriffen ...«

Ich richtete mich ein wenig auf. »Körperlich?«

»Er hat mich am Kragen gepackt, ja, und geschüttelt.«

»Geschlagen?«

»Das zum Glück nicht. Aber dennoch, glauben Sie mir, ich habe mich in diesen Sekunden vor ihm gefürchtet. Vor meinem eigenen Sohn habe ich mich gefürchtet. Fast wie bei Oliver damals. Das wird mir erst jetzt bewusst – er hatte plötzlich so viel Ähnlichkeit mit seinem Bruder. Dieser Hass, die Verachtung, die Grobheit.«

»Haben Sie sich gewehrt?«

Mattes Kopfschütteln. Das andere Auge musste gerieben werden. »So schlimm war es nun auch wieder nicht.«

»Sie haben ihn nicht ein bisschen geschubst? Ihn weggestoßen?«

»Ich habe ihn nicht einmal berührt, ich bitte Sie!«

»Es fällt mir allmählich schwer, Ihnen irgendetwas zu glauben.«

Ich zog die Tupperdose wieder zu mir heran, ergriff die Gabel und begann zu essen.

»Es war so … so demütigend«, jammerte Cordes. »Sich von seinem eigenen Kind solche Dinge anhören zu müssen. Solche Vorwürfe. Vollkommen haltlose Vorwürfe. Wir würden ihn alle belügen, behauptete er, und er wolle endlich wissen, was damals mit Oli geschehen ist. Jeder von uns könne es schließlich gewesen sein, jeder, nur er nicht. Daphne, ich, sogar Annalisa hat er verdächtigt.« Er schluckte schwer. »Er werde keine Ruhe mehr geben, bis er wisse, was in jener Nacht geschehen ist.«

»Erst sagt er, Sie seien es gewesen, und kurz darauf können es alle gewesen sein.«

»Da sehen Sie, wie verwirrt er war. Er wollte mich verletzen. Er wollte mir wehtun. Und er war leider sehr erfolgreich damit, das muss ich schon sagen.«

»Und dann hat er Sie hinausgeworfen.«

»Ich solle verschwinden, hat er geschrien, oder es passiere was. Er hat mich zur Tür gestoßen, mir mit den Fäusten gedroht. Mit der ganzen Bagage wollte er nichts mehr zu tun haben. So hat er sich ausgedrückt: Bagage. Am Ende hat er sogar …«

Cordes brach ab, blickte erschrocken in seinen Schoß.

»Was hat er noch?«, fragte ich ein wenig gereizt. Wieso nur machte mich dieser Jammerlappen aggressiv, sobald er den Mund öffnete?

»Er hat versucht, mich zu erpressen. Ich sollte ihm mehr Geld geben, viel mehr, sonst …«

»Sonst würde er zur Polizei gehen und Sie anzeigen?«

Nach langem Zögern folgte ein kaum wahrnehmbares Nicken.

»Haben Sie ihm mehr gegeben?«

»Ich hatte ... Ich konnte doch nicht. Ich hatte doch nur fünfhundert bei mir.«

»Wie viel hat er verlangt?«

»Zehntausend.«

»Haben Sie versprochen, das Geld zu besorgen?«

Einmal mehr durfte ich mir sein verzagtes, zerknirschtes Nicken ansehen. Am liebsten hätte ich den Mann am Schlafittchen gepackt und wachgerüttelt. Stattdessen kaute ich zornig auf dem geraspelten Gemüse herum. Eigentlich schmeckte es gar nicht schlecht, wurde mir erst jetzt bewusst.

»Sie müssen ganz schön wütend gewesen sein.«

»Wütend?«, fragte Cordes verwundert. »Eher enttäuscht. Verbittert. Ich wollte dem Jungen doch wirklich gerne helfen, und dafür musste ich mich beschimpfen und verspotten lassen.«

»War außer Ihnen und Ihrem Sohn noch jemand in der Wohnung?«

Verwirrt infolge des Themenwechsels sah Cordes mich an. »Gesehen habe ich niemanden. Aber ... Die Tür zur Küche stand offen, die zum Bad ebenfalls und die zum Schlafzimmer, wo Gustafs Matratze lag. Nur die letzte Tür, die in den Wohnraum, die war geschlossen. Möglich, dass dort jemand war. Dass er die Tür geschlossen hatte, damit ich diesen Jemand nicht sehen konnte.«

Ich legte die Gabel zur Seite, legte die Unterarme auf den Tisch. »Wo Sie schon mal hier sind, kommen wir noch zu einem anderen Thema. Von Ihrer Frau weiß ich, dass Sie wenige Stunden vor dem Tod Ihres Stiefsohnes einen Streit mit ihm hatten.«

»Einen furchtbaren Streit. Wie so oft damals.«

»Worum ging es dabei?«

»Um Geld, worum sonst? Oliver stand das Wasser bis zum Hals. Ihm blieben nur noch wenige Tage, um wenigstens einen Teil seiner Schulden zu tilgen, um den Prozess vielleicht im letzten Moment doch noch abzuwenden. Und auch er wollte mich unter Druck setzen.«

»Ihr Stiefsohn hat Sie ebenfalls erpresst?«

»Nicht so explizit wie Gustaf. Aber deutlich genug.«

»Womit konnte er Ihnen drohen? Was hatte er gegen Sie in der Hand?«

»Die Hunde. Er würde die Hunde auf mich hetzen. Die saßen die ganze Zeit geifernd und knurrend vor mir und haben nur auf sein Kommando gewartet, mir an die Gurgel zu springen. Wie oft hatte ich Daphne gebeten, dafür zu sorgen, dass diese Tiere verschwinden. Dass Oliver wieder bei uns lebte, fand ich ja in Ordnung, aber seine Hunde ...«

»Sie sind aber nicht auf seine Forderungen eingegangen.«

»Ich hatte ihm achtzigtausend angeboten. Aber das war ihm zu wenig.« Cordes schwieg kurz, fuhr dann mit hartnäckig gesenktem Blick fort: »Alles hat schließlich irgendwo seine Grenzen. Ich habe einfach behauptet, ich hätte nicht mehr. Aber das war nicht die Wahrheit. Ich hätte ihm durchaus mehr geben können. Natürlich nicht den vollen Betrag, nicht die vollen dreihundertfünfzigtausend, die noch gefehlt haben.«

»Hundertfünfzigtausend hatte er schon von seiner Mutter bekommen, ist das richtig?«

»Fünfzig-, vielleicht sechzigtausend hätte ich noch flüssig machen können. Aber ich wollte nicht.« Endlich sah er wieder auf. »Sie können sich nicht vorstellen, Herr Gerlach, wie oft ich in den vergangenen Jahren darüber nachgedacht habe. Welche Vorwürfe ich mir gemacht habe. Hätte ich Oli das Geld gegeben, vielleicht hätte er seinen Gläubiger fürs Erste beruhigen können. Vielleicht hätte er Zeit gewonnen, und den Rest, den hätten wir über die Jahre auch irgendwie geschafft. Verstehen Sie: Hätte ich ihn nicht belogen an diesem Nachmittag, dann wäre er vielleicht noch am Leben. Gustaf hätte nicht ins Gefängnis gemusst, Daphne und ich wären noch zusammen ...«

»Und Annalisa?«

Bei dem Namen zuckte er zusammen, als hätte er einen leichten Stromschlag erhalten. Stirnrunzelnd, als hätte er die Frage nicht verstanden, sah er mich an.

»Was wäre aus ihr geworden, wenn das Drama nicht stattgefunden hätte? Wäre sie auch verschwunden?«

Immer noch sah er mir verständnislos ins Gesicht.

»Herr Cordes?«, fragte ich, als keine Antwort kam.

»Ich denke nicht«, flüsterte er endlich. »Sie wäre wohl nicht gegangen, nein. Auch sie ist ja geflohen. Wie Daphne. Wie Gustaf.«

»Inwiefern ist Ihr Sohn geflohen?«, fragte ich verblüfft.

Cordes räusperte sich, bevor er erwiderte: »Manchmal denke ich, das Gefängnis war ihm am Ende lieber, als mit uns zusammen zu sein.«

Ich sank in meinen Sessel zurück. Nahm einen Schluck aus meinem Kaffeebecher. Der Cappuccino war längst kalt geworden.

»Es hat also Streit gegeben«, fing ich wieder von vorne an. »Wer war sonst noch dabei?«

»Niemand. Nur Oli, ich und die ... Hunde. Annalisa war in der Küche und hat vermutlich manches mitgehört. Ich habe sie aber erst bemerkt, als sie die Treppe hinauflief und kurz darauf oben ihre Tür zuknallte.«

»Ihre Frau ist ungefähr zu dieser Zeit aufgebrochen.«

Cordes blinzelte nervös. »Auch das habe ich kaum mitbekommen. Ich meine, ich hätte gehört, wie sie ›Ciao!‹ rief. Verstehen Sie bitte, ich war blind und taub vor Wut und Scham und Verzweiflung. Oliver wurde immer gröber und aggressiver, die Hunde immer nervöser. Wäre er ein wenig freundlicher gewesen, hätte er mich ein einziges Mal gebeten, statt immer nur zu fordern ... Vielleicht wäre alles ganz anders gekommen.«

Wie wenig es oft brauchte, um Existenzen zu zerstören.

»Um die Wahrheit zu sagen«, fuhr Cordes kläglich fort.

»Daphne hat ihn völlig verzogen. So streng sie oft mit Gustaf und Annalisa war, so nachsichtig war sie Oliver gegenüber, ihrem Göttersohn. Sie hat ihn regelrecht zum Tyrannen erzogen, ich muss es leider sagen. Auch sie trägt einen Teil der Schuld.«

»Er war noch klein, als Sie geheiratet haben.«

»Fünf war er damals. Ein niedliches kleines Kerlchen. Wir haben uns gemocht. Später war er dann immer der Große, der Starke, der Clevere, der gerne auf andere Menschen herabsah. Wie oft hat Daphne ihn den anderen beiden als leuchtendes Vorbild hingestellt. Die ja leider ...« Er hüstelte verlegen. »... eher nach mir gerieten.«

»Sie und Oliver haben sich also angebrüllt«, lenkte ich das Gespräch erneut auf den unseligen Nachmittag im September vor sechs Jahren. »Ihre Frau ist weggefahren, Ihre anderen Kinder waren oben in ihren Zimmern ...«

»Die Hunde«, flüsterte Cordes, jetzt ganz in seinen Erinnerungen verloren. »Diese entsetzlichen Hunde. Oliver hatte sie zum Glück unter Kontrolle. Sonst hätten sie mich mit Sicherheit angefallen. Sie haben die Aggression gespürt, die in der Luft lag, die Wut. Das hat sie fast rasend gemacht.«

»Hat Gustaf nichts mitbekommen von dem Streit?«

»Ich denke nicht. Ihn habe ich den ganzen Nachmittag über nicht gesehen. Erst später, als ich zu ihm gegangen bin, um ihm zu sagen, dass wir demnächst aufbrechen werden, da habe ich ihn gesehen.«

»Wenn Sie so laut waren, hätte er nicht etwas hören müssen?«

»Meistens hatte er Musik an. Dieses ewige Bumm-Bumm-Bumm. Es war schon so normal geworden, dass ich es gar nicht mehr wahrnahm.«

»Der Streit hat im Wohnraum im Erdgeschoss stattgefunden, wo später ...?«

Ralph Cordes straffte den Rücken, sah mir nach Minuten endlich wieder länger als eine halbe Sekunde ins Gesicht.

»Dort, wo Annalisa und ich am nächsten Tag Olivers Leiche fanden, ganz richtig.«

»Am Ende des Streits, wie ging es Ihnen da?«

»Wie es mir ging?« Sein Blick flatterte schon wieder. »Ich habe …« Er schlug die Augen nieder, flüsterte jetzt nur noch: »Ich habe mir gewünscht, er wäre tot. Dass das alles endlich ein Ende hat.«

Lange herrschte Schweigen in meinem Büro. Cordes' Augen kamen nicht zur Ruhe.

»Er war so maßlos«, murmelte er irgendwann. »In allem, was er tat, war Oliver maßlos. Alles musste er haben, alles. Die riesige Wohnung mit Whirlpool und Dachterrasse und Sauna, das teure Auto, und da brauchte er natürlich auch standesgemäße Wachhunde. Nicht nur einen, nein, gleich zwei. Gerne hat er damit geprahlt, dass sie nur ihm gehorchen, nur ihm allein. Er müsse nur mit dem Finger schnippen, und … Es hat ihm Spaß gemacht, verstehen Sie? Es hat ihm gefallen, uns in Angst und Schrecken zu versetzen. Nur vor Daphne, vor ihr hatten die beiden Cerberusse Respekt. Vielleicht, weil auch Oliver Respekt vor ihr hatte. Vor mir hatten sie definitiv keinen.«

Trauer und Verzweiflung waren unvermittelt in bitteren Sarkasmus umgeschlagen. Dennoch schwangen in allem, was Ralph Cordes sagte, Kränkung mit, Enttäuschung, manchmal für Augenblicke Hass. Hass über den Tod hinaus.

»Darf ich Sie etwas sehr Persönliches fragen? Sie müssen nicht antworten.«

»Ich bin gekommen, weil ich antworten möchte.«

»Wie war Ihre Ehe zu der Zeit?«

»Gut. Sehr gut. Natürlich haben Olivers Probleme auch unsere Beziehung belastet. Alles andere hätte an ein Wunder gegrenzt.«

»Wissen Sie, wer der Vater Ihres Stiefsohnes war?«

Kopfschütteln. »Daphne wollte nicht darüber sprechen.«

»Hat er Alimente bezahlt?«

Wieder Kopfschütteln, schwächer diesmal. »Oliver war das Produkt einer unglücklichen Affäre, auf die sie nicht besonders stolz war.«

»Trotzdem hätte der Vater seinen finanziellen Verpflichtungen nachkommen müssen.«

»Ich habe den Jungen gleich nach der Eheschließung adoptiert. Daphne wünschte das so.«

Cordes warf einen so deprimierten Blick in seinen Becher, als würde er nicht damit rechnen, noch einen Schluck Kaffee darin zu finden.

Ich bat Sönnchen um Nachschub für uns beide.

»Wie ging es später weiter?«, fragte ich, als unsere Becher wieder gefüllt waren. Meine Salatschüssel war immer noch halb voll, aber inzwischen gelüstete mich sehr viel mehr nach einer dicken, fetten Bratwurst mit Pommes oder einem Schweinekrustenbraten.

Demonstrativ hob Cordes seinen Becher. »Ich habe mir einen starken Kaffee gemacht und ihn gleich in der Küche getrunken. Plötzlich war es ganz still im Haus, nach all dem Radau, das weiß ich noch wie heute. Nicht einmal die Hunde haben noch Laut gegeben. Auch von Gustafs Musik war nichts zu hören. Sagte ich Musik?« Er lachte grimmig auf. »Sie kennen es vielleicht auch, als Vater, dieses bumm, bumm, fuck you, bumm, bumm, fuck you …«

Und wie ich das kannte! Erst in jüngster Zeit hatte sich der Musikgeschmack meiner Mädchen geändert. Vor zwei Wochen hatten sie mir mit leuchtenden Augen von einer sensationellen Band namens Pink Floyd vorgeschwärmt. Sie waren sehr verblüfft gewesen, als ich ihnen zeigte, dass ich nicht weniger als sieben LPs der Gruppe in meiner Sammlung stehen hatte.

»Dann hatte er also doch keine Musik laufen? Er hätte hören können, was im Erdgeschoss gesprochen wurde?«

»Vielleicht hatte er sie in der Zwischenzeit ausgemacht. Vielleicht hatte er die Kopfhörer auf. Vielleicht hat er geschlafen. Ich weiß es doch nicht.« Cordes schwieg mit leerem Blick. Dann sah er plötzlich wieder auf. »Eben fällt mir ein: Oliver hat später telefoniert. Als ich nach oben ging, habe ich seine Stimme gehört, aber nichts verstehen können.«

Mit wem der verkrachte Jungunternehmer in den Stunden vor seinem Tod telefoniert hatte, würde ich hoffentlich bald wissen.

»Ich habe mich kurz hingelegt«, fuhr Cordes fort, als führte er ein Selbstgespräch, »dann habe ich den Kindern gesagt, sie sollten sich umziehen, wir würden demnächst aufbrechen. Ich habe geduscht und mich selbst für die Feier ein wenig fein gemacht. Als ich das Signal zum Aufbruch geben wollte, saß Annalisa mit verweinten Augen auf ihrem Bett und wollte nicht mitkommen, und Gustaf war wieder eingeschlafen. So war er immer schon: Er sagt Ja und hat in der nächsten Sekunde vergessen, was er versprochen hat. Nach dem Gestank zu schließen, der in seinem Zimmer hing, hatte er sich schon mehr als einen Joint gegönnt an diesem gottverfluchten Tag.«

»Dann sind Sie schließlich allein nach Rauenberg gefahren?«

»Aber nein.« Kopfschütteln, plötzlich energisch. »Annalisa hat mir versprochen, nachzukommen, mit dem Rad. Gustaf hat dieses ›bourgeoise Getue‹ auf den Tod gehasst und weigerte sich aufzustehen. Außerdem hat er es gehasst, sich menschenwürdig zu kleiden und anständig zu benehmen. Seit einem halben Jahr war der Junge einundzwanzig und hat sich immer noch benommen, als steckte er mitten in der Pubertät. Aber an dem Tag habe ich mich durchgesetzt. Ich habe ihn ganz gegen meine Art gepackt und aus dem Bett gezerrt. Das hat ihn so verblüfft, dass er sich ohne weiteres Gemaule etwas halbwegs Vorzeigbares angezogen hat, und dann sind wir zusammen los.«

»Wie spät war es da?«

Cordes überlegte kurz mit krauser Stirn. »Um kurz nach fünf waren wir dort. Das Fest war längst in vollem Gange. Annalisa ist eine Stunde später gekommen. Mit gut geschminkten Augen, sodass man kaum noch sah, dass sie geweint hatte.«

Um das Gespräch in Gang zu halten fragte ich Dinge, die ich schon wusste. »Sie haben dann im Hotel übernachtet?«

»Anfangs hatten wir überlegt, uns alle zusammen ein Taxi zu nehmen. Daphne ist dann mit dem Vorschlag gekommen, einfach im Hotel zu bleiben. So konnte, wer wollte, bis zum Ende mitfeiern, und wer müde wurde, konnte jederzeit nach oben gehen und sich schlafen legen.«

»Gustaf war aber später wieder zu Hause ...«

»Nicht einmal zwei Stunden hat er durchgehalten.« Cordes schnaubte heftig. »Nachdem er sich einige Zeit gelangweilt hatte, musste er irgendwann zur Toilette und ward nicht mehr gesehen.«

»Er ist per Anhalter gefahren?«

»Manchmal denke ich, er zeigt Züge von Autismus. Dieses In-sich-Gekehrte, das Abkapseln, die Verweigerung fast jeglicher Kommunikation.«

»War es denn ansonsten eine schöne Feier?«

»Ach Gott.« Ralph Cordes betrachtete eingehend die Fingernägel seiner rechten Hand, runzelte die Stirn. »Im Grunde bin ich ja auch kein Freund solcher Umtriebe.«

»Aber Sie haben es durchgestanden.«

Ein müdes Lächeln umspielte seinen schmalen Mund, als er sagte: »Durchgestanden ist das passende Wort. Ich habe mir die Toasts angehört, vom Büfett Verschiedenes probiert, zwei oder drei Gläschen Wein getrunken und bin dann so früh geflüchtet, wie es die Höflichkeit erlaubte. Annalisa ist mir fast auf dem Fuß gefolgt und ebenfalls auf ihr Zimmer gegangen.«

»Und Ihre Frau? Von ihr sprechen Sie gar nicht.«

»Daphne?« Das Lächeln verschwand wieder. »Die war in

ihrem Element. Sie hat mit tausend Leuten angestoßen, hundertmal die Braut umhalst, fast ständig getanzt. Was den Punkt Geselligkeit betrifft, haben wir nicht so gut zusammengepasst.«

Dieser Satz könnte die Untertreibung des Jahres gewesen sein.

Cordes sah mir ins Gesicht, als wäre er plötzlich wieder aus der Vergangenheit in die Gegenwart zurückgekehrt.

»Beim Frühstück am nächsten Vormittag war es dann eigentlich ganz nett. Die meisten waren mehr oder weniger verkatert. Daphne ist erst später dazugekommen, hatte ihre Sonnenbrille auf und war ein wenig gedämpft. Das Brautpaar war noch nicht erschienen, als wir uns am frühen Nachmittag verabschiedeten.«

»Alle zusammen?«

»Daphne ist noch geblieben. Sie habe die Braut noch nicht oft genug geküsst, meinte sie. Außerdem hatte sie wieder einmal neue Leute kennengelernt, mit denen sie unbedingt noch sprechen und Telefonnummern austauschen wollte.«

»Und dann?«

Der Blick zuckte weg. Lange, sehr lange Pause. Nervöses Zwinkern. Fiebrige Angst. Angst vor der eigenen Erinnerung.

»Das habe ich doch alles schon erzählt, Herr Gerlach. Bitte!«

»Sie sind nach Hause gefahren.«

Gequältes Nicken. Stöhnen.

»Haben den Wagen in die Garage gestellt.«

Nicken mit geschlossenen Augen, diesmal ohne Stöhnen.

»Sie sind ausgestiegen und ins Haus gegangen.«

Nicken.

»Ihre Tochter ist wieder mit dem Rad gefahren?«

Endlich öffnete er den Mund. »Sie ist kurz nach mir angekommen.«

»Sie sind ins Haus gegangen«, fuhr ich unerbittlich fort.

Noch ein allerletztes Zögern, dann begann er endlich, sich seinen Erinnerungen zu stellen: »Als Erstes fiel mir auf, wie die Hunde getobt haben. Ich dachte, ist er etwa noch nicht mit ihnen draußen gewesen? Schläft er noch? Sonst ist Oliver jeden Morgen mit seinen Tieren gelaufen, zehn, fünfzehn, zwanzig Kilometer. Er war ja sehr sportlich. Ich habe seinen Namen gerufen, aber er hat nicht reagiert. Da habe ich vorsichtig die Tür zum Wohnzimmer geöffnet, nur einen Spalt, wegen der Hunde. Die waren auch sofort da, wollten raus und mir an den Hals. Ich habe die Tür sofort wieder geschlossen und noch einmal gerufen. Er hat wieder nicht geantwortet. Mir wurde allmählich mulmig. Dann stand Annalisa plötzlich neben mir, aber wir haben es nicht gewagt, die Tür noch einmal zu öffnen. Wir sind zusammen nach draußen, um das Haus herum und haben durch die Terrassentür gesehen.« Cordes machte eine heftige, abwehrende Handbewegung. »Bitte, Herr Gerlach! Mir dreht sich schon wieder der Magen um bei der Vorstellung.«

Er schluckte und schluckte, würgte am Ende tatsächlich mit glasigem Blick. Nur sehr allmählich beruhigte er sich wieder.

»Plötzlich war die Polizei da, Annalisa hatte sie gerufen. Und das Erste, das Allererste, was Ihre armen Kollegen tun mussten, war, die Hunde zu erschießen. Sie hätten ohne Lebensgefahr nicht in den Raum gekonnt, so haben diese Bestien getobt.«

Erneut war es lange still in meinem Büro. Schließlich sah Cordes wieder auf. »Oliver hat sie mit rohem Fleisch gefüttert. Mit blutigem Fleisch. Er wollte sie zu tödlichen Waffen machen. Sie haben ihm ein Gefühl von Macht gegeben. Er hat das genossen, verstehen Sie? Dass er andere Menschen nach Belieben in Angst und Schrecken versetzen konnte, das hat er genossen.«

Hin und wieder hatte ich mir Notizen gemacht. Nun legte ich den Stift beiseite und sah Ralph Cordes ins Gesicht.

»Was mir nicht in den Kopf will: Die Hunde waren ja vermutlich im Raum, als Ihr Stiefsohn niedergeschlagen wurde. Wieso haben sie ihren Herrn nicht verteidigt?«

»Das hat Ihre Kollegen seinerzeit auch sehr gewundert. Deshalb sind sie praktisch von der ersten Minute an davon ausgegangen, dass es nur jemand aus der Familie gewesen sein konnte. Jemand, den die Tiere kannten.«

»Der Vollständigkeit halber, wann ist Ihre Frau nach Hause gekommen?«

Achselzucken. »Irgendwann war sie plötzlich wieder da. Ich war ... Ich habe kaum Erinnerungen an diese Stunden und die Tage danach. Es war alles so ...«

»Sie standen unter Schock?«

Cordes nickte zögernd. »Ein Arzt hat mir eine Spritze gegeben, daran erinnere ich mich noch. Und irgendwann war dann auch Daphne wieder da. Wir haben nicht miteinander gesprochen. Es war ein solches Tohuwabohu. Überall waren Menschen, überall wurde diskutiert, beratschlagt, telefoniert ...«

»Wie hat sie es aufgenommen?«

»Daphne? Sie ... Was soll ich sagen? Sie war blass. Sehr blass, ja.«

»Hat sie geweint? Oder sich in sich selbst verkrochen?«

»Letzteres. Sie hat das Ganze nicht wirklich an sich herangelassen, denke ich.«

»Auch später nicht?«

Er verzog das Gesicht, als hätte ich in einen vereiterten Zahn gebohrt.

»Ich weiß es nicht«, stieß er heiser hervor. »Die Tage danach waren wie ein grauenhafter Albtraum, aus dem man einfach nicht aufwachen kann. Wir wurden verhört, alle natürlich, mehrfach. Einmal kurz noch am selben Nachmittag, aber das war sinnlos. Ein zweites Mal am nächsten Tag, als die ersten Ergebnisse der technischen Untersuchungen vorlagen. Zum zweiten Verhör mussten wir hierherkommen, in dieses Haus, und Gustaf haben sie dann gleich hierbehalten. Daphne hat sich um einen Anwalt für ihn gekümmert. Der hat uns später erklärt, die Beweise seien erdrückend gewesen. Das Blut an Gustafs Hand, seine Spuren an der Statue, mit der er …«

»Er hat zu keinem Zeitpunkt versucht, es abzustreiten?«

»Anfangs wohl doch.« Hilflos hob Cordes die schmalen Hände, an denen auch heute ein wenig Farbe klebte. »Später sagte uns der Anwalt, Gustaf sei alles gleichgültig gewesen. Er wollte seine Ruhe haben, und dass sein Bruder tot war, fand er nur recht und billig.«

15

Hagen Borsing entsprach in keiner Weise dem Bild, das ich mir von ihm gemacht hatte. Ich hatte einen vor Schaffenskraft strotzenden Mann erwartet, das Klischee des erfolgreichen Unternehmers mit Neigung zu diktatorischem Gehabe, hohem Blutdruck und biegsamem Gewissen. Stattdessen empfing mich ein feingliedriger Herr mit vornehm blassem Gesicht und etwas müdem Blick. Ein belesener, nachdenklicher Mann, wie sich rasch herausstellte, der seine Firma nicht mit Druck und Gebrüll groß gemacht hatte, sondern indem er seine Angestellten geduldig anleitete und durch Lob motivierte. Der sie mit Argumenten von dem überzeugte, was er für richtig hielt. Der auch einmal zugeben konnte, dass er sich geirrt hatte. Mir fiel ein Satz ein, den ich vor Jahren in einem Film mit Senta Berger aufgeschnappt und seither nicht wieder vergessen hatte: »Vorstand bedeutet Vorbild für Anstand.« Er schien leider in letzter Zeit ein wenig in Vergessenheit geraten zu sein.

Ich hatte Klara Vangelis gebeten, mich zu begleiten, doch dann war im letzten Moment eine Meldung aus Wuppertal gekommen, man habe in der vergangenen Nacht Gustaf Cordes festgenommen, und sie war in der Direktion geblieben, um sich der Sache anzunehmen.

Borsings gepflegtes, aber keineswegs protziges Refugium in Wilhelmsfeld lag am Ende einer schmalen Straße mit Blick in das Tal des Hilsbachs und auf die Hügel jenseits davon. Auf grauen Filzlatschen führte er mich in sein Arbeitszimmer, das eher wie eine Bibliothek wirkte. Die Wände verschwanden hinter raumhohen Bücherregalen aus dunklem Holz.

Mein Gastgeber duftete dezent nach Kölnisch Wasser,

trug eine zerknautschte dunkelgraue Tuchhose, ein kariertes Hemd und darüber eine blaue Strickjacke mit goldenen Knöpfen. Sein Gesicht zierte ein schmales, schon leicht angegrautes Schnurrbärtchen. Unter dem breiten Fenster standen ein ausladender, mit tannengrünem Leder bezogener Sessel und eine Leselampe aus Messing, gegenüber ein dazu passender Zweisitzer, dazwischen ein zierliches Tischchen, das unter der Last der darauf gestapelten Bücher fast zusammenbrach.

Die heimelige Leseecke ließ mich an einen leicht angestaubten englischen Herrenclub denken. An zwei Stellen der Wände, wo die Regale Lücken ließen, hingen kostbar gerahmte, ansonsten jedoch nicht weiter erwähnenswerte Ölschinken, die Jagdszenen darstellten. Auf der staubfreien Platte des Rokokoschreibtischs aus rötlich schimmerndem Holz lag nichts außer einigen gut gespitzten Bleistiften, einem teuer aussehenden Füller und einem linierten Block.

»Die Gemälde hat mein Urgroßvater verbrochen«, erklärte Borsing mit mildem Lächeln. »Die Kunst nahm in unserer Familie immer schon einen hohen Rang ein.«

Er selbst hatte Ende der Siebzigerjahre nach Abschluss seines Studiums einen kleinen Verlag gegründet, um schöngeistige Literatur herauszugeben. Auch zwei Gedichtbändchen hatte er verfasst.

»Seither darf ich mich mit der zweifelhaften Ehre schmücken, der am schlechtesten verkaufte Autor meines eigenen Verlags zu sein«, sagte er immer noch lächelnd.

Rasch hatte der frischgebackene Verleger feststellen müssen, dass schöne Bücher einen Menschen selten ernähren.

»Deshalb habe ich die Druckerei hinzugenommen. Der frühere Inhaber hatte retiriert, und ich konnte sie günstig erwerben. Ich habe vorsichtig modernisiert, und bald konnte ich meine Bücher kostengünstig im Haus drucken und auch mehr und mehr Fremdaufträge annehmen.«

Aufträge, die eher praktischen Zwecken dienten, wie Kataloge oder Prospekte und im Gegensatz zur hohen Kunst ordentlich Geld einspielten. Damit war Borsing zu seiner eigenen Verwunderung über die Jahre wohlhabend geworden.

Der erfolglose Dichter bot Kaffee an, den ich bereitwillig akzeptierte. Er selbst hatte eine Kanne mit dunklem Tee auf einem Stövchen stehen.

»Um Oliver Cordes geht es, sagten Sie am Telefon«, begann er, als auch ich mit einem Heißgetränk versorgt war und wir uns mit übereinandergeschlagenen Beinen gegenübersaßen. »Ist diese schreckliche Sache nicht längst aufgeklärt? Sitzt der Bruder nicht deswegen im Gefängnis?«

»Seit Kurzem nicht mehr. Er hat seine Strafe verbüßt.«

»Wie geht es ihm jetzt?«

Ohne dass ich hätte sagen können, weshalb, verschwieg ich, was vor etwas über einer Woche geschehen war, und sagte nur: »Er hat eine kleine Wohnung in der Altstadt und ist dabei, sich zu orientieren.«

»Es dürfte nicht leicht werden für ihn, eine angemessene Arbeit zu finden, angesichts seiner Vorgeschichte. Was kann er? Vielleicht kann ich helfen?«

»Sie würden ihn einstellen?«

»Ich habe viel Glück gehabt im Leben und fühle mich verpflichtet, der Gesellschaft hin und wieder etwas zurückzugeben.«

»Ich werde es ihm sagen«, versprach ich, »wenn ich ihn das nächste Mal sehe.«

»Daphne ist seinerzeit nicht gut mit ihm zurechtgekommen. Ich hoffe, er hat in der Haft etwas dazugelernt.«

»Das hat er wohl tatsächlich. Er hat einen Drogenentzug gemacht und ein Fernstudium begonnen. Jura. Vielleicht, weil er inzwischen bestreitet, seinen Bruder erschlagen zu haben. Aus diesem Grund bin ich hier.«

Borsing musterte mich so aufmerksam, als wären in meinen Augen Hintergrundinformationen zu lesen. »Er träumt davon, den Prozess neu aufzurollen und sich selbst zu verteidigen? Und Sie als Chef der Kriminalpolizei unterstützen ihn dabei?«

»Es gibt da ein paar Ungereimtheiten, die mich allmählich am damaligen Urteil zweifeln lassen.« Ich lächelte den alten Herrn unschuldig an. »Im Moment versuche ich nur, mir ein Bild zu machen. Zu verstehen, was damals geschehen ist. Es ist eine Art Berufskrankheit bei mir.«

Der forschende Blick des alten Mannes war nicht leicht auszuhalten.

»Das wäre allerdings ein starkes Stück«, sagte er, »wenn Gustaf all die Jahre unschuldig ... Und in welcher Weise könnte ich Sie dabei unterstützen?«

»Von seiner Mutter weiß ich, dass Sie Oliver eine bedeutende Summe geliehen haben.«

Borsings Miene verfinsterte sich. »Eine für mich nicht gerade angenehme Erinnerung.«

»Sie haben Oliver persönlich gekannt?«

»Selbstverständlich«, erwiderte er mürrisch. Er atmete zwei, drei Mal tief durch, fuhr entspannter fort: »Daphne hatte mich gebeten, mir seine Pläne anzuhören. Ihr Großer war manchmal ein wenig ... sagen wir ... überschäumend.«

Vor dem Fenster schoss ein Greifvogel im Tiefflug ins Tal hinab, kam Sekunden später ohne Beute zurück, eifrig die Flügel schwingend, um Höhe zu gewinnen.

»Auf der anderen Seite konnte er sehr charmant sein«, fuhr Borsing fort. »Zuvorkommend, höflich, angenehm. Was er mir präsentierte, klang glaubhaft und belastbar. Sein Geschäftsplan war ohne Tadel. So habe ich mich dann wirklich an seiner kleinen Firma beteiligt. Von Technik und Computern verstehe ich bis heute nicht viel. Ich wollte ihm auch nicht in seine Geschäfte und Projekte hineinreden, aber natürlich wollte ich auf dem Laufenden gehalten werden. Oliver sollte mir jeden Monat einen knappen Statusbericht schicken mit den wesentlichen Zahlen und Daten.

Anfangs hat er das auch getan, und alles ließ sich recht ordentlich an. Wie ich war auch er kein Betriebswirt, aber er wusste, was eine Gewinn-und-Verlust-Rechnung war. Irgendwann scheint er dann ein wenig die Bodenhaftung verloren zu haben. Seine Gehaltszahlungen stiegen von Quartal zu Quartal, die Liquidität schmolz dahin, und die Einnahmen blieben immer weiter hinter den Prognosen zurück.«

Hagen Borsing schenkte sich Tee nach, tat einen Schuss Milch hinzu, nippte kurz, stellte die Tasse aus durchscheinendem Porzellan achtsam ab.

»Ich habe den jungen Herrn zu mir gebeten und ihm freundlich ins Gewissen geredet. Er hat mir Schreiben von namhaften Interessenten vorgelegt, von großen Firmen, die sein Computerspiel vertreiben wollten. Falls es denn irgendwann einmal fertig werden sollte …«

»Was aber nicht geschah.«

Wieder nahm er ein Schlückchen Tee zu sich. Leckte sich gedankenverloren die Lippen. Irgendwo im Haus tickte eine große Uhr. Sonst war es hier vollkommen still.

»Sie sagen es. Acht Wochen vor der Katastrophe habe ich ihn ein zweites Mal einbestellt, und dieses Mal verlief die Unterredung nicht mehr ganz so freundschaftlich. Oliver sollte mir seine Kontoauszüge vorlegen, die er aber leider vergessen hatte. Er war aufmüpfig, gereizt, am Ende sogar frech. An diesem Abend wurde mir klar, dass es an der Zeit war, die Reißleine zu ziehen.«

»Sie haben Ihr Geld zurückgefordert.«

Gedankenverloren spielte er am Henkel seiner Teetasse herum. »Bei dieser Gelegenheit habe ich Oliver dann von seiner anderen Seite kennengelernt. Ich verstehe, er stand unter Druck, er hatte Sorgen. Aber das alles ist kein Grund, beleidigend zu werden. Schließlich hatte ich genug von den Spielchen und habe ihm ein Ultimatum gestellt. Innerhalb einer Woche sollte er mir einen Tilgungsplan liefern. Ich hätte kein Problem damit gehabt, ihm Zeit zu geben. Ich wollte ihm nicht die Luft zum Atmen nehmen, aber ich wollte zumindest eine Perspektive sehen. Außerdem wollte ich ihm einen Schuss vor den Bug geben, wie man so schön sagt.«

Wieder schwieg der würdige alte Herr für Sekunden, sah an mir vorbei auf die Bücherwand in meinem Rücken, atmete tief ein und aus.

»Dieser Schuss ging dann leider nach hinten los, um im Bild zu bleiben. Die Kommunikation wurde sehr, sehr unerfreulich, und ich habe die leidige Angelegenheit dann meinem Anwalt übergeben. Der hat noch am selben Tag Anzeige erstattet, damit ich wenigstens einen Teil meines Geldes wiedersehe.«

»Wie hat Daphne darauf reagiert?«

Borsing fiel mein Fauxpas entweder nicht auf, oder er war zu diskret, um sich offen darüber zu wundern, dass ich seine Freundin beim Vornamen nannte.

»Sie hat sich im Grunde nicht wirklich für solche Lästigkeiten interessiert. Als es dann plötzlich ernst wurde, war sie natürlich entsetzt und hat versucht, mich umzustimmen. Aber sehen Sie, Herr Gerlach, ich bin ein verträglicher Mensch. Ein Geschäft ist nur dann ein gutes, wenn beide Parteien profitieren. In diesem Fall lag das Kind nicht nur im Brunnen, es war schon fast ertrunken. Daphne hat mir dann angeboten, noch einmal eine Hypothek auf ihr Haus aufzunehmen. Hundertfünfzigtausend konnte sie auf die Schnelle flüssig machen. Fehlten immer noch mehr als zwei Drittel plus die aufgelaufenen Zinsen. Zudem wollte ich nicht Daphnes Geld, sondern mein eigenes. Oliver hätte ja zum Beispiel seinen teuren Porsche verkaufen können ...«

»Soweit ich weiß, war der geleast.«

»Er hätte sein Penthouse in Viernheim ...«

»Das war gemietet.«

»Wissen Sie, all das war mir von Herzen gleichgültig. Ich

bilde mir ein, ein freundlicher, nicht selten sogar großzügiger Mensch zu sein. Aber ich bin kein Einfaltspinsel, der sich von schlecht erzogenen Großmäulern für dumm verkaufen lässt. Entschuldigen Sie, dass ich das so hart formuliere. Um unseren ehemaligen Kanzler Helmut Schmidt zu zitieren, auf den ich nach wie vor große Stücke halte: Ich hatte es an Geduld nicht fehlen lassen.«

»Nachdem Sie die Klage eingereicht hatten – haben Sie Oliver danach noch einmal getroffen?«

»Er wollte *mich* treffen. Noch an dem Abend, an dem er später starb, hat er mich angerufen. Dieses Mal versuchte er wieder seinen Charme auszuspielen. Hat sich verzweifelt gegeben, reumütig, einsichtig. Aber es war deutlich zu hören, dass er getrunken hatte.«

»Sie sind nicht darauf eingegangen.«

»Nein.« In Borsings Antwort klang die Endgültigkeit des Jüngsten Gerichts mit. »Zwei oder drei Tage später habe ich erst erfahren, was kurz nach unserem Telefonat geschehen war. Anfangs dachte ich, er hätte sich das Leben genommen. Habe mir sogar Vorwürfe gemacht deswegen. Aber dann las ich in der Zeitung, dass er umgebracht wurde.«

»Kannten Sie die anderen Familienmitglieder?«

»Nein. Daphne und ich – Sie vermuten es sicherlich schon –, wir standen uns einmal sehr nah. Für einige Wochen nur, und es ist auch schon eine halbe Ewigkeit her. Aber wie das so ist, ich fühlte mich ihr immer noch in gewisser Weise verbunden.«

Als ich wieder in meinen Dienstwagen stieg, war der Nachmittag schon fast vorüber, und ich beschloss, das Auto erst morgen früh wieder in der Direktion abzuliefern und stattdessen eine der tausend Überstunden abzufeiern, die ich wie alle Polizisten vor mir herschob.

Über das steile und kurvige Sträßchen nach Schriesheim fuhr ich in die Rheinebene hinunter. Dort hatte ich endlich wieder Handyempfang und rief Vangelis an. Der junge

Mann, der in der vergangenen Nacht in Wuppertal von der Polizei aufgegriffen wurde, war nicht Gustaf Cordes. Die Falschmeldung beruhte angeblich auf einer Verwechslung. Vermutlich war jemand mit dem Mauszeiger um eine Zeile verrutscht.

Theresa freute sich, mich so früh zu sehen, und lieh mir bereitwillig ihren übergroßen Laptop. Ich setzte mich damit in den von der Abendsonne warm beleuchteten Wintergarten.

»Kann sein, dass ich deine Hilfe brauche!«, rief ich über die Schulter, als ich den Bildschirm hochklappte. »Du kannst doch so gut Italienisch.«

»Für den Hausgebrauch reicht es!«, rief sie lachend aus einem der hinteren Zimmer, wo sie mit irgendwelchen CDs herumklapperte.

Mithilfe des allwissenden Internets fand ich problemlos die Via Rasella in Rom und dort nicht weniger als drei Kunstgalerien. Ich nahm mein Handy zur Hand. In der ersten sprach man zwar fließend Englisch, wusste jedoch nichts von einem Konkurrenzunternehmen in derselben Straße, das irgendwann einmal ein Ehepaar mit Namen Valieri betrieben hatte.

Ich sah Theresa im Garten auftauchen, wo sie lustlos Unkraut zupfte und Pflanzen beschnitt, die ihrer Ansicht nach nicht so aussahen, wie sie sollten.

Unter der zweiten Nummer geriet ich an einen Herrn, dessen knarzende Stimme klang, als würde sein siebzigster Geburtstag schon einige Jahre zurückliegen. Er war überaus freundlich und mitteilsam, sprach jedoch kein Englisch, was die Kommunikation sehr erschwerte. Ich musste Robertа Valieris Namen dreimal wiederholen, bis er endlich verstand.

»È morta«, erwiderte er heiser und begann, mir eine längere Geschichte zu erzählen, von der ich außer »marito« und »aeroplano« nicht ein Wort verstand. Dass zusammen mit Roberta auch ihr Mann bei einem Flugzeugabsturz gestorben war, hatte schon Lorenzo herausgefunden.

»Sì, sì«, unterbrach ich schließlich seinen Redefluss.

Was zum Teufel mochte »Verwandte« auf Italienisch heißen?

»Hat sie …« In meiner Not versuchte ich mein Glück mit: »Hat sie bambini?«

»Parla tedesco?«, fragte der Mann in Rom erfreut zurück. »Du spreche Deutsch? Ich ware gewese in Deutscheland. Roberta habe kein Bambini, scusi.«

»Gibt es andere Angehörige?«

»Ich musse denke, uno momento, musse denke. Una sorella. Roberta habe ein Schwester. Sie ist geheiratet mit eine – come si dice – Politico?«

»Politiker?«

»Essatamente. Sie ist geheiratet mit eine Politico bei Ministerio dell'Economia e delle Finanze.«

»Wie heißt er?«

»Scusi?«

Hin und wieder ist es sogar nützlich, ein Fan von Puccini-Opern zu sein: »Il nome?«

»Di Carlo. Raffaele di Carlo.«

Wenig später durfte ich Robertas Schwager auf Theresas Breitwandbildschirm besichtigen, den Segretario di Stato R. di Carlo.

Die Besitzerin des Computers stieß einen Schrei aus, hatte sich an einer Rose gestochen und lutschte mit Mörderblick an ihrem rechten Daumen. Mit der linken Hand schnitt sie die Übeltäterin knapp über den Wurzeln ab.

Telefonnummern von Politikern sind auch für Polizisten nicht ohne Weiteres herauszufinden. Die des italienischen Finanzministeriums dagegen problemlos. Dort sprach man auch wieder Englisch.

»Mr di Carlo? I try. Just wait a minute …«

Sekunden später hatte ich zu meiner Überraschung den

Herrn Staatssekretär persönlich am Ohr. Auch er sprach leidlich Englisch, gab sich jedoch ungnädig, fühlte sich offenkundig bei wichtigen Amtsgeschäften gestört. Aber schließlich ließ er sich doch herab, mir eine Antwort zu geben. Man lebe getrennt, wurde ich belehrt, seit Jahren schon. Der Vorname von Robertas Schwester sei Isabella, und wo und mit wem sie derzeit herumhurte, sei ihm aus tiefster Seele gleichgültig. Immerhin ließ Signore di Carlo sich herab, mir ihre Handynummer zu nennen sowie eine Adresse im Süden der großen, alten Stadt, wo seine Derzeit-leider-immer-noch-Ehefrau bei einer Freundin untergekrochen war, die er ebenfalls auf den Tod zu hassen schien.

Unter der Handynummer meldete sich niemand, und das Internet wusste so gut wie nichts über Isabella di Carlo. Sie schien nicht unbedingt zu den Digital Natives zu zählen. Die Adresse dagegen fand ich leicht im virtuellen Stadtplan Roms. Gegenüber residierte eine kleine Buchhandlung, deren Nummer ich als Nächste in mein Handy tippte. Eine Frau meldete sich mit einem geschäftigen: »Pronto?« Von irgendwelchen Frauen im Haus gegenüber wusste sie nichts, eine zufällig anwesende Kundin dafür umso mehr. Bei Isabellas Freundin könne es sich nur um Noemi handeln, übersetzte die Buchhändlerin für mich, Noemi Montefiori, bei der seit einigen Monaten eine Frau lebte, die äußerst eingebildet war, keinen Menschen grüßte und sich überhaupt nur selten blicken ließ. Die beiden Freundinnen weilten zurzeit in Urlaub irgendwo in Afrika oder Indien oder vielleicht auch Südamerika. Was allerdings nicht erklärte, weshalb Isabella nicht an ihr Handy ging.

An dieser Stelle beschloss ich, es für heute gut sein zu lassen. Ich klappte Theresas Laptop zu, zögerte, klappte ihn wieder auf. Die Besitzerin des Geräts war nirgends zu sehen. Vermutlich misshandelte sie gerade Pflanzen an der Straßenseite ihres Hauses.

Ich öffnete den Ordner »Texte«, fand dort drei Unterverzeichnisse, wovon die ersten beiden die Titel von Theresas bereits erschienenen Büchern trugen. Das dritte Verzeichnis hieß noch »der Dritte«. Dort lagerte eine schier endlose Kolonne von Dateien. Auf dem Couchtisch lagen drei herrenlose USB-Sticks. Ich steckte den nächstliegenden in den Computer und kopierte die neueste Version von Theresas Manuskript. Dann klappte ich den Laptop endgültig zu und steckte den Stick ein.

Theresa war nicht mehr im Garten, stellte ich fest, sondern werkelte jetzt in der Küche und hatte von widerborstigem Gestrüpp fürs Erste die Nase voll. Sie wollte wissen, wann ich denn nun ihre Sprachkenntnisse benötigen würde und mit wem ich telefoniert hatte, und ich erzählte ihr von Lorenzos spätem Liebeskummer. Das fand sie überaus süß und kolossal romantisch. Sie gab mir einen warmen, feuchten, vielversprechenden Kuss, und wir landeten noch vor dem Abendessen im Bett.

16

Sönnchen hatte gestern während meiner Abwesenheit zum zweiten Mal die Akten zum Fall Gustaf Cordes auf meinen Tisch gepackt, stellte ich fest, als ich am Donnerstagmorgen mein Büro betrat.

»Ich habe noch kurz was Privates zu erledigen, und dann bitten Sie Frau Vangelis zu mir«, sagte ich über die Schulter. »Sagen Sie ihr, es geht um die Anruflisten von Oliver Cordes, falls sie fragt.«

In den folgenden Minuten verschickte ich mehrere gleichlautende Mails an verschiedene Empfänger, deren Adressen ich mir aus dem Internet zusammensuchte, alle mit derselben Datei im Anhang. Das Ganze war innerhalb von einer Viertelstunde erledigt. Zu diesem Zeitpunkt stand Vangelis schon seit einiger Zeit im Vorzimmer und wartete darauf, vorgelassen zu werden.

»Die Listen sind sehr kurz«, begann die Erste Kriminalhauptkommissarin, nachdem wir Platz genommen hatten, und legte einen Computerausdruck vor sich hin. »Er hat ausschließlich mit dem Handy telefoniert. Am Samstagnachmittag hat er zweimal Borsing angerufen. Einmal gegen vier, später noch einmal um halb sechs. Beide Gespräche haben weniger als eine Minute gedauert.«

Borsing hatte vermutlich gleich wieder aufgelegt.

»Direkt danach hat er eine Handynummer gewählt, die einem Jürgen Probst gehört, einem seiner engsten Mitarbeiter. Ich habe den Mann erreicht, und er hat sich noch gut erinnert. Oliver hat ihn gefragt, ob er nicht mit seinem Onkel reden könnte. Der war damals Chef der Weinheimer Sparkasse, und Oliver hatte schon in der Vergangenheit mehrfach versucht, über ihn an einen Kredit zu kommen.«

Vangelis schniefte, offenbar hatte sie sich ein wenig erkältet.

»Dieses Gespräch hat knapp zehn Minuten gedauert. Ansonsten war an dem Abend nichts mehr.«

»Irgendwelche Anrufe, die er entgegengenommen hat?«

»Negativ.« Ihr Zeigefinger mit dem heute blassrosa lackierten Nagel fuhr auf der Liste ein Stück aufwärts. »Am Tag davor hat er auch nur dreimal telefoniert. Eines der Gespräche hat er mit seinem Anwalt geführt, das zweite mit dem Vermieter der Wohnung in Viernheim, da gab es irgendwelchen Stress wegen der Auflösung des Vertrags. Der dritte und letzte Anruf an dem Tag ging an die Zentralnummer des Psychiatrischen Zentrums Nordbaden in Wiesloch. Mit wem er dort gesprochen hat, ist nicht mehr zu rekonstruieren. Dieses Gespräch hat siebzehn Minuten gedauert, demnach hat er den gewünschten Gesprächspartner wohl erreicht.« Sie sah auf, faltete den Ausdruck zweimal. »Und das war's leider auch schon.«

»Was mag er von diesem Psychozentrum gewollt haben?«

»Vielleicht einen Therapieplatz?« Vangelis zuckte die Achseln. »Nach allem, was man so hört, hätte er den bitter nötig gehabt.«

Als ich wieder allein war, tat ich, was ich mir in den vergangenen Tagen schon mehrfach vorgenommen und immer wieder vor mir hergeschoben hatte: Ich studierte Akten. Aufmerksamer als beim ersten Mal und systematischer. Ich begann mit den Vernehmungsprotokollen. Das erste war überschrieben mit »Cordes, Annalisa«. Die Tochter hatte nur wenig zu sagen gewusst, und das meiste von dem, was ich las, deckte sich mit dem, was ich bereits vom Vater gehört hatte.

Weiter ging es mit »Cordes, Gustaf«. Dieser Teil war sehr viel umfangreicher, umfasste knapp dreißig Seiten. Gustaf beschrieb, wie er die Hochzeitsfeier verlassen hatte, in der beginnenden Abenddämmerung zur Bundesstraße lief und dort den rechten Daumen in den milden Abendwind hielt. Wie zu seiner Verblüffung schon der dritte Wagen anhielt, ein Kleintransporter, der einer Wieslocher Metzgerei gehörte. Auch mit dem Fahrer hatten die Kollegen damals gesprochen, und er hatte Gustafs Aussage bestätigt. An der Ecke Parkstraße/Waldstraße hatte er seinen schweigsamen Fahrgast abgesetzt und sich ziemlich geärgert, als dieser sich nicht einmal zu einem »danke« herabließ.

Aus der Ferne war Donner zu hören. Er klang wie ein satter Löwe, der ein Beutetier sieht, aber noch nicht hungrig genug ist, es anzugreifen.

Gustaf hatte sein Elternhaus abends gegen halb neun wieder betreten, konnte sich jedoch nicht erinnern, seinen Stiefbruder oder dessen Hunde gehört zu haben. Er war nach oben gegangen, hatte sich einen Betthupferl-Joint angesteckt, gemütlich noch zwei Fläschchen Bier geleert und war über dem dritten eingeschlafen. An das, was später geschah, hatte er keine Erinnerung. Irgendwann musste er jedoch in der Küche im Erdgeschoss gewesen sein und sich eine Flasche Wasser aus dem Kühlschrank geholt haben. Diese hatten die Kollegen am nächsten Tag neben seinem Bett gefunden, halb leer getrunken und schon fast bis auf Zimmertemperatur erwärmt. Seit sie aus dem Kühlschrank genommen wurde, mussten nach den Berechnungen eines Sachverständigen mindestens zwölf Stunden vergangen sein.

Bei der zweiten Vernehmung hatten die Kollegen Gustaf zunächst mit den Ergebnissen der Laboruntersuchungen konfrontiert und anschließend nach allen Regeln der Kunst ins Kreuzverhör genommen. Wieder redete Gustaf sich darauf heraus, sich an nichts erinnern zu können. Wie das Blut seines Bruders an seine rechte Hand und an seine Socken kam, wie seine Fingerabdrücke an die Tatwaffe, konnte er sich nicht erklären.

Seite um Seite überflog ich, Wiederholung um Wiederholung der immer gleichen Fragen. Die Antworten des Verdächtigen wurden wortkarger, lauteten immer öfter »ja«, »nein« oder »keine Ahnung, sorry«. Bei diesem etwa zwei Stunden dauernden Verhör war der Anwalt anwesend gewesen, den Daphne engagiert hatte.

Am Nachmittag desselben Tages begann die dritte und längste Vernehmung. Als Anwesende waren mein Vorgänger Seifried und KHK Prokop im Protokoll vermerkt. Die Fragen hatte dieses Mal fast nur einer gestellt: Seifried, und es war kein Anwalt dabei gewesen. Cordes hatte eine Erklärung unterschrieben, in der er auf die Anwesenheit seines Rechtsbeistands verzichtete, dennoch fand ich diese Vorgehensweise mehr als fragwürdig. Und ich wunderte mich ein wenig, dass dieser Umstand vor Gericht keine Berücksichtigung gefunden hatte. Ob Prokop den Raum irgendwann verlassen hatte, war nicht notiert. An der Art, wie die Fragen formuliert waren, meinte ich jedoch zu erkennen, dass Seifried die Vernehmung ab einem bestimmten Zeitpunkt allein weitergeführt hatte, was weit jenseits alles Erlaubten war. Am frühen Morgen des 18. September hatte Gustaf Cordes sein Geständnis abgelegt und mit einer krakeligen Hieroglyphe unterzeichnet.

Irgendwann nach Mitternacht sei er wohl ins Erdgeschoss getorkelt, um sich sein Wasser zu holen, hatte er sich am Ende doch erinnert, wenn auch nur vage. Dort habe er seinen Halbbruder angetroffen, schwer betrunken und wütend auf Gott und die Welt und natürlich auch auf seinen jüngeren Bruder.

Möglicherweise hatte es erneut Streit gegeben, vielleicht aber auch nicht. Falls dieser Streit jemals stattgefunden hatte, dann wusste Gustaf jedenfalls nicht mehr zu sagen, worum es dabei ging. Schließlich habe er dann wohl die Statue gepackt, Oliver von hinten kräftig an den Schädel geschlagen, die scharfkantige Schlagwaffe an ihren Platz zurückgestellt, sei in die Küche gegangen, um das zu holen, weshalb er sich aus dem Bett bemüht hatte, und habe anschließend friedlich weitergeschlafen.

Daphnes Aussagen waren fast noch spärlicher als die ihrer Tochter. Als sie das Haus verließ, hatte der Streit zwischen Oliver und ihrem Mann noch getobt. Das hatte sie allerdings nicht weiter beunruhigt, da in jenen unseligen Tagen ständig irgendwo im Haus geschrien wurde. Als sie knapp vierundzwanzig Stunden später wieder zurückkehrte, hatten vor dem Haus Polizeiautos und ein Notarztwagen gestanden, und es hatte gewimmelt von fremden Menschen, teils in Uniform, teils zivil.

Schon bald schwirrte mir der Kopf vom Lesen. Draußen begann es wieder einmal zu regnen, und in der Ferne grollte immer noch das Gewitter. Ich überlegte, ob ich mir noch einen zweiten Cappuccino gönnen sollte, entschied mich jedoch dagegen. In letzter Zeit trank ich zu viel Kaffee, und das sei nicht gesund, behaupteten Sönnchen und Theresa übereinstimmend.

Trotz der beginnenden Kopfschmerzen nahm ich mir noch den Bericht des Rechtsmediziners vor, der Olivers Leichnam untersucht hatte. Dieser war in einem grauenerregenden Zustand gewesen. Der Täter hatte sogar zweimal zugeschlagen, las ich, und auch der zweite Schlag war zunächst …

In diesem Moment trillerte mein Telefon.

»Der Herr Cordes wieder mal«, sagte Sönnchen knapp.

»Herr Gerlach?«, sagte Augenblicke später eine Stimme im Hörer, die nicht die erwartete war. »Ich würd Sie gern mal sprechen.«

»Mit wem habe ich die Ehre?«, fragte ich ein wenig verwirrt.

»Gustaf. Sie wissen schon …«

Eine halbe Stunde später stand ich Gustaf Cordes zum ersten Mal gegenüber. Er war befangen, als wir Hände schüttelten, versuchte seine Unsicherheit hinter einer trotzigen Miene zu verstecken. Unser Treffen fand in Strohschneiders Büro statt, da Gustaf sich noch strikter als sein Vater geweigert hatte, sich der Polizeidirektion auch nur zu nähern. Was ich angesichts seiner Vorgeschichte sogar verständlich fand.

»Schön, dass Sie noch am Leben sind«, sagte ich nicht übermäßig freundlich.

»Sorry, wenn Sie wegen mir Trouble hatten«, erwiderte Gustaf. Seine Hand war kalt und feucht, der Blick wach, ernst und konzentriert. Wie der eines Menschen, der sich in einer kritischen Situation keinen Fehler erlauben darf. »Ich war ein bisschen ... na ja ...« Abrupt ließ er meine Hand los, wich meinem Blick aus. »... durcheinander. Wohl kein Wunder, nach allem, was passiert ist.«

»Was ist denn eigentlich passiert?«

»Dazu will ich nichts sagen.«

Wieder fiel mir die Ähnlichkeit mit seinem Vater auf. Das längliche Gesicht, die tief in den Höhlen liegenden Augen, die seinen Blick oft ein wenig stechend wirken ließen, die hagere Gestalt, das dünne Haar, die gebeugte Haltung. Er schien jedoch einige Zentimeter größer zu sein als sein Erzeuger.

»Wo haben Sie die ganze Zeit gesteckt? Wir haben Himmel und Hölle in Bewegung gesetzt, um Sie zu finden.«

»Hab Sie nicht darum gebeten, sorry. War in Mannheim, einen alten Freund besuchen. Meines Wissens ist es nicht verboten, Freunde zu besuchen.«

»Sie waren geschockt nach dem Überfall, nehme ich an.«

Er nickte mit immer noch abgewandtem Blick. Griff unsicher, als müsste er Halt suchen, nach der Lehne eines Freischwingers aus Chrom und weißem Leder, setzte sich unbeholfen.

»Na, jedenfalls schön, dass Sie wieder da sind.« Ich bemühte mich um ein wenig mehr Freundlichkeit, um die

Situation zu entspannen, und setzte mich ebenfalls an Strohschneiders großen, runden und alles andere als sauberen Besprechungstisch. »Weshalb wollten Sie mich sprechen?«

»Ich muss …« Er schluckte, starrte auf einen wie ein auffliegender Schwan geformten Kaffeefleck, der die ursprünglich weiße Tischplatte zierte. Schluckte noch einmal. Sah schließlich abrupt auf. »Ich will eine Aussage machen.«

»Ich höre.«

»Es ist nämlich …« Gustaf hielt meinem ironisch-distanzierten Blick nur wenige Sekunden stand. »Mein Vater war an dem Abend noch mal daheim.«

Ich fuhr hoch. »Als er eigentlich auf der Party in Rauenberg sein sollte?«

Er ließ den Kopf hängen, als wäre er schuld daran, dass sein Vater mir unentwegt Lügen erzählte, sprach leiser weiter: »Ich hab schon geschlafen …«

Aber dann war er noch einmal aufgewacht. Er hatte draußen ein Auto gehört. Einen Diesel.

»Es war der Ford von Ralph. Der Motor hat so komische Geräusche gemacht, ein Klappern, irgendwie, den hätte ich unter Tausenden erkannt. Dann ist unten die Haustür gegangen, und er hat nach Oli gerufen.«

»Sie sind sicher, dass er es war?«

»Ich werd doch wohl die Stimme von meinem Vater kennen.«

»Und weiter?«

»An mehr kann ich mich nicht erinnern. Hab noch gedacht, jetzt geht gleich das Geschrei wieder los. Und dabei bin ich wieder eingepennt.«

Ich beugte mich vor, beobachtete seine Miene genau. »Sie sind sich ganz sicher, dass er es war? Ihr Vater, der eigentlich bei der Hochzeitsfeier sein sollte?«

»Absolut.« Er nickte heftig zur Bestätigung dieser ungeheuerlichen Behauptung.

»Wann genau war das?«

Gustaf griff sich an die Stirn, schüttelte den Kopf. »Null Ahnung, sorry.«

»Wenigstens ungefähr?«

»Draußen war's schon dunkel, das weiß ich noch. Als ich heimkam, war's noch hell gewesen. Und wie ich später Ralph gehört hab, da war's zappenduster in meinem Zimmer.«

Ich blickte auf meine Hände, die gefaltet auf Strohschneiders genau besehen sogar sehr schmutzigen Tischplatte lagen. Der Besitzer des Möbelstücks kam gerade fröhlich pfeifend herein, in jeder Hand einen dampfenden Kaffeebecher. Einen für sich, einen für seinen Schützling. Ich hatte verzichtet. Der Bewährungshelfer setzte sich zu uns und strahlte mich an.

»Selber schuld, Herr Gerlach, kann ich nur sagen. Bei mir gibt's nicht viel Gutes, aber einen guten Kaffee, den kriegen Sie hier immer. Zurzeit hab ich einen Robusta aus Costa Rica, fair gehandelt und selber geröstet, erst gestern Abend. Sie lassen sich wirklich was entgehen.«

Jetzt erst bemerkte er die gedrückte Stimmung im Raum.

»Was hab ich verpasst?«

Ich klärte ihn darüber auf, was Gustaf mir soeben erzählt hatte. Dann wandte ich mich wieder an den jungen Mann neben mir. »Sie wollen darauf hinaus, dass in Wirklichkeit Ihr Vater Ihren Halbbruder umgebracht hat.«

»Auf überhaupt nichts will ich hinaus«, erwiderte dieser pampig. »Ich sage nur, dass er noch mal im Haus war. Er hat die Gelegenheit gehabt, es zu tun. Und mehr als genug Gründe dazu.«

»Wenn es so wäre …« Ich sprach jetzt sehr langsam. »Nur mal gesetzt den Fall, wie erklären Sie sich dann Ihre Fingerabdrücke an der Tatwaffe? Das Blut an Ihrer Hand? Und noch ein paar andere Kleinigkeiten, die Ihnen ja hinlänglich bekannt sein dürften?«

Strohschneiders Siegergrinsen erlosch. »Wo er recht hat, hat er recht«, sagte er zu Gustaf.

Dessen Miene wurde immer finsterer. »Weiß ich doch selber, Scheiße noch mal! Irgendwann in der Nacht muss ich unten gewesen sein, okay. Die Wasserflasche, die kann ich nur selber aus der Küche geholt haben. Aber ich kann mich ums Verrecken nicht mehr daran erinnern. An überhaupt nichts kann ich mich erinnern, das ist doch diese dreimal verkackte Scheiße. Kompletter Filmriss, ich kann's nicht ändern.«

»Aber daran, dass Sie die Stimme Ihres Vaters gehört haben, können Sie sich schon noch erinnern. Nach fast sechs Jahren.«

Gustaf stöhnte auf, sah zur Decke. »Drum bin ich doch hier! Es ist mir erst vor ein paar Monaten wieder eingefallen, stellen Sie sich vor! Das gibt's manchmal, dass man was vergisst, und irgendwann fällt's einem wieder ein. Aber Sie glauben mir nicht, schon klar.« Er winkte ab, zog ein saures Gesicht. »Ein verurteilter Totschläger, wieso soll man so einem irgendwas glauben?«

»Wenn ich mal kurz meine Sicht der Dinge zusammenfassen darf: Sie haben bei Gericht Ihr Geständnis nicht widerrufen, Monate nachdem Sie von der Polizei vernommen worden sind. Jede Menge stichhaltige Indizien haben für Sie als Täter gesprochen. Sie haben Ihren Bruder gehasst, auch das haben Sie zugegeben. Sie waren nicht zurechnungsfähig, weil Sie Alkohol getrunken hatten und Marihuana geraucht …«

Nun wurde er richtig laut, schlug sogar auf den Tisch: »Weiß ich doch alles, Scheiße noch mal! Aber trotzdem, es macht einfach keinen Sinn. Ich bin nicht der Typ, der so was macht. Gewalt ist einfach nicht mein Ding. So bin ich nicht. Nie gewesen.«

Ich sprach sehr langsam und überdeutlich, als ich sagte: »Sie stellen sich nicht vor, Herr Cordes, wie viele Mörder und Totschläger mir gegenüber schon behauptet haben, sie könnten keiner Mücke was zuleide tun, nicht mal, wenn sie sie gestochen hat.«

Gustaf blickte auf seine verkrampften Hände und zog es vor zu schweigen.

»Wenn ich Ihnen einen Rat geben darf«, fuhr ich versöhnlicher fort. »Stellen Sie sich Ihrer Schuld. Nehmen Sie es endlich an, was Sie getan haben. Dass Sie es getan haben. Machen Sie eine Therapie, wenn Sie es allein nicht schaffen. Sie werden nie ein normales Leben führen können, wenn Sie die Wahrheit nicht endlich akzeptieren.«

Zögernd, sehr zögernd nickte er.

»Wie geht's übrigens Ihrem Kopf?«

»Hä?« Verwirrt sah er auf. »Ach so, das. Halb so wild, war bloß ein Kratzer.«

»Nach den Spuren am Boden muss dieser Kratzer ziemlich geblutet haben. Sie waren sogar vorübergehend ohnmächtig nach dem Schlag.«

»Ganz kurz bloß. Paar Sekunden, höchstens.«

»Und dann sind Sie weggegangen. Warum?«

Nicken, wieder einmal ohne Blickkontakt.

»Hatten Sie Angst, der Angreifer kommt zurück?«

»Keine Ahnung«, erwiderte Gustaf mit irrlichterndem Blick. »Musst einfach mal raus. Aus der Stadt, aus der ganzen verfickten Scheiße hier.«

»Der Kerl, der Ihnen den Kerzenständer übergezogen hat, der hat Sie auch aus der Wohnung geschleift. Als Sie auf der Treppe wieder zu sich gekommen sind, muss er immer noch da gewesen sein. Wieso hat er Sie nicht noch mal angegriffen?«

»Seine Sache. Geht Sie nichts an.«

»Er war ein Freund von Ihnen?«

»Geht Sie nichts an.«

»Heißt er Conny Neberger?«

Gustaf starrte mich an und erwiderte: »Sind Sie taub? Ich

werde dazu nichts sagen. Das alles geht Sie nichts an, verstanden? Es ist mein Privatkram, Ende der Durchsage.«

»Ihr Vater hat Sie an dem Abend besucht und Ihnen Hilfe angeboten.«

Er schlug die Augen wieder nieder, legte die Hände vors Gesicht, gähnte. »Bin nicht besonders nett gewesen zu ihm. Hat er Ihnen wahrscheinlich erzählt.«

»Sie wollten keine Hilfe.«

»Nicht von dem Typ, der mir die ganze Scheiße eingebrockt hat.«

»Sie hatten Besuch, als Ihr Vater bei Ihnen war«, behauptete ich aufs Geratewohl. Ralph Cordes hatte ja lediglich gesagt, die Tür zum Wohnzimmer sei geschlossen gewesen, während alle anderen offen standen.

»Sagt er das?«, fragte Gustaf, ohne den Blick zu heben. »Das ist Blödsinn. Ich war allein.«

»Ihr Vater war aber nicht der, der Ihnen den Schlag auf den Hinterkopf verpasst hat?«

Kurzes, bitteres Lachen. »Selbst wenn er gewollt hätte, Ralph hat einfach nicht die Eier für so was. Aber nein, er hat's nicht mal versucht.«

»Und Sie wollen mir wirklich nicht sagen, wer es war?«

Müdes, leicht erschöpftes Kopfschütteln. »Sorry, Herr Gerlach, das war eine rein private Angelegenheit. Geht niemand was an außer mich.«

»Sie haben den Täter aber gekannt?«

Gustaf Cordes schnaubte und wurde wieder lauter: »Ich habe keine Anzeige erstattet, und ich werde auch keine erstatten. Es ist kein Offizialdelikt. Sie haben kein Recht, mich damit weiter zu nerven.«

»Und was erwarten Sie jetzt von mir?«

Als würde er an meinem Verstand zweifeln, sah er mir ins Gesicht. »Dass Sie meinen Vater fragen, was er in der Nacht in unserem Haus gemacht hat, natürlich.«

Draußen tobte endlich das Gewitter, das am Vormittag in der Ferne Angriffspläne geschmiedet hatte. Sönnchens Schreibtisch war verwaist, als ich von dem Gespräch mit Gustaf zurückkehrte. So musste ich den Cappuccino-Knopf an unserem Kaffeecomputer selbst drücken, um dessen Connectivity es vermutlich wesentlich besser bestellt war als bei meinem nächsten Auto. Mit meinem dampfenden Becher setzte ich mich an meinen Schreibtisch und tat das, was ich versprochen hatte.

»Alex!«, rief Daphne mit gut gespielter, vielleicht sogar ein wenig echter Freude. »Schön, deine Stimme zu hören.«

»Gleichfalls«, sagte ich mürrisch. Ich war immer noch wütend auf ihren verstockten Sohn und versuchte etwas mehr Freundlichkeit in meine Stimme zu legen. »Wie geht's dir so?«

»In Anbetracht der Umstände – na ja, muss ja. Ich hoffe, du bringst gute Neuigkeiten?«

»Die bringe ich tatsächlich. Ich habe vorhin Gustaf getroffen. Er ist gesund und verhältnismäßig munter.«

Für Sekunden hörte ich nur ihren heftigen Atem. »Hast du den Felsbrocken gehört, der mir gerade von der Brust gefallen ist?«, platzte sie dann heraus. »Und hast du sonst noch was auf dem Herzen? Ich habe gleich einen Kundentermin und muss dafür noch ein paar Unterlagen zusammenstellen.«

Daphne arbeitete heute als Immobilienmaklerin in einem Büro, das ihrem derzeitigen Gatten gehörte, erfuhr ich.

»Nur eine Kleinigkeit noch: Bei der Hochzeitsfeier damals, wart ihr die ganze Zeit zusammen?«

»Wieso fragst du?«

»Weil Gustaf seit Neuestem behauptet, dein Mann wäre in der Nacht noch mal zu Hause gewesen.«

Sie zögerte mit der Antwort, überlegte vermutlich, was diese Nachricht bedeutete. »Das höre ich zum ersten Mal«, sagte sie dann betreten.

»Du hast nicht bemerkt, dass er die Feier vorübergehend verlassen hat?«

»Nein, aber das heißt nicht viel. Ich habe mich regelrecht bemüht, nicht hinzusehen, weil mir seine Sauerampfermiene so auf den Keks gegangen ist. Außerdem hat Ralph damals noch geraucht. Er wird öfter mal für eine Zigarette draußen gewesen sein. Dass Gusti sich bald wieder verkrümelt hat, habe ich auch erst am nächsten Tag erfahren.«

»Hast du eigentlich noch Kontakt zur Braut? Du hast gesagt, ihr wart früher befreundet.«

»Kontakt hatten wir schon lange keinen mehr. Ich weiß nur, dass die Ehe gerade mal vier Jahre gehalten hat und dass Sanne heute wieder ihren Mädchennamen trägt. Das Dummchen hat sich von dem Kerl zwei Kinder machen lassen, und anschließend hat er sie sitzen lassen.«

»Eine Telefonnummer vielleicht?«

»Die könnte ich sogar noch in den Kontakten haben, Sekündchen ...«

Augenblicke später diktierte sie mir eine Handynummer. »Ob die noch gilt? Jetzt muss ich aber wirklich, Alex, so gerne ich mich mit dir unterhalte ...«

Unser Abschied fiel zugleich überstürzt und ein wenig zögernd aus. Als läge jedem von uns noch etwas auf der Seele, das anzusprechen er sich nicht traute.

Susanne Wernberger meldete sich mit einem stürmischen: »Ja?«

Im Hintergrund hörte ich zwei Kleinkinder in einem Ton plärren, dass sich mir sofort die Nackenhaare aufstellten. In solchen Momenten schätzte ich den Umstand, dass meine Töchter schon beinahe erwachsen waren.

Ich nannte meinen Namen, schilderte mein Anliegen.

»Jetzt ist es grad ultraschlecht«, stieß die alleinerziehende Mutter atemlos hervor. »Die Kids bringen sich um, wenn ich nicht sofort ...«

»Ich habe nur eine ganz einfache Frage: Bei Ihrer Hochzeitsfeier sind doch bestimmt Fotos gemacht worden?«

»Na klar, Tausende. Wir haben es nie geschafft, auch nur die Hälfte davon anzugucken.« Das Geschrei verebbte. Aber nur kurz. Etwas schepperte, und es ging von Neuem los. »Mein Bruder hat sogar einen richtigen Film gedreht. Irgendwo müsst ich auch die DVD noch haben, aber im Moment, ehrlich …«

»Rufen Sie mich bitte zurück, wenn Sie ein bisschen mehr Ruhe haben? Ich hätte noch ein paar andere Fragen.«

Sie versprach sich so bald wie möglich zu melden, und ich wünschte ihr viel Erfolg bei der Wiederherstellung des Familienfriedens.

17

Am Küchentisch saßen Sarah, Louise und Michael vor drei Laptops und schmiedeten Pläne für die bald beginnenden Sommerferien. Derzeit schwankten sie noch zwischen der Erkundung Europas per Interrail-Ticket und Strandurlaub in Kroatien, erzählten sie mir aufgekratzt.

»Wir haben eine echt superbillige Pension gefunden«, schwärmte Sarah. »Bloß zwei Kilometer vom Strand.«

Und mit einem bis fünf Uhr morgens geöffneten Club im Keller.

»Könnte nachts ein bisschen laut werden«, gab ich zu bedenken und setzte mich zu ihnen.

»Egal«, meinte Louise. »Zwei Doppelzimmer für achthundert Euro die Woche, das ist doch voll günstig, oder nicht? Man hat sogar Meerblick, guck mal hier die Fotos!«

»Die Pension hat bestimmt Zimmer mit Meerblick. Aber bei dem Preis guckt ihr wahrscheinlich auf die Mülltonnen.«

»Ich fänd Interrail sowieso cooler«, warf Michael ein. »Da könnten wir jeden Tag woanders baden.«

Erst jetzt fiel mir eine winzige, aber nicht unbedeutende Kleinigkeit auf: »*Zwei* Doppelzimmer?«

Sarah errötete zart und sah angestrengt auf ihren Bildschirm. »Ja, also …« Es gebe da einen gewissen Maurice, erfuhr ich. Seit einigen Wochen, fast drei Monaten schon, um genau zu sein, aber es sei irgendwie doch schon ziemlich fest. Wenn nicht sogar richtig fest, was immer das bedeuten mochte.

Natürlich konnte ich mich wieder einmal nicht beherrschen: »Und was treibt er so, dein Maurice? Wieso bringst du ihn nicht mal mit?«

»Er ist total nett«, sprang Louise ihrer Schwester eilig bei. »Echt, Paps, und außerdem, wir sind ja auch noch dabei.«

»Find ich auch«, stimmte Michael in das Loblied ein. »Voll der coole Typ und Kumpel und alles.«

»Ich will hier kein Verhör veranstalten, Sarah. Aber ich würde schon gerne wissen, mit wem du in Urlaub fährst. Nächstes Jahr, wenn ihr volljährig seid, könnt ihr fahren, mit wem ihr wollt und wohin ihr wollt. Aber bis dahin ...«

»Die acht Wochen!«, fuhr Sarah mich an. »Im September werden wir achtzehn. Wieso bist du bloß immer so pingelig?«

»Zehn Wochen«, widersprach ich ruhig, aber bestimmt. »Zehneinhalb, um ganz genau zu sein. Und ich bin pingelig, weil ich für euch verantwortlich bin.«

Sarah verdrehte die Augen. »Du bist so ...«

»Echt, Paps«, fand auch Louise. »Manchmal nervst du schon ein bisschen.«

»Was macht er denn so, dein Maurice?«

»Paps!«

»Ich finde wirklich, ich habe ein Recht zu wissen ...«

»Ein Kontrollfreak bist du«, stieß Sarah hervor, deren Gesicht immer roter wurde. »Ein Helikopterpapa! Lass mich bloß in Ruhe mit deinem Generve und deinem ewigen Misstrauen!«

Irgendetwas stimmte hier nicht. Alle drei sahen irgendwohin, nur nicht in mein Gesicht.

»Was ist los?«, fragte ich. »Was ist mit diesem Maurice? Wieso stellt ihr euch so an?«

»Er ist eins fünfundachtzig groß«, murmelte Sarah mit starrem Blick auf ihren Laptop. »Er ist einundzwanzig. Er will BWL studieren ...«

Daher also das plötzliche Interesse meiner Ältesten an Betriebswirtschaftslehre.

»Und wieso tut er es nicht?«

»Weil ...«

»Numerus clausus?«

Kopfschütteln. »Weil seine …«

»Jetzt sag's halt«, bat Louise ihre dreißig Minuten ältere Schwester. »Er findet's doch sowieso raus.«

Maurice stammte aus Ghana, wohnte in einem WG-Zimmer in Rohrbach und wartete seit Monaten auf seine Anerkennung als Flüchtling nach der Genfer Konvention.

»Sobald er die hat, kann er studieren. Bis dahin jobbt er. Bedient in Kneipen und so.«

»Und er lernt Deutsch«, ergänzte Michael. »Ist ein cleverer Typ, Alex. Du müsstest ihn mal kennenlernen.«

»Als nicht anerkannter Flüchtling kriegt er keine Arbeitserlaubnis. Er arbeitet also schwarz, sehe ich das richtig?«

Meiner Ältesten entfuhr ein abgrundtiefer Seufzer. »Wieso müssen wir ausgerechnet einen Bullen als Vater haben?«

»Paps, du hast doch nicht etwa Vorurteile, weil er schwarz ist?«, fragte Louise scheinheilig.

»Natürlich nicht«, blaffte ich sie an, während mir gleichzeitig bewusst wurde, dass sie mit ihrer für Kinder so typischen Sensibilität meinen schwachen Punkt getroffen hatte. Meine Tochter mit einem Afrikaner zusammen? Der aus einer völlig fremden Kultur stammte? Vielleicht Muslim war, fünfmal am Tag den Gebetsteppich ausrollte und neben Sarah noch drei andere Frauen ehelichen würde?

Ja, verdammt, natürlich hatte ich Vorurteile.

War es als Vater nicht mein gutes Recht, ja, sogar meine Pflicht? Mit einem Mal fühlte ich mich schlecht und hilflos.

»Das geht ja auch überhaupt nicht«, fiel mir nach einigen peinlich stillen Sekunden ein.

»Was geht nicht?«, fragte Sarah mit vergiftetem Blick.

»Solange er keine Papiere hat, kann er nicht ins Ausland reisen. Er kann überhaupt nicht reisen, ist euch das denn nicht klar?«

Lange Gesichter. Unsichere Blicke links und rechts.

»Da hat er recht«, gab Louise zu, die sich wegen ihrer

ehrenamtlichen Arbeit bei der Flüchtlingshilfe in solchen Dingen ein wenig auskannte.

»Fuck!«, stieß Sarah hervor und sah mich hasserfüllt an. »So eine Mistkacke, Mann!«

»Ich kann nichts dafür«, erwiderte ich mit unschuldiger Miene und erhobenen Händen. »Ich habe die Gesetze nicht gemacht.«

»Scheißgesetze!«, ereiferte sie sich mit Tränen in den Augen. »Scheißbürokratendeutschland!«

»In anderen Ländern ist es genauso. Das ist überall so.«

»Paps«, fragte Louise zaghaft. »Und wenn du …?«

»Wenn ich was?«

»Na ja, vielleicht mal beim BAMF anrufen würdest? Bloß so eine Idee … Keine Ahnung, ob's irgendwas hilft, aber …«

Aber es wäre eine prima Möglichkeit, mein Punktekonto als Vater wieder ins Plus zu bringen und nebenbei ein paar Erkundigungen einzuholen.

Ich erhob mich halb, setzte mich wieder, wandte mich an Sarah. »Schreib mir seine Daten auf. Aber versprechen kann ich nichts, okay?«

Isabella di Carlo lautete der letzte Name, den ich mir gestern notiert hatte, Roberta Valieris Schwester, die mit einem Staatssekretär verheiratet war. Inzwischen saß ich in meinem Schlaf- und Arbeitszimmer und rekapitulierte, was ich bisher herausgefunden hatte. Bei jener Feier in Rom vor fast vierzig Jahren hatte man den Geburtstag von Roberta gefeiert, die inzwischen nicht mehr lebte. Die Wahrscheinlichkeit war groß, dass sie auch ihre Schwester eingeladen hatte. Und vielleicht erinnerte Isabella sich noch an Luca und wusste außerdem, was aus ihr geworden war. Leider ging Isabella auch heute nicht an ihr Handy.

So versuchte ich mein Glück noch einmal bei ihrem Ehegatten. Es war unwahrscheinlich, aber nicht auszuschließen, dass er damals ebenfalls bei der Feier gewesen war.

Heute sei der Herr Staatssekretär nicht im Büro zu erreichen, erklärte mir eine spitzzüngige Mitarbeiterin des italienischen Finanzministeriums. Und selbstredend werde man die private Nummer von Signore di Carlo nicht an Wildfremde herausgeben. Selbst dann nicht, wenn diese wirklich Polizisten sein sollten, was sie unverhohlen bezweifelte.

Isabella war mit einer Freundin in Urlaub, hatte ich gestern erfahren, mit Noemi Montefiori. Nach kurzer Suche landete ich auf einer Facebook-Seite, wo als ihr Beruf »Comandante Bar da Noemi« zu lesen war. Diese Bar befand sich im römischen Quartier Appio-Latino südlich des historischen Zentrums, die Telefonnummer stand gleich daneben.

»Pronto!«, wurde ich unwirsch angebellt.

Hier war nun mit irgendwelchen Fremdsprachen gar nichts zu machen, und die Kommunikation wurde zudem durch den südländischen Lärmpegel in der Bar erschwert. Schließlich verstand der Barista immerhin den Namen seiner Chefin.

»Noemi non è qui«, verkündete er, als wäre es meine Schuld, dass seine Chefin ihn mit ihrer Bar allein ließ.

Kurz bevor der gestresste Kerl einfach auflegte, sagte ich das Zauberwort: »Polizia. Polizia tedesca.«

Er gönnte mir keine Antwort, sondern brüllte stattdessen etwas Unverständliches in den vermutlich überfüllten Raum. Sekunden später war eine Frau am Apparat, die ein amerikanisch gefärbtes Englisch mit italienischem Akzent sprach. Sie hatte eine einschmeichelnde, warme Stimme und war im Gegensatz zu ihrem Kollegen sehr freundlich. Und sie verriet mir ohne viel Federlesens die Nummer von Noemis Telefonino.

Noemi Montefiori hatte dagegen eine Stimme wie Gianna Nannini nach zwei durchzechten Nächten. Auch sie sprach ein wenig Englisch und bestätigte, dass sie zusammen mit ihrer Freundin in Urlaub war. In Kenia, in einem luxuriösen Ressort unweit Malindi an der Küste des Indischen Ozeans. Isabella war im Moment leider nicht im Hotel, sondern trieb sich mit irgendwelchen Iren oder Schotten am Pool herum. Ob sie jemals eine Schwester namens Roberta gehabt hatte, wusste die Barchefin mit der Kettenraucherstimme nicht zu sagen. Ihre umtriebige Freundin werde mich zurückrufen, versprach sie, sobald sie genug mit ihren Iren oder Schotten geflirtet hatte.

Zunächst rief jedoch jemand anderes zurück: Susanne Wernberger.

»Jetzt pennen sie endlich, die Rotzgören.« Sie stöhnte herzzerreißend. »Was wollen Sie denn mit meinen Hochzeitsfotos?«

»Bei der Feier damals war auch die Familie Ihrer Freundin Daphne.«

»Außer dem Ältesten sind sie alle gekommen, stimmt. Wobei, ich bin mir nicht ganz sicher, kann sein, dass der andere Sohn auch bald wieder den Abgang gemacht hat.«

»Könnte es sein, dass auch der Mann für eine Weile weg war?«

»Beim besten Willen, Herr Gerlach«, sie lachte unfroh, »wie soll ich das wissen? Da sind tausend Leute gewesen, und ich hab weiß Gott anderes im Kopf gehabt, als Köpfe zu zählen. Brauchen Sie dafür etwa die Fotos?« Ihre Stimme wurde ein wenig dünner, als sie fragte: »Geht's etwa wieder um den Mord? Ist das immer noch nicht vorbei?«

Ich erklärte ihr, es hätten sich lediglich einige neue, sehr vage Aspekte ergeben, und als Polizist sei es nun mal meine Pflicht und so weiter …

»Also die Fotos von der Hochzeit«, gestand sie daraufhin, »ich hab die auf meinem Tablet gehabt. Aber das haben die Kids vor ein paar Wochen geschrottet. Sie wollten testen, ob es auch als Surfbrett für einen Teddy taugt. Hat es aber nicht.«

Ergebnis des kleinkindlichen Forschungsprojekts war der Tod des Geräts und der Verlust sämtlicher Hochzeitsfotos gewesen.

»Stundenlang hab ich das blöde Teil geföhnt, auf die Heizung gelegt und noch mal geföhnt. Am Ende hat's sogar wieder ein bisschen funktioniert. Blöderweise hab ich's dann in die Mikrowelle getan, damit's auch innen schön trocknet, und ... na ja ...«

»Und die DVD mit dem Film, den Ihr Bruder gedreht hat?«

»Müsst ich gucken«, erwiderte sie zögernd. »Kann aber dauern, tut mir leid. Heut schaff ich's grad noch so ins Bett. Morgen früh such ich Ihnen die Disc raus, okay?«

»Was ist mit Ihrem geschiedenen Mann?«

»Ich hoffe, er ist tot.«

»Falls er noch leben sollte? Er hat die Fotos doch bestimmt auch.«

»Würd mich wundern. Aber wissen Sie was? Rufen Sie doch seine Eltern an. Der Vater heißt Friedrich. Friedrich Eck. Sie wohnen in Magdeburg, falls sie nicht umgezogen sind.«

Die Telefonnummer der ungeliebten Schwiegereltern hatte sie schon vor Jahren zusammen mit einigen anderen gelöscht.

»Am liebsten hätte ich das Handy anschließend auch noch in Sagrotan gebadet.«

Während des Telefonats mit Susanne Wernberger hatte zweimal mein Handy gepiepst, um einen wartenden Anruf zu melden. Die Nummer war die von Isabella. Erfreulicherweise sprach sie fast perfekt Deutsch.

»Ich habe in Berlin studiert«, erzählte sie fröhlich und hörbar angesäuselt.

»Es geht um eine Geburtstagsfeier Ihrer Schwester Roberta vor ungefähr vierzig Jahren.«

»Geburtstagsfeier?«

»Im *Dolce Vita.*«

»Ja! Dort hat Roberta *immer* gefeiert. Der Chef war ein *Freund* von ihr, glaube ich.«

»Und bei dieser Feier soll eine Frau namens Luca anwesend gewesen sein.«

»Was ist mit ihr?«

Wie Theresa fand auch Isabella die Geschichte mit dem verliebten alten Herrn ungeheuer rührend und romantisch.

»Er hat sie seit damals nie wiedergesehen? Ist das die Möglichkeit?«

Ihr selbst sagte der Name Luca nichts, aber sie versprach, sich morgen, gleich nach dem Aufstehen, also gegen zehn, spätestens elf Uhr, ans Telefon zu hängen.

»Heute habe ich noch eine Verabredung. Bin nur zum Umziehen kurz ins Hotel gekommen und muss gleich wieder los.«

Offenbar verbrachte die lebenslustige Politikergattin einen erlebnisreichen und in jeder Hinsicht befriedigenden Urlaub an der afrikanischen Ostküste.

Viertel nach zehn war es inzwischen geworden, und mir fiel ein, dass ich meinen Töchtern noch nicht von dem Citroën erzählt hatte, den ich ab morgen besitzen würde. Sie saßen immer noch eifrig diskutierend in der Küche. Ich gesellte mich wieder zu ihnen, um noch ein Gläschen Wein zu trinken und im passenden Moment mein Geständnis loszuwerden. Sie sprachen wieder über Zukunftspläne, überlegten, dass sie zu viert eine WG gründen könnten. Irgendwo zwischen Heidelberg und Mannheim, da Sarah in Mannheim BWL und Louise inzwischen vielleicht doch lieber Psychologie in Heidelberg studieren wollte. Michael war bereits als Student eingeschrieben und konnte meinen Mädchen vieles erklären zu so geheimnisvollen Themen wie Immatrikulation, Regelstudienzeit und BAföG. Hin und wieder hatten meine Mädchen auch Fragen an mich. Zum Beispiel die, woher das Geld für die Miete kommen könnte.

»BAföG können wir knicken«, hatten sie schon von Michael erfahren. Mit seiner Hilfe hatten sie auf ihren Notebooks Tabellen angelegt mit zu erwartenden Ausgaben und möglichen Einnahmen. Die größte Unbekannte in ihrer Rechnung war der Posten »Papa«.

»Sechshundert?«, fragte Sarah mit großen, treuen Tochteraugen. »Meinst du, das wär drin, Paps?«

Mal zwei machte zwölfhundert, jeden Monat. Aber jetzt kam mein Auftritt. Klugerweise hatte ich nämlich schon kurz nach ihrer Geburt ein Konto für diese Zwecke angelegt.

»Das krieg ich hin«, konnte ich also stolz verkünden. »Und wenn ihr Oma und Opa nett fragt, dann legen sie vielleicht noch ein bisschen was drauf.«

Louise fiel mir als Erste um den Hals, Sarah mit etwas Verzögerung, aber nicht weniger herzlich.

»Ich hab übrigens gestern ein Auto gekauft.« Jetzt war wohl der richtige Moment. »Allerdings ist es eher eines nach meinem Geschmack ...«

Aber sie hörten mir kaum noch zu und wollten nicht einmal wissen, welche Marke es war und wie es mit der Konnektivität aussah.

»Wie geht's Oma und Opa so?«, fragte Louise stattdessen.

Meine Eltern waren nach der großen Versöhnung im März zusammen nach Portugal zurückgeflogen und machten seither bei den wöchentlichen Telefonaten, die wir bei diesem Anlass eingeführt hatten, einen ausgeglichenen und zufriedenen Eindruck. Noch waren sie beide gesund und beweglich genug, um ihr Leben am Meer genießen zu können. Den Fehltritt meines Vaters hatte Mutter nicht vergessen, aber doch schon halbwegs verziehen. Wie ich hörte, kümmerte er sich rührend um sie, las ihr Wünsche von den Augen ab, von denen sie noch gar nichts wusste, was in den Jahrzehnten davor eher selten vorgekommen war.

»Manchmal klingen sie wie frisch verliebt.«

Das fanden meine Mädchen zweistimmig »süß«.

»Übrigens könnt ihr sie ruhig auch mal anrufen.«

Das wollten sie bald tun. Um Oma und Opa von ihren Studienplänen zu erzählen und der allgemeinen Geldknappheit und den unverschämten Mieten heutzutage …

18

»Fotos?«, wurde ich am Freitagmorgen von Horst Eck angeknurrt, dem damaligen Bräutigam. »Wozu brauchen Sie meine Fotos?«

Ich wiederholte fast wörtlich, was ich am Vorabend schon seiner geschiedenen Frau erklärt hatte.

Mein Anruf bei seinen Eltern in Magdeburg war die erste Amtshandlung des Tages gewesen. Die alten Herrschaften aufzuspüren war kein Problem gewesen, da sie noch ganz altmodisch im Telefonbuch standen. Dafür war das Gespräch umso komplizierter verlaufen. Erst nach zahllosen Rückfragen und Verdächtigungen hatte sie mir endlich so weit vertraut, dass sie mir die gewünschten Auskünfte gaben. Ihr Sohn hatte nach der Trennung von seiner schrecklichen, heimtückischen, verlogenen, zickigen, geldgierigen Frau zunächst für einige Monate bei seinen Eltern gelebt. Bald hatte es ihn jedoch wieder zurück in den Südwesten gezogen, wo für ihn als Softwareentwickler leichter Arbeit zu finden war. Zurzeit war er bei der SAP AG in Walldorf angestellt.

»Wie stellen Sie sich das vor?«, fragte Eck kühl. »Sie glauben doch nicht im Ernst, dass ich auf Ihre Ansage hin einfach so ein paar Tausend private Fotos rausrücke.«

»Sie könnten vielleicht mithelfen, ein Verbrechen aufzuklären.«

»Hab ich nix mit zu tun, echt nicht.«

Zwingen konnte ich ihn natürlich zu nichts. Seit Gustaf Cordes wiederaufgetaucht war, hatte dieser Teil der verzwickten Geschichte sich erledigt, und der Totschlag an Oliver galt nach wie vor als aufgeklärt. So blieb mir nichts anderes übrig, als mich aufs Betteln zu verlegen: »Sie können selbstverständlich dabei sein, wenn ich mir die Bilder ansehe.«

»Haben Sie eine ungefähre Vorstellung, wovon Sie reden?«

»Ich weiß, dass es viele Fotos sind.«

»Was ist mit Susi? Wieso fragen Sie die nicht?«

»Sie hat sie … verloren.«

»Typisch.« Eck lachte selbstgefällig. »Wenn bei der doofen Henne der Kopf nicht am Hals angewachsen wäre, dann würde sie schon lange ohne rumlaufen. Das Einzige, was die kann, ist, anderen Leuten das Geld aus der Tasche zu ziehen. Soll ich Ihnen verraten, was ich jeden Monat an Unterhalt abdrücken muss?«

Ich tat ihm den Gefallen, mich für diese Frage zu interessieren. Es war viel Geld, aber bei der SAP verdiente man glücklicherweise auch gut.

»Dabei sind die Kids längst groß genug, dass sie wenigstens Teilzeit arbeiten könnte. Aber nein, Madame liegt lieber auf der faulen Haut und pflegt ihre Nägel, als dass sie sich die Händchen schmutzig macht.«

»Ich komme auch gerne zu Ihnen.«

»Was wollen Sie denn bei mir?«

»Na, Fotos gucken.«

»Sie wollen sich das echt antun?«

»Unbedingt.«

»Und Sie sind wirklich Kripokommissar?«

»Ich bin sogar der Chef des Ladens hier. Kommissar war ich früher mal.«

Das fand er nun doch irgendwie cool.

»Ich mache normalerweise um sechs, halb sieben Feierabend. Dann muss ich aber erst noch ein bisschen meine Bude auf Vordermann bringen, bin gerade nicht so auf Besuch eingestellt. Sagen wir morgen Abend um neun?«

»Ginge es nicht auch schon heute?«, bettelte ich. »Ich bringe auch eine gute Flasche Wein mit. Weiß oder rot? Trocken oder lieber halbtrocken?«

Nach ein wenig Gebrummel und Gegrummel ging Eck schließlich auf meinen Vorschlag ein.

»Aber den Wein lassen Sie mal besser zu Hause. Eine gute Flasche Gin ist mir lieber. Und eine Stunde Aufräumen ist Minimum.«

So einigten wir uns schließlich auf halb neun abends.

»Sehr geehrter Herr Gerlach«, begann die Mail, die vom Rowohlt Verlag stammte. »Wir bedanken uns herzlich für die Zusendung Ihres Manuskripts und das Vertrauen, das Sie unserem Haus damit entgegenbringen. Leider sehen wir zurzeit keine Möglichkeit, das Projekt zu verwirklichen. Bitte verstehen Sie diese Absage keinesfalls als Qualitätsurteil, und haben Sie Verständnis ...«

Sie hatten nicht nur Theresas Text keines Blickes gewürdigt, sie hatten sich nicht einmal die Mühe gemacht, meine Mail zu lesen, denn sonst hätten sie verstanden, dass nicht ich der Verfasser war. Anstelle der wirklichen Autorin, die von all dem nichts wusste, war ich gekränkt und verstimmt.

Esther Arbogast wirkte abgekämpft, als sie mir die breite Tür zu ihrem großzügigen Einfamilienhaus im Heidelberger Norden öffnete.

»Treten Sie ein«, sagte sie mit resigniertem Blick. »Gut, dass Sie gleich kommen konnten.«

Am späten Vormittag hatte sie mich wegen Muhammad Massoud angerufen, den sie bestens kannte, und ich hatte mich so bald wie möglich auf den Weg zu ihr gemacht. Jahrelang hatte sie sich in der Flüchtlingshilfe engagiert, hatte sie mir am Telefon erzählt, weshalb sie auch heute noch gute Kontakte zum Patrick-Henry-Village pflegte. Über diese Kanäle hatte sie von der Fahndung nach dem jungen Afghanen erfahren. Sie und ihre Familie hatten Massoud aufgenommen, als er nach seiner langen Flucht endlich in

Deutschland angekommen war. Er hatte bei ihnen gewohnt und gelebt, war behandelt und umsorgt worden, als gehörte er zur Familie.

»Es war die schlechteste Idee, die wir jemals hatten«, begann Frau Arbogast, als wir im Wohnraum Platz genommen hatten. »Muhammad ist schwer traumatisiert, kein Wunder nach allem, was er durchgemacht hat. Aber es hat auch kulturell nicht funktioniert. Ständig hat er dem Essen misstraut, das ich gekocht habe. Dabei haben wir schon kein Schweinefleisch gegessen, bevor er bei uns war. Wir essen ja ohnehin kaum noch Fleisch. Mumin – so haben unsere Töchter ihn getauft – hatte zudem ein völlig gestörtes Verhältnis zu Leonie und Xenia, die eigentlich Ersatzschwestern für ihn sein sollten und auch sein wollten. Wir hatten alles mit ihnen durchgesprochen, lange und ausführlich. Wir haben sie auf mögliche Probleme und Risiken hingewiesen. Aber auch sie waren dafür. Mit einer gewissen Begeisterung sogar. Anfangs zumindest.«

»Wie hat sich dieses gestörte Verhältnis geäußert?«

»Er hat sich unwohl gefühlt, wenn sie im Raum waren. Einerseits waren sie seine Schwestern, sodass es nach seinem Moralkodex erlaubt war, mit ihnen zusammen zu sein. Andererseits waren sie natürlich nicht wirklich seine Schwestern. Und dieser Widerspruch hat ihm irgendwie einen Knoten ins Gehirn gemacht. Auch mit mir hatte er so seine Probleme. Von einer Frau, die nicht seine Mutter war, konnte er sich einfach nichts sagen lassen. Das widersprach seiner orientalischen Machokultur, ich hatte das völlig unterschätzt.«

Muhammads Gastmutter legte das von unzähligen feinen Fältchen durchzogene Gesicht in die mageren Hände. Ich schätzte sie auf Mitte vierzig. Sie trug ein weites, buntes Baumwollkleid mit fast knöchellangem Rock und weder Schmuck noch Make-up. Seufzend nahm sie die Hände wieder herunter und fuhr fort:

»Mit der Zeit wurde es leider nicht besser, sondern schlimmer. Am Ende hat es ihn schon rasend gemacht, wenn unsere Töchter nach seiner Ansicht halb nackt losgezogen sind. Am liebsten hätte er sie – und mich gleich mit – in Burkas gesteckt, bevor wir das Haus verlassen durften. Noch mehr hat es ihn empört, wenn er sie mit Männern zusammen gesehen hat, mit Jungs, die nicht zur Familie gehörten. Es gab Momente, da dachte ich, wenn Mumin jetzt ein Messer in der Tasche hätte, er wäre imstande, es zur Verteidigung der Ehre meiner Töchter zu benutzen.«

Die Einrichtung des Raums war von erlesenem Geschmack, aber ohne jede Angeberei. Die moderne Couchgarnitur sah ein wenig futuristisch aus, war jedoch erfreulich bequem. Der Kamin war groß und mit aufwendigen Verzierungen aus Stein versehen. Die vorherrschenden Farben waren Weinrot, Weiß und Dunkelbraun. Es roch nach kaltem Kaminrauch und nach Blumen, die jedoch nirgendwo zu sehen waren. Hier hätte auch ich mich wohlgefühlt.

»Mit der Integration hat es also nicht so gut geklappt«, fasste ich zusammen.

Esther Arbogast lachte ohne jede Spur von Heiterkeit. »An so etwas wie Integration war überhaupt nicht zu denken«, erwiderte sie heftig. »Mumin hätte eine Therapie gebraucht, eine lange und geduldige Therapie, aber da war ja weit und breit niemand, der die bezahlt hätte. Wir sind nicht arm, aber so dicke haben wir es dann auch nicht. Andererseits – es ist wirklich zum Verzweifeln. Mumin ist ein so intelligentes, aufgewecktes Bürschchen. Sie hätten sehen sollen, wie leicht er Deutsch gelernt hat. Während seiner Flucht hatte er außerdem schon Türkisch gelernt und ein bisschen Griechisch. Persisch und Turkmenisch konnte er schon von zu Hause. Er hätte so viele Chancen, wenn er nur in der Lage wäre, sie zu nutzen. Er ist psychisch einfach noch nicht stabil genug, um sich einzuordnen, sich unterzuordnen, eine andere Kultur zu akzeptieren und tolerieren. Wir haben ihm so viel Liebe entgegengebracht, wir haben uns solche Mühe gegeben. Und als Dank dafür hat er uns am Ende sogar bestohlen.«

»Geld?«

»Das auch, ja. Schlimmer war das Silberbesteck, das noch von meiner Urgroßmutter stammte. Er hat es bis zum bitteren Ende abgestritten, aber wir sind sicher, dass er es genommen und verkauft hat. Als dann eines Tages auch noch eine teure Videokamera meines Mannes fehlte, war es vorbei mit unserer Geduld.«

»Wozu brauchte er das Geld?«

Die Frau, die Muhammad gerne die Mutter ersetzt hätte, sah mich mit starrem Blick an. »Ich weiß es nicht. Vielleicht wäre alles gut gegangen, wenn mein Mann öfter zu Hause gewesen wäre. Ihn hat Mumin als Autorität akzeptiert. Aber Wieland ist beruflich viel unterwegs. Oft wochenlang in den Staaten drüben oder im Nahen Osten. Irgendwann, vor etwas über einem Jahr, war Mumin dann urplötzlich verschwunden. Und was soll ich sagen? Wir waren froh, alle vier. Meine Töchter, sie sind heute achtzehn und einundzwanzig, hatten am Ende regelrecht Angst vor ihm.«

»Dass er gewalttätig werden könnte?«

»Ach, Herr Gerlach.« Ihr Blick schweifte ab. Sie fuhr sich mit den gespreizten Fingern der rechten Hand durchs schon ein wenig angegraute, glatte Haar. »Man muss ja nur die Nachrichten verfolgen. Gerade Afghanen kommen mit unserer sexuellen Freizügigkeit nicht zurecht. Sie halten jede Frau, die allein auf die Straße geht, für eine Hure. Sie verachten sie und würden gleichzeitig am liebsten über sie herfallen. Sie kommen mit ihren Trieben nicht zurecht, weil es ihnen verboten ist, sie auszuleben, solange sie nicht verheiratet sind. Wie Mumin meine Mädchen manchmal angesehen hat … Herr im Himmel!«

»Wie alt ist er heute?«

»Das weiß niemand. Gewirkt hat er wie ein Heranwachsender. Aber nach Meinung eines Arztes, der ihn untersucht hat, muss er heute deutlich über zwanzig sein.«

»Er saß einige Zeit im Gefängnis …«

Sie nickte, zupfte sinnlos an ihrem Kleid herum. »Die Sache mit den beiden Syrern. Angeblich ging es um Drogen.«

Natürlich war ihr nicht neu, dass ihr Ziehsohn in diesem Fall tatsächlich von einem Messer Gebrauch gemacht hatte.

»Mir wurde gesagt, dass er Drogen ablehnt.«

Das Lachen meiner Gastgeberin klang dieses Mal fast verzweifelt. »Fragen Sie drei Menschen nach Mumin, und Sie hören drei verschiedene Geschichten. Die Version, die ich gehört habe, sagt, dass Mumin hin und wieder ein wenig gedealt hat. Die Syrer wollten ihn aus ihrem Revier vertreiben und haben ihn bedroht. Die Sache ist eskaliert, und Mumin hat sich zu wehren gewusst.«

»Nach der Haft ist er abgeschoben worden.«

Auch das hatte sie schon gewusst.

»Inzwischen ist er aber schon wieder zurück.«

Mit einem Ruck sah sie auf, öffnete den Mund, ohne etwas zu sagen.

»Zurzeit hält er sich irgendwo versteckt. Bei Ihnen hat er sich wohl nicht gemeldet?«

Esther Arbogast schüttelte den Kopf, fuhr sich wieder durchs Haar. »Wenn Mumin etwas noch besser kann als Sprachen zu lernen, dann ist es, sich unsichtbar zu machen. Während seiner Flucht war das seine Lebensversicherung: Nicht auffallen, am besten nicht einmal gesehen werden. Er hat einen Instinkt für drohende Gefahren wie ein Tier. Er ist nicht groß, knapp eins siebzig, schmal wie ein Reh und …«

Die Tür zum Flur öffnete sich, und ein pummeliges Mädchen, etwa so alt wie Sarah und Louise, kam herein, zünftig in Reithosen und -stiefeln. »Mommy, darf ich …« Sie verstummte, als sie mich bemerkte.

»Leonie«, stellte die Mutter sie mit herzlichem Lächeln vor. »Unsere Jüngste, eine wunderbare Reiterin. Sie hat sogar schon Turniere gewonnen.«

»Mommy ...!« Die wunderbare Reiterin zog eine gequälte Grimasse.

»Der Herr ist von der Polizei.«

Ich erhob mich, drückte die verblüffend kräftige Hand der Tochter, die mich mit offenem Blick und ehrlicher Neugier ansah. »Hat Mumin wieder mal was angestellt?«

»Nein, nein.«

Leonies Blick irrte kurz ab. Dann sah sie mich wieder an, schluckte, als wollte sie etwas sagen. Aber es kam nichts. Stattdessen wandte sie sich an ihre Mutter: »Wollt fragen, ob ich noch mal dein Rad nehmen darf. Mein Vorderreifen ist immer noch platt, obwohl ich ihn schon zweimal geflickt habe. Ich werd mir in der Stadt einen neuen Schlauch kaufen. Darf ich mir dafür was aus dem Kistchen nehmen?«

Sie durfte.

»Sehen Sie, Herr Gerlach«, fuhr Frau Arbogast fort, als ihre Tochter die Tür hinter sich geschlossen hatte, »ich erkläre mir diesen Clash of Cultures so: Afghanistan ist heute in einer Epoche wie Europa zu Zeiten des Dreißigjährigen Krieges. Alle bekämpfen sich kreuz und quer, angeblich wegen religiöser Differenzen, aber in Wirklichkeit geht es wie immer und überall um Geld und Macht. Sie haben die Aufklärung noch vor sich. Sie glauben noch an so etwas wie absolute Wahrheit. Und sie akzeptieren nicht, verstehen vielleicht nicht einmal, dass man auch selbst irren könnte. Dass man immer in Rechnung stellen muss, dass der andere recht haben könnte. Wussten Sie, dass es in den arabischen Sprachen kein Wort für das gibt, was wir Gegner nennen? Dort kennt man nur Freund oder Feind. Jemand, mit dem man einer Meinung ist, ist ein Freund. Jemand, der eine andere Meinung vertritt, ist böse, weil er seinen Irrtum nicht einsehen will.«

Gedankenverloren drehte Frau Arbogast den schmalen Ehering an ihrer linken Hand.

»Wie steht es mit seiner Religiosität?«

»Damit ist es nicht weit her. Ich habe ihn nie beten sehen, meines Wissens hat er nie eine Moschee besucht, er hat auch die Regeln des Ramadan nicht eingehalten, die ich wahrscheinlich besser kenne als er. Nur Frauen und Schweinefleisch waren ein Problem für ihn.« Sie verstummte, schloss kurz die Augen, sprach weiter: »Im Grunde war ich mir nie ganz sicher, ob er uns als Freunde oder als Feinde gesehen hat. Da war immer so eine Mauer. Ein Schutzwall um seine Seele, den man nicht überwinden konnte. Bis zum Schluss konnte ich mir nie sicher sein, wann er die Wahrheit sagte und wann er wieder einmal log. Ich mache ihm keinen Vorwurf deshalb, natürlich nicht. Seine Fähigkeit, anderen zu vertrauen, ist vielleicht für immer zerstört. Mit einer Therapie …?« Sie hob die Achseln. »Vielleicht.«

»Hello, Mr Gerlach«, begrüßte mich eine Frau am Handy während meiner Rückfahrt zur Direktion. »It's me, Isabella.«

Heute klang sie nüchtern und fast noch aufgedrehter als am Vorabend. Die Geschichte mit dem verliebten alten Herrn hatte sie offenbar so bewegt, dass ihr entfallen war, dass sie Deutsch mit mir sprechen konnte. Inzwischen hatte sie eifrig telefoniert, berichtete sie mit Maschinengewehrtempo, Freunde, Bekannte und Verwandte belästigt. Die Liebe wurde in Italien offenkundig noch wichtiger genommen als das Essen. Das Ergebnis ihrer Bemühungen lautete: Bei der Geburtstagsfeier war keine Frau gewesen, die Luca hieß, weder verheiratet noch unverheiratet.

»Aber es gab eine Lucrezia, eine von Robertas vielen Freundinnen. Sie war in Begleitung ihres Bruders da. Und der nannte sie Luca. Sie war gar nicht verheiratet, verstehen Sie?«, rief Isabella triumphierend. »Sie war nicht verheiratet!«

Ob Lucrezia – was für ein schöner Name! – auch heute noch ungebunden war, wusste Isabella nicht, würde sie jedoch in naher Zukunft herausfinden. Ich beschloss, Lorenzo vorläufig nichts von meinem Durchbruch zu erzählen.

»Wie war der Name?«, fragte mich ein merklich unentspannter Sachbearbeiter beim Bundesamt für Migration und Flüchtlinge.

»Gerlach, Kripo Heidelberg.«

Inzwischen saß ich wieder an meinem Schreibtisch und hatte zwei nicht mehr ganz frische Bananen und einen großen roten Apfel vor mir liegen.

»Sie wissen aber schon, dass wir Daten nur rausgeben dürfen, wenn …«

»Es geht um eine private Angelegenheit.« Ich erzählte dem Mann von der Liebe meiner Tochter zu Maurice Oladipo aus Ghana, der verzweifelt auf seine Anerkennung als Flüchtling wartete.

»Und jetzt denken Sie, dass ich irgendeine Sonderbehandlung starte, bloß weil Sie irgendwas bei der Polizei sind? Wir sind hier in Deutschland und nicht in Afrika.«

»Ich bitte Sie nur um einen kleinen Gefallen.«

»Sie können sich nicht vorstellen, wie oft mir Leute schon Geld angeboten haben, damit ich ihren Fall bevorzugt behandle. Im Orient mag das so gehen. Bei uns hier läuft so was aber nicht. Jedenfalls bei mir nicht.«

»Ich hatte gehofft, Sie könnten einen ganz kurzen Blick in Ihren Computer werfen …«

»Ich weiß ja nicht, wie man das bei der Polizei handhabt«, fiel mir der unbestechliche Beamte streng ins Wort, »aber bei uns hier geht es normalerweise strikt nach der Fallnummer. Immer hübsch der Reihe nach, so wie sie daherkommen.«

»Normalerweise …«

Der Mann, dessen komplizierten Namen ich nicht verstanden hatte, zögerte kurz. »Klar gibt's auch mal Ausnahmefälle«, gab er dann zu. »Bei besonderer Dringlichkeit zum Beispiel.«

»Würde akute Selbstmordgefahr so einen Ausnahmefall begründen?«

»Im Prinzip … Wahrscheinlich schon.«

»Also gibt es doch hie und da Ausnahmen.«

»Wo gibt's die nicht? Aber ich kann hier wirklich nicht … Gefälligkeiten und so, das geht einfach gar nicht … Es sei denn …«

»Es sei denn?«

Er druckste noch ein wenig herum, dann rückte er mit seinem Anliegen heraus: »Eine Hand wäscht ja bekanntlich die andere. Und vielleicht könnten Sie mir unter Umständen auch einen kleinen Gefallen tun.«

Sein Jüngster hatte wieder einmal Mist gebaut, gestand er mir. Mit dem Moped.

»Hat die Kiste frisiert und sich dann mit fünfundachtzig knipsen lassen. Innerorts.«

»Wo liegt der Fall jetzt?«

»Beim Staatsanwalt. Seit vier Monaten schon.«

»Ich habe ganz gute Kontakte zur Staatsanwaltschaft.«

»Das hatte ich gehofft, Herr Gerlach. Wie heißt der junge Mann aus Ghana noch mal?«

Punkt zwölf Uhr stand Heribert Rowedder vor meinem Schreibtisch, stolz und breit und mit zwei Autoschlüsseln in der Hand, die ganz anders aussahen als die Schlüssel, die ich gewöhnt war.

»Neuer TÜV, neue Nummernschilder, sogar frisch gewaschen hab ich ihn für Sie«, verkündete er strahlend und legte Papiere und Schlüssel vor mich hin. »Und? Wollen wir gleich?«

Der sommernachtblaue Citroën auf dem Parkplatz glänzte stolz im matten Sonnenlicht. Über Nacht hatte das Wetter wieder einmal umgeschlagen, der Wind kam jetzt aus Süden und brachte mediterrane Wärme in unsere Breiten.

»Jetzt drehen Sie aber schon mal 'ne Runde damit, oder?«

»Später. Ich vertraue Ihnen völlig.«

»Also, Sie sind der erste Mensch, der nicht sofort eine Probefahrt mit seinem neuen Auto machen will.«

»So richtig neu ist er ja nicht.«

»Da haben Sie auch wieder recht. Soll ich Ihnen noch irgendwas zeigen? Was erklären?«

Ich hob die Achseln.

»Scheinwerfer linker Hebel«, sagte er nach einer verdutzten Pause, »Wischer rechter Hebel, und wenn Sie auf dem Lenkrad ›Set‹ drücken, geht der Tempomat an. Rechts sind die Knöpfe fürs Radio und …«

»Ich werde schon klarkommen«, fiel ich ihm ins Wort und drückte ihm einen prall gefüllten braunen Umschlag in die Hand. »Falls nicht, rufe ich Sie an.«

Der sichtlich irritierte nebenberufliche Autoimporteur verabschiedete sich mit kräftigem Händeschütteln, ohne den Umschlag auch nur geöffnet zu haben.

Ich umrundete mein neues Fahrzeug noch einmal, strich mit der Rechten über den linken Kotflügel, der sich kühl, glatt und sauber anfühlte, und ging wieder hinein. Wir würden schon Freunde werden. Aber es würde ein wenig dauern.

»Guten Tag, Herr Gerlach«, sagte eine jugendlich klingende Stimme am Telefon. »Hier ist Leonie Arbogast.«

»Hallo.« Ich wusste nicht recht, ob ich die junge Pferdenärrin mit »Leonie« ansprechen durfte. So sagte ich einfach: »Was verschafft mir das Vergnügen?«

»Es ist wegen Mumin …«

Die Bananen hatte ich schon verzehrt. Ich legte den gerade erst angebissenen Apfel zur Seite.

»Das habe ich mir schon gedacht.«

»Es gibt da nämlich was ... Also ...«

»Sie möchten mir etwas über ihn sagen, was Ihnen unangenehm ist?«

»Nicht bloß über ihn, auch ...«

»Über Sie selbst? Ihre Eltern?«

»Könnten wir uns vielleicht treffen? Aber nicht bei der Polizei. Besser irgendwo, wo es ... normal ist. In der Stadt vielleicht? Auf keinen Fall in der Nähe der Schule. Hier kennt mich ja jeder. Na ja, nicht jeder, aber manche schon, und ich habe keine Böcke ...«

»Wie wär's heute am frühen Abend? Ich werde bis ungefähr sechs im Büro sein.«

»Heut geht gar nix, sorry. Ich hab gleich Springtraining, und danach bin ich immer fix und foxy. Abends ist sowieso schlecht. Besser tagsüber, wenn Mama arbeiten ist. Wie wär's morgen nach der Schule? Halb zwei oder so?«

»Morgen ist Samstag.«

»Ups, hab ich vergessen. Wochenende geht bei mir auch nicht.«

»Ist es denn dringend?«

»Dringend eigentlich nicht. Aber wichtig schon. Am Montag nach der Schule?«

Leonie besuchte das St.-Raphael-Gymnasium in Neuenheim. Wir beschlossen, uns nach der sechsten Stunde im Merlin zu treffen, einem Lokal wenige Schritte von der Polizeidirektion entfernt und weit genug von ihrer Schule, sodass das Risiko klein war, von einer ihrer Freundinnen zusammen mit einem peinlichen Grufti wie mir gesehen zu werden.

»Hi, Alex«, begrüßte mich am späten Nachmittag Daphne.

»Das ist ja ein Zufall«, erwiderte ich. »Ich wollte dich auch gerade anrufen.«

»Wieso?«

»Du zuerst.«

»Gusti, wie geht's ihm? Hast du noch mal mit ihm gesprochen?«

»Ich nehme an, er sitzt in seiner Wohnung und erholt sich von seinem Schrecken. Wieso rufst du ihn nicht einfach an?«

»Ich habe keine Nummer von ihm. Hat er denn jetzt ein Handy?«

Dummerweise hatte ich gestern vergessen, ihn danach zu fragen.

»Könntest du vielleicht – ich weiß, die Frage ist eine Zumutung – könntest du später mal kurz bei ihm vorbeischauen und mir Bescheid geben, ob es ihm gut geht?«

»Wieso kommst du nicht einfach her und siehst selbst nach deinem Sohn? Von Würzburg nach Heidelberg ist keine Weltreise. Und …«

»Und?«

»Na ja, falls du Lust hast, könnten wir anschließend einen Kaffee zusammen trinken. Und dabei in Ruhe das besprechen, weshalb ich dich anrufen wollte.«

Daphne zögerte, gab sich schließlich einen durchs Telefon hörbaren Ruck. »Mein Göttergatte ist am Sonntag sowieso den ganzen Tag golfen, und warum soll ich nicht mal wieder einen Ausflug nach Heidelberg machen? Du hast recht.«

Sie notierte sich Gustafs Adresse und versprach, sich zu melden, wenn sie in der Stadt war.

Das neue Auto fühlte sich gut an, stellte ich schon auf den ersten hundert Metern fest. Der Motor klang kräftig und verlässlich, der Sitz war französisch breit und bequem, die Lenkung kein bisschen wackelig, wie es beim Peugeot gegen Ende unseres Zusammenlebens leider der Fall gewesen war. Nichts klapperte, nichts schepperte, nichts quietschte.

Natürlich roch es anders.

Fremd.

Ungewohnt.

Fast wie neu.

Die große Überraschung war das Radio. Offenbar hatte ich ein Musikzimmer auf Rädern erworben. Kein Vergleich mit dem Gequäke im Peugeot.

Als ich versuchsweise eines der tausend Knöpfchen drückte, fuhr leise surrend eine CD aus dem Schlitz. *Gilbert Bécaud – Les plus grands succès*. Ich schob sie gleich wieder hinein. Der erste Titel war »L'important c'est la rose«. Himmel, war das lange her! Ich drehte die Lautstärke hoch, sah wieder nach vorn und trat mit aller Kraft auf die Bremse. Der Citroën bremste so rabiat, dass ich wenige Zentimeter vor der Kollision zum Stehen kam. Vermutlich war einem meiner vielen Bordcomputer aufgefallen, dass ich eine Panikbremsung hinlegte, und er hatte unterstützend eingegriffen. Um ein Haar wäre ich ins Heck eines Müllautos gedonnert, und meine zart aufkeimende Liebe zum neuen Auto wäre schon wieder zu Ende gewesen.

Sollte Elektronik in Kraftfahrzeugen etwa doch nicht nur Teufelswerk sein?

Bécaud sang ungerührt weiter von der Wichtigkeit der Rosen, und vielleicht war genau dieser Moment, als ich mit qualmenden Reifen hinter dem haushoch vor mir aufragenden Müllauto stand, der Beginn einer wundervollen Freundschaft.

19

Horst Eck besaß den größten Fernseher, den ich in meinem bisherigen Leben zu Gesicht bekommen hatte. Er war sogar noch riesiger als das Gerät, das im Wohnzimmer des alten Herrn Schuster gestanden hatte.

»Platzen Sie sich einfach irgendwo hin«, sagte mein Gastgeber, als er meinen ratlosen Blick bemerkte. »Eigentlich wollt ich ja noch Ordnung machen, aber dann hat in der Firma mal wieder die Hütte gebrannt. Kompletter Systemcrash bei einem großen Kunden in Singapur. Die Servicegroup hatte ihnen die neueste Version aufgespielt, und anschließend ist alles tutto completto abgestürzt.«

»Haben Sie den Fehler gefunden?«

»Am Ende war's mal wieder die Hardware«, erklärte Eck in einem Ton, als wäre es immer die Hardware. »Warten Sie, ich räume Ihnen den Sessel frei.«

Der Softwarespezialist war ein baumlanger, breitschultriger Kerl Anfang vierzig mit kantigem Kinn, schütterem Haar und dröhnender Stimme. Alles an ihm war zu groß, zu lang, zu stark und zu laut.

Mit seinen Pranken packte er ein Bündel Hemden und T-Shirts, die vermutlich seit Wochen auf das Bügeleisen warteten, und warf es in irgendeine staubige Ecke. Dabei fand er zu seiner Freude einen USB-Stick. »Den such ich ja schon ewig! Liegt da und sagt nichts, also echt! So, jetzt können Sie schon mal sitzen. Ein Bierchen?«

Ich verzichtete. »Bin mit dem Auto da.«

»Ein Bierchen hat noch keinen besoffen gemacht«, bemerkte er und setzte sich auf den zweiten Sessel, nachdem er einen Stapel Zeitschriften auf den ohnehin schon überladenen Couchtisch gepackt hatte. Soweit ich erkennen konnte, handelte es sich dabei um Computerheftchen. Nur kurz sah ich dazwischen einen bloßen Busen aufblitzen, der jedoch rasch wieder verschwand.

Eck bewohnte eine moderne Vierzimmerwohnung in Kronau, die äußerst sparsam möbliert war und dadurch noch geräumiger wirkte. Es roch intensiv nach einem Raumduft, den ich umgehend ins Klo geschüttet hätte, und Männerausdünstungen. Vielleicht hatte er das Duftfläschchen nur aufgestellt, um den Mief zu überdecken, der in der Luft hing und wohl nur durch gründliches Putzen und wochenlanges Lüften zu vertreiben gewesen wäre. Durch ein breites Fenster blickte man auf ein hässliches Industriegebiet, wo sich Kräne drehten und Lkw-Motoren brummten. Im Flur hatte ich einen gut bestückten und erkennbar häufig benutzten Golfsack gesehen. Vermutlich verbrachte der Besitzer einen großen Teil seiner Freizeit auf dem nahen Golfplatz.

Jetzt gönnte er sich einen extragroßen Schluck von dem teuren Gin, den ich als Gastgeschenk mitgebracht hatte, grunzte behaglich und ergriff eine Fernbedienung, woraufhin der Zeitschriftenstapel auf dem Couchtisch ins Rutschen geriet. Die obere Hälfte klatschte auf den länger nicht gesaugten Teppich, und das Busenwunder – Pamela Anderson in jungen Jahren? – lag nun obenauf. Eck schien es nicht zu bemerken, oder es war ihm gleichgültig.

Der Monsterfernseher wurde hell, mein Gastgeber nahm einen überbreiten Laptop auf den Schoß, sagte befriedigt »so«, als das erste Foto erschien. »Das war am Morgen …«

»Mich interessiert nur der Abend. Ungefähr ab fünf, halb sechs.«

»Okidoki«, sagte er gedehnt. »Meine Fresse, ist das eine Menge Zeug! Moment … Ah, hier müsste es ungefähr losgehen.«

Ein mit Bergen von Blumen geschmückter Saal war nun zu sehen. Massen von Menschen mit Sektgläsern in den

Händen, nicht ein bekanntes Gesicht. Im Hintergrund hohe, sprossenverglaste Doppeltüren, durch die Sonnenlicht hereinfiel und die Rosen, Nelken und Lilien zum Leuchten und Glühen brachte. Einige der Türen standen offen. Der Blick ging auf eine breite Terrasse hinaus. Dort sah ich riesige Pflanzkübel, dahinter Rasen, noch mehr Blumen, Bäume, blühendes Gebüsch.

Nun folgte im Sekundentakt Foto auf Foto. Eck hatte die Aufnahmen, die überwiegend von einem bezahlten Profi, teilweise auch von mehr oder weniger talentierten Hobbyfotografen stammten, nach dem Zeitpunkt der Entstehung sortiert. »Ab hier sind's jetzt nur noch knapp viertausend. Sagen Sie einfach stopp, wenn Sie was Interessantes sehen.«

»Haben Sie sich die alle angesehen?«

»Wann denn?«, fragte er mit grimmigem Lachen und füllte sein Wasserglas erneut bis fast zum Rand mit Gin. »Da müsst ich ja meinen kompletten Resturlaub vom vergangenen Jahr nehmen.« Er rechnete kurz mit einer steilen Falte in der Stirn. »Sagen wir, pro Bild zehn Sekunden, achttausend mal zehn durch dreitausendsechshundert ... Macht mit Pinkelpausen Pi mal Daumen drei Achtstundenschichten. Plus Kopfweh für den Rest der Woche. Klingt nicht unbedingt verlockend.«

Auf knapp der Hälfte der Aufnahmen war er selbst zusammen mit der dauerlächelnden Braut zu sehen. Ungezählte Menschen drückten die Hände des nicht mehr ganz taufrischen Paars, schlugen dem Bräutigam auf die Schulter, küssten die ein wenig pummelige und etwas zu sehr aufgedonnerte Braut auf die Wangen. Jede dieser Begrüßungen war in mehreren Versionen zu sehen, die aus verschiedenen Kameras stammten. Die meisten Gäste waren festlich gekleidet, die Männer in dunklen Anzügen, die Damen in knappen Cocktailkleidchen oder Abendgarderobe. Kinder wuselten herum, Servicepersonal, wohin man blickte, überall heitere

Mienen, lachende Gesichter. Fast meinte ich das Gegröle, Gekicher und Gekreische zu hören.

Beim Starren auf den großen Bildschirm wurde mir klar, dass ich nicht einmal wusste, wie Daphne heute aussah. In der Nacht, als wir uns so nah gekommen waren, war sie strohblond gewesen. Auf dem Kopf. Darauf, wie es unten herum aussah, hatte ich in der Aufregung nicht geachtet, und außerdem war es natürlich dunkel gewesen auf unserer Parkbank und auch später ...

»Wer ist die Frau da?«, fragte ich irgendwann. »Die mit den rotbraunen Locken?«

»Die im Flamingokleid? Das war Sannes Trauzeugin. Sonst habe ich die nie gesehen. Weiß nicht, wieso sie ausgerechnet die als Zeugin genommen hat. Obwohl, Sanne hatte ja nicht so viele Freundinnen ...«

Ich zückte mein Handy. »Darf ich kurz? Das ist jetzt wichtig.«

Susanne Wernberger war wieder einmal in Hektik und Aufruhr. Atemlos bestätigte sie mir, dass Daphne sich zur Zeit der Hochzeit ausnahmsweise mit ihrer natürlichen Haarfarbe gezeigt hatte – Kastanienbraun. Außerdem hatte sie tatsächlich ein rosafarbenes Kleid getragen.

Eck klickte weiter. Noch mehr Händeschütteln, Luftküsse, Schulterklopfen. Die meisten der Bilder waren praktischerweise mit Datum und Uhrzeit des Entstehungsmoments versehen. Um siebzehn Uhr dreiundfünfzig entdeckte ich Ralph Cordes zum ersten Mal. Mit noch kaum ergrautem Haar stand er im Eingang und sah sich mit finsterer Miene um. Neben ihm lungerte Gustaf mit der Miene eines vor Langeweile kurz vor dem Kreislaufkollaps stehenden Teenagers. Wieder fiel mir die Ähnlichkeit zwischen den beiden auf.

Daphne sah ich erst anderthalb Stunden später wieder, in einer Serie von Aufnahmen der Tanzfläche, wo sie mit wilden Verrenkungen fröhlich herumtobte.

»Fred, das alte Schlitzohr.« Eck lachte schallend. »Hatte ich komplett vergessen. An dem Abend hab ich ihn mal von einer neuen Seite kennengelernt. Sonst hat er immer den Superehemann rausgehängt, aber kaum ist seine Frau mal krank und kann nicht mitkommen ...«

Daphnes Tanzpartner war ein schlanker, groß gewachsener Mann. Die beiden lachten sich an, man schien sich blendend zu verstehen. Ralph Cordes, Gustaf und inzwischen auch Annalisa saßen jetzt an einem der Tische ganz hinten an der Wand. Die drei schienen die meiste Zeit zu schweigen und trüben Gedanken nachzuhängen. Annalisa hatte fast dieselbe Haarfarbe wie ihre Mutter, trug ihr langes Haar zu zwei dicken Zöpfen geflochten. Ihr Gesicht ähnelte eher dem des Vaters, schmal und länglich, der Körper war gertenschlank. Große, dunkle, meist ein wenig verschreckt blickende Mädchenaugen.

Irgendwann bemerkte ich, dass das Licht sich verändert hatte. Draußen hatte die Dämmerung eingesetzt, oder es waren Wolken aufgezogen, jemand hatte die Kronleuchter eingeschaltet. Die Mienen waren gelöster geworden, die Gesichter röter, die Anzahl der vergessen herumstehenden Gläser hatte zugenommen, das Büfett wirkte mehr und mehr verwüstet. Am Tisch von Daphnes Familie herrschte immer noch Weltuntergangsstimmung. Um halb neun fehlte plötzlich Gustaf und tauchte auf den folgenden Fotos nicht wieder auf. Hin und wieder saß auch sein Vater nicht am Tisch, doch jedes Mal war er bald darauf zurück.

Raucherpause.

»Stopp«, sagte ich irgendwann.

Dieses Mal fehlte Ralph länger als sonst. Zweiundzwanzig Uhr acht stand am unteren Rand des Bilds. Auf meine Bitte hin zappte Eck wieder zurück. Um einundzwanzig Uhr sechsundvierzig war Daphnes Ehemann zum letzten Mal zu sehen. Irgendwann in den folgenden Minuten musste er sich davongemacht haben.

»Muss wohl 'ne extralange Zigarette gewesen sein«, meinte mein Gastgeber heiter. »Oder er hat draußen wen getroffen und sich verquatscht.«

»Ab jetzt langsamer, bitte.«

Annalisa saß noch einige Zeit allein am Tisch, hielt sich an einem Glas fest, in dem sich vermutlich Wasser befand. Um Viertel nach zehn fehlte auch sie. Ich musste gefühlte tausend weitere Fotos an mir vorbeihuschen lassen, bis eine knappe Stunde später erst die Tochter und kurz darauf ihr Vater wieder auf ihren Stühlen saßen. Ralph mit noch verbiesterter Miene, Annalisa mit roten Bäckchen, den Blick meist gesenkt, der ohnehin schmale Mund noch ein wenig schmäler. War in der Zwischenzeit etwas geschehen, das einen Streit zwischen den beiden ausgelöst hatte? Was mochte sie draußen so lange getrieben haben? Vielleicht ein kleiner Abendspaziergang gegen die Langeweile? Oder sollte Gustaf etwa doch recht haben?

»Da geht der Erste kotzen«, verkündete Eck vergnügt, der mein hochprozentiges Mitbringsel inzwischen schon zur Hälfte vernichtet hatte. »Später haben sie ihn sogar ins Krankenhaus fahren müssen, so hat der Lars sich an dem Abend die Kante gegeben.«

Allmählich lichtete sich das Publikum. Mehr und mehr Gäste verabschiedeten sich. Tische wurden abgeräumt und blieben leer. Auf dem Büfett standen jetzt große Schüsseln und Kuchenplatten, der Nachtisch, den jedoch kaum noch jemand anrührte.

»Die zwei haben ja echt eine Saulaune«, fand auch Eck und füllte sein Glas wieder auf.

Um Viertel nach elf waren sowohl Ralph Cordes als auch seine Tochter erneut verschwunden.

»Wo ist eigentlich die Flamingofrau abgeblieben?«, fragte Eck.

Mir wurde bewusst, dass ich Daphne auch länger nicht gesehen hatte. Allerdings hatte ich auch nicht auf sie geachtet.

Wir gingen zurück zur letzten Fotoserie von der Tanzfläche. Ich brauchte offenbar keine drei Achtstundenschichten, um vom Starren auf den Bildschirm Kopfschmerzen zu bekommen. Wieder zuckte ein Bild nach dem anderen an mir vorbei. Ich sah Daphne beim Tanzen, sah ihren wohlgeformten Rücken später noch einmal an einer der Glastüren in angeregtem Gespräch mit ihrem Tanzpartner.

»Die schmeißt sich ja ganz schön ran«, fand Eck. Obwohl er inzwischen mehr als eine halbe Flasche Gin intus hatte, wirkte er kein bisschen betrunken. »Und Fred, das alte Schlitzohr, scheint nichts dagegen zu haben.«

Ich erinnerte mich an eine Nacht vor dreißig Jahren, als ich mich sehr viel mehr geziert hatte als Daphnes Tanz- und Flirtpartner. Dafür war sie dann umso zielstrebiger gewesen …

Zwanzig Uhr zweiundfünfzig – jetzt tanzten die beiden wieder, dieses Mal mit Körperkontakt. Einundzwanzig Uhr zwanzig: Stehblues, eng umschlungen. Seine Hände auf ihrem Hinterteil.

»Während ihr Mann zuguckt!«, wunderte sich Eck. »Ich an seiner Stelle hätte dem Fred eine aufs Maul gegeben. Oder am nächsten Tag die Scheidung beantragt. Oder am besten beides.«

Weitere zehn Minuten später war Daphne nicht mehr auf der Tanzfläche und auch sonst nirgendwo zu sehen. Ihr Partner, der aufgrund seiner Größe kaum zu übersehen war, schien ebenfalls nicht mehr da zu sein.

»Wenn Sie mich fragen«, Eck gluckste und gönnte sich einen weiteren Schluck. »Die zwei sind in den Park und haben sich ein gemütliches Plätzchen gesucht.«

»Da war ein Park?«

»Ein ziemlich großer sogar«, erwiderte er mit verschwörerischem Männergrinsen, »und jede Menge kuschelige Ecken.«

Ach, Daphne, du verrücktes Huhn …

Was für ein Chaos, dachte ich auf der Rückfahrt nach Heidelberg. Beim ersten Ermittlungsverfahren hatte es nur einen Verdächtigen gegeben, und ich hatte nun plötzlich drei, vielleicht sogar vier. Die komplette Familie Cordes hatte – zu unterschiedlichen Zeiten – die Feier vorübergehend verlassen und könnte zumindest theoretisch Oliver erschlagen haben.

Gilbert Bécaud sang hingebungsvoll von der Liebe in Paris.

Ich tastete nach dem Handy, das auf dem Beifahrersitz lag, drückte die Wahlwiederholung. Zehn Uhr war längst vorüber, Susanne Wernbergers Kinder sollten inzwischen schlafen, und die Mutter selbst dürfte wieder ein wenig zu Atem gekommen sein.

»Hab sie gefunden!«, sprudelte sie los, als hätte sie auf meinen Anruf gewartet. »Die DVD, ich hab sie gefunden!«

»Können Sie sie mir per Post schicken?«

»Also, mir wär's lieber, Sie kämen und holen das Ding. So muss ich nicht extra einen Umschlag suchen und eine Briefmarke kaufen und alles.«

Sie wohnte in Plankstadt, Schwetzinger Straße.

»Das grüne Mietshaus gegenüber von der Kirche. Ist ganz leicht zu finden.«

Es würde mich eine weitere Stunde meiner Freizeit kosten. Aber wer konnte wissen, wann ich die alleinerziehende Mutter wieder so entspannt und auskunftsfreudig antreffen würde.

»Ich habe übrigens auch was für Sie«, sagte ich.

»Ach ja? Was denn?«

Im ungewohnt hellen Scheinwerferlicht des Citroën tauchte der Vorwegweiser der Kreuzung B3 – B535 auf. Links ging es in Richtung Mannheim, geradeaus nach Hause. Bis Plankstadt waren es keine zehn Kilometer, und es herrschte kaum noch Verkehr.

Fünfzehn Minuten später drückte ich den Klingelknopf zur Wohnung im ersten Stock links. Der Türöffner surrte so rasch, als hätte Frau Wernberger den Finger schon auf dem Knopf gehabt.

Im Lauf des Abends hatte ich sie viele hundert Male auf Fotos gesehen. Sie schien ein wenig abgenommen zu haben seit der Hochzeit, die Frisur war anders, die Haare waren kürzer, und sie wirkte um fünfzehn Jahre gealtert. Es war ihr anzusehen, dass ihr Leben nicht nur aus Spaß und Vergnügen bestand. Sie trug ein billiges T-Shirt von undefinierbarer Farbe und eine Jeans, die ihr über die Jahre zu weit geworden war. Unter dem Shirt schien sie nichts anzuhaben.

»Kommen Sie rein«, flüsterte sie, als ich ihre kühle, weiche Hand drückte. »Und seien Sie bloß leise. Die Kids kosten mich jeden Abend den letzten Nerv, bis sie endlich eingeschlafen sind.«

Außerdem hatte das Mädchen – Kathinka, dreieinhalb Jahre – sich im Kindergarten wieder mal einen Schnupfen eingefangen.

»Sie wacht eh schon jede Nacht zehnmal auf ...«

Die geplagte Mutter führte mich durch einen engen Flur in ein mit wild zusammengewürfelten Möbeln vollgestelltes Wohnzimmerchen. Nichts passte hier zusammen. Ich sah Kiefernholz neben Stahl, Nussbaum neben Glas und jede Menge kunterbunten Kinderkram.

»Setzen Sie sich einfach irgendwohin, wo Platz ist. Mögen Sie ein Bier?«

Dieses Mal sagte ich nicht Nein. Bis nach Heidelberg würde ich es auch nach einem Fläschchen Hopfenbrause noch schaffen. Mir dröhnte immer noch der Kopf vom langen Starren auf den Bildschirm. Vielleicht sollte ich endlich einmal wieder meinen Augenarzt konsultieren und die Stärke meiner Brillengläser überprüfen lassen?

»Was haben Sie mir denn mitgebracht?«, fragte die Gastgeberin, als sie mit zwei geöffneten Flaschen aus der Küche kam und sich auf den Sessel mir gegenüber fallen ließ, der mit dem, auf dem ich saß, weder verwandt noch verschwägert war.

Ich legte einen USB-Stick auf den Couchtisch zwischen eine hässliche Puppe mit nur einem Bein und eine rote Lokomotive ohne Räder.

Neugierig beäugte sie das kleine Geschenk. »Was ist da drauf?«

»Die Hochzeitsfotos, die Ihnen verloren gegangen sind.«

Sie wirkte nicht, als würde sie sich darüber freuen. »Das ist nett von Ihnen, aber ich hab im Moment nicht mal einen Computer, wissen Sie? Mein Laptop hat ausgerechnet am Heiligabend den Geist aufgegeben, und dann hab ich die ganzen Feiertage kein Internet gehabt. Zum Glück hab ich wenigstens nichts dafür bezahlt. Es war ein alter von meinem Onkel. Der unterstützt mich manchmal ein bisschen. Ohne den, ich wüsst gar nicht ...« Mit einem Ruck sah sie auf. »Wo haben Sie die überhaupt her?«

»Von Ihrem Ex.«

»Sie sind beim Horst gewesen?«

»Vorhin, ja.« Ich ließ den Stick liegen, wo er lag. »Vielleicht freuen sich ja in ein paar Jahren Ihre Kinder über die Fotos.«

Sie nickte und nahm den Speicherstick nun doch in die Hand. »Kriegen sie ihren Vater auch mal zu sehen, diesen Dreckskerl?«

»Die DVD?«, fragte ich vorsichtig.

»Ach so, ja.« Kopfschüttelnd sprang sie wieder auf, trippelte auf dicken, farbenfrohen Wollstrümpfen in den Flur, kam zurück und überreichte mir die silberne, unbeschriftete Scheibe, die nicht in einer ordentlichen Hülle, sondern in einer knisternden Butterbrottüte steckte. »Die krieg ich aber zurück, okay?«

»Ich mache mir eine Kopie«, beruhigte ich sie, »und sorge dafür, dass sie so bald wie möglich wieder hier ist.«

Nachdenklich nuckelte sie an ihrem Bier, strich sich eine Strähne ihres dünnen aschblonden Haars hinters Ohr.

Ich setzte meine Flasche ebenfalls an. »Eine Frage, Frau Wernberger«, sagte ich nach dem ersten großen, behaglichen Schluck. »Auf manchen Fotos habe ich gesehen …«

»Wieso haben Sie sich die angeguckt? Wegen der Sache mit … Daphnes Sohn?«

»Richtig. Und dabei habe ich entdeckt, dass die gesamte Familie Cordes irgendwann für einige Zeit nicht auf der Feier war.«

»Ist mir nicht aufgefallen.« Sie machte eine fahrige Bewegung ins Nirgendwo. »War so ein Trubel damals, die ganze Zeit. Eigentlich hab ich kaum was mitgekriegt von der Fete. Alle amüsieren sich, bloß die Gastgeber meistens nicht.«

Ich kramte einen Zettel aus der Innentasche meines Jacketts.

»Daphnes Mann war ab ungefähr zehn für etwa eine Stunde weg. Die Tochter ist ein bisschen später verschwunden und ein bisschen früher wieder da gewesen.«

»Annalisa auch?«, fragte sie mit großen Augen. »Und Daphne?«

»Die hat die meiste Zeit getanzt.«

Sie nickte eifrig. »Mit dem Fred, stimmt. Hab zwischendurch sogar ein bisschen Angst gehabt, ihr Mann könnte Stress machen. Der arme Kerl musst ja die ganze Zeit zugucken, wie die zwei auf der Tanzfläche rumgemacht haben. Hat nicht viel gefehlt, und sie hätten noch angefangen zu knutschen. Vielleicht ist er deshalb gegangen? Weil er's nicht mehr mit ansehen wollte?«

Das war eine Möglichkeit, die ich noch nicht in Erwägung gezogen hatte.

»Dieser Ralph, also ehrlich, was der sich von Daphne alles hat bieten lassen …«

»Der Tanzpartner Ihrer Freundin, was wissen Sie über den?«

»Karcher heißt er mit Nachnamen. Fred und Horst waren damals Kollegen. Sie haben bei der Saftfabrik in Eppelheim die IT auf Vordermann gebracht. Wie er immer damit angegeben hat, der Horst, dass er in der Firma der große Checker ist, was Computer angeht und alles.«

»Daphne und Fred haben erst getanzt …«

Susanne Wernberger schlug die rehbraunen Augen nieder, errötete sogar ein wenig. »Weiß schon, worauf Sie hinauswollen. Und wahrscheinlich haben Sie auch recht. Sie hat's ganz schön krachen lassen an dem Abend. Später sind sie zusammen raus, das hab ich gesehen. Also, nicht in echt zusammen. Sie ist ein paar Minuten nach ihm in den Park. Und sie sind ziemlich lang nicht wieder reingekommen, die zwei.«

»Wie lang ungefähr?«

Sie zog eine unglückliche Grimasse. »Eine halbe Stunde vielleicht? Eine ganze? Irgendwann ist sie halt auf einmal wieder da gewesen. Der Fred … ich weiß gar nicht …«

»Wie hat sie gewirkt?«

Für Sekunden sah sie auf ihre Hände, die hin und wieder nervös zuckend in ihrem Schoß lagen, zwinkerte. »Wenn Sie mich so direkt fragen … besonders gut gelaunt ist sie nicht gewesen. Nehme an, der Quickie im Grünen war nicht ganz das, was sie sich vorgestellt hat.«

»Und Fred?«

»Ach, der.« Sie schloss kurz die Augen und überlegte. »Weiß gar nicht, ob ich den später noch mal gesehen hab. Das muss aber nichts heißen. Ich hab weiß Gott Besseres zu tun gehabt, als für Daphne das Kindermädchen zu spielen.«

20

»Sono Lucrezia«, sagte eine warme, leicht kratzige Altstimme in mein rechtes Ohr.

Ich hatte schon ein Weilchen im Bett gelegen, jedoch keinen Schlaf gefunden, als mein Handy sich noch einmal meldete. Dummerweise hatte ich vergessen, es leise zu stellen. Die angezeigte Nummer begann mit 0039, und Mitternacht war längst vorüber.

Leider gehörte Lorenzos heimliche Liebe zu den Bürgern Italiens, die Fremdsprachenkenntnisse als eher sekundär betrachteten.

Lucrezia begann zu sprechen, ohne dass ich fragen musste. Lorenzo erwähnte sie nicht. Aber den Namen von Roberta hörte ich gleich mehrfach, und einmal war auch vom *La Dolce Vita* die Rede. Sonst verstand ich wenig.

Aber dann fragte sie: »Il tedesco?«

»Sì.«

Ja, der Deutsche.

Nun herrschte Schweigen jenseits der Alpen. Schließlich sagte Lucrezia mit fast tonloser Stimme etwas Längeres, von dem ich nicht ein Wort verstand, und legte grußlos auf.

Immerhin kannte ich nun die Nummer ihres Telefoninos, und der Rest war Lorenzos Problem. Befriedigt stellte ich mein Handy stumm, löschte das Licht und drehte mich auf meine Einschlafseite.

Aber noch immer wollte der Schlaf sich nicht erbarmen. Ohne es recht zu merken, war ich in den vergangenen Tagen zur Überzeugung gekommen, dass Gustaf seinen Halbbruder nicht getötet haben konnte. Dass er fünf Jahre seines jungen Lebens unschuldig im Gefängnis verbracht hatte. Teils natürlich wegen seiner außergewöhnlichen

Trägheit, teils vielleicht aus schierer Dummheit, teils aber gewiss auch aufgrund der unfairen Vernehmungsmethoden meines Vorgängers im Amt.

Sollte doch Olivers Stiefvater der Täter sein? Noch immer traute ich Ralph Cordes einen solchen Gewaltakt nicht zu. Andererseits hatte er unter enormem Stress gestanden, sah seine Existenz zusammenbrechen, seine Familie, hatte gerade erst dabei zuschauen müssen, wie seine Frau ihn ganz ungeniert betrog. Und wie vielen Mördern hatte ich schon gegenübergesessen, die wirkten wie von ihrer Mutter verlassene Unschuldslämmchen? Sollte Ralph Cordes dem Lieblingssohn seiner untreuen Frau das angetan haben, was er eigentlich ihr selbst zugedacht hatte?

Und Annalisa?

Auch sie hatte ich am vergangenen Abend auf zig Fotos gesehen. Eine schmale, immer ein wenig unsicher wirkende junge Frau, die absolut nicht so aussah, als könnte sie einen baumlangen, sportlichen Kerl wie Oliver niederschlagen. Ich malte mir aus, wie sie es versuchte und der große Bruder ihr lachend die Statue entwand und seinerseits zuschlug …

Über diesen finsteren Fantasien schlief ich schließlich ein.

Am Samstagmorgen war ich zeitig wach, fühlte mich trotz der kurzen Nacht ausgeruht und unternehmungslustig. Noch im Morgenmantel machte ich mir einen großen Cappuccino und setzte mich mit meinem Laptop an den Küchentisch. Es war gerade erst halb acht, vor den Fenstern schien heute wieder einmal die Sonne, und gut gelaunte Vögel zwitscherten, piepsten und sangen um die Wette. Die durch die halb offene Balkontür hereinströmende Luft war noch frisch, und um mich herum herrschte – abgesehen vom Federvieh in den Bäumen – himmlische Ruhe.

Als Erstes kopierte ich Horst Ecks Fotosammlung auf meine Festplatte, was mich fast eine Viertelstunde kostete, und anschließend das Hochzeitsvideo, was sogar noch länger dauerte. Zwischendurch inspizierte ich mein Handy und fand eine Nachricht von Theresa, die sie nachts um halb zwei geschrieben hatte. Sie klang überaus lustig, war offenbar mehr als nur angetrunken gewesen und machte mir per WhatsApp unsittliche Avancen.

Irgendwann war der Laptop endlich fertig mit der Kopiererei.

Ich startete das Video. Das erste Drittel zeigte die Trauung, stilvoll in der Heidelberger Schlosskapelle, und den anschließenden Sektempfang auf dem Kiesplatz davor. Dieser Teil war – abgesehen von dem Umstand, dass auch hier schon eine sichtlich heiter gestimmte Daphne zu besichtigen war – nicht weiter von Interesse. Annalisa war bei der Hochzeitszeremonie ebenfalls dabei gewesen, Mutter und Tochter schienen sich prächtig zu verstehen, tuschelten und lachten zusammen. Wobei mir Annalisas Lachen auch hier schon ein wenig gezwungen zu sein schien.

Leider war beim Video im Gegensatz zu den Fotos keine Uhrzeit angegeben, sodass ich mich an anderen Dingen wie den Lichtverhältnissen, dem Betrunkenheitsgrad der Gäste oder dem Verwüstungsgrad des Büfetts orientieren musste. Ich übersprang viele Szenen, bis Daphne auf der Tanzfläche erschien.

Nach dreißig Jahren durfte ich wieder ihre geschmeidigen Verrenkungen beobachten und hörte sogar Musik dazu – gerade spielte die kleine Band verblüffend originalgetreu *Hotel California* von den Eagles. Daphnes Tanzpartner und – so vermutete nicht nur ich – späteres Open-Air-Sex-Opfer bewegte sich mit deutlich weniger Engagement und Eleganz.

Es folgte ein Schwenk durch den üppig dekorierten Saal voller lachender, plaudernder, trinkender Menschen in Feierlaune. Ralph Cordes und seine Tochter saßen verloren an ihrem Tisch an der Wand und schwiegen in ihre Gläser.

Falsch!

Fast wäre mir entgangen, dass der Vater seine Tochter hin und wieder wütend ansah, manchmal mit vorwurfsvoller Miene etwas zu ihr sagte, einmal sogar mit der flachen Hand auf den Tisch schlug. Sie schien mit niedergeschlagenen Augen etwas erwidern zu wollen, nahm mehrere Anläufe, kam jedoch nicht zu Wort oder traute sich nicht, das auszusprechen, was ihr auf der Zunge lag. Bei der herrschenden Geräuschkulisse konnte ich nichts von dem hören, was da gesprochen wurde, geschweige denn etwas verstehen.

Die Kamera schwenkte weiter, ich schaltete wieder auf Schnelldurchgang.

Vor den Fenstern des Ballsaals dämmerte es in Rekordtempo, die Kronleuchter flammten auf, die Tanzfläche füllte sich. Selbstverständlich tanzte auch hin und wieder das Hochzeitspaar, und ich bildete mir ein, schon an der Art, wie die beiden es taten, zu erkennen, dass diese Ehe nicht von Dauer sein würde. Der Bräutigam führte herrisch, die Braut wirkte willenlos und viel zu fügsam. Daphne und das Ziel ihrer Eroberungswut tanzten jetzt eng umschlungen, wiegten wegen Platzmangels meist nur noch die Hüften. Noch achtunddreißig Minuten, wurde am unteren Rand des Bildschirms angezeigt. Da ich heute ausnahmsweise Zeit im Überfluss hatte, beschloss ich, mir den Rest des Films komplett anzusehen.

Das Licht wurde mehr und mehr gedimmt, die Musik war inzwischen so laut, dass Ralph Cordes' Jammermiene noch ein gutes Stück mitleiderregender wurde. Das lebhafte Gespräch mit seiner Tochter, das fast ein Streit gewesen zu sein schien oder eine energische väterliche Zurechtweisung, war zu Ende. Die Kamera schwenkte langsam nach links, dann wieder zurück, und ich konnte beobachten, wie er noch einmal etwas zu Annalisa sagte, wobei er wegen des Lärmpegels nah an ihr Ohr gehen musste. Sie wollte aufspringen, aber er hielt sie am Oberarm fest und zog sie auf den Stuhl zurück. Dann erhob er sich und verließ zügig, ja, fast stürmisch den Saal. Zu diesem Zeitpunkt musste es ungefähr zehn Uhr am Abend gewesen sein. Annalisa blieb wie eingefroren sitzen, starrte in ihr Wasserglas.

Nach einer weiteren Drehung des Kameramannes kam erneut die Tanzfläche in Sicht. Auch Daphne war nun samt ihrem Partner verschwunden. Draußen war es Nacht geworden. Fast alle Glastüren zur Terrasse standen nun offen.

Es folgte ein Schnitt, und weiter ging es mit einem neuen, jetzt schon ein wenig wackeligen Kameraschwenk. Der Tisch, an dem Ralph Cordes zusammen mit seiner Tochter gesessen hatte, war inzwischen verwaist. Eine der emsigen Bedienungen hatte schon die Gläser abgeräumt.

Die Kamera kam kurz ins Schlingern. Offenbar hatte auch der talentierte Hobbyfilmer inzwischen mehr getrunken, als seiner Kunst zuträglich war. Während er anfangs noch regelmäßig einzelne Personen herangezoomt, verwegene Perspektiven nicht gescheut und andere Kunststückchen gewagt hatte, beschränkte er sich jetzt darauf, die Kamera auf dem Stativ hin- und herzudrehen. Und leider gab es immer noch keine Möglichkeit festzustellen, wie lang die Pausen zwischen diesen Schwenks waren.

Als das Video durchgelaufen war, rief ich wieder einmal Susanne Wernberger an, die auch am Samstag schon um Viertel nach acht auf den Beinen war. Kinder sind Gewohnheitstiere, die kein Wochenende kennen. Ich hörte die Kleinen im Hintergrund fröhlich quietschen, lärmen und poltern, als die geplagte Mutter mit matter Stimme fragte: »Was ist, Herr Gerlach? Was wollen Sie noch wissen?«

»Ich würde gerne Ihren Bruder sprechen. Wenn er ständig gefilmt hat, dann hat er vielleicht auch manches beobachtet, was nicht auf dem Film ist.«

»Wir reden nicht mehr miteinander. Und wenn er hört,

dass Sie die Nummer von mir haben, dann redet er auch nicht mit Ihnen. Außerdem pennt er bestimmt noch. Der Uwe ist Single und an den Wochenenden ständig auf der Piste.«

Unter der Dusche überlegte ich, wie ich weiter vorgehen sollte, und beim Rasieren kam ich zu dem Ergebnis, dass auch Beamte mit Führungsverantwortung hin und wieder Freizeit haben. Ich beschloss, einen längeren Spaziergang und nebenbei einem gewissen älteren Herrn eine Freude zu machen.

Als ich die Wohnung verließ, war es nicht einmal neun Uhr, und die jungen Leute schlummerten noch selig. Draußen empfing mich die frische Luft eines vielversprechenden Sommermorgens.

Lorenzo war bereits wach und fertig angezogen, als ich eine Dreiviertelstunde später seinen Klingelknopf drückte.

»Alexander?«, wunderte er sich. »Du …?«

Ich hielt ihm wortlos einen Zettel hin.

»Eine …?« Verwirrt, ungläubig, am Ende fast ängstlich starrte er mich an. »Eine Telefonnummer! Sag bloß …?«

»Sie heißt nicht Luca, sondern Lucrezia.«

»Lucrezia …«

»Und sie erinnert sich sogar noch an dich, stell dir vor. Der Mann neben ihr war übrigens ihr Bruder.«

»Ihr Bruder …«

»Sie war nicht verheiratet, versteht du? Damals jedenfalls war sie es nicht.«

Lorenzo schien überfordert zu sein von all den Neuigkeiten, die so unerwartet auf ihn einstürzten. »Nicht verheiratet«, wiederholte er lahm und ungläubig.

»Ob sie es heute ist, weiß ich nicht. Sie spricht nur Italienisch, und das Gespräch war ein bisschen einseitig. Aber ich hatte wirklich den Eindruck, dass sie sich noch an dich erinnert.«

»Italienisch …«

»Bist du über Nacht zum Papagei mutiert, oder ist es der Schock?«

»Ja, ich stehe wohl gerade ein wenig unter Schock …«

»Freust du dich denn nicht? Ich habe mir die Finger wund telefoniert …«

»Aber doch!«, widersprach der alte Schwerenöter. »Natürlich freue ich mich. Sehr sogar. Aber komm doch herein, bitte. Magst du vielleicht einen Kaffee?«

Beim gemeinsamen Cappuccino auf der Terrasse mit aufgebackenen Croissants, selbstgekochter Pflaumenmarmelade und süditalienischem Honig kam Lorenzo allmählich wieder zur Besinnung.

»Wann wirst du sie anrufen?«, wagte ich zu fragen, woraufhin er sofort wieder Symptome von beginnender Schnappatmung und akuter Hypotonie zeigte.

»Anrufen?«

»Du weißt schon, Telefon und so …«

»Du meinst, ich soll …?«

»Wozu hätte ich mir den ganzen Zirkus sonst angetan?«

»Ja aber …«

»Nichts aber. Du holst jetzt dein Telefon. Wenn du zu sehr zitterst, tippe ich gerne die Nummer für dich ein.«

»Aber ich werde doch nicht … Doch nicht, während du dabei bist! Ich würde mich in Grund und Boden schämen.«

»Dann gehe ich so lange raus.«

»Bitte nicht, Alexander, du kannst mich jetzt nicht allein lassen!«

»Sie wird dir schon nicht den Kopf abreißen.«

»Ich … Ich fühle mich wie ein Sechzehnjähriger, der sich nicht traut, die heimlich angebetete Nachbarstochter anzusprechen.«

»Genauso benimmst du dich auch. Heute ist man an diesem Punkt übrigens nicht mehr sechzehn, sondern zwölf oder dreizehn.«

»Dreizehn, sechzehn, neunundsechzig – ich fürchte, es macht keinen Unterschied.«

»Das fürchte ich allmählich auch.«

Über Lorenzos runzeliges Gesicht zog ein Gewittersturm nach dem anderen.

»Nun gut, ich werde es tun«, verkündete er schließlich mit kippeliger Entschlossenheit. »Du wirst dich nicht umsonst bemüht haben. Aber erst muss ich wieder … Vielleicht sollte ich eine Valium nehmen? Oder besser zwei?«

»Bloß nicht! Sei einfach du selbst. Frauen finden Männer süß, die beim Flirten aufgeregt sind. Das weckt ihre Mutterinstinkte.«

Da sprach ich wie ein alternder Schürzenjäger und hatte es doch selbst so gehasst. Dieses Sich-verwundbar-Machen. Seine Gefühle zu offenbaren, sein Herz auf den Tisch zu legen und zu hoffen, damit kein Gelächter auszulösen.

Da Lorenzo immer noch mit sich rang, erhob ich mich, holte sein Telefon aus der Ladeschale und legte es vor ihn auf den Tisch aus dunklem Rattangeflecht.

»In einer halben Stunde bin ich wieder da. Und dann will ich hören, wie es gelaufen ist. Und zwar in aller Breite und Ausführlichkeit.«

Nach einem entspannten Spaziergang den besonnten Philosophenweg entlang und wieder zurück läutete ich zum zweiten Mal an Lorenzos Tür. Heute würde es warm werden, das war jetzt schon zu spüren. Sollte der Sommer endlich seinem Namen Ehre machen wollen?

Lorenzo öffnete mir erst, nachdem ich den Knopf ein zweites Mal gedrückt hatte. Inzwischen war sein Gesicht nicht mehr rot, sondern blass und eingefallen. Ich fürchtete schon das Schlimmste, aber da verkündete er abgekämpft: »Sie geht nicht ans Telefon.«

»Hast du ihr auf den AB gesprochen?«

»Was ich zu sagen habe, kann man doch keiner Elektronikkiste anvertrauen, Alexander!«, erwiderte er empört. »Außerdem hat sie überhaupt keinen Anrufb…«

Irgendwo im Haus begann das Telefon zu trillern, und Lorenzo vergaß vor Schreck, mich auszusperren. So blieb ich still im Vorraum stehen, betrachtete seine Schuhsammlung und tat so, als würde ich nicht lauschen.

»Pronto? … Sì. Sì, sì … No, no … Sì, sì …«

Hin und wieder gab er auch Mehrsilbiges von sich, von dem ich leider wieder kaum etwas verstand. Je länger das Telefonat dauerte, desto mehr entspannte er sich, und gegen Ende wurde er geradezu redselig. Nach etwa zehn Minuten begann man sich zu verabschieden, nachdem man sich gegenseitig mehrfach versichert hatte, wie sehr man sich über den neuerlichen Kontakt freue. Nach einer knappen Viertelstunde legte Lorenzo auf und platzierte das Telefon so achtsam auf der Basisstation, als wäre es durch dieses Gespräch zu purem Gold geworden.

»Und?«, fragte ich erwartungsvoll.

»Du bist noch da?« Verdutzt sah er mich an. »Ich hatte dich völlig vergessen, bitte entschuldige.«

»Raus mit der Sprache! Wie ist sie? Was sagt sie? Wie ist es gelaufen?«

»Ach, Alexander, ich … Wie?«

»Wie es gelaufen ist!«

»Gut. Sehr gut.«

»Lorenzo, ich lege dir gleich Handschellen an und nehme dich vorläufig fest wegen vorsätzlicher Aussageverweigerung in einem besonders schwerwiegenden Fall.«

»Sie …«

»Was?«

»Sie kommt.« Er schluckte. Griff sich ans ergraute Haupt. »Nächste Woche. Und sie wollte wissen, wer der sympathische Herr war, mit dem sie in der Nacht gesprochen hat.«

»Ich fühle mich geschmeichelt.«

»Sie fragt, ob du auch dabei sein wirst.«

»Du kochst hoffentlich? Frauen mögen Männer, die kochen können.«

»Selbstverständlich werde ich kochen. Man muss schließlich Eindruck schinden, wo man kann. Würdest du wirklich kommen? Ich glaube, ich würde mich auch wohler fühlen ...«

»Lorenzo, bitte! Ihr seid beide ziemlich erwachsen, auch wenn du im Moment nicht so wirkst. Ihr braucht keinen Anstands-Wauwau.«

»Erwachsen fühle ich mich tatsächlich nicht, Alexander«, erwiderte mein Freund mit treuherzigem Augenaufschlag.

»Jetzt komm erst mal runter, telefoniert später noch mal in Ruhe, und wenn du mich dann immer noch dabeihaben willst ...«

Dann würde ich mir das von einem noblen Abendessen begleitete Spektakel bestimmt nicht entgehen lassen.

21

In der schönen Gewissheit, meine gute Tat für heute vollbracht zu haben, schlenderte ich nach Hause zurück, fand die Wohnung leer, meine Töchter samt Michael ausgeflogen, und freute mich auf einen friedlich-faulen und überdies sonnigen Samstag. Einen Tag, an dem meine einzige Aktivität darin bestehen würde, die Füße hochzulegen und endlich wieder einmal länger als eine Viertelstunde in einem Buch zu lesen. *Tante Julia und der Kunstschreiber* von Vargas Llosa geriet mir in die Finger, ein Buch, das ich vor langer Zeit schon einmal verschlungen und für gut befunden hatte. Über dem Roman vergaß ich sogar das Mittagessen, es wurde Nachmittag, draußen schien die Sonne wie seit Ewigkeiten nicht mehr, durch die weit offen stehende Balkontür wehte zunehmend warme Frühsommerluft herein, und ich fühlte mich rundum fantastisch.

Ich war an der Stelle, wo der blutjunge Protagonist einer zwanzig Jahre älteren Tante seine Liebe gesteht, als mein Handy den Wochenendfrieden zerschmetterte. Es war genau fünfzehn Uhr elf, als es zu brummen begann.

»Fehrenbach hier«, meldete sich eine Frauenstimme, die nach zu vielen Zigaretten klang. »Polizeipräsidium Frankfurt. Wir haben hier ein kleines Problem, bei dem Sie mir vielleicht weiterhelfen können ...«

Das Problem hieß mit Vornamen Muhammad. Der junge Afghane hatte sich seit einigen Tagen in einer WG in der Nähe des Frankfurter Osthafens versteckt gehalten, war jedoch von einem seiner Mitbewohner verpfiffen worden.

»Und wie ich den Namen in den Computer eingebe, da sehe ich, dass Sie das Bürschchen zur Fahndung ausgeschrieben haben. Ich hab dann gleich eine Streife hingeschickt, damit die Kollegen seine Personalien überprüfen und ihn gegebenenfalls gleich mitnehmen. Das ist aber leider schiefgegangen, und jetzt haben wir eine Geiselnahme an der Backe. Im Moment ist noch unklar, wie ernst die Lage faktisch ist.«

Bislang war lediglich bekannt, dass Muhammad beim Anblick der Polizisten unverzüglich einem Mitbewohner, Iraker, siebenundzwanzig Jahre alt, ein Messer an den Hals gehalten und sich mit seiner Geisel im Bad verbarrikadiert hatte.

»Da hab ich gedacht, wo Sie das Bürschchen suchen, vielleicht wissen Sie ein bisschen was über ihn, wie er so tickt und so. Ist er gefährlich oder bloß ein Maulheld? Kann er Deutsch, oder brauchen wir einen Dolmetscher? Das SEK müsste demnächst vor Ort sein. Sollen wir stürmen oder besser abwarten, bis er von allein aufgibt?«

Kollegin Fehrenbach sprach eine lustige Mischung aus ziemlich gutem Hochdeutsch und ziemlich breitem Hessisch.

»Kennen wäre zu viel gesagt«, entgegnete ich mit einem sehr flauen Gefühl im Oberbauch.

»Sie haben nie persönlich mit ihm zu tun gehabt?«

»Er weiß wahrscheinlich nicht mal, dass es mich gibt.«

»Vielleicht könnten Sie sich trotzdem bereithalten zur Unterstützung unserer Leute? Oder, noch besser, sogar herkommen? Die Kollegen vor Ort sind für jeden Tipp dankbar. Darf ich Ihnen die Handynummer vom Einsatzleiter geben?«

Der geplagte Mann im Rang eines Kriminaldirektors hieß mit Nachnamen ebenfalls Fehrenbach und war der Ehemann der Anruferin.

»Ich weiß, es ist Samstag, aber mein Mann tät sich bestimmt freuen, wenn Sie ihn wenigstens mal anrufen würden.«

»Bisher habe ich ihn nicht mal aus der Ferne gesehen«,

erklärte ich dem Einsatzleiter eine halbe Minute später. »Ich habe nur mit ein paar Leuten gesprochen, die in der Vergangenheit mit ihm zu tun hatten, und kenne einigermaßen seine Vorgeschichte.«

»Wie tickt er so? Ist er stabil, oder verliert er leicht die Nerven?«

»Vor allem ist er schon in der Vergangenheit gewalttätig geworden. Und seit er sich illegal im Land aufhält, steht er natürlich noch mehr unter Druck.«

»Auf gut Deutsch: Da oben sitzt eine tickende Zeitbombe mit einem Messer in der Hand.«

Aus seiner Anfangszeit in Heidelberg kannte Muhammad einen der Männer in der Migranten-WG, erzählte er mir, einen Landsmann, und hatte den Kontakt zu ihm nie ganz verloren. Nun hatte er gehofft, sich bei seinem Freund und Schicksalsgenossen für einige Zeit verstecken zu können. Der Iraker, den er zurzeit als Geisel missbrauchte, hatte jedoch schon früher hin und wieder als Tippgeber der Polizei fungiert und die Kollegen im Polizeipräsidium an der Adickesallee unverzüglich von dem Neuzugang der Wohngemeinschaft informiert.

»Und jetzt stehen wir da und gucken blöd aus der Wäsche. Wenn Sie ihn schon nicht näher kennen, vielleicht gibt's ja jemanden, der einen Draht zu ihm hat? Der ihm den Blödsinn ausreden könnte?«

»Das vielleicht eher«, erwiderte ich zögernd und legte mein Buch aufgeschlagen zur Seite. »Ich kümmere mich darum und melde mich wieder.«

Mein erster Anruf galt Awalmir Benawa, dem Dolmetscher am Patrick-Henry-Village. Dieser war heute jedoch nicht an seinem Arbeitsplatz, und unter seiner Privatnummer meldete sich seine Frau, die mir in kreativem Deutsch erklärte, ihr Mann gebe zurzeit jungen Afghanen Sprachunterricht. Das tue er jeden Samstag, von morgens halb neun bis in den späten Nachmittag.

»Er mach Telefon immer tot«, sagte Frau Benawa, »damit nicht machen stören.«

Die nächste Nummer, bei der ich mein Glück versuchte, war die von Abdul Rahmani, dem studierten Arzt und jetzigen Krankenpfleger. Ihn erreichte ich zwar an seinem Arbeitsplatz im Uniklinikum, aber er sah sich außerstande, mir zu helfen. »So viel zu tun im Moment, tut mir ehrlich leid, aber …«

Als dritte wählte ich die Festnetznummer der Familie Arbogast.

»Auf gar keinen Fall«, schmetterte die Mutter meine Bitte entsetzt ab. »Ich habe Mumin gegenüber so viele negative Gefühle, bestimmt würde ich alles nur noch schlimmer machen. Er hat eine Geisel genommen, sagen Sie? Ist das wirklich wahr?«

»Leider ja. Vielleicht wäre eine Ihrer Töchter bereit …?«

Sie zögerte lange, bis sie schließlich sagte: »Ich werde sie fragen. Sie sind alt genug, selbst zu entscheiden.«

Es dauerte keine Minute, bis mein Handy wieder loslegte.

»Leonie hier. Im Prinzip wär ich schon dabei …«

Allerdings hatte sie wieder einmal einen unaufschiebbaren Pferdetermin, weshalb es ihr unmöglich war, mich nach Frankfurt zu begleiten. Ihre Schwester Xenia habe bei der Anfrage nur hysterisch gelacht.

Nun blieb nur noch ein Mensch, den ich im Namen meiner Frankfurter Kollegen um Hilfe bitten konnte. Und der hatte kein Telefon.

»Bitte was?«, fragte Gustaf Cordes erschrocken, als ich eine Viertelstunde später vor seiner klapprigen Tür stand. »Was soll ich?«

Geduldig erklärte ich ihm mein Anliegen ein zweites Mal.

»Und wieso … wieso ausgerechnet ich?«

»Weil Sie der einzige Mensch sind, der mir noch eingefallen ist. Sie kennen ihn aus Ihrer gemeinsamen Zeit in der Zelle. Auf Sie hört er vielleicht.«

»Kennen?«, fragte Gustaf grimmig. »Den Muha kennt niemand. Der ist so was von verpeilt, an den kommt niemand mehr ran. Vergessen Sie's, okay? Nicht meine Baustelle, sorry.«

Er machte Anstalten, mir die Tür vor der Nase zuzuschlagen.

»Es geht mir weniger um ihn als um seine Geisel.«

»Wer ist das, die Geisel?«

»Ein Iraker, etwa in Ihrem Alter. Im Moment hat er ein Messer am Hals, und Muhammad ist in seinem Zustand einiges zuzutrauen.«

Gustaf lachte gallig. »Dem Muha ist schon lange alles zuzutrauen.«

»Es würde Sie zwei, drei Stunden kosten. Und vielleicht können Sie hinterher von sich sagen, Sie hätten einem Menschen das Leben gerettet.«

»Zeit wäre nicht das Problem«, erwiderte er lahm.

Bald, bald hatte ich ihn so weit.

»Sondern?«

»Ich … Ach, Scheiße!« Unzufrieden mit sich selbst schob er die Tür auf und zu und wieder auf. »Hab einfach keinen Bock auf Stress, verstehen Sie das denn nicht? Ich will meine Ruhe haben, verdammt!«

»Sie haben fünf Jahre lang Ihre Ruhe gehabt, da wäre ein bisschen Aufregung vielleicht mal eine nette Abwechslung.«

»Sie gehen mir so was von auf den Sack, Mann! Aber so was von.«

»Mein Auto steht unten im Parkverbot. Wir sollten dann allmählich …«

Zwanzig Minuten später waren wir auf der Autobahn unterwegs in Richtung Norden.

»Ihr Vater war übrigens tatsächlich eine Weile nicht auf der Hochzeitsfeier«, sagte ich zu Gustaf, der mit Leckt-mich-doch-alle-am-Arsch-Miene auf dem Beifahrersitz lümmelte. »Ungefähr eine Stunde zwischen zehn und elf. Sie haben sich wohl doch nicht getäuscht.«

»Das haben Sie geglaubt?«, blaffte er mich an. »Dass ich mich getäuscht habe? Halten Sie mich für so verblödet, dass ich nicht mal die Stimme von meinem Alten erkenne?«

»Ich halte Sie für alles Mögliche, aber bestimmt nicht für blöd. Andererseits müssen Sie zugeben, dass Sie sich sonst an kaum etwas erinnern, was in der Nacht war. Ist Ihnen inzwischen wieder eingefallen, was er gesagt oder gerufen hat?«

Aus dem Augenwinkel sah ich heftiges Kopfschütteln. »Kein bisschen, sorry.«

»Wie hat er geklungen? Aufgeregt? Oder eher locker?«

Gequältes Seufzen. »Aufgeregt irgendwie schon, ja.«

Ich warf einen Blick nach rechts. Gustaf hatte die Augen geschlossen, als dächte er intensiv nach. »Eigentlich war's fast mehr ein Schrei. Als wenn er sich über irgendwas höllisch erschrocken hätte.« Die Augen wurden wieder aufgerissen. »Aber vielleicht ist alles auch bloß Einbildung, was weiß ich. Man kann sich eine Menge einbilden, wenn man fünf Jahre Zeit dazu hat.«

»Nehmen wir mal an, er hätte sich wirklich erschreckt ...«

Jetzt sah er mich aufmerksam und mit einem Mal nicht mehr ganz so unfreundlich an. »Was wäre dann?«

»Ich weiß es nicht. Haben Sie sonst noch was gehört? Irgendwelche Geräusche? Eine Tür zum Beispiel?«

Er sah wieder nach vorn, beobachtete den lebhaften, aber flüssigen Verkehr. »Die Hunde. Die haben wieder mal getobt wie verrückt. Aber das haben sie ja ständig. An dem Tag sind sie aber besonders durchgedreht gewesen. Wahrscheinlich haben sie einfach zu wenig Bewegung gehabt. Oli ist mit jedem Tag fauler geworden, und in den Garten konnt er sie nicht lassen, weil sie sonst den Briefträger gefressen hätten.«

»Und später? Haben die Hunde sich wieder beruhigt? Haben Sie Olivers Stimme gehört? Hat er die Hunde zur Ordnung gerufen, zum Beispiel?«

Langes, sehr langes Schweigen. Ich überholte eine schier endlose Kolonne von Lkws. Der Citroën fuhr sich wirklich vorzüglich. Kein Vergleich mit dem alten, ausgeleierten und am Ende leider auch ziemlich lauten Peugeot.

Gustaf schnaufte. Zog missmutig die Nase hoch. »Weiß ich alles nicht, sorry. Bin bald wieder eingepennt. War ziemlich stoned an dem Abend.«

»Was ist Ihre nächste Erinnerung?«

»Ist das hier so was wie ein Verhör?«

»Wollen Sie nicht auch wissen, was damals passiert ist? Wenn Sie schon behaupten, Sie seien es nicht gewesen, dann wäre es ziemlich clever, wenn Sie sich ein bisschen mehr Mühe geben würden, um mich von Ihrer Unschuld zu überzeugen.«

Eine Weile spielte er an der großen silbernen Schnalle seines Ledergürtels herum. Dann sah er wieder aus dem Fenster, beobachtete den Verkehr, der jetzt zum Glück ruhig war. Zurzeit stand die Tachonadel bei hundertachtzig. Bei diesem Tempo wäre ich mit dem Peugeot wahrscheinlich von der Straße abgekommen.

»Wenn ich mich doch nur erinnern könnte.« Gustaf stöhnte verzweifelt, schlug sich auf den Oberschenkel. »Alles ist wie im dicksten Nebel. Mal ein Schemen, mal ein Geräusch, vielleicht ein Schrei, aber es gibt keine Zusammenhänge. War wirklich übel breit in der Nacht. Haben Sie ja bestimmt in den Akten gelesen.«

»Irgendwann sind Sie aufgewacht, haben Sie damals ausgesagt …«

»Ich kann mich aber nicht mal daran erinnern! Am Morgen hat diese Wasserflasche neben meinem Bett gelegen, halb leer, und die war am Abend noch nicht da gewesen. Die kann ja wohl nur ich geholt haben, oder?«

»Außerdem war Blut an Ihren Socken.«

Gustaf stöhnte lauter. »Und an meinen Händen auch, Scheiße, ja. Weiß ich doch alles, fuck, weiß ich doch selber!«

»Wo waren eigentlich die Hunde, als Sie bei Ihrem Bruder waren? Wieso haben die Sie nicht angefallen?«

»Ja, wo haben die gesteckt?«, fragte er sich selbst mit grüblerischer Miene.

»Ihre Mutter hat ausgesagt, sie seien in einem Nebenzimmer gewesen. Ihr Vater auch.«

»Im Lesezimmer, stimmt, hatte ich vergessen. Da hat Oli sie öfter eingesperrt. Wenn er Besuch gehabt hat oder sie ihn genervt haben.«

»Aber auch daran können Sie sich nicht erinnern.«

»Fuck, nein! An gar nichts kann ich mich erinnern, wie oft soll ich's denn noch sagen?«

»Oliver hat die Hunde also manchmal im Lesezimmer eingesperrt ...«

»Eigentlich war's gar kein Lesezimmer. Keine Ahnung, warum wir das so genannt haben. Ralph hat es lange als Atelier benutzt. Damals hat er manchmal noch gemalt. Aber als Oli dann wieder da war und die Hunde, da hat er seinen Malkrempel nach oben geräumt, in sein Schlafzimmer.«

»Ihre Eltern haben getrennt geschlafen?«, fragte ich überrascht.

»Schon ewig. Sie sind sich aus dem Weg gegangen, wo sie konnten.«

Einige Kilometer legten wir schweigend zurück. Dann fuhr mein Beifahrer fort: »Manchmal hat er sie weggesperrt, weil sie ihn einfach genervt haben, statt dass er sich mit ihnen beschäftigt hätte. An dem Tag war's so, glaube ich. Ohne Ende haben sie gekläfft, diese Dreckskœter. Vielleicht, weil so miese Stimmung war. Vielleicht haben sie das gespürt, und es hat sie verrückt gemacht.«

»Wie können die Tiere später in den Wohnraum gekommen sein? Ihr Bruder konnte sie nicht mehr hereinlassen, nachdem der Täter ihn niedergeschlagen hat, und jeden anderen hätten sie vermutlich sofort angefallen ...«

»Die brauchte keiner rauslassen«, antwortete Gustaf mit einem Mal wach und nachdenklich. »Der Harras, der Rüde, der konnt die Tür aufmachen. Nicht besonders gut, die Viecher waren dumm wie Bohnenstroh. Aber wenn er es lange genug probiert hat, hat er es meistens irgendwann geschafft, die Klinke zu erwischen. Sie werden irgendwann Hunger gehabt haben, nehme ich an. Und Hunger macht kreativ.«

Das Autobahnkreuz Darmstadt kam näher, ich bremste, drängelte mich nach rechts, trat auf der Abbiegespur das Gaspedal wieder durch.

»Sie haben ja gar kein Navi«, stellte Gustaf bei dieser Gelegenheit fest.

»Doch. Liegt im Kofferraum.«

»Aha.«

»Ich finde Frankfurt auch so, keine Angst.«

»Es macht einen krank, wenn man so leer ist im Kopf«, murmelte Gustaf mit verkniffener Miene, als die ersten Flugzeuge in Sicht kamen, die im Sinkflug den Fraport ansteuerten. »Auch wenn ich Oli nicht leiden konnte, ich meine, wenn er blutend am Boden liegt ... Dass ich nicht mal davon wach geworden bin. Dass ich mich nicht mal daran erinnere, das gibt's doch einfach nicht.«

»Sie gehen davon aus, dass er schon am Boden lag, als Sie zu ihm kamen?«

»Wie soll es denn sonst gewesen sein?«

»Neigen Sie zum Schlafwandeln?«

Gustaf stutzte. Nickte dann. »Als Kind manchmal. Einmal hat mich Daphne im Keller gefunden, einmal soll ich sogar im Garten gewesen und fast in den Pool gefallen sein. Da war ich vier oder fünf.«

»Später nicht mehr?«

»Nicht dass ich wüsste.«

»Glauben Sie immer noch, Ihr Vater hat Oliver erschlagen?«

»Haben Sie eine bessere Idee?«

»Ihre Schwester hat die Feier kurz nach Ihrem Vater verlassen und ist vor ihm wieder da gewesen.«

Nun war Gustaf Cordes wieder ganz bei der Sache. »Ännchen? Ist nicht wahr!«

»Ihre Stimme haben Sie aber nicht gehört?«

Ratloses Kopfschütteln.

»Sie war allerdings mit dem Rad unterwegs, soweit ich weiß.«

»Wie lange nach Ralph ist sie los?«

»Etwa zehn Minuten.«

»Vielleicht hat er draußen erst noch eine gequarzt, und sie sind dann zusammen gefahren?«

»Als Täterin kommt sie ja wohl eher nicht in Betracht.«

»Was für eine Idee!« Gustaf lachte auf. »Ännchen hat jede Art von Gewalt total verabscheut. Jede Spinne im Haus hat sie eingefangen und in den Garten getragen und jedes Vögelchen heimgebracht, das aus dem Nest gefallen war. Außerdem konnt sie kein Blut sehen.«

»Was ist denn eigentlich aus ihr geworden? Ihre Eltern sagen, sie wüssten nicht, wo sie jetzt ist und was sie treibt. Wissen Sie etwas?«

Unsere europaweite Suche nach einer nicht identifizierten weiblichen Toten, auf die Annalisas Beschreibung hätte passen können, war ergebnislos geblieben.

»Soweit ich weiß, hat sie mal in Trier gelebt, mit einem Typen zusammen. Aber Daphne und Ralph dürfen es nicht wissen.«

»In Trier? Wo genau? Wissen Sie eine Adresse?«

»Nein. Sie hat damals in einer WG gewohnt, mehr weiß ich nicht.«

»Lebt sie immer noch da?«

Gustaf schüttelte den Kopf. »Sie ist dann mit ihrem Typ zusammen weggezogen.« Er dehnte sich, streckte die Arme nach hinten, dass die Gelenke knackten. »Abhauen war ihre einzige Chance, so sehe ich das. In diesem Irrenhaus wäre sie früher oder später noch ganz verrückt geworden.«

»Wieso noch ganz verrückt?«

»Na ja«, erwiderte Gustaf unbehaglich. »Ein bisschen komisch ist sie immer schon gewesen. Mit ihren Ängsten und diesen Panikattacken aus dem Nichts.«

Schon von ferne sahen wir die Blaulichter, ein Meer von Blaulichtern. Streifenwagen standen quer, blockierten die Ostendstraße. Andere standen vor einem Haus, in dem Muhammad sich vermutlich verschanzt hatte. Ein milchgesichtiger Kollege in Uniform winkte eifrig, um mir den Weg um den abgesperrten Bereich herum zu weisen. Ich hielt den Dienstausweis aus dem Fenster.

»Ah, die Heidelberger«, begrüßte er uns mit gepresster Stimme. »Lassen Sie den Wagen einfach hier stehen. Schlüssel bitte stecken lassen, falls die Zufahrt geräumt werden muss für schweres Gerät. Fehrenbach ist der da vorne im grauen Mantel.«

Der Kollege, dem die zweifelhafte Ehre zugefallen war, hier die Entscheidungen treffen zu müssen, trug eine Art Columbo-Trenchcoat und hielt eine filterlose Zigarette zwischen Daumen und Zeigefinger der linken Hand. Wir schüttelten Hände, ich stellte Gustaf vor.

»Wie sieht's aus?«, fragte ich.

Fehrenbach hob die breiten Schultern, warf die fast bis auf die Finger heruntergebrannte filterlose Zigarette auf den Boden, wo sie in einer kleinen Pfütze zischend erlosch. Offenbar hatte es hier bis vor Kurzem noch geregnet.

»Das Haus ist gesichert. Hinten kommt er nicht raus und vorne zweimal nicht. Wenn er's übers Dach versucht, läuft er meinen Scharfschützen vor die Flinte. Das SEK steht Gewehr bei Fuß in der Seitenstraße.«

»Lässt er mit sich reden?«

»Kein Wort. Kann er überhaupt Deutsch?«

Zwei Kollegen in Zivil liefen eilig vorbei. Ich schnappte Worte auf wie »Kanaken« und »Kameltreiber«.

»Ziemlich gut sogar«, beantwortete ich Fehrenbachs Frage.

»Und der junge Mann?« Mit mildem Misstrauen beäugte er Gustaf.

»Er kennt ihn von früher. Sie waren eine Zeit lang sogar ... Na ja, ziemlich eng. Haben Sie schon eine Idee, wie Sie vorgehen werden?«

»Bisher hab ich noch nicht mal ein Bild davon, wie's in der Wohnung oben aussieht. Die Häuser gegenüber wären zwar hoch genug, aber das Bad, wo sie angeblich sind, hat kein Fenster.« Fehrenbach deutete mit dem Kinn nach oben, steckte sich ohne hinzusehen die nächste Zigarette an, zog eine schräge, nicht zu deutende Grimasse. »Ein paarmal habe ich versucht, ihn auf dem Festnetz anzurufen. Beim ersten Mal ist er noch drangegangen, aber dann hat er den Stecker gezogen, jedenfalls ist jetzt dauernd besetzt. Gesagt hat er nicht viel, außer wir sollen ihn in Frieden lassen oder er säbelt dem anderen die Rübe runter.«

Beide Seiten der schmalen Straße säumten drei- und viergeschossige Altbauhäuser vom Anfang des zwanzigsten Jahrhunderts. Viele waren hübsch renoviert, manche hätten ein wenig mehr Pflege vertragen können. Das Haus, in dem Muhammad Massoud sich aufhielt, war eines der am schlimmsten heruntergekommenen. Das Ambiente wirkte, als könnte man hier noch vergleichsweise preiswert wohnen.

»Ist es sicher, dass er nur ein Messer hat?«

»Die anderen Burschen, die da oben hausen, schwören Stein und Bein, dass in der Wohnung keine Schusswaffen sind. Aber bei solchen ... Da weiß man ja ...«

Er brach ab, machte eine sinnlose Bewegung ins Nichts. Ich verstand auch so, was er hatte sagen wollen, aber vor mir nicht aussprechen mochte – etwas zum Thema Vertrauenswürdigkeit und Wahrheitsliebe von Kameltreibern.

Ich sah Gustaf an. »Wir gehen hoch und versuchen unser Glück, wie wär's?«

»Wenn's sein muss«, knurrte er zugleich mürrisch und kleinlaut. »Lust hab ich echt nicht auf die Scheiße hier.«

»Im Treppenhaus sind Leute von mir.« Fehrenbach fischte ein Funkgerät aus einer großen Tasche seines Schlabbermantels. »Ich geb denen Bescheid, dass sie Sie durchlassen. Aber Ihr Risiko, okay? Ihre Entscheidung. Und auf keinen Fall ohne Schutzwesten.«

»Auf meine Verantwortung«, sagte ich, nachdem Gustaf und ich schwarze Kevlarwesten übergezogen hatten, auf deren Rücken weiß und breit »Polizei« stand. Ich nickte dem Einsatzleiter beruhigend zu. »Wird schon schiefgehen.«

Fehrenbach war fassungslos gewesen, als er hörte, dass ich unbewaffnet war, und hatte mir seine eigene Walther geradezu aufgedrängt.

Das Treppenhaus war dunkel und feucht. Es roch nach Keller, Fäulnis und alten Kartoffeln. Immerhin funktionierte die Beleuchtung, die trüben und staubigen Lampen erloschen allerdings immer schon nach wenigen Sekunden wieder. Es war jedoch auch ohne künstliches Licht hell genug, um unverletzt nach oben zu gelangen. Im zweiten OG langweilten sich fünf Uniformierte in Schutzwesten und Helmen mit hochgeklapptem Splitterschutz. Sie grüßten murmelnd. Einer gähnte und winkte nur.

Flüsternd bat ich den ranghöchsten von ihnen, uns zusammen mit zwei Kollegen zu folgen, aber außerhalb des

Sichtfelds des Türspions zu bleiben, falls es einen solchen gab. Er deutete wahllos zwei Männer heraus, und die drei schlossen sich uns an, ohne dass ein Wort gewechselt wurde. Trotz der schweren Schuhe bewegten sie sich fast lautlos. Wenige Stufen nach dem Treppenabsatz machten sie auf mein Zeichen hin halt.

Dann waren wir oben.

Hinter der Wohnungstür herrschte unheilvolle Stille.

Ich nickte Gustaf aufmunternd zu.

Er seufzte schwer, hüstelte.

»Muha!«, rief er dann jedoch überraschend energisch. »Was machst du für eine Scheiße, Dicker?«

Von innen weiterhin kein Geräusch.

Zweiter Anlauf: »Ich bin's, Gusti. Los, sag was!«

Ich meinte ein Rascheln zu hören, beobachtete den Türspion. Erst war von innen Licht zu sehen, dann plötzlich nicht mehr, dann wieder.

»Hau ab!«, tönte es hohl von innen. »Das hier ist nicht deine Sache.«

»Laber keinen Scheiß, Mann! Du kommst hier nicht lebend raus. Überall sind Bullen mit Waffen, überall. Du kannst entweder aufgeben oder da drin verhungern oder dich abknallen lassen. Such dir was aus.«

»Lieber sterbe ich hier«, rief Muhammad alles andere als selbstbewusst klingend durch die Tür. »Lieber sterbe ich.«

Gustaf wusste nicht, was er noch sagen sollte, sah mich fragend an.

»Hau ab!« Muhammads Stimme klang gepresst, zugleich aufs Äußerste angespannt und zu Tode erschöpft. »Lass mich in Ruhe.«

»So wird das aber nichts mit den zweiundsiebzig Jungfrauen, Alter«, behauptete Gustaf. »Glaub nicht, dass Allah zufrieden ist mit dem Bullshit, den du hier veranstaltest. Dein Kumpel da drin ist doch auch Moslem, oder nicht?«

Ich war mir nicht sicher, ob es der richtige Ton war, den Gustaf jetzt anschlug, wollte mich jedoch nicht einmischen.

»Wer ist der andere?«, hörte ich nach längerem Schweigen verzagt von innen. Gustafs Strategie könnte vielleicht doch aufgehen.

»Ein Bulle«, antwortete er gemütlich und grinste mich an. »Er ist unbewaffnet und ziemlich cool. Er will dir helfen.«

»Wie helfen?«

»Erst mal bloß quatschen. Lässt du mich rein? Ich mach keinen Stress, versprochen. Der andere bleibt draußen, und wir quatschen ein bisschen, nur wir zwei.«

»Moment!«, zischte ich erschrocken. »So war das aber nicht ...«

»Gibt nichts zu quatschen, Mann!«, schrie Muhammad mit überkippender Stimme. »Verpisst euch endlich, oder es fließt Blut!«

»Was willst du überhaupt, Alter?«, fragte Gustaf ungerührt. »Hast du wenigstens einen Plan? Du musst doch einen Plan haben.«

Nun herrschte Schweigen hinter der leider erst vor Kurzem erneuerten und ziemlich haltbar aussehenden Tür. Muhammad hatte mit Sicherheit keinen Plan. Er wollte nicht in die Hände der Polizei fallen. Er wollte nicht in seine Heimat zurück, der er unter solchen Mühen entkommen war. Und vermutlich hatte er es ernst gemeint, als er sagte, er werde lieber sterben, als sich zu ergeben.

»Jetzt lass mich endlich rein, Muha«, drängte Gustaf und bedeutete mir mit den Augen, mich zurückzuziehen. Stattdessen bewegte ich mich vorwärts, packte seinen Arm, zog mit der anderen Hand die geliehene Waffe aus dem Gürtel. In diesem Augenblick knackte das Schloss, und bevor ich reagieren konnte, hatte Gustaf Cordes sich losgerissen und verschwand hinter der Tür, die sofort wieder zufiel.

Schwer atmend stellte ich mich mit dem Rücken zur Wand neben die Tür und horchte. Ich hörte Gemurmel, Schritte, die sich entfernten.

Dann lange nichts.

Ein Stockwerk tiefer wurde gelacht. Die Kollegen erzählten sich Witze, um wach zu bleiben. »Kennt ihr den? Kommt ein Polizeipräsident in die Hölle …«

Hinter mir plötzlich Gebrüll, Geschrei, Gepolter.

Jemand kam zur Tür gerannt, hatte Probleme, den Schlüssel zu drehen, stürzte heraus, an mir vorbei, ohne mich zu bemerken, raste die Treppen hinab und dort in die Arme der verdutzten Kollegen.

Der junge Mann, der die Wohnung so eilig verlassen hatte, war weder Gustaf noch Muhammad.

»Herr Gerlach!«, hörte ich Sekunden später Gustaf panisch schreien. »Er hat … Jetzt hat er mich … Machen Sie bitte nix, bitte!«

Kurzes Schweigen, dann: »Er will mit mir rausgehen. Sagen Sie Ihren Leuten, sie sollen nicht schießen. Ich hab ein Messer am Hals, Mann, und Muha, er ist voll durchgeknallt. Der macht Ernst, verstehen Sie? Der macht total Ernst!«

Erneut öffnete sich die Tür, dieses Mal jedoch in Zeitlupe. Als Ersten sah ich Gustaf, mit Schweiß auf der Stirn und schreckensweiten Augen. Er war größer als der Geiselnehmer, der hinter ihm fast völlig verschwand. Nur die Hand, die das Messer hielt, war zu sehen. Ein großes, schweres Küchenmesser in einer kleinen, dunklen Hand.

»Gehen Sie«, presste Gustaf hervor. »Gehen Sie weg, alle! Und sagen Sie Ihren Leuten …«

»Niemand wird schießen«, versprach ich mit halb erhobenen Händen und stieg langsam, Stufe für Stufe, rückwärts die steile Holztreppe hinab. Die Walther steckte inzwischen wieder im Hosenbund in meinem Rücken.

Zwei Minuten später stand Muhammad Massoud zusammen mit seiner vor Angst erstarrten Geisel in der offenen Haustür. Eine Menge Kollegen auf den Dächern und in den Fenstern gegenüberliegender Häuser oder verschanzt hinter geparkten Autos hatten Gustaf jetzt im Visier. Das wusste er natürlich und der Geiselnehmer ebenfalls. Aber solange die Geisel gefährdet war, würde keiner abdrücken.

Muhammad benutzte Gustaf nicht nur als Schutzschild, sondern auch als Sprachrohr, verlangte durch ihn ein Auto mit vier Türen, und bekam es schon nach einer knappen Viertelstunde. Fünfzehn Minuten, die nicht nur mir vorkamen wie fünfzehn Ewigkeiten. Endlich wurde ein zitronengelber viertüriger Opel Corsa vors Haus gefahren. Weisungsgemäß ließ der Fahrer den Motor an und die Türen auf der linken Seite offen stehen, bevor er sich mit erhobenen Händen zurückzog. Gustaf musste sich auf den Fahrersitz setzen, für eine halbe Sekunde war Muhammad ungedeckt, dann saß er schon auf dem Rücksitz, machte sich klein, und sein ehemaliger Zellengenosse hatte das breite Chefmesser wieder am Hals.

Als Erstes würgte Gustaf den Motor ab. Er hatte schon vor seiner Zeit im Gefängnis einen Führerschein, allerdings so gut wie keine Fahrpraxis gehabt. Er ließ den Motor wieder an, würgte ihn ein zweites Mal ab. Schließlich ruckte der kleine Opel an, fuhr langsam, schlingernd davon, verschwand um die nächste Ecke, ohne in eines der am Straßenrand stehenden Autos zu krachen.

Sowie der kleine Wagen außer Sicht war, riss Fehrenbach das Funkgerät hoch und begann Kommandos hineinzubellen. Ein am Mainufer in der Nähe der Europäischen Zentralbank bereitstehender Hubschrauber wurde in die Luft beordert, mehrere zivile Fahrzeuge zur Verfolgung befohlen. Dann war es plötzlich wieder still. Aus der Ferne hörte ich das lauter werdende Gebrumm des startenden Hubschraubers, das bald wieder leiser wurde. Hin und wieder waren knappe Funkmeldungen zu hören. Und ich stand die ganze Zeit tatenlos herum und fühlte mich wie der größte Trottel unseres Planetensystems.

»Sonnemannstraße«, wiederholte Fehrenbach einmal. Muhammad ließ Gustaf nach Osten fahren, erklärte er mir auf meinen verständnislosen Blick hin. »Der will auf die Autobahn, das ist mal klar. Wird ihm aber nichts helfen, dem Drecksack, dem gottverdammten.«

Er stieß noch einige deftige Flüche aus, trat mehrmals heftig mit dem Fuß auf, beruhigte sich wieder.

Die nächste Positionsmeldung lautete Hanauer Landstraße. Der Hubschrauber war inzwischen nicht mehr zu hören. Die Anzahl der Fahrzeuge, die Gustaf und Muhammad folgten oder vorausfuhren, hatte in der Zwischenzeit weiter zugenommen.

Der Opel erreichte die Autobahnauffahrt, bog jedoch nicht in Richtung Süden ab.

Es gab ein kurzes Durcheinander von sich widersprechenden Meldungen. »Kreisverkehr?«, hörte ich Fehrenbach dann wiederholen. »Er will aber doch auf die Sechseinundsechzig, oder?« Wieder aufgeregtes und nicht zu verstehendes Gequäke. »Nicht?«, schrie er dann mit hochrotem Kopf. Der Corsa hatte den Kreisverkehr anderthalb Mal umrundet und fuhr nun in derselben Richtung weiter wie zuvor. Massoud hatte offenbar wirklich keine Idee, was er tun sollte, wohin er gefahren werden wollte. Längst musste ihm klar geworden sein, dass er verfolgt wurde, dass er nicht die geringste Chance hatte zu entkommen.

»Soll er doch machen, was er will, dieser Depp!«, schimpfte Fehrenbach. Dann sah er mich an. »Der will uns mürbe machen. Denkt wahrscheinlich, es wird uns irgendwann zu blöd, ihm nachzufahren. Wird ihm aber nichts helfen. Der Hubschrauber verliert ihn nicht.« Immer noch sah er mich an. Alles andere als freundlich. »Schönen Mist haben Sie mir da eingebrockt, Herr Kollege. Vielen Dank auch.«

»Wenn er mit der ersten Geisel rausgekommen wäre, hätten Sie auch nicht anders reagieren können«, versuchte ich mich zu verteidigen.

Fehrenbach setzte zu einer Erwiderung an, schüttelte dann jedoch nur den Kopf. Natürlich wusste er, dass ich recht hatte.

»Da kommen diese Brüder zu uns, weil sie in ihrer Heimat angeblich in Gefahr sind. Und was machen Sie hier? Bringen sich selber in Gefahr. Und andere auch. Und Stress machen sie. Stress und Ärger.«

Wieder quäkte das Funkgerät los.

»Was?«, schrie Fehrenbach hinein, nachdem er kurz zugehört hatte. »Was soll das heißen, weg?«

22

»Was machen Ihre Studienpläne?«, fragte ich Gustaf, als wir gegen halb sechs endlich wieder auf der Autobahn waren. »Sie wollen Jura studieren, habe ich gehört. Haben sogar schon während Ihrer Haftzeit damit angefangen.«

Er stöhnte wieder einmal. »Erst mal muss ich überhaupt zugelassen werden. Mein Abi war nicht so berühmt. Ob's klappt, erfahre ich im August.«

»Wo haben Sie sich denn beworben?«

»In Heidelberg nicht. Ich will weg, so weit wie möglich. Rostock wäre cool. Wollt immer schon mal am Meer wohnen.«

Deshalb hatte er sich außerdem noch in Hamburg und Greifswald beworben.

»Sicherheitshalber auch noch in Dresden und in Halle. In Ossiland ist der Andrang nicht so groß, da kommt man leichter rein.«

Sein Studium während der Haft war lediglich ein Fernstudium gewesen. »Wirtschaftsrecht, interessiert mich eigentlich einen Scheiß. War bloß, um schon mal bisschen reinzuschnuppern und nicht ganz zu verblöden.«

»Wo soll's später beruflich hingehen?«

»Strafverteidiger.« Seine Antwort überraschte mich nicht.

Für eine Weile hing jeder seinen Gedanken nach. Als ich wieder auf die A5 einbog, sagte ich: »Sie werden einen guten Verteidiger abgeben.«

Gustaf sah mich überrascht an. »Wieso?«

»Ein guter Verteidiger muss immer ein guter Schauspieler sein, und das sind Sie. Außerdem können Sie lügen, ohne rot zu werden, was vor Gericht auch ganz hilfreich sein kann.«

Er öffnete den Mund, schloss ihn wieder. Sagte endlich: »Wie soll ich das verstehen?«

»So, wie ich es gesagt habe.«

»Wann hätte ich Sie denn zum Beispiel angelogen?«

»Vorhin zum Beispiel. Dieser Geiseltausch war ein Fake, um Ihren Kumpel aus einer hoffnungslos verfahrenen Situation rauszulotsen.«

»Behaupten Sie.«

Erst als der kleine gelbe Opel schon fast den östlichen Stadtrand Frankfurts erreicht hatte, war den Kollegen endlich aufgefallen, dass nur noch der Fahrer drinsaß. Gustaf hatte sehr überrascht getan und sich darauf herausgeredet, er habe in seiner Panik überhaupt nicht bemerkt, dass Muhammad irgendwann, wahrscheinlich an einer roten Ampel, ausgestiegen war.

»In Wahrheit war das natürlich abgesprochen. Sie haben ihn aussteigen lassen, als Sie im Kreisverkehr unter der Autobahn waren. Da hatte der Hubschrauber für ein paar Sekunden keinen Sichtkontakt. Und die ganze Show haben Sie sich ausgedacht, um Ihrem Knastbruder zur Flucht zu verhelfen. Sie haben die Geisel übrigens sehr überzeugend gespielt, Kompliment. Anfangs habe ich Ihnen die Rolle tatsächlich geglaubt. Ich kann Sie mir wirklich sehr gut als Strafverteidiger vorstellen.«

»Bullshit!«, trumpfte er auf. »Eine bodenlose Unverschämtheit ist das! Sie sind gefrustet, weil Ihre Leute nicht mal imstande waren, einem Auto nachzufahren, und jetzt wollen Sie mir die Schuld in die Schuhe schieben. Sie haben ja keine Ahnung, wie scheiße man sich fühlt mit dem Messer am Hals und so einem … Irren hinter sich.«

»Sehen Sie, genau das meine ich«, erwiderte ich entspannt. »Sie können sich aus dem Stand und ohne jeden Anlass empören. Das ist sehr praktisch, wenn ein Zeuge gegen Ihren Mandanten aussagt zum Beispiel.«

»Also«, Gustaf wurde wieder leiser, »also echt.«

»Tun wir einfach mal so, als hätte ich recht. Wieso hätten Sie so etwas tun sollen?«

Langes, sehr langes Schweigen, dann mürrisch und gespielt gelangweilt: »Weil Muha eine arme Sau ist? Weil die Bullen ihn abgeknallt hätten, wenn die Geisel kein Deutscher gewesen wäre, sondern einer aus dem Irak?«

Genau das hatte ich auch gedacht, kurz nachdem der Opel um die Ecke verschwunden war. Weil Gustaf Deutscher war, hatte Fehrenbach keine Feuerfreigabe gegeben, hatten die Scharfschützen ihre Zeigefinger vom Abzug gelassen, war Muhammad noch am Leben.

»Hoffen wir, dass er bald geschnappt wird, damit er nicht noch mehr Unheil anrichten kann.«

Gustaf nickte, wirkte plötzlich alles andere als gelangweilt. »Ja«, seufzte er schwer, »das hoffe ich auch. Ich wollt einfach nicht, dass er abgeknallt wird. Das hat er nicht verdient.«

»Das hat niemand verdient.«

»Und drehen Sie mir jetzt einen Strick aus der Sache?«

»Sie wissen so gut wie ich, dass ich Ihnen nichts beweisen kann, solange Muhammad in Freiheit ist. Und wenn er irgendwann gefasst wird, dann wird er bestimmt nicht gegen Sie aussagen.«

Gustaf blies die Backen auf und fühlte sich sichtlich nicht mehr wohl in seiner Haut. »Da bin ich mir nicht so sicher. Bei Muha weiß man nie.«

»Themenwechsel«, sagte ich, nachdem wir einige Zeit geschwiegen hatten. »Was halten Sie von folgendem Vorschlag: Sie schalten den Anwaltsmodus vorübergehend aus, und wir reden mal Klartext?«

»Und was soll das bringen?«, fragte er gähnend.

»Wie wär's mit der Wahrheit?«

»Welche?«, schnaubte er. »Welche Wahrheit?«

»Was wirklich in der Nacht passiert ist, als Ihr Bruder erschlagen wurde. Was wirklich in der Nacht passiert ist, als

Ihnen jemand angeblich den Kerzenständer auf den Kopf gehauen hat.«

»Wieso angeblich?« Schon plusterte er sich wieder auf. »Was heißt das jetzt schon wieder?«

»Ich sagte: Anwaltsmodus aus.«

Gustaf wurde wieder kleiner. Und schwieg.

»Hören Sie, mir ist sonnenklar, dass ich Ihnen auch in dieser Sache nichts beweisen kann. Dazu sind Sie viel zu schlau. Es interessiert mich auch nicht, wie Sie es angestellt haben, sich selbst gerade so fest auf den Kopf zu hauen, dass es blutet, Sie aber nicht ernstlich verletzt waren. Es interessiert mich nicht, wer Ihr Helfer war und wie Sie die Schleifspuren fabriziert haben. Das haben Sie alles sehr clever eingefädelt. So clever, dass sogar meine Spurensicherer darauf reingefallen sind. Aber, wie gesagt, das alles interessiert mich nicht.«

»Was denn dann?«, fragte er, nun wieder zum Sterben gelangweilt.

»Warum Sie die ganze Scheiße veranstaltet haben, Herrgott!«, fuhr ich ihn an. »Obwohl ich es im Grunde schon weiß.«

»Ach ja?« Er lachte grimmig. »Wieso denn, bitte schön?«

»Um mich zu zwingen, mich mit Ihrer Vergangenheit zu beschäftigen. Damit der Tod Ihres Bruders noch mal untersucht wird. Was ja nun schon fast geklappt hat.«

Wieder herrschte vorübergehend Schweigen. Weinheim blieb zurück, Hirschberg, Schriesheim. Die Strahlenburg leuchtete friedlich in der Abendsonne. Rechts darüber der große Steinbruch, in dem Hartmut Gerstner den Tod gefunden hatte, der Mann, den wir anfangs irrtümlich für Gustaf gehalten hatten.

»Sie untersuchen den Fall echt noch mal?«, fragte Gustaf schließlich mit einem Blick, als könnte er immer noch nicht glauben, was er gehört hatte. »Wer Oli umgehauen hat? Sie wollen es wirklich wissen?«

»Hm.«

»Heißt das ...« Er schluckte aufgeregt, war plötzlich fast heiser. »Heißt das, Sie glauben mir, dass ich es nicht war?«

»Ich habe meine Zweifel.«

»Und wie ... wie könnte ich helfen, die aus der Welt zu schaffen?«

»Indem wir uns zusammensetzen und uns ganz viel Zeit nehmen und alles, woran Sie sich noch erinnern können, so lange wieder und wieder durchkauen, bis vielleicht doch noch etwas zum Vorschein kommt, das uns der Wahrheit ein Stückchen näherbringt.«

»Okay«, sagte er gedehnt und mit immer noch brüchiger Stimme. »Klingt nach einem guten Plan. Ich hab mir in den vergangenen Jahren allerdings schon ungefähr eine Million Mal das Hirn zermartert.«

»Zu zweit funktioniert es besser, glauben Sie mir. Ich bin in so was geschult. Ich kann Ihnen helfen, Denkblockaden zu überwinden. Ich kann Sie nicht zwingen, sich zu erinnern, aber ich kann Ihnen dabei helfen.«

»Wann?« Gustaf Cordes saß jetzt kerzengerade in seinem Sitz. Inzwischen hatte ich die Autobahn verlassen, gerade passierte ich das Heidelberger Ortsschild. »Ich bin dabei. Wann wollen wir es machen?«

Eine Stunde später saßen wir uns an Gustafs wackeligem und ein wenig klebrigem Küchentisch gegenüber, jeder mit einem Pizzakarton vor sich und einem nicht allzu sauberen Becherglas. Zur Belohnung für den überstandenen Stress hatte ich mir beim Italiener eine Flasche Chianti einpacken lassen, die wir mangels Korkenzieher mit Gustafs Taschenmesser, vereinten Kräften und viel Gefummel und Gekrümel geöffnet hatten. Da die Lokale am Samstagabend voll waren und Gustaf sich wieder geweigert hatte, die Polizeidirektion zu betreten, waren wir auf diese Lösung gekommen.

»Wir fangen ganz von vorne an«, begann ich, nachdem

ich das erste Viertel meiner Pizza Capricciosa mit Appetit vertilgt hatte. Aufgrund des Dramas in Frankfurt hatte ich den Tag über völlig vergessen, etwas zu essen.

Einmal mehr hörte ich die Geschichte vom nachmittäglichen Streit zwischen dem Vater und seinem verzogenen Stiefsohn. Von Annalisa, die tränenüberströmt die Treppen hinauflief und sich in ihrem Zimmer einschloss.

»Irgendwann haben unten die Türen geknallt, und dann war endlich Ruhe.«

»Ich dachte, Sie haben die ganze Zeit Musik gehört?«

»Über Kopfhörer, stimmt schon. Aber hin und wieder hab ich die runtergenommen und gehorcht, ob sie sich noch anschreien oder schon prügeln. Später ist Ralph reingekommen und wollt, dass ich aufstehe und mir was Feines anziehe.«

Gustaf hatte sich murrend gefügt, und man war zusammen zur Villa Bellini in Rauenberg gefahren.

»Ännchen ist später mit dem Rad nachgekommen. Sie hat eine Menge Schminke gebraucht, bis sie sich unter Leute getraut hat.«

»Wie lange fährt man von Ihrem Haus bis zum Hotel?«

»Mit dem Auto zehn Minuten. Wenn man mit den Ampeln Pech hat, zwanzig.«

»Ihr Vater war eine knappe Stunde weg. Er hätte also mehr als genug Zeit gehabt …«

»Um Oli umzunieten, brauchte er nicht lange. Statue nehmen, draufhauen, Statue wieder hinstellen …«

»Das Hinstellen haben ja anscheinend später Sie übernommen. Deshalb waren ihre Fingerabdrücke drauf.«

»Dann ging's sogar noch schneller.«

»Sie werden sich wieder gestritten haben. Aber dieses Mal ist die Sache außer Kontrolle geraten.«

Gustaf verschlang den letzten Happen seines Pizzastücks mit Heißhunger. »Passt bisher ganz gut zusammen, finden Sie nicht?«

»Trauen Sie Ihrem Vater so was zu? Auf mich macht er zwar einen ziemlich weltfremden, aber eher harmlosen Eindruck.«

»Da täuschen Sie sich.« Gustafs Miene verfinsterte sich. »Ralph kann ganz schön cholerisch werden. Der hat mich oft genug windelweich geprügelt, wenn ich mal wieder irgendwas nicht richtig gemacht hab. Später, als ich größer war, hat er sich nicht mehr getraut, mich anzufassen. Als Ännchen vier war, hat er sie mal wegen irgendeiner Kleinigkeit dermaßen verdroschen, dass Daphne sie ins Krankenhaus fahren musste. Ich weiß nicht, was sie dem Arzt erzählt hat, damit der nicht die Polizei holt. Wenn Ralph rotsieht, ehrlich, dann kann er zum Tier werden. Es braucht einiges, bis er durchdreht, aber dann ...«

»Und Ihre Schwester? Wenn sie mit ihm gefahren wäre und sie hätten es zusammen getan? Warum auch immer?«

Gustaf angelte das nächste Pizzastück aus dem Karton, biss hinein, schüttelte entschieden den Kopf. »Meine Schwester hätte die halbe Stadt zusammengeschrien, wenn sie dabei gewesen wäre. Wenn er vorgehabt hat, Oli umzubringen, dann ist er allein gefahren.«

»Und wenn sie ihm gefolgt wäre, um das Schlimmste zu verhindern?«

»Das könnte ich mir schon eher vorstellen.«

»Er war mit dem Auto natürlich schneller als sie. Mit dem Rad hätte sie es in der knappen Stunde wahrscheinlich nicht mal hin und zurück geschafft.«

Plötzlich wurden Gustafs Augen groß und rund. »Irrtum«, stieß er mit halb vollem Mund und einer Miene hervor, als hätte ich soeben ein dunkles, lange gehütetes Geheimnis enthüllt. »Großer Irrtum.« Langsam legte er den Happen in die Schachtel zurück, sah durch mich hindurch. »Da war diese Sperrung, jetzt fällt's mir wieder ein. Bei der Hinfahrt hab ich es nicht mitgekriegt, aber bei der Rückfahrt im Lieferwagen von diesem Metzger. Der hat geflucht wie ein Pferdeknecht, weil er einen Umweg fahren musste. Wegen dieser Sperrung.«

In der Auffahrt zur Autobahn A6 hatte es am Vormittag einen schweren Unfall gegeben, erinnerte sich Gustaf. Es war Öl ausgelaufen, ein Lkw war ausgebrannt, und deshalb war die B39 bis in den Sonntag hinein gesperrt gewesen.

»Ralph musste die B3 nehmen. Das hat ihn bestimmt zehn Minuten gekostet, wenn nicht länger.«

»Für Fahrräder galt die Sperrung nicht?«

Gustaf schüttelte heftig den Kopf. »Ännchen hat sich in der Gegend super ausgekannt, weil sie viel mit dem Rad unterwegs war. Sie hat einen Umweltfimmel gehabt und dazu einen Schlankheitswahn. Nie war sie sich schön und schlank genug, nie. Wahrscheinlich war sie sogar ein bisschen magersüchtig. Sie hat Ballett gemacht, ist geradelt wie blöd, jeden Morgen vor der Schule mindestens eine halbe Stunde gejoggt ...«

Mit dem Rad hätte sie einen direkten Weg über die Felder nehmen können.

»Es gibt da eine kleine Unterführung unter der Autobahn durch, die ist für Autos gesperrt, und so waren es nur drei, maximal vier Kilometer. Wenn Sie so fit sind wie Ännchen damals, schaffen Sie das locker in zehn Minuten.«

»Das heißt, rein physisch wäre sie durchaus in der Lage gewesen, Ihrem Bruder eins überzuziehen?«

Gustaf nickte heftig. »Nur psychisch passt es für mich einfach nicht.« Er trank einen großen Schluck Wein, biss wieder von der Pizza ab, schien mehr und mehr Gefallen zu finden an unserem Frage-und-Antwort-Spiel. »Glauben Sie mir, Herr Gerlach, auch über diesen Punkt hab ich schon tausendmal nachgedacht. Ännchen hätte doch auch gar kein Motiv gehabt. Zu ihr ist Oli eigentlich immer nett gewesen. Manchmal ... Na ja, manchmal hatte ich das Gefühl, dass sie ihn sogar ein bisschen anhimmelt.« Er kaute Pizza, schenkte sich Wein nach, obwohl das Glas noch halb voll war. »Obwohl, in den Tagen bevor es gekracht hat, hatte ich das Gefühl, dass es auch zwischen den beiden kriselt. Oli war ja aber auch wirklich nicht mehr auszuhalten.«

»Ich würde zu gerne hören, was Ihre Schwester dazu sagt.«

Gustaf versicherte mir noch einmal, er wisse nicht, wo Annalisa heute stecken könnte. Vielleicht konnte mir Daphne morgen einen Tipp geben, irgendeinen winzigen Hinweis, der mich auf die Spur ihrer Tochter brachte.

»Bei Ihrem Vater sehen Sie schon eher ein Motiv?«, nahm ich den Faden wieder auf.

»Oli ist ihm megamäßig auf den Senkel gegangen mit seiner blöden Firma und seinen Schulden. Sogar Daphne hatte schon den einen oder anderen Krach mit Oli gehabt. Trotzdem war und blieb er ihr Superstar. Auf Oli hat sie nichts kommen lassen, auch in den schlimmsten Zeiten nicht. Sie hat ihn angeschrien und zur Sau gemacht, das kann sie übrigens prima, andere zur Sau machen, und im nächsten Moment hat sie ihn in Schutz genommen, ihr Supersöhnchen. War alles voll irrational. Vielleicht hat es mit dem Typen zu tun gehabt, der sein Vater war.«

»Zwischen Ihrer Mutter und Ihrem Vater ist es nicht mehr so gut gelaufen?«

Gustaf lachte bitter. »Tote Hose, kann ich dazu nur sagen. Daphne hat ihr Leben gelebt, Ralph seines.«

»Noch mal zurück zu Ihrer Schwester. Sie könnte also ebenfalls im Haus gewesen sein, als Sie Ihren Vater hörten. Auf einem Video, das ich gesehen habe, hat sie später ziemlich verstört gewirkt.«

Nachdenklich sah Gustaf mich an. Nickte zögernd. »Vielleicht … vielleicht hat sie zugesehen, wie Ralph …? Und ist deshalb später abgehauen? Sie hätte ihn anzeigen müssen, sie hätte die ganze Zeit gewusst, dass ich unschuldig bin, hat es aber nicht fertiggebracht, ihren geliebten Papa in den

Knast zu bringen? Macht irgendwie Sinn, doch. Macht sogar total Sinn.«

Für Sekunden kauten wir beide Pizza, hingen unseren Gedanken nach und tranken schlechten Chianti dazu.

»Ihre Mutter war auf dem Video übrigens auch für längere Zeit nicht zu sehen«, fuhr ich schließlich fort.

Gustaf blieb der Bissen im Hals stecken. Er hustete, brauchte einige Sekunden, bis er sprechen konnte. »Und was sagt sie dazu?«

»Bisher noch gar nichts. Morgen treffe ich sie. Dann werde ich sie fragen.«

Er kam aus dem Staunen nicht mehr heraus. »Sie kommt nach Heidelberg?«

»Das wundert Sie?«

»Seit das mit Oli passiert ist ... Sie war nie wieder hier. Kein einziges Mal. Verstehe ich irgendwie auch. Jeder von uns wollte diese Scheiße hinter sich lassen. Annalisa ist abgehauen, Daphne ist abgehauen, Ralph und ich auf gewisse Weise auch.« Gustaf griff nach seinem Glas, trank jedoch nicht. »Bei der Beerdigung sind sie zum letzten Mal zusammen gewesen. Ich natürlich nicht, hab ja in U-Haft gesessen. Hätte aber auch keinen Bock gehabt, mir das anzutun. Dieses Geflenne und Gelaber und Gesülze – nee, echt nicht.«

»Kommen wir noch mal zu den Vernehmungen und dem Prozess. Ich begreife immer noch nicht, wieso Sie damals nicht gleich gesagt haben, dass Sie es nicht waren.«

»Weil ...« Gustaf senkte den Blick, sah auf die Reste seiner Pizza, sah wieder auf. »Ganz ehrlich? Ich weiß es bis heute nicht. Da ist eine Menge zusammengekommen. Der Schock. Ich war auf Turkey, und irgendwie war mir alles nur noch egal. Ich wollte meine Ruhe haben und fertig.« Sein Blick irrte ab. »Soll ich Ihnen was sagen?«, fragte er nach einer Weile, ohne mich anzusehen. »Wenn ich nicht in den Knast gekommen wäre, dann wäre ich jetzt wahrscheinlich tot.

Hab keinen Platz für mich gesehen in dieser Scheißwelt. Im Knast hat man seinen Platz. Man muss sich keine Gedanken machen, was morgen ist oder wo das Abendessen herkommt. Wie im Kloster: Alles ist geregelt, alles wird einem abgenommen. Und vor allem, ich war raus aus der Familie. Raus aus diesem Stumpfsinn, weg von dieser ständigen offenen oder unterschwelligen Feindseligkeit. Ständig hing so eine Aggression in der Luft. Glauben Sie mir, sogar eine Gefängniszelle war besser als das.«

Gedankenverloren drehte Gustaf sein Glas hin und her.

»Nach dem Entzug, wie ich wieder einigermaßen klar war im Kopf, sind mir zum ersten Mal Zweifel gekommen, ob das alles so eine gute Idee war. Aber da war's dann leider zu spät.«

Als wir uns erhoben, waren auch die letzten Pizzareste aufgegessen, die Weinflasche geleert und ich selbst um einiges klüger als zuvor. Nur was den Angriff auf sich selbst betraf, hüllte Gustaf sich nach wie vor in Schweigen, und ich hatte keinerlei Handhabe, ihn zu einer Aussage gegen sich selbst zu zwingen.

Entspannt und angesichts der vergangenen Stunden überraschend gut gelaunt trat ich in die Kühle einer sternklaren Nacht hinaus, klappte den Mantelkragen hoch. Gustaf hatte erleichtert gewirkt, als wir uns zum Abschied die Hand drückten. Erleichtert, dankbar und vielleicht zum ersten Mal seit vielen Jahren voller Hoffnung.

Mein Handy setzte meiner Euphorie ein Ende – Ralph Cordes wieder einmal.

»Ich muss Sie sprechen, Herr Gerlach«, haspelte er los. »Unbedingt. Sofort. Bitte!«

»Ihnen ist klar, dass Samstagabend ist und gleich halb elf?«

»Es muss sein, ich bitte Sie!«

»Darf ich wenigstens erfahren, worum es geht?«

»Gleich, Herr Gerlach, gleich. Ich bin schon in Heidelberg. Sagen Sie mir nur, wohin ich kommen soll. Ich werde mich beeilen.«

Wenige Minuten später saß er mir gegenüber, mit fiebrigem Blick und zappeligen Händen. Wir hatten uns auf der Hauptstraße getroffen und das nächste Lokal betreten, das wir fanden. Es schien eine Mischung aus Bistro, Café und Schnellimbiss zu sein und war jetzt, am Samstagabend, gut besucht mit entsprechend hohem Lärmpegel.

»Machen Sie es bitte kurz«, begann ich ungnädig. »Ich bin nicht im Dienst und außerdem hundemüde.«

»Ich will – ich muss ein Geständnis ablegen. Ich halte es keine Sekunde länger aus. Ich habe Oliver erschlagen. Ich. Ich war es.«

Ich hätte ihm zu gern geglaubt, aber es gelang mir nicht. »Sie waren an dem Abend noch mal zu Hause, habe ich erfahren.«

Er schien nicht überrascht zu sein, wollte nicht wissen, woher ich diese Information hatte. Vielleicht hatte er inzwischen über irgendwelche Kanäle erfahren, dass ich mit Susanne Wernberger und ihrem Ex gesprochen hatte, und daraus seine Schlüsse gezogen.

»Richtig.« Cordes sah in irgendeine Ecke schräg hinter mir. Sein Atem ging schwer und stoßweise. Vermutlich war er gerannt, um endlich sein Gewissen zu erleichtern. »Oliver ... Er war betrunken, sturzbetrunken war er und noch aggressiver als am Nachmittag.«

»Wieso sind Sie überhaupt nach Hause gefahren?«

»Weil ich noch einmal mit ihm sprechen wollte. Mich mit ihm versöhnen und ihm vielleicht doch das Geld anbieten, meine Ersparnisse, von denen ich Ihnen erzählt habe. Aber dieses Gespräch – von Anfang an lief alles völlig schief, und da ... Nachdem wir wieder eine Weile gestritten hatten, er mich wieder beleidigt hat, schlimmer als am Nachmittag, da habe ich die Statue genommen und ...«

»Wie kommt es, dass meine Kollegen daran nicht Ihre Fingerabdrücke gefunden haben?«

»Weil ich sie natürlich abgewischt habe, gründlich abgewischt. So von Sinnen war ich dann doch nicht. Vor allem, nachdem mir bewusst geworden war, was ich angerichtet hatte. Nachdem die Wut verraucht war und ich ihn da liegen sah, Oliver in seinem Blut.«

»Und dann haben Sie in aller Seelenruhe Ihre Spuren beseitigt und sind einfach wieder zur Hochzeitsfeier zurückgefahren.«

»Einfach?« Cordes lachte hysterisch auf, starrte mich an, als wollte er gleich auf mich losgehen. »Sagten Sie ›einfach‹? Wenn Sie wüssten! Ein Wunder, dass ich nicht von der Straße abgekommen bin, dass ich niemanden überfahren habe, dass ich nicht in den Gegenverkehr gerast bin, um dem Wahnsinn endlich ein Ende zu machen. Allem ein Ende zu machen.«

Er schwieg für Sekunden, die Ellbogen auf den Tisch gestützt, der Blick unstet, fast irre. An der Theke herrschte Gedränge, eine größere Gruppe junger Menschen verlangte lautstark nach Essen und Cola.

»Wissen Sie was?«, sagte ich schließlich, als von meinem Gegenüber nichts mehr kam. »Sie fahren jetzt nach Hause und beruhigen sich erst mal. Und am Montag reden wir weiter, okay? Ich nehme Ihre Aussage hiermit zur Kenntnis, und das reicht für heute.«

»Wie?« Er glotzte mich an. »Sie verhaften mich nicht? Aber ... Weshalb denn nicht?«

»Erstens sehe ich bei Ihnen keine Flucht- oder Verdunklungsgefahr. Und zweitens bin ich mir wie üblich nicht ganz sicher, was ich Ihnen glauben darf und was nicht.«

»Sie ... Sie glauben mir nicht?«

»Vielleicht am Montag. Wir werden sehen.«

Ich war wirklich hundemüde, stellte ich fest, als ich mich vom Stuhl stemmte. Theresa wartete seit Stunden auf mich.

Eigentlich hatten wir zusammen ins Kino gehen wollen, und ihre Nachrichten klangen inzwischen ein wenig angesäuert.

23

Natürlich waren wir beide älter geworden. Daphne weniger als ich, schien mir. Ihre Haarfarbe war schon wieder eine andere. Vor dreißig Jahren hatten weißblonde Ringellöckchen ihren Kopf umflirrt, auf dem Hochzeitsvideo war ihr Haar kastanienbraun und glatt gewesen, heute fielen tiefschwarze, weiche Locken auf ihre Schultern.

»Du hast dich überhaupt nicht verändert«, behauptete Daphne mit warmem Lächeln und wohlwollendem Blick, als wir am Sonntagnachmittag im Garten des traditionsreichen Cafés *Schafheutle* an einem runden Tisch zwischen Palmen und blühenden Büschen saßen.

»Lass das.« Mein Lachen klang bemüht. »Ich bin mehr als doppelt so alt wie damals.«

»Wir sind beide gereift, natürlich. Aber deine Art, dein Wesen – ich finde, du bist noch derselbe wie früher.«

Ich lachte schon wieder. Es gelang mir einfach nicht, meine Nervosität zu verbergen. »Wie willst du mein Wesen beurteilen, nachdem wir noch keine zwanzig Worte gewechselt haben?«

Zugenommen hatte sie im Gegensatz zu mir kaum. Sie trug ein schlichtes Kleidchen in bunten Sommerfarben, das wie maßgeschneidert an ihrem immer noch wohlproportionierten Körper saß. An den Beinen sah ich helle Strümpfe, an den Füßen halbhohe Pumps in Signalrot. Die Sonnenbrille hatte sie ins Haar geschoben. Ihr Gesicht war das einer reifen Frau, die wusste, dass sie nach wie vor begehrenswert war.

Der Nachmittag war so warm, dass ich das Jackett zu Hause gelassen hatte. Nur sicherheitshalber hatte ich mir einen leichten Pullover über die Schultern gelegt.

Daphne wurde ernst, beugte sich ein klein wenig zu mir herüber. »Das stimmt nicht, Alex. Wir haben telefoniert. Da merkt man schnell, wie der andere tickt. Wie geht es Gustaf denn? Ihr habt euch gestern getroffen, hast du vorhin am Telefon gesagt.«

Wie gut sie roch …

»Warst du nicht bei ihm? Ich dachte, deshalb bist du hier?«

Sie schlug die großen Augen nieder, deren Farbe zwischen blau und grün changierte. »Doch. Aber er war nicht da.«

Ich war mir nicht sicher, ob sie die Wahrheit sprach oder im letzten Moment den Mut verloren hatte. Aber das ging mich ja auch nichts an.

»Ganz okay so weit«, sagte ich. »So komisch es klingt, das Gefängnis hat ihm gutgetan. Das sagt er sogar selber. Er will Jura studieren, hat sich an fünf Universitäten beworben. Dein Sohn ist sehr intelligent. Und vor allem hat er jetzt einen Plan für sein Leben. Ich bin mir sicher, er wird seinen Weg machen.«

»Gut.« Sie nickte dankbar, ging wieder ein wenig auf Abstand. »Du kannst dir nicht vorstellen, wie gut es mir tut, das zu hören.«

»Hier.« Ich schob ihr einen Zettel hin. »Das ist seine Handynummer. Vielleicht rufst du ihn in den nächsten Tagen wenigstens mal an.«

Achtlos steckte sie das Papier in ihre Handtasche, an der ein Prada-Emblem im Sonnenlicht funkelte. Ihr Blick hatte immer noch dieses Tiefe, Geheimnisvolle, das ich schon damals so sexy gefunden hatte, auch wenn es vielleicht nur darauf beruhte, dass sie kurzsichtig war und zu eitel, eine Brille zu tragen. Ihre Brüste, die üppig und fest zugleich waren, bis heute …

Ich zwang mich, an etwas Harmloses zu denken. An Gustaf, dessen Schicksal sich vielleicht doch noch zum Guten wenden würde.

»Woran denkst du?«, fragte Daphne mit Schalk in den Augenwinkeln.

»Das willst du nicht wissen.«

»Ich glaube, ich weiß es schon. Du kannst dich nicht gut verstellen. Konntest du schon früher nicht.«

Ich atmete tief durch, wich ihrem hartnäckigen Blick aus. »Weshalb ich dich eigentlich sprechen wollte: Es geht um die Hochzeitsfeier ...«

»Die von Sanne und Horst?«

»Welche sonst?«

Sie nahm die Sonnenbrille aus dem Haar, legte sie auf den Tisch.

»Natürlich«, seufzte sie mit plötzlich leerem Blick. »Seit Oli tot ist, gibt es ja anscheinend nichts anderes mehr auf dieser verrückten Welt. Kann denn nicht endlich Ruhe sein? Gusti hat seine Strafe verbüßt, Herrgott, kann es jetzt nicht endlich mal gut sein? Der Fall ist abgeschlossen, Alex, aus, vorbei. Mit welchem Recht stellst du mir jetzt noch Fragen dazu?«

»Du kennst den Grund.«

»Weil Gusti auf einmal behauptet, er sei es nicht gewesen?« Sie lachte ein wenig zu schrill. Auch sie war nervös. Vermutlich aber aus einem anderen Grund als ich. »Das darf doch nicht wahr sein, Alex, ich bitte dich. Du weißt doch selbst am besten ...«

»Ich glaube ihm«, fiel ich ihr ins Wort.

»Ach was?« Verblüfft sah sie mir ins Gesicht. »Darf ich den Grund für deinen plötzlichen Meinungswechsel erfahren?«

»So plötzlich war der nicht.« Ich erzählte ihr von meinen Gesprächen mit ihrer früheren Freundin Susanne, von den vielen Fotos, von dem Video. Ich erzählte ihr von meiner Unterredung mit Gustaf und schließlich auch davon, dass ihr geschiedener Mann gestern Abend den Mord an seinem Stiefsohn gestanden hatte.

An dieser Stelle lachte sie lauthals, warf den Kopf zurück. »Ralph?«, prustete sie. »Was ist denn in den gefahren?«

»Er war fast eine Stunde nicht auf der Party.«

Ihre Heiterkeit verschwand wie weggewischt. »Dann hätte Gusti etwa die ganze Zeit unschuldig im Gefängnis gesessen?«

Ich rieb mir das Gesicht mit beiden Händen. Vergangene Nacht hatte ich nicht besonders gut geschlafen. Zu viel war gestern auf mich eingestürzt, Neues, Überraschendes, Beunruhigendes. »Ich hoffe, du wirst mir helfen, die Wahrheit herauszufinden.«

»Selbstverständlich werde ich das«, sagte sie sofort. »Was möchtest du denn von mir hören?«

Ich schob meine Kaffeetasse ein wenig zur Seite, legte die Unterarme auf den Tisch, sah ihr in die Augen. »Auf dem Video habe ich gesehen, dass auch du für längere Zeit nicht im Saal warst.«

Jetzt begann sie wieder zu lächeln, nein, eher schelmisch zu grinsen, erwiderte nur ein Wort, leise und kurz: »Stimmt.«

»Wo warst du?«

»Alex, bei aller Liebe, solche Fragen stellt man einer Dame nicht.«

»Der Kerl, mit dem du die ganze Zeit getanzt hast?«

Sie schloss kurz die Augen, was wohl Zustimmung bedeutete.

»Und war's schön?«

Ihr Lächeln verschwand so rasch, wie es gekommen war. Daphne starrte eine Weile in ihre Kaffeetasse, die im Gegensatz zu meiner noch fast voll war. Sie hatte sich ein Stück Obsttorte dazu bestellt, das sie ebenfalls noch nicht angerührt hatte.

»Alex«, begann sie dann mit drohendem Unterton, jedoch ohne die Stimme zu heben. »Ich bin nicht zur Nonne geboren. Das solltest gerade du eigentlich wissen.« Ihre Miene entspannte sich wieder. »Mit Ralph, das war schon lange nichts mehr. Ich habe ihn einfach nicht mehr ertragen. Ich weiß nicht, ob du das kennst, dass ein Mensch einen allein durch seine Anwesenheit rasend macht. Dass er einen langweilt, wenn er schweigt, und noch mehr langweilt, wenn er manchmal doch den Mund aufmacht. Dass man physisch Krämpfe kriegt, wenn er einem zu nah kommt.«

»Und da hast du dir hin und wieder ein Ventil gesucht.«

Spöttisch sah sie auf. »Und stell dir vor, ich habe nicht den Hauch von schlechtem Gewissen deshalb.«

»Du warst ein bisschen lange weg für einen Quickie.«

Nun lachte sie wieder. Leise nur, aber sie lachte. Spielte mit ihrer Tasse. »Wer behauptet denn, dass es nur ein Quickie war?«

Fast hätte ich in ihr Lachen eingestimmt. »Na ja, im Freien, hinter irgendeinem Gebüsch, ich weiß nicht. Waren da nicht noch andere Menschen im Park? Andere Paare vielleicht sogar, die auch …?«

»Ich muss dir was gestehen, Alex.« Sie beugte sich wieder zu mir her, blitzte mich an, dämpfte ihre Stimme. »Es macht mich scharf, wenn ich weiß, dass man erwischt werden könnte. Oft träume ich davon, Sex mit zwei Männern gleichzeitig zu haben, oder mit dreien. Und übrigens, fürs Protokoll: Nichts von dem, was ich getan habe, ist verboten.«

»Okay«, sagte ich langsam und unbehaglich. »Ihr habt also eine Dreiviertelstunde im Gras rumgetobt …«

»Ich habe nicht auf die Uhr gesehen. Macht dich die Vorstellung eigentlich an?«

»Kein bisschen«, log ich tapfer. »Und versuche bitte gar nicht erst, mich zu verführen.«

»Du bist nicht verheiratet.«

»Ich bin nicht auf dem Markt.«

»Glücklich?«

»Ja, und jetzt hör auf damit, bitte. Als ihr fertig wart, bist du wieder in den Saal zurück?«

»Wie du auf deinem Video bestimmt genau gesehen hast.«

»Dein Kleid hatte keine Flecken. Keine Grasflecken.«

Das schelmische Grinsen war wieder da. »Fred war ein Kavalier alter Schule. Er hat seinen Mantel geopfert.«

»Den habe ich später übrigens nicht mehr gesehen.«

»Den Mantel?«

»Den Mann.«

»Er wird nach Hause gegangen sein«, sagte sie achselzuckend. »War ziemlich ausgepowert, der arme Kerl.«

»Hat er das gesagt? Dass er heimgeht zu seiner kranken Frau?«

Die kleine Spitze konnte ich mir nicht verkneifen.

»Ich nehme es an. Und ich bin übrigens nicht die Hüterin meiner Beischläfer.«

Ich nahm mir vor, diesen Fred gleich morgen früh anzurufen und mir seine Version der Geschichte erzählen zu lassen. Als ich Daphne nach seiner Telefonnummer fragte, war es aus mit der Gemütlichkeit.

»Sag mal, tickst du noch ganz richtig?«, fauchte sie mich an. »Ich soll dir jetzt auch noch dabei helfen, in meinem Privatleben herumzuschnüffeln?«

»Blöde Frage, entschuldige.«

»Was ist nur los mit dir? Du sagst, du bist glücklich. Aber du wirkst nicht so. Ist es meinetwegen? Hast du irgendein Problem mit mir?«

Dieses Mal war ich es, der den Blick abwandte. »Daphne, ich …«

»Geht es um damals? Ist es dir peinlich, mich wiederzusehen?«

»Nein, es ist … Es geht um mich, nur um mich. Um mein Verhalten damals.«

»Daran war nichts auszusetzen. Du hast dich tapfer geschlagen, auf unserer Parkbank und später im Sandkasten vom Kinderspielplatz. Dafür, dass es das erste Mal für dich war, warst du sogar richtig gut.« Sie rückte noch näher. Ich konnte ihren Atem riechen, und auch der roch gut. »Ich habe drei Tage gebraucht«, flüsterte sie mir ins Ohr, »um den Sand aus allen meinen Ritzen rauszubekommen.«

»Das beruhigt mich sehr. Dass du im Großen und Ganzen zufrieden warst, meine ich. Ich habe die ganze Zeit gegrübelt ...«

Sie ging wieder auf Abstand. »Du hast doch nicht etwa Gewissensbisse? Wegen Sex vor der Ehe und so? So prüde hätte ich dich eigentlich nicht eingeschätzt.«

»Aber nein. Nein.«

Daphne, an jenem Abend in Karlsruhe die Partyqueen, war sehr zielstrebig gewesen. Ich gefiel ihr, das hatte ich bald gespürt, obwohl ich seinerzeit noch kaum Erfahrung im Umgang mit Frauen hatte. Ich war neunzehn gewesen, vielleicht auch schon zwanzig, und sie war das erste Exemplar dieses rätselhaften und sprunghaften Geschlechts, das so unverhohlenes Interesse an mir zeigte. Irgendwann – es muss lange nach Mitternacht gewesen sein – hatten wir uns davongestohlen, waren Hand in Hand spazieren gegangen. Sie hatte schließlich die Initiative ergreifen müssen, da mir der Mut dazu fehlte. Es war eine laue Vollmondnacht gewesen, und unser Spaziergang endete auf der ersten Parkbank, die im Mondlicht auftauchte.

Was dann folgte, machte mir bis zum heutigen Tag zu schaffen.

Und jetzt war hoffentlich die Gelegenheit, das Problem endlich aus der Welt zu schaffen.

»Du erinnerst dich noch an die Nacht?«

»Für was hältst du mich eigentlich?«, fragte sie kalt zurück. »Für eine Nymphomanin, die jeden Tag mit einem anderen Kerl in die Kiste springt? Selbstverständlich erinnere ich mich. Und ich fand's toll mit dir, ehrlich. Du warst ein bisschen verkrampft, okay. Aber ich war am Ende hin und weg. Und wenn ich mich richtig erinnere, dann galt dasselbe für dich. Jedenfalls hast du später gestrahlt wie ein Honigkuchenpferd an Heiligabend.«

Ich nickte unglücklich. »Anfangs hatte ich das Gefühl, du willst es auch. Es war alles … Eigentlich ziemlich eindeutig. Habe ich mir zumindest eingebildet.«

Sie gluckste wohlig. »Eindeutigkeit war auch nötig bei dir. Ich habe dich ganz schön lange anplinkern müssen, bis du endlich begriffen hast, dass ich was von dir wollte.«

»Aber dann, je mutiger ich geworden bin, desto mehr hast du dich gesträubt und mich auf Abstand gehalten. Und ich … ich war so aufgeregt, dass ich … dass ich mich seither frage, ob ich dich nicht am Ende mehr oder weniger …«

»Mehr oder weniger was?«

Warum fiel es mir nur so schwer, das schreckliche Wort auszusprechen? »Ob ich dich nicht zu sehr genötigt habe. Du hast dich zeitweise ganz schön heftig gewehrt, aber ich war so in Rage, weißt du …«

»Du warst stärker als ich«, sagte sie genießerisch. »Viel stärker.«

»Und so was nennen wir bei der Polizei normalerweise … Vergewaltigung.«

Endlich war es heraus.

Daphne sah mich verdattert an, begann wieder zu grinsen, warf wieder den Kopf in den Nacken, lachte schließlich aus vollem Hals. So laut, dass einige Gäste des gut besuchten Cafés die Köpfe drehten.

Nur allmählich beruhigte sie sich wieder. »Alex«, prustete sie, als sie wieder bei Stimme war. »Es war ein Spiel, verstehst du nicht? Manche Frauen mögen es, wenn sie ein bisschen fester angefasst werden, und ich bin eine von der Sorte. Du hast genau das getan, was ich wollte. Wenn du wirklich versucht hättest, mich gegen meinen Willen zu nehmen, dann würdest du heute aussehen wie diese Burschenschaftler mit Schmissen im Gesicht und wärst außerdem auf einem Auge blind. Bei Sannes Hochzeit lief es übrigens ganz ähnlich. Der arme Fred hat sich anfangs auch nicht recht getraut, aber dann ist er immer wilder und verrückter geworden, dass ich nur noch gestaunt habe, und am Ende war er fix und alle.« Sie blinzelte mich verschmitzt an. Unter dem Tisch stieß ihr Knie gegen meines. »Nur leider hatten sie keinen Sandkasten.«

»Es war also nicht gegen deinen Willen?«

Dieses Mal fiel ihr Lachen freundlicher aus, fast verständnisvoll. »Nein, das war es nicht, du kannst ganz beruhigt sein. Weder damals mit dir noch vor sechs Jahren mit Fred. Alles ganz okay. Alles ganz in meinem Sinne.«

Mit einem Mal fühlte ich mich sehr viel leichter und freier. Vermutlich lächelte ich sogar. Plötzlich nahm ich wieder wahr, was um uns herum geschah. Damenkränzchen tranken ihren Sonntagskaffee und verdrückten große Tortenstücke dazu. Liebespaare tuschelten in den Ecken. Und zu allem schien die Sonne, als wäre sie eben erst aufgegangen.

Daphne sah mich nachdenklich an. »Jetzt gefällst du mir schon besser. Da hast du dir so viele Jahre Gedanken gemacht, weil ...?«

»Aber nein. Die Tage danach war ich ein bisschen durch den Wind. Wusste nicht, ob ich versuchen soll, deine Nummer rauszufinden und dich anzurufen ...«

Lange hatte ich mit mir gerungen, ob ich ihre Nummer wählen sollte, die ich mir natürlich längst besorgt hatte, die Nummer ihrer Eltern, denn so etwas wie Handys kannte man ja noch nicht. Das Ende unseres kurzen, aber intensiven Zusammenseins war für mich verstörend abrupt und gefühllos gewesen. Ein letzter, hastiger Kuss auf meinen atemlosen Mund, Höschen hoch, Rock herunter, Bluse zu, und schon hatte die Dunkelheit sie verschluckt. Daphne hatte nicht im Entferntesten den Eindruck gemacht, als läge ihr etwas an mir.

Ich hatte sie schließlich nicht angerufen. Es gab andere

Mädchen, nettere Mädchen, zärtlichere und anschmiegsamere Exemplare, und bald hatte ich Daphne vergessen. Oder sollte ich sagen, verdrängt? Wie einen schlechten Traum, aus dem man mit unguten Gefühlen erwacht?

Erst als viele Jahre später der MeToo-Sturm um den Erdball raste, hatte mir die Szene auf der Parkbank und später im Sandkasten plötzlich wieder vor Augen gestanden. Juristisch hatte ich nichts zu befürchten. Selbst wenn mein erstes Mal den Tatbestand der sexuellen Nötigung oder gar Vergewaltigung erfüllt hätte, die Sache wäre längst verjährt. Aber allein die Schlagzeile »Kripochef ein Vergewaltiger?« wäre ein Albtraum für mich gewesen …

»Deshalb hast du dich nicht mehr gemeldet?«, fragte Daphne entrüstet. »Weil du Angst hattest, ich könnte …?«

»Aber nein. Ich … Ich weiß auch nicht.«

Lange schwieg sie mit niedergeschlagenen Augen. Spielte an ihrer inzwischen fast leeren Tasse herum. Dann sah sie wieder auf, jetzt mit weichem Blick. »Was wohl geworden wäre, wenn du dich getraut hättest? Wenn es nicht bei dem einen Mal geblieben wäre …?«

Mit einem Mal wirkte sie so verletzlich, nachdenklich, klein, dass ich unwillkürlich ihre Hand ergriff.

»Solche Gedanken führen zu nichts. Es ist, wie es ist, und bestimmt ist es gut so.«

Sie schloss die Augen, vielleicht um das eine oder andere Tränchen zu verbergen. »Kein Oliver«, murmelte sie. »Kein Ralph, kein Gustaf, keine Annalisa … Ich hätte ein völlig anderes Leben geführt mit dir. Du bist so ruhig, Alex, so bestimmt und … ja, achtsam.«

Mit geschlossenen Augen schwieg sie noch für einige lange Sekunden. Dann straffte sie ihren Rücken, zog ihre Hand weg, als wäre jetzt der Moment des endgültigen Abschieds gekommen. Des Abschieds, den wir damals versäumt hatten. Als Daphne die Augen wieder öffnete, war ihr Blick klar und fest wie zu Beginn unseres Gesprächs.

»Du hast recht, das ist dummes Zeug, das einen nur traurig macht. Was kann ich ... Hast du sonst noch Fragen?«

»Annalisa. Du hast wirklich überhaupt keinen Kontakt mehr zu ihr?«

»Wahrscheinlich noch weniger als Ralph. Wir sind nicht besonders gut miteinander ausgekommen, meine übersensible Tochter und ich. Ich hatte mir eine gewünscht, die ist wie ich, und Ännchen, wie Gustaf sie gerne genannt hat, war so ziemlich in jedem Punkt das Gegenteil.«

»Entschuldige, wenn ich das so unverblümt sage: Oliver war das einzige deiner drei Kinder, das du wirklich akzeptiert hast, richtig?«

Schon war ihr Blick wieder verschleiert. Sie schien nach Worten zu ringen. »Ich weiß, dass ich keine gute Mutter bin«, erwiderte sie schließlich. »Es liegt mir einfach nicht. Ich kann es nicht, tut mir leid.«

Ich trommelte mit den Fingern einen langsamen Rhythmus auf den Tisch. »Ich muss unbedingt mit Annalisa sprechen.«

Daphne nahm den letzten Schluck aus ihrer Tasse, schob achtlos den Teller mit dem Tortenstück zur Seite, von dem sie nicht einen Happen probiert hatte. Lächelte plötzlich wieder unternehmungslustig. »Dann finde sie. Wozu bist du Polizist?«

24

Annalisa Cordes – null sinnvolle Treffer bei Google, ebenso wenige bei Facebook. Am späten Sonntagnachmittag saß ich wieder einmal vor meinem privaten Laptop und durchforstete das Netz.

Annalisa ohne Cordes – ein Tsunami, allein bei Google.

Annalisa und Trier – keine Millionen mehr, aber immer noch über siebzigtausend.

Ich griff zum Handy, Gustaf nahm nach dem ersten Tuten ab.

»Nein, mehr, als dass sie eine Weile in Trier war, weiß ich wirklich nicht, tut mir echt leid.«

Der Ton, in dem er mit mir sprach, hatte sich während unseres gestrigen Gesprächs völlig verändert. Plötzlich stand keine Wand mehr zwischen uns, kein Misstrauen. Fast fühlte es sich an wie eine beginnende Freundschaft.

»Woher wissen Sie das eigentlich?«

»Hat mir …« Er überlegte. »Irgendwer hat es mir erzählt. Ich weiß aber im Moment nicht …«

»Wann war das?«

»Ist schon ein paar Jahre her. Ich komme im Moment wirklich nicht drauf, sorry.«

»Wann genau ist sie denn verschwunden?«

»Kann sein, am Tag nach Olis Beerdigung. Sicher bin ich mir aber nicht. In der U-Haft hatte ich ja null Kontakt nach draußen. Nicht mal meine Eltern durften mich besuchen. Hätten sie wahrscheinlich auch gar nicht gewollt. Und mir war's recht, wie gesagt. Ich wollte meine Ruhe, und die hatte ich. Erst viel später, Monate nach dem Prozess, ist Ralph mal aufgekreuzt und hat mir erzählt, dass meine Schwester auch nicht mehr da war. Angeblich hat sie nicht mal Tschüss gesagt, einfach ihren Koffer gepackt, und weg war sie. Vielleicht hat mir sogar Ralph das mit Trier erzählt?«

Die wenigsten Menschen verschwinden spurlos. Man muss nur lange und tief genug bohren, dann findet sich fast immer ein Hinweis. Kaum jemand hält es auf Dauer durch, sämtliche Brücken hinter sich abzureißen, alle Kontakte zu beenden. Man läuft jemandem über den Weg und wird erkannt. Man wird gesehen, ohne es zu bemerken. An dunklen Abenden übermannt einen die Einsamkeit, und man ruft eine Nummer an, die einem im Gedächtnis geblieben ist. Irgendjemand weiß immer etwas. Man muss diesen Jemand nur finden. Und dazu braucht man Namen.

Ich drückte die Wahlwiederholung.

»Freundinnen?« Gustaf klang jetzt fast heiter. »Kann mich nicht erinnern, dass Ännchen je so was gehabt hätte. Oder doch, warten Sie. Es hat mal eine Doreen gegeben. Waren sie in derselben Klasse? Nein, jetzt fällt's mir wieder ein: Sie haben sich aus dem Klavierunterricht gekannt. Ännchen war ziemlich begabt. Sie hat sich nur nicht getraut, vor Publikum zu spielen. Sobald man ins Zimmer gekommen ist, hat sie den Klavierdeckel zugemacht oder einen verscheucht.«

»Wissen Sie noch, wie der Klavierlehrer geheißen hat?«

»Das war eine Lehrerin, in Sandhausen, glaub ich. Ralph oder Daphne müssten das wissen.«

Ralph Cordes erinnerte sich tatsächlich noch an den Namen der Klavierlehrerin, und Minuten später wusste ich bereits, dass Frau Schuhmacher vor drei Jahren zwei Tage vor ihrem siebenundsiebzigsten Geburtstag einem Herzinfarkt erlegen war. Ihr Sohn, dem ich diese Auskunft verdankte, lebte immer noch in seinem Elternhaus und meinte, in einer Kiste irgendwo auf dem Dachboden müssten noch Unterlagen seiner musikalischen Mutter sein. Er versprach den Karton zu suchen und nachzusehen, ob es unter den

Schülerinnen eine Doreen gegeben hatte. Allerdings nicht heute.

»Gleich ist *Tatort*-Zeit. *Tatort* ist Pflicht bei uns.«

Als ich auf den roten Hörer tippte, entdeckte ich, dass Theresa mir schon vor zwei Stunden eine Nachricht geschickt hatte. Sie wollte wissen, ob ich Lust hätte, den gestern versäumten Kinobesuch heute nachzuholen, aber dafür war es inzwischen schon wieder zu spät geworden. Ich konnte mich nicht einmal mehr erinnern, wie der Film hieß, von dem sie mir seit Tagen vorschwärmte. So redete ich mich darauf hinaus, dass heute ein Töchterabend sei und meine Mädchen sich inzwischen genauso vernachlässigt fühlten wie sie. Das war eine glatte Lüge, denn die Zwillinge waren heute Abend irgendwo eingeladen. Wo Michael steckte, wusste ich nicht und war auch nicht meine Angelegenheit. In Wahrheit hatte ich schlicht keine Lust auf Theresa.

Plötzlich fühlte ich mich nicht mehr wohl in meiner Haut. Solche kleinen Lügen neigten dazu, sich zu verselbstständigen, mit der Zeit zu großen Lügen zu werden und am Ende die Beziehung zu vergiften. Ich beschloss, Theresa zu einem großen, teuren Abendessen einzuladen, sobald das Cordes-Elend ein Ende hatte. Lange würde es nun nicht mehr dauern, davon war ich überzeugt.

Später rief ich Lorenzo an, um auf andere Gedanken zu kommen. Er war heute glücklicherweise ungewohnt redselig.

»Sie kommt am Donnerstag!«, rief er aufgekratzt. »Ich hole sie vom Bahnhof ab und zeige ihr erst einmal ein wenig die Stadt, habe ich mir überlegt. Damit man sich beschnuppern kann. Abends essen wir dann zusammen. Du wirst doch kommen? Ich habe solche Angst, dass mir plötzlich nichts mehr einfällt, worüber ich mit ihr sprechen könnte.«

»Dann nimmst du sie in den Arm und küsst sie. So macht man das üblicherweise.«

»Ich werde demnächst siebzig, Alexander!«, verkündete er entrüstet.

»Das hat dich bisher auch nicht davon abgehalten, Unfug zu treiben.«

»Dieses Mal ist es anders«, erklärte er hoheitsvoll. »Dieses Mal ist es ernst.«

Es gelang mir, nicht zu lachen.

»Die anderen, das waren ... Liebeleien«, fuhr er fort, »eine nette Abwechslung, Bettgeschichten. Lucrezia ist meine große Liebe.«

»Über die du bis vor Kurzem kein Wort verloren hast.«

»Weil ich – um ehrlich zu sein, ich begreife es selbst nicht. Ich hatte es verdrängt. Vielleicht, weil es sinnlos gewesen wäre, an sie zu denken, hoffnungslos. Außerdem wollte ich mich vor dir nicht lächerlich machen mit meinen albernen Geschichten.«

»Wenn man liebt, macht man sich fast immer lächerlich. Per aspera ad astra, haben schon die alten Römer gesagt.«

»Seit wann kannst du Latein?«

»Ich habe den Spruch mal von einer Prostituierten aufgeschnappt und später gegoogelt, was er bedeutet.«

»Alexander, du ...?«

»Es war rein dienstlich.«

»Dein Beruf scheint ja noch interessanter zu sein, als ich dachte. Am Donnerstag wirst du kommen und verhindern, dass ich mich zum Narren mache, ja? Ich bitte dich sehr darum. Ich denke schon die ganze Zeit über das Menü nach und werde so gut kochen wie noch nie.«

»Um sieben?«

»Um sieben.«

Der Montag war der Tag, vor dem ich mich schon mein halbes Leben lang fürchtete: Mein fünfzigster Geburtstag. Meine Töchter waren zu nachtschlafender Zeit aufgestanden, hatten die Küche mit bunten Luftschlangen, tausend

Kerzen und einer selbst gebastelten Banderole geschmückt, auf der groß und breit und vielfarbig »Happy Birthday, tollster Paps ever« geschrieben stand. Sogar einen Kuchen hatten sie gebacken, ohne dass ich auch nur das leiseste Klappern gehört hätte. Rotweinkuchen, den ich so liebte, noch warm und mit einer dicken Schicht Puderzucker obendrauf. Ich wurde stürmisch geherzt und geküsst, erfuhr, dass es die Geschenke erst am Abend geben würde, und sogar die Kaffeemaschine war schon betriebsbereit. Nach einer gefühlten Ewigkeit frühstückten wir wieder einmal zusammen. Louise wollte wissen, wie man sich fühlte mit einem halben Jahrhundert auf dem Buckel.

»Nicht anders als gestern. Nicht anders als vor einem Jahr. Man merkt es eigentlich gar nicht, dass man alt wird. Man sieht es nur, wenn man in den Spiegel schaut.«

»Früher hast du dich mehr aufgeregt«, fand Sarah. »Ich finde, du bist ruhiger geworden.«

»Ihr macht auch nicht mehr so viele Dummheiten, über die ich mich aufregen müsste«, erwiderte ich schmunzelnd.

»Trotzdem«, fand Louise, »irgendwie bist du viel netter als früher.«

Dieser Satz würde mein schönstes Geburtstagsgeschenk sein, gleichgültig, was im Lauf des Tages noch kommen würde.

Nach dem zweiten Stück Rotweinkuchen verabschiedeten sich meine Töchter, um sich auf den Weg zur Schule zu machen. Sie rumpelten kurz im Flur herum, dann klappte die Wohnungstür. In Ruhe trank ich den letzten Schluck Kaffee und erhob mich, um ins Bad zu gehen. In der Küchentür prallte ich mit Theresa zusammen, die sich offenbar Mühe gegeben hatte, die Tür lautlos zu öffnen. Sie war in Begleitung eines enormen Straußes blutroter Rosen und eines Piccolos der Marke Piper Heidsieck. Ich nahm ihr die Blumen und das Fläschchen ab, umarmte sie, küsste sie, wollte mich schon bedanken.

»Noch nicht«, sagte sie geheimnisvoll. »Das eigentliche Geschenk kommt noch.«

»Willst du nicht erst mal den Mantel ablegen?«

»Erst der Champagner.«

Die Rosen kamen in die größte Vase, die ich auftreiben konnte, der Piccolo wurde entkorkt, der Champagner in die Bleiglaskelche verteilt, die Theresa aus ihrer großen Handtasche gezaubert hatte. Wir stießen an. Tranken. Küssten uns noch einmal.

»So«, sagte Theresa mit vielversprechendem Lächeln und stellte ihr Glas ab. »Jetzt.«

Sie knöpfte ihren weißen Trenchcoat auf, ließ ihn von den Schultern fallen. Darunter trug sie – nichts.

»Sönnchen ist informiert, dass ihr Chef heute später kommt.«

In der Direktion ging der Zirkus weiter. Sönnchen hatte vermutlich auch schon im Morgengrauen begonnen, mein Büro zu schmücken. Es gab nicht nur einen Kuchen, sondern gleich vier, gebacken von ihr selbst und Petra Ragold, Kaltenbachs Sekretärin, die wegen des Urlaubs ihres Chefs zurzeit ein wenig unterbeschäftigt zu sein schien. Wieder wurden Kerzen angezündet, und dann kamen sie. Klara Vangelis, Rolf Runkel und Laila Khatari vorneweg, gefolgt von fast der kompletten Kriminalpolizei Heidelbergs. Sollte ich jemals auf den Gedanken kommen, eine Bank auszurauben oder einen Geldtransport zu überfallen, dann würde ich gleich zu Beginn der Planung nachforschen, an welchem Tag der Kripochef Geburtstag hat.

Ich drückte Hände und Hände und noch mehr Hände. Feuchte und trockene, knochige und weiche, die Kaffeemaschine stand kurz vor einem finalen Systemzusammenbruch, während im Vorzimmer Sektkorken ploppten und schlanke, billige Gläser gefüllt wurden. Was für ein Segen, dass Kaltenbach auf Gran Canaria weilte! Vermutlich hätte er unverzüglich eine neue Dienstanweisung verfasst zum Thema »Private Feierlichkeiten während der Dienstzeit«.

Die anfangs noch ein wenig förmliche Stimmung kippte bald ins Gesellige. Irgendwann sang die ganze Bande im Chor herzzerreißend falsch und grauenhaft schön »Happy Birthday, Chef«.

»Ist wenigstens das Lagezentrum noch besetzt?«, fragte ich, als es gegen halb zehn ging und ich das zweite Gläschen Sekt intus hatte. Inzwischen fand ich es doch recht schön, ausnahmsweise einmal im Zentrum der allgemeinen Zuneigung zu stehen. Vangelis beruhigte mich. Sollte jemand in Heidelberg die Hundertzwölf wählen, würde er auch jetzt nicht in der Warteschleife verhungern. Hin und wieder klingelte Sönnchens Telefon. Dann ging sie jedes Mal ins Vorzimmer, zog die Tür hinter sich zu und vertröstete den Anrufer wegen einer wichtigen Krisensitzung ihres Chefs auf später. Nur einen einzigen Anruf stellte sie durch: Auch Sven Balke ließ es sich nicht nehmen, mir zu gratulieren. Immer noch lag er im Krankenhaus, und mit jedem Tag fieberte er seiner Entlassung inbrünstiger entgegen. Svenja schien überhaupt nicht mehr von seiner Seite zu weichen und gratulierte mir ebenfalls. Überraschend gekonnt und sogar zweistimmig sangen auch sie »Happy Birthday« für mich. Und hol mich der Teufel, fast wären mir dabei die Tränen gekommen.

Als ich darüber nachzudenken begann, wie ich den Tumult beenden könnte, ohne allzu sehr den Vorgesetzten heraushängen zu lassen, ging die Tür auf, und herein trat ein riesiger Blumenstrauß, hinter dem sich jemand verbarg, der überhaupt noch nie mein Büro betreten hatte: die Chefin der Staatsanwaltschaft, Frau Dr. Steinbeißer. Abrupt kehrte Stille ein, doch sie winkte ab, rief lachend: »Lassen Sie sich bitte nicht stören!«, und wieder wurde meine allmählich ein wenig lahme Rechte geschüttelt. Zu meiner Verblüffung lehnte die als aktenstaubtrocken und komplett humorfrei verschriene Topjuristin ein Stück von Sönnchens Schwarzwälder Kirschtorte und ein halbes Gläschen Sekt nicht ab und beteiligte sich bald eifrig an der allgemeinen Fröhlichkeit. Irgendjemand hatte begonnen, Witze zu erzählen, teilweise unterirdisch dämliche Witze, aber auch ich lachte kräftig mit.

Um zehn blickte die Staatsanwältin auf die Uhr, und ich nahm die diskrete Geste zum Anlass, eine kurze Dankesrede zu halten, bei der ich mich – vermutlich wegen des Sekts – zweimal verhaspelte, und anschließend löste sich die Versammlung verblüffend zügig auf.

»Der Kuchen ist fast weg«, stellte Sönnchen zufrieden fest, »und vom Sekt ist überhaupt nichts mehr übrig.«

Als auch die Staatsanwältin sich verabschieden wollte, bat ich sie, noch kurz zu bleiben.

»Ich wollte Sie heute sowieso anrufen.«

»Sie erinnern sich bestimmt noch an den Fall Gustaf Cordes«, begann ich, als Frau Dr. Steinbeißer auf dem mittleren meiner Besucherstühle Platz genommen hatte.

»Der junge Mann, der seinen Bruder erschlagen hat?«

»Seinen Halbbruder, um genau zu sein.«

»Was die Sache nur unwesentlich besser macht. Was ist damit?«

Wach und schon jetzt ein wenig misstrauisch sah sie mich an.

»Mir sind inzwischen einige Sachen zugetragen worden, die mich an der Schuld von Gustaf Cordes zweifeln lassen.«

»Müsste er nicht längst auf Bewährung entlassen sein?«

»Er hat seine Zeit komplett abgesessen wegen mangelnder Schuldeinsicht.«

»Und was sind das nun für neue Sachverhalte?«

Ich erzählte von meinem Gespräch mit Gustaf, was keinerlei Eindruck auf sie machte, fuhr fort mit der Tatsache, dass Ralph Cordes in der Tatnacht noch einmal im Haus gewesen war, was beim ersten Ermittlungsverfahren übersehen oder ignoriert worden war.

»Außerdem …« Ich senkte den Blick.

»Außerdem?«, fragte sie mit hochgezogenen Brauen.

Ich sah wieder auf. »Für mich sieht es sehr danach aus, als wären die Vernehmungen damals … vorsichtig ausgedrückt … nicht ganz nach Vorschrift verlaufen.«

Sie atmete tief ein und wieder aus. »Starker Tobak, Herr Gerlach, was Sie da sagen.«

Ich schilderte ihr den damaligen Ablauf, wie ich ihn inzwischen in Erfahrung gebracht hatte.

»Achtzehn Stunden?«, fragte sie nun doch ein wenig irritiert. »Und ohne Anwalt? Das ist allerdings … Weshalb war denn kein Anwalt dabei?«

»Der Beschuldigte hatte ausdrücklich und schriftlich darauf verzichtet. Formal ist nichts daran auszusetzen. Aber ich nehme an, man hat ihm dafür gewisse Vorteile versprochen.«

»Wer hat die Vernehmungen seinerzeit durchgeführt?«

»Seifried und Prokop.«

»Einer tot, einer im Ruhestand«, konstatierte sie missmutig.

»Wir haben versucht, Prokop zu erreichen. Aber er liegt momentan leider in einer Klinik in Athen. Schlaganfall, bis auf Weiteres nicht ansprechbar.«

Frau Dr. Steinbeißer zückte ihr Handy und drückte eine Kurzwahltaste. »Lutz, hättest du mal zehn Minuten für mich? … Bei Herrn Gerlach … Ja, ich fürchte, es ist wichtig *und* dringend.« Sie ließ das Telefönchen sinken – ein Nokia aus der Vor-Smartphonezeit. »Der Kollege Bierbichler hat seinerzeit die Anklage vertreten. Ein sehr erfahrener und korrekter Mann, Sie kennen ihn ja. Ich kann mir beim besten Willen nicht vorstellen …«

»Darf ich Ihnen zur Überbrückung der Wartezeit einen Kaffee anbieten?« Mein Vorschlag war nicht ganz uneigennützig, denn nach drei oder vier Gläsern Sekt beziehungsweise Champagner und der Orgie mit Theresa am Morgen war mir ein wenig schummrig. Ich hatte mich nackt aufs Bett legen müssen, Theresa hatte mir verboten, mich zu bewegen, und dann hatte sie eine Dreiviertelstunde lang alles mit mir angestellt, was in dem Ratgeber *Wovon dein Mann schon immer geträumt hat* stehen würde, falls es einen solchen geben sollte.

Bald saßen wir uns wieder gegenüber und tranken Kaffee, während die Staatsanwältin zunehmend nervös in den Akten des Falls Gustaf Cordes blätterte.

Zwanzig Minuten nach dem Telefonat erschien ihr Mitarbeiter, atemlos, mit rotem Gesicht, wie seine Chefin Doktor der Rechtswissenschaft, einige Jahre älter als ich und doppelt so breit. Wir kannten uns von der einen oder anderen dienstlichen Besprechung. Lutz Bierbichler leitete die Abteilung I der Staatsanwaltschaft, die für Schwerverbrechen zuständig war, stand kurz vor der Pensionierung und konnte mich nicht ausstehen. Was durchaus auf Gegenseitigkeit beruhte. Freundlich die Zähne fletschend schüttelten wir Hände.

Trotz seines bayerischen Namens sprach er Hochdeutsch mit kurpfälzischem Singsang. Vermutlich hatte es einen seiner Vorfahren im neunzehnten Jahrhundert in den Westen verschlagen. Zu den Zeiten, als die Pfalz und Bayern auf konfuse Weise miteinander verknüpft waren und der Heidelberger Kurfürst sich sogar für kurze Zeit König von Bayern nennen durfte.

»So können wir die Angelegenheit hoffentlich gleich hier und jetzt entscheiden«, sagte Frau Dr. Steinbeißer zu ihrem immer noch wie ein eben erst aufgetauchtes Walross schnaufenden Mitstreiter. In knappen und präzisen Worten schilderte sie ihm, worum es ging.

»Ist doch alles längst entschieden«, verkündete Bierbichler am Ende mit barschem Bass. »Die Sache war doch klar wie Kloßbrühe.« Streitlustig sah er mir ins Gesicht. »Ihr Vorgänger, der Herr Seifried, war ein gescheiter Mann, Herr Gerlach, und ich sehe bisher überhaupt keinen Grund …«

»Das ziehe ich ja nicht in Zweifel«, fiel ich ihm ins Wort.

»Wenn Herrn Cordes die Vernehmungsmethoden nicht gepasst haben, wieso hat er dann keine Beschwerde eingelegt?«, polterte der schwergewichtige Staatsanwalt weiter, dessen Gesicht allmählich wieder eine halbwegs normale Farbe angenommen hatte.

»Fakt ist, er stand unter Drogenentzug und war wohl auch sonst nicht ganz Herr seiner Sinne. Und diese Umstände haben Seifried und Prokop ausgenutzt, weil sie einen schnellen Erfolg wollten.«

»Und wieso, bitte schön, hat er später sein Geständnis unterschrieben? Wieso, bitte schön, hat er es im Hauptverfahren nicht widerrufen?«

Ich lehnte mich zurück, atmete tief ein. »Für mich hat das, was die Kollegen damals veranstaltet haben, große Ähnlichkeit mit einer Gehirnwäsche. Man hatte einen Schuldigen, man hatte mehr als genug Material gegen ihn in der Hand, wozu also noch weiter ermitteln …«

»Die Beweise waren in der Tat erdrückend, verehrter Herr Gerlach, er-drück-end.«

»Vielleicht ein bisschen zu erdrückend?«

»Was soll das jetzt wieder heißen?«

»Ich mache Ihnen persönlich überhaupt keinen Vorwurf, sondern meinen damaligen Kollegen. Und Cordes hat vor Gericht deshalb nicht widerrufen, weil er, wie Sie sich vielleicht erinnern, im Prozess überhaupt nichts gesagt hat.«

»Sie sehen das so, andere nicht«, biss der Staatsanwalt zurück.

Der Ton wurde von Minute zu Minute schärfer, und das war nicht gut.

»Meine Herren, bitte!«, mischte sich nun die Chefin ein. »Bleiben wir doch sachlich.« Sie wandte sich an mich. »Vorhin sagten Sie, es gebe Anhaltspunkte, die Zweifel am damaligen Urteil begründen könnten.«

»Anhaltspunkte?«, blaffte Bierbichler. »Mir persönlich sind Tatsachen lieber, Fakten, Beweise. Wie steht's denn damit, bitte schön?«

»Mir ist klar, dass es noch nicht reicht, um das Ermittlungsverfahren neu aufzurollen. Aber vielleicht könnte ich mit Ihrer Billigung sozusagen auf dem kleinen Dienstweg und mit gebremstem Schaum ...«

»So weit kommt's noch«, knurrte Bierbichler. »Da könnt ja jeder daherkommen.«

Frau Dr. Steinbeißer klappte ihr Handy auf und wieder zu, runzelte die Stirn, sah Bierbichler an, sah mich an.

»Lieber Herr Gerlach«, begann sie dann mit mütterlichem Wohlwollen. Die Sache war gelaufen, bevor sie recht begonnen hatte. »Versetzen Sie sich bitte mal in meine Lage. Wir haben ein rechtskräftiges Urteil, das nach einer sehr ordentlich geführten Hauptverhandlung gesprochen wurde. Unter Würdigung aller Indizien und Umstände. Unter Würdigung der persönlichen Situation des Angeklagten, den man mit etwas bösem Willen auch wegen Mordes hätte verurteilen können und nicht wegen Körperverletzung mit Todesfolge. Und ganz nebenbei haben wir alle auch ohne den Fall Cordes überreichlich zu tun.«

»Okay.« Ich erhob mich, meine Besucher folgten meinem Beispiel. Bierbichler mit unverhohlener Schadenfreude im feisten Gesicht. »Ich habe verstanden.«

»Herr Gerlach«, hörte ich noch einmal die Stimme von Frau Dr. Steinbeißer, als sie mit der Klinke in der Hand schon halb im Vorzimmer stand. Sie hatte sich umgewandt, und ein winziges Lächeln umspielte ihren Mund. »Dass ich Ihnen keinen Ermittlungsauftrag geben kann, bedeutet nicht, dass Sie nicht auf eigene Verantwortung und, wie Sie so schön sagen, mit gebremstem Schaum weiter an der Sache arbeiten können. Mein Kollege und ich sind zwar nach Lage der Dinge der Überzeugung, dass damals alles seine Richtigkeit hatte. Aber auch wenn die Wahrscheinlichkeit gering ist – ein Fehlurteil wollen auch wir keinesfalls dulden.«

Es gab Momente, da hatte ich plötzlich großen Respekt vor der kleinen Topjuristin mit den lächerlich kurzen Beinen.

Mit einem aristokratischen Grinsen im linken Mundwinkel fügte sie hinzu: »Ob Sie Herrn Kaltenbach davon in Kenntnis setzen, wenn er aus seinem wohlverdienten Urlaub zurückkehrt, müssen Sie dann mit Ihrem Gewissen ausmachen.«

25

Fred Karcher, der Mann, mit dem Daphne sich beim Freiluftsex vergnügt hatte, war zurzeit nicht an seinem Arbeitsplatz. Der Kollege, mit dem er das Büro teilte, versprach mir, ihm meine Bitte um Rückruf zu übermitteln. Vorsichtshalber diktierte ich ihm nicht die Nummer des Apparats auf meinem Schreibtisch, sondern meine private Handynummer.

Der nächste Anruf ging weiter in die Ferne. Auch das Einwohnermeldeamt der angeblich ältesten Stadt Deutschlands wusste nichts von einer Annalisa Cordes.

»Wir haben in Trier über zwanzigtausend Studenten«, erklärte mir ein mürrischer junger Mann in einem Ton, als läge ein kräftezehrendes Wochenende hinter ihm. »Viele hausen in irgendwelchen WGs, und viele melden sich nicht ordnungsgemäß um.«

»Aber die Vermieter müssen doch ...«

Ein bitteres Lachen unterbrach mich. »Den meisten von denen ist doch nur wichtig, dass sie am Monatsende ihre Kohle auf dem Konto haben. Die Zimmer werden unter der Hand weitervermietet, teilweise auf Zeit, wenn wer ein Erasmussemester macht zum Beispiel, oft auch auf Dauer. Der eine zieht aus, hängt in der Mensa einen Zettel auf, der nächste zieht ein. Und die Vermieter grinsen sich eins und erhöhen jedes zweite Jahr die Miete.«

Kurz darauf rief Gustaf an. »Mir ist tatsächlich noch was eingefallen«, verkündete er aufgeräumt. »Ich durfte im Knast mit Sondergenehmigung den PC in der Bibliothek benutzen, für mein Studium. Und da ist irgendwann eine Mail gekommen von einem Typ, der wissen wollte, was aus Annalisa geworden ist. Er hat geschrieben, er wüsste nur, dass sie in Trier lebt, und wollte wissen, ob ich ihre Adresse hätte oder ihre Handynummer. Die Mail hab ich sogar noch gefunden. Der Typ heißt fast genauso wie Sie: Alexander Gundlach.«

Ich schrieb meinem Beinahe-Namensvetter einen Zweizeiler mit der dringenden Bitte um Kontaktaufnahme.

Schon Sekunden später meldete sich mein Telefon. Es war allerdings nicht Herr Gundlach, der anrief.

»Schuhmacher hier«, verkündete stattdessen eine helle Frauenstimme, die klang, als würde die Besitzerin oft und gerne lachen. »Ich bin die Schwiegertochter.«

Erst nach zweimaligem Nachfragen begriff ich, dass ich mit der Frau des Sohnes von Annalisas verstorbener Klavierlehrerin sprach. Die Anruferin zählte zum optimistischen Teil der Menschheit, jedoch leider nicht unbedingt zum intelligentesten.

»Also, sie hat nämlich tatsächlich mal eine Doreen gehabt. Zwotausendfünf bis zwotausenddreizehn ist die bei der Schwiegermutter gewesen, diese Doreen. Wie sie es so lang ausgehalten hat bei der alten Giftspritze, weiß nicht mal der liebe Gott. Mein Mann sagt zwar, dass ich Ihnen das alles überhaupt nicht sagen darf wegen Datenschutz und so. Aber das ist mir egal. Der Polizei muss man helfen. Um was geht's denn überhaupt?«

Ich erzählte ihr, dass Doreen möglicherweise die einzige Freundin einer anderen Klavierschülerin gewesen war, die leider vor Jahren spurlos verschwand.

»Meinen Sie, es ist ihr was passiert? Also, dass einer sie umgebracht hat oder so?«

Mein Satz, beim derzeitigen Stand der Ermittlungen könne man nichts ausschließen, machte mächtig Eindruck auf Frau Schuhmacher, und Sekunden später kannte ich die Anschrift von Doreen Bartholdi. Zuvor musste ich allerdings mehrere Eide schwören, dass Herr Schuhmacher niemals, unter keinen Umständen, etwas von diesem Geheimnisverrat erfahren würde.

Über die Mutter von Annalisas ehemaliger Freundin kam ich an die Handynummer der Tochter, und kurz darauf hatte ich Doreen selbst am Telefon.

»Stimmt, wir waren mal befreundet«, sagte sie gedehnt. »Bis zum Schluss eigentlich. Bis sie dann auf einmal fort war.«

»Sie hat sich doch später bestimmt mal wieder bei Ihnen gemeldet.«

Das eine Spur zu lange Zögern der jungen Frau ließ mich hoffen, dass mein Schuss ins Blaue ein Volltreffer gewesen war.

»Also eigentlich ...«

»Sie hat.«

»Schon«, gab sie zu. »Aber ...«

»Sie hat Sie gebeten, niemandem zu verraten, wo sie steckt.«

»Genau.«

»Demnach lebt sie noch.«

»Wieso?«, fragte Doreen erschrocken. »Haben Sie gedacht ...?«

Ich wiederholte meinen Spruch vom derzeitigen Stand der Ermittlungen, weil er mir gerade so gut gefiel.

Annalisa Cordes hatte einen kleinen Sohn, erfuhr ich daraufhin, jedoch keinen Vater dazu.

»Es geht ihr nicht besonders, ehrlich gesagt. Eigentlich geht's ihr sogar ziemlich mies. Aber sie will sich ja nicht helfen lassen.«

»Sehen Sie sich hin und wieder?«

Doreen studierte in Freiburg, wusste ich von ihrer Mutter.

»In letzter Zeit nicht mehr so oft. Sie ist ein bisschen ... na ja ... komisch geworden, irgendwie.«

Demnach lebte Annalisa heute wohl nicht allzu weit entfernt von ihrer alten Heimat.

»Sie war mal in Trier, habe ich gehört.«

Wieder dauerte es ein wenig mit der Antwort. »Bloß für

ein paar Wochen. Sie hat da wen gekannt, der war früher in der gleichen Klasse wie sie. Kann auch sein, dass sie kurz was mit ihm gehabt hat, weiß nicht. Und dann hat sie den Matthieu kennengelernt, diesen Dreckskerl, und ist später mit ihm weggezogen. Er war nur für ein paar Monate in Trier gewesen zu einer Fortbildung, hat einen Job gehabt bei der SEW, glaube ich. Eigentlich war er ja auch ganz okay, so auf den ersten Blick. Nur, er ist halt ein Hallodri gewesen. Hat mich voll angebaggert, dieser Arsch, sogar, wenn Annalisa dabei war. Obwohl sie schwanger war, baggert dieser Typ mich an!«

»Sie war schwanger?«

»Im dritten Monat, glaub ich. Es muss gleich am Anfang gefunkt haben zwischen den beiden.«

Annalisas derzeitige Adresse kannte sie, würde sie mir aber selbst unter Folter nicht verraten.

»Würden Sie sie bitte fragen, ob sie bereit ist, mit mir zu reden? Wir können es gerne per Telefon machen. Ich werde den Anruf nicht zurückverfolgen lassen, sagen Sie ihr das. Und sagen Sie ihr bitte auch, es geht um ihren Bruder. Dass der wahrscheinlich unschuldig im Gefängnis war.«

Das versprach Doreen zu tun. Zögernd zwar, aber sie versprach es.

»Es ist wirklich wichtig«, fügte ich noch hinzu, aber da hatte sie schon aufgelegt.

Während meines Telefonats hatte eine Mail gepiept, vom S. Fischer Verlag in Frankfurt. Dort hatte man immerhin begriffen, dass das eingereichte Manuskript nicht von mir, sondern von meiner Lebensgefährtin stammte, zu deren Agent ich mich ohne ihr Wissen aufgeschwungen hatte. Die Formulierungen waren etwas anders als die von Rowohlt, das Ergebnis war dasselbe. Dieses Mal war ich nicht gekränkt, sondern beleidigt. Kurz überlegte ich sogar, eine angemessen rotzige Antwort zu schreiben, entschied mich dann jedoch dagegen.

Leonie Arbogast saß mir gegenüber, ein wenig verkrampft, mit vor Aufregung geröteten Bäckchen, in zünftig löchrigen Jeans, einer für die Temperatur zu dicken dunkelblauen Steppjacke, abgerissenen Sneakers und insgesamt deutlich nach Pferd riechend. Ihren Schulrucksack hatte sie achtlos unter den Tisch geworfen, das Rad ihrer Mutter dagegen vor dem Eingang des *Merlin* sorgfältig an einen Baum gekettet. Das mit viel dunklem Holz ausstaffierte Lokal war voll, aber gerade als wir eintraten, war ein Fenstertisch frei geworden.

»Mumin hat echt eine Geisel genommen?«, fragte Leonie fassungslos. »Ich glaub's nicht.« Ihre Stirn wurde kraus. »Aber klar, was hat er noch zu verlieren? Das hat er immer gesagt: Wenn er zurückmuss, dann bringt er sich um. Hier steckt er voll in der Scheiße, und zurück will er auch nicht. Er kommt nicht weiter. Jetzt noch weniger als vorher.«

»Das hat er gesagt? Dass er sich umbringt?«

»Mehr als nur einmal. Denken Sie, Sie finden ihn?«

Ich hob die Schultern. »Wenn er schlau ist, und das ist er ja wohl, dann hat er sich ins Ausland abgesetzt. Welche Sprachen spricht er noch außer Persisch, Türkisch und Deutsch?«

»Englisch ganz okay, Französisch so lala. Er könnte in einem von diesen gruseligen Banlieues sein, wo die ganzen Araber hausen. In Straßburg oder Paris, keine Ahnung. Da finden Sie ihn nie. Da halten sie alle zusammen wie Pech und Schwefel.«

Unsere Getränke wurden serviert. Ich hatte mir einen Milchkaffee bestellt, Leonie eine Maracujaschorle und dazu einen Toast mit Schinken und Käse.

»Was ist das nun, was Sie mir unbedingt erzählen wollten?«

Die junge Frau, fast noch ein Teenager, errötete heftig, stöhnte, lehnte sich zurück, sah zur Decke, als wäre von dort Hilfe zu erwarten, gab sich einen letzten Ruck. »Eigentlich müsst Xenia Ihnen das alles selber erzählen. Aber sie traut sich ja nicht.«

Ihre große Schwester hatte ihren Gastbruder verführt. Mit allem, was dazugehört, und – wie man jetzt sah – leider dramatischen Folgen.

»Mom und Pa waren an dem Wochenende in London wegen irgendeiner Ausstellung. Hat sie schon länger vorgehabt, Xenia. Sie wollt wissen, wie Muslime so ticken in der Hinsicht. Aber Mumin hat ja null Ahnung gehabt, wie das mit Männlein und Weiblein geht.«

Xenia hatte den vollkommen unerfahrenen Muhammad in ihr Bett gelockt und ihm dort Verschiedenes gezeigt, was die Sache mit Männlein und Weiblein betraf.

»Ich versteh das gar nicht, er muss doch auch Kumpels gehabt haben, die ihm mal ein bisschen was erzählt haben. Aber der Mumin, der hat immer noch an den Klapperstorch geglaubt oder wer sonst in Afghanistan die Babys bringt, keine Ahnung. Ich war reiten an dem Nachmittag, hatte später noch im Stall zu tun, und wie ich abends heimkomme, da hockt die Xenia in der Küche, und Mumin ist weg.« Missmutig knabberte Leonie an ihrem Toast, der ihr nicht zu schmecken schien. »Er ist überhaupt nicht damit klargekommen, was passiert war. Hat wahrscheinlich voll Panik geschoben, weil, die Muslime nehmen es doch so furchtbar genau, dass man vor der Ehe nicht darf und alles.«

Außerdem halten sie Frauen, die solche schlimmen Dinge mit sich machen lassen, gerne für Huren.

»Der Mumin hat die Xenia nämlich vom ersten Tag an angehimmelt. Vielleicht hat er davon geträumt, dass sie ihn später mal heiratet, keine Ahnung. Und auf einmal – *bumms* – liegt er mit ihr in der Kiste, und sie hat überhaupt nichts mehr an und alles.«

Und aus der unerreichbaren, still verehrten Prinzessin war eine ganz normale Frau geworden. Eine Frau mit schmutzigen Gedanken, tierischen Trieben, vor der er sich hätte ekeln müssen. Aber das Gegenteil geschah, und dieser Umstand hatte ihn vielleicht am allermeisten verstört.

»Am Hindukusch wär die Xenia bestimmt gesteinigt worden. Aber zum Glück sind wir ja nicht am Hindukusch.«

»Was ist weiter passiert?«

»Nichts. Mumin war weg, und das war's. Mom und Pa waren froh drüber, auch wenn sie es nicht zugeben wollten.«

»Und das war also der Grund für sein plötzliches Verschwinden.«

»Na ja.« Leonies Miene wurde noch eine Spur unglücklicher. »Nicht der ganze.«

Muhammad hatte seiner Angebeteten schon vor jenem unseligen Nachmittag den einen oder anderen Gefallen getan. Um sich bei ihr beliebt zu machen, vermutlich, um ihre Zuneigung zu gewinnen, ihren Respekt.

»Sie kifft nämlich ein bisschen, echt bloß ein bisschen, und manchmal schmeißt sie auch was ein. Unsere Eltern halten uns mit Taschengeld ziemlich kurz, und das Zeug, das Xenia sich reindröhnt, also echt nicht viel und gar nicht oft, aber es geht natürlich trotzdem ins Geld.«

Meine Nackenhaare stellten sich auf. »Muhammad hat ihr Geld gegeben?«

Sie nickte mit Blick auf den ungeliebten Toast.

»Woher hat er das gehabt?«

»Raten Sie mal.«

»Geklaut.«

»Mommy hat so ein uraltes Silberbesteck gehabt, von ihrer Oma noch, und das war ihr total heilig. Wir haben es nur an Weihnachten benutzt und an Geburtstagen und so. Und Pa hatte so eine supercoole Videokamera, so eine, wie die Profis haben. Also, natürlich nicht von der Oma. Und beides ist irgendwann auf einmal nicht mehr da gewesen.«

Weil Muhammad die Sachen zu Geld gemacht hatte. Geld für Xenia.

»Hat sie ihn dazu angestiftet?«

»So direkt nicht, aber irgendwie auch schon. Zum Dank hat sie dann mit ihm gepoppt. Wahrscheinlich hat er jetzt auch noch ein schlechtes Gewissen, weil er sie entehrt hat oder irgend so'n Scheiß, keine Ahnung.«

»Ihre Eltern wissen nichts von all dem, nehme ich an.«

»Logisch nicht!« Leonies Augen wurden groß. »Xenia ist ja nicht bescheuert. Ich hätte sie auch nie verpetzt. War ja nichts sooo Schlimmes, was sie gemacht hat. Aber jetzt, wo der Mumin so übel drinhängt, hab ich halt gedacht …«

Sie seufzte mit Blick in ihren Schoß. »Auf der anderen Seite, irgendwie musst er doch auch mal die Realität kennenlernen, oder nicht? Eigentlich hat sie ihm doch sogar einen Gefallen getan, oder nicht? Konnt doch keiner ahnen, dass er voll ausflippt und mit seinen Gefühlen noch weniger klarkommt als vorher. Wegen so was muss man doch nicht gleich … Heilige Scheiße, keine Ahnung.«

Hätte Xenia nicht ihre Neugier an dem jungen Afghanen befriedigt, dann würde er vielleicht immer noch im selben Haus wie sie leben, immer noch die Schule besuchen. Er wäre vielleicht nicht straffällig geworden, hätte nie in Gustafs Wohnung gestanden und dort wer weiß was gesehen, würde jetzt nicht als Gewaltverbrecher von der Polizei halb Europas gesucht.

Meine Töchter hatten mir am Morgen eingeschärft, ich müsse heute pünktlich Feierabend machen und spätestens um fünf zu Hause sein. Sönnchen schien ebenfalls Teil der Geburtstagsverschwörung zu sein, denn schon um Viertel nach vier streckte sie zum ersten Mal den dauergewellten Lockenkopf durch die Tür, um mich daran zu erinnern, dass Menschen mit runden Geburtstagen um diese Uhrzeit nichts in Büros zu suchen hatten. Den Nachmittag hatte ich mit Mitarbeitergesprächen und unwichtigen Telefonaten verbracht und zwischendurch immer wieder in den alten Akten geschmökert.

Niemand hatte sich seinerzeit die Mühe gemacht, mit den Menschen zu sprechen, mit denen Oliver Cordes in den Tagen und Stunden vor seinem Tod telefoniert hatte. Die Ermittler waren in eine Falle getappt, in die man leicht gerät, wenn ein Fall zu einfach scheint, die Lösung zu offensichtlich. Gustaf war fast von Beginn an der einzige Verdächtige gewesen. Alles sprach gegen ihn, er musste einfach der Täter sein.

Um zwanzig vor fünf schob ich wie befohlen meinen Sessel zurück und betrat pünktlich wie verlangt zwei Minuten vor der geforderten Zeit meine Wohnung. Dort erwarteten mich meine Zwillinge, aufgedreht und zurechtgemacht wie selten, daneben Michael in Anzug und hellem Hemd, immerhin ohne Krawatte. Man zwang mich, mich ebenfalls fein zu machen für den Abend. Zweimal musste ich das Hemd wechseln, bis meine Stilberaterinnen nickten.

Um Viertel vor sechs läutete es an der Tür, und vor dem Haus stand ein Taxi. Darin saß schon Theresa im Abendkleid. Über steile Serpentinen wurden wir zum Königstuhl hinauf chauffiert, oben über ein schmales Sträßchen zum traditionsreichen Hotel Alter Kohlhof, das vor Jahren schließen musste und nach allerlei juristischem Gerangel nun ein Gourmetrestaurant mit dem nichtssagenden Namen *Oben* beherbergte.

Wir wurden mit größtmöglichem Trara empfangen. Das Restaurant war an Montagen üblicherweise geschlossen, weshalb wir die einzigen Gäste waren. Man hatte für uns im Nebenraum gedeckt, eine lange, festlich geschmückte Tafel erwartete mich mit Blumengebirgen, in Halogenlicht gleißendem Silber, würdigen Damastservietten, feinem Porzellan. Fast alle Stühle waren schon besetzt. Doro war da und ihr Sohn Henning, Sönnchen zusammen mit ihrem Mann, der so viel Ärger mit seinen Zähnen hatte, Klara Vangelis wie immer solo, Rolf Runkel und seine Mahsuri, laut Lästermaul Sven Balke die hässlichste Frau der Welt. Drei Stühle waren für ehemalige Kollegen aus Karlsruhe reserviert, die sich ein wenig verspäteten. Als ich gerade mit dem Händeschütteln begann, kamen auch Trampeltier Thomas Petzold, der schon wieder eine neue Freundin hatte, und Schilling, ein jüngerer Kollege, dessen Glück beim weiblichen Geschlecht offenbar immer noch notorisch klein war. Nun war nur noch ein Stuhl unbesetzt. Auch dieser Gast würde sich ein wenig verspäten wegen eines Problems mit dem Taxi.

Gefühlte tausendmal wurde – je nach Temperament warm oder heiß – meine Hand gedrückt, wurde ich umhalst und geknuddelt, und sogar Sönnchen küsste mich zart errötend rechts und links auf die Wange. Schließlich war das Glückwunschgetümmel überstanden, und ich durfte mich setzen. Kaum hatte der Lärmpegel ein wenig abgenommen, wurde der Gruß aus der Küche serviert, edle Weine wurden feierlich entkorkt, und der Radau steigerte sich zu neuen Höhepunkten.

Lorenzo kam eine Viertelstunde zu spät, mit Frack und Fliege und auf Hochglanz polierten Schuhen, denn er war nun mal ein Freund großer Auftritte. Als Geschenk brachte er eine Flasche Barolo mit, über zwanzig Jahre alt und vermutlich teurer als ein Kurzurlaub in Italien zu zweit.

Als ich gegen halb zehn vor die Tür trat, um Luft zu schnappen und mich ein wenig von dem Tumult zu erholen, hatten wir das Dessert immer noch vor uns, und mir war ein wenig schwindlig von all den Glückwünschen und Geschenken, mit denen man mich überhäuft hatte. Mit Bergen von mehr oder weniger originellen Kleinigkeiten hatte man mich beehrt, wie seltenen CDs bekannter oder weniger bekannter Jazzer, Büchern mit vielversprechenden Titeln, einem verwegen bunten Seidenschal, den ich vermutlich niemals tragen würde. Ein kleines gerahmtes Aquarell vom Heidelberger Schloss stammte von Sönnchen und war zu meiner Verwunderung selbst gemalt. Bei dieser Gelegenheit erfuhr ich erst, dass meine treue Assistentin in ihrer Freizeit nicht nur im Kirchenchor sang und glücklos Tennis spielte, sondern auch malte. Sogar an kleinen Ausstellungen hatte sie schon teilgenommen und das eine oder andere Bild verkauft. Meine Töchter und Michael überraschten mich mit einem Wochenende à deux in Paris samt noblem Abendessen im *Epicure*. Auch Michaels Mutter hatte einen Beitrag zu diesem Geschenk geleistet, da sie mir immer noch dankbar war dafür, dass ihr Sohn bei uns leben durfte und so endlich seinem Drogenelend und dem drohenden Untergang entkommen war.

Die kühle, würzige Luft tat mir gut, füllte meine Lungen, klärte meinen Kopf. Die Wölkchen am Himmel färbten sich gemütlich rosa, tausend Vögel bejubelten den schönen Abend. Jemand trat fast lautlos neben mich. Eine Frau mittleren Alters mit langem, blassblondem Haar – einer der dienstbaren Geister, die uns umsorgten. Sie nickte mir mit schmalem Lächeln zu und steckte sich eine Zigarette an. Abgesehen von den stark gedämpften Geräuschen aus dem Restaurant und dem Rauschen eines freundlichen Abendwinds in hohen Bäumen war es fast vollkommen still. Es duftete nach Wald, nach Wandern, nach Ferien und Freiheit. Die Frau neben mir hielt ihre Zigarette so, dass der Rauch mich nicht belästigen konnte.

»Schön haben Sie es hier«, sagte ich und atmete noch einmal diese duftende, leichte Luft ein.

»Ja, wenn der größte Stress vorbei ist«, erwiderte sie. »Auf diese Zigarette freue ich mich jeden Abend, wenn ich hier zu tun habe.«

Sie arbeitete nicht regelmäßig hier, erzählte sie mir, sondern wurde nur gelegentlich als Aushilfskraft gerufen, wenn es einen Personalengpass gab. Zu Hause war sie in Rauenberg.

»Dann kennen Sie bestimmt auch die Villa Bellini.«

»Ja klar.« Sie lächelte, als wären schöne Erinnerungen mit dem Nobelhotel verknüpft. »Da hab ich gelernt und später lange gearbeitet. Vor drei Jahren haben sie leider schließen müssen. Der Inhaber hat sich umgebracht, und jetzt steht das schöne Haus leer, und der Park verwildert.«

Heute waren ihre Kinder fast erwachsen, das Haus abbezahlt, sodass sie nur noch hin und wieder etwas dazuverdiente, für den nächsten Jahresurlaub, eine extraschöne Handtasche oder ein paar sensationelle Schuhe.

»Haben Sie ein gutes Gedächtnis?«, fragte ich.

»Wieso?«, fragte sie mit ein wenig unsicherem Lächeln zurück.

»Es geht um eine Hochzeitsfeier vor sechs Jahren.«

»Oje.« Sie sog ein letztes Mal an ihrem Glimmstängel. »Das ist eine lange Zeit.«

Von drinnen war tosendes Gelächter zu hören. Man amüsierte sich auch ohne das Geburtstagskind prächtig.

»Ungefähr Mitte September.«

Sie stutzte, pustete den Rauch ins Gebüsch, warf die Zigarette hinterher. »Doch nicht die von der Susanne?«

»So hat die Braut geheißen, genau.«

Mit Susanne Wernberger war sie zur Schule gegangen, hatte sogar zwei Jahre neben ihr gesessen. Wie klein die Welt manchmal war.

»Fand ich so nett, dass ich bei ihrer Hochzeit dabei sein konnte, obwohl ich gar nicht eingeladen war.«

»Erinnern Sie sich an eine Frau in einem rosafarbenen Kleid?«

Sie kramte zwei, drei Sekunden in ihrem Gedächtnis. »Etwa die Tussi, die die ganze Zeit wie verrückt getanzt hat?« Erneut zückte sie ihr Zigarettenpäckchen, zögerte, steckte es wieder ein. »Bisschen arg schrill fand ich die, ehrlich gesagt. Egal, was sie gemacht hat, es war immer übertrieben. Mit Susanne war sie ziemlich eng, das hat man gemerkt.«

In der Ferne zuckte Wetterleuchten. Der Wind war inzwischen eingeschlafen. Auch die Vögel hatten nach und nach ihren Feierabend angetreten.

»Irgendwann war sie mal für eine Weile weg«, sagte ich.

»Vielleicht hat sie ihr Kleid sauber gemacht? Einer von den Kollegen hat ihr am Nachmittag einen Kaffee über den Rock geschüttet, und sie hat deswegen einen Riesenzinnober veranstaltet. Ich hab ihr sogar noch geholfen, den Fleck rauszukriegen. Hat aber nicht besonders gut geklappt. Den Fummel konnt sie wegschmeißen, da bin ich sicher. War aber nicht schade drum, ich fand ihn sowieso hässlich. Sie hat übrigens einiges weggeschluckt, die Dame. Wenn sie nicht grad mit ihrem Hengst getanzt hat, hat sie immer ein Sektglas in der Hand gehabt.«

Was ich eben gehört hatte, rief eine vage, noch nicht greifbare Erinnerung in mir wach. Wie es manchmal ist: Man hat etwas gesehen und gleich wieder vergessen, aber es bleibt ein merkwürdiges Gefühl. Eine diffuse Unruhe, weil eine nebensächliche Kleinigkeit nicht so war, wie sie sein sollte. Ich nahm mir vor, mir das Video morgen noch einmal anzusehen.

Zusammen gingen wir wieder hinein. Auf die Frau aus Rauenberg wartete neue Arbeit, auf mich der Nachtisch.

26

Am Dienstagmorgen plagten mich Kopfschmerzen, und ich fühlte mich zerschlagen, als wäre eine Grippe im Anzug. Das Durcheinander aus Sekt und Weißwein und am Ende auch noch Grappa war mir nicht gut bekommen. Da ständig frische, herrlich kühle Flaschen auf dem Tisch standen und meine Töchter mir aufmerksam nachschenkten, hatte ich zügig den Überblick über meinen Alkoholkonsum verloren. Aber dennoch, es war ein Fest gewesen, das ein bisschen Kopfschmerzen allemal wert war.

Die Karlsruher hatten sich als Erste verabschiedet, gleich nach dem Dessert, der Rest nach und nach. Alle waren satt und glücklich und teilweise singend zu den Autos gewankt, und ich konnte nur hoffen, dass bei jeder Gruppe jemand war, der nichts oder zumindest nur wenig getrunken hatte. Aber ich war ja nicht im Dienst gewesen, und die Sicherheit des rollenden Verkehrs zählte nicht zu meinen Obliegenheiten. Ich selbst war erst gegen Mitternacht zusammen mit Theresa, meinen Mädchen und Michael von einem Taxi nach Hause kutschiert worden, und die Serpentinen zur Stadt hinunter waren eine schwere Prüfung für meinen Magen gewesen.

Auch Sönnchen wirkte ein wenig zerknautscht, als ich erst gegen halb zehn mein Vorzimmer durchquerte.

»Zwei Anrufe«, begrüßte sie mich mit krächzender Stimme. »Eine Doreen und ein Herr Karcher.«

»Sind Sie schon fit genug, mir einen Kaffee zu machen?«

»Für Sie doch immer, Herr Gerlach.« Sie versuchte ein Lachen, das in einem Hustenanfall endete. Über sich selbst schmunzelnd, stemmte sie sich aus ihrem Schreibtischstuhl.

Am Morgen hatte mich das erwartete, kurze, aber deftige

Gewitter viel zu früh geweckt, und danach hatte ich nicht wieder einschlafen können, aber auch nicht aufstehen wollen. Inzwischen strahlte die Sonne wieder von einem für die Kurpfalz ungewöhnlich blauen Himmel herab.

»Hi, Herr Gerlach«, begrüßte mich Annalisas Freundin Doreen schmerzhaft laut. »Also, ich hab gestern mit ihr telefoniert. Ich darf Ihnen ihre Nummer nicht geben, tut mir leid, und auch nicht verraten, wo sie wohnt.«

»Ich müsste ihre Nummer ja gar nicht wissen«, sagte ich mit einer Hand an der Stirn. »Sie könnte doch *mich* anrufen, meinetwegen aus einer Telefonzelle.«

»Sie will aber nicht mit Ihnen reden, sorry. Sie will mit den alten Geschichten nichts mehr zu tun haben, das hat sie sogar zweimal gesagt. Ich hab's wirklich versucht, aber sie will eben nicht.«

Nach einigen lahmen Versuchen, sie zu einem Geheimnisverrat im Dienste der Gerechtigkeit zu überreden, gab ich auf.

Fred Karcher war wieder nicht für mich zu sprechen, teilte mir Sönnchen erschöpft mit. »Hockt in einem längeren Meeting und ruft später zurück. Gestern hat er es nicht mehr geschafft, soll ich Ihnen ausrichten.«

Da ich zu ernsthafter Arbeit heute ohnehin nicht zu gebrauchen war, schob ich die Hochzeits-DVD in meinen Dienst-Laptop. Bei meinem späten Aufbruch am Morgen hatte ich glücklicherweise daran gedacht, sie mitzunehmen.

Nachmittags um fünf war Daphnes Kleid noch sauber, und als sie eine halbe Stunde später wieder durchs Bild hopste, verunzierte ein großer und eigentlich unübersehbarer Fleck ihren Rock. Vermutlich wirklich das Todesurteil für das gewiss nicht billige Kleid. Ich übersprang einen Teil des Films, kam zu einer Stelle, als die Saalbeleuchtung schon an und es vor den Fenstern Nacht geworden war. Immer noch war der Fleck gut zu sehen. Nicht mehr so auffallend wie bei Tageslicht, aber klar zu erkennen, wenn man wusste, wohin man blicken musste.

Es folgte die Passage ohne Daphne und Fred Karcher.

Dann war sie wieder da, nun ohne ihren Gelegenheitslover. Und plötzlich wusste ich, was mich die ganze Zeit so irritiert hatte. Einmal mehr war mein Unterbewusstsein ein besserer Beobachter gewesen als mein Verstand – der Fleck war verschwunden.

Wie war das möglich? Hatte sie inzwischen jemanden getroffen, der ein Geheimmittel gegen Kaffeeflecken bei sich trug? Oder sollte sie …?

Das Telefon.

»Karcher hier«, grölte mir eine sonore Männerstimme ins rechte Ohr, was meine Kopfschmerzen sofort zu neuer Blüte trieb. »Sie wollten mich sprechen?«

Daphnes Tanzpartner war erst überrascht, dann erschrocken, als er hörte, dass er mit der Kriminalpolizei verbunden war.

»Das ist aber jetzt … ich meine, was hab ich denn …?«

»Kein Grund zur Aufregung. Ich habe nur ein paar Fragen an Sie.«

»Fragen?«

Plötzlich sprach er sehr viel leiser als zu Beginn. Wie nahezu jeder Mensch durchforstete auch er sofort sein Gewissen, wenn er mit der Staatsgewalt in Kontakt kam.

»Es geht um eine Frau, die Sie früher mal gekannt haben. Daphne Cordes.«

»Okay?«, antwortete er sehr gedehnt. »Und Sie sind echt von der Polizei? Das ist jetzt kein Fake? Ich bin nicht gerade live im Radio?«

»Sie können wirklich ganz beruhigt sein. Sie haben nichts zu befürchten.«

Noch einmal sagte er: »Okay …«

»Sie haben bei einer Hochzeit vor Jahren mit Frau Cordes getanzt.«

Karcher schnaufte. »Herr Gerlach, also, das ist jetzt … Wie soll ich sagen? Ich bin verheiratet und war's damals auch schon. Eigentlich sollte meine Frau auch bei der Feier sein. Horst, also der Bräutigam, wir sind Kollegen gewesen, und …«

»Ihre Frau war verhindert, ich weiß.«

»Sommergrippe mit Fieber und Schüttelfrost, das volle Programm. Bin ich dann eben allein hin. Wollt auch nicht lange bleiben, nur so der Höflichkeit halber. Aber dann … Und ich will jetzt bitte auf keinen Fall, dass meine Frau irgendwas erfährt, was sie … was sie besser nicht wissen sollte.«

»Ich werde schweigen wie ein verwitterter Grabstein. Sie werden nicht als Zeuge aussagen müssen, Sie werden nicht vor Gericht …«

»Zeuge?«, fiel er mir ins Wort. »Gericht? Geht's etwa um die Sache mit ihrem toten Sohn? Ist dieser Mist denn immer noch nicht vorbei?«

»Ich recherchiere nur ein paar Details nach, die seinerzeit nicht untersucht wurden.«

»Auf gut Deutsch: Sie rühren die alte Scheiße wieder auf? Und was hab ich damit zu tun? Ich meine, ich hab doch …«

»Ich weiß, dass Sie mit Frau Cordes getanzt haben und später mit ihr im Park waren. Ich habe vorgestern mit ihr gesprochen, und sie war … nun ja … ziemlich offen.«

Mit gedämpfter Stimme sagte er: »Ziemlich offen heißt, Sie wissen sozusagen alles?«

»Sozusagen ja.«

Er wurde noch leiser. »Könnte ich Sie gleich vom Handy anrufen? Hier ist es grad ein bisschen ungünstig.«

Im Gegensatz zu mir genoss Fred Karcher nicht den Luxus eines Einzelbüros. Jetzt suchte er vermutlich einen Ort auf, wo er ohne neugierige Mithörer telefonieren konnte.

Sekunden später düdelte mein Telefon erneut.

»Auf keinen Fall darf meine Frau davon erfahren«, sagte

er nun wieder mit normaler Lautstärke. »Sie glauben nicht, was für Vorwürfe ich mir gemacht habe wegen dieser saublöden Sache damals. Was wollen Sie jetzt von mir hören?«

»Ihre Version der Geschichte.«

»Also …« Er räusperte sich umständlich. Ich hörte das Rauschen von Wind und der Autobahn. Offenbar war er ins Freie gegangen. »Meine Version ist supereinfach: Wir haben getanzt. Anfangs ganz normal, wie zwei miteinander tanzen, die sich nicht kennen. Aber bald hab ich gespürt, dass Daphne heiß war. Die hat sich an mich rangeschmissen, dass mir Hören und Sehen vergangen ist. Dabei war ihr Mann im Raum, habe ich später erfahren, aber das war ihr komplett egal. Irgendwann sind wir dann raus, das stimmt, haben ein weiches Stück Rasen hinter ein paar Büschen gefunden, es war eine sternklare, warme Nacht, und den Rest können Sie sich denken. Das war die ganze Geschichte, so.«

»Wie lange hat das gedauert auf dem Rasen?«

»Fünf Minuten, maximal zehn. Wir haben uns nicht mal richtig ausgezogen. Sind ja auch noch andere Leute im Park gewesen. Raucher, solche, die frische Luft schnappen oder sich in Ruhe unterhalten wollten. Vielleicht auch ein paar wie Daphne und ich.«

»Was haben Sie anschließend gemacht? Sie waren später nicht mehr auf der Feier.«

»Sogar das wissen Sie? Spazieren gegangen bin ich. Musste erst mal wieder runterkommen und mit meinem schlechten Gewissen fertigwerden. Der zweite Teil war der schwierigere. Normalerweise bin ich überhaupt nicht so, dass ich mich Hals über Kopf in so Sachen stürze, ehrlich nicht. Es muss der Alkohol gewesen sein, oder … Es ist halt passiert. Shit happens, was soll ich machen. Sie war schon eine scharfe Nudel, diese Daphne. Die weiß, was sie will, und bestimmt kriegt sie es auch meistens.«

»Haben Sie sie später wiedergesehen?«

»Das geht Sie, glaube ich, nichts an«, erwiderte Fred Karcher zögernd, aber nicht unfreundlich. »Aber okay: Nein. Kein Kontakt mehr, kein Wiedersehen, kein Garnichts. Monatelang hab ich Sorge gehabt, sie ruft eines Tages an, und meine Frau geht ans Telefon. Sie hätte ja auch schwanger sein können. Ich Volltrottel hab ja an überhaupt nichts mehr gedacht. Komplett auf Autopilot war ich, völlig neben mir.«

»Sie sind also spazieren gegangen. Und weiter?«

»Dann bin ich heim. Ich bin nicht mal mehr rein, um mich zu verabschieden. Ist aber bestimmt nicht weiter aufgefallen bei dem Getümmel. Die meisten sind zu der Zeit sowieso schon besoffen gewesen oder sonst wie abgelenkt.«

»Das heißt, Daphne haben Sie an dem Abend nicht mehr gesehen«, hakte ich zur Sicherheit noch einmal nach.

»Bloß ganz kurz im Auto.«

»In welchem Auto?«

»Na, in ihrem. Wie ich so am Straßenrand rumgestiefelt bin und mich am liebsten selber in den Hintern gebissen hätte, da ist sie an mir vorbeigefahren.«

Ich musste husten, so sehr hatte die Neuigkeit mich aufgeschreckt. »Sie sind sicher, dass es ihr Wagen war?«

»Ich hab ihr sogar noch gewinkt, aber sie hat mich nicht gesehen.«

»In welche Richtung ist sie gefahren?«

»Na, in den Ort runter. Sie wird heimgefahren sein wegen ihrem Kleid. Das hat schon vorher einen üblen Fleck gehabt, und nach der Aktion im Gras war es auch noch an der Seite aufgerissen. Aber das hat ihr überhaupt nichts ausgemacht. Sie hat sogar darüber gelacht und ist … na ja … ziemlich zufrieden gewesen, wenn Sie verstehen, was ich meine.«

»Können Sie sich noch erinnern, wann das war?«

»Sie meinen die Uhrzeit? Irgendwann gegen zehn, denke ich.«

»Um zehn war es mit Sicherheit schon dunkel.« Ich konnte es immer noch nicht fassen. »Wie können Sie da so sicher sein, dass Daphne in dem Wagen saß?«

»Weil da eine Straßenlaterne war. Genau da, wo ich gestanden bin.«

Nun saß ich da, mit belämmerter Miene und pochendem Kopf, und hatte mit einem Mal noch eine weitere Verdächtige. Auch Daphne war vermutlich zu Hause gewesen, denn wohin sonst hätte sie fahren sollen, um ihr Kleid in Ordnung zu bringen? Auch sie hätte somit die Gelegenheit gehabt, ihren Ältesten zu erschlagen.

Ich nahm einen Stift und versuchte den Zeitablauf des Abends zu rekonstruieren. Daphne hatte den Saal als Erste verlassen, zwanzig Minuten vor zehn plus/minus fünf Minuten. Maximal zehn Minuten hatte laut Fred Karcher das gemütliche Beisammensein im Park gedauert …

Das Telefon schrillte schmerzhaft laut.

»O-l-a-d-i-p-o«, buchstabierte ich den Nachnamen von Sarahs neuem Freund. »Vorname Maurice. Aus Ghana.«

»Ich fürchte, Herr Gerlach«, sagte der Sachbearbeiter beim BAMF betreten, »der junge Mann ist ein Illegaler. Den Namen gibt's nicht in unserer Datenbank. Und unter der Fallnummer, die Sie mir genannt haben, steht im Computer eine Frau mit drei Kindern aus Äthiopien.«

Ich unterdrückte einen Fluch. Weshalb nur mussten sich meine Töchter ständig irgendwelche Problemfälle als Freunde suchen? Weshalb konnte es nicht einfach mal ein ganz normaler, linkischer, leicht müffelnder, von mir aus auch ein wenig pickliger, aber ansonsten harmloser Schulfreund sein?

Nun würde ich also demnächst ein äußerst unerfreuliches Gespräch mit Sarah führen müssen. Ein Gespräch, das wieder einmal mit Tränen und Vorwürfen enden würde. Ich hasste es, wenn Frauen weinten. Insbesondere, wenn ich der Vater dieser Frauen war.

»Herr Gerlach?« Der Mann am anderen Ende hatte offenbar noch etwas gesagt, das mir entgangen war.

»Ja?«

»Danke schön auch.«

»Wofür?«

Erst in dieser Sekunde fiel mir wieder ein, dass ich dem Anrufer etwas versprochen hatte.

»Dass Sie mit dem Staatsanwalt geredet haben.«

Das hatte ich auch getan, gestern Vormittag. Allerdings nicht über das Kleinkraftrad seines Sohnes.

»Ja, also ...«

»Hätt nicht gedacht, dass Sie es wirklich machen, ehrlich gesagt. Und dass es sooo schnell wirkt, hätt ich erst recht nicht geglaubt.«

Heute Morgen hatte das amtliche Schreiben von der Staatsanwaltschaft im Briefkasten gelegen – das Verfahren wurde wegen Geringfügigkeit eingestellt.

Hin und wieder muss der Mensch auch Glück haben, um im Leben zu bestehen.

Ich wandte mich wieder dem Video zu. Erst gegen elf entdeckte ich Daphne wieder, zu einem Zeitpunkt, als ihr Mann und ihre Tochter längst wieder an ihrem jetzt leeren Tisch saßen und Trübsal bliesen. Daphne stand an der Bar und unterhielt sich mit einer Frau mit roten, hochtoupierten Haaren, die ich zuvor nicht bemerkt hatte. Was mir erst jetzt auffiel: Ihre gute Laune hatte Daphne verloren. Sie lachte kaum noch, und wenn doch, dann sichtlich gezwungen. Manchmal schien sie nicht einmal zu hören, was ihre aufgeregt gestikulierende Gesprächspartnerin ihr erzählte.

Was war in der knappen Stunde geschehen, die sie weg gewesen war? Hatte sie es in Rekordzeit geschafft, ihr ruiniertes Kleid wieder in einen vorzeigbaren Zustand zu bringen? Aber nein, dieses Kleid war nicht nur vorzeigbar, sah ich bei genauerem Hinsehen, es wirkte wie frisch aus dem

Schrank geholt. So etwas war selbst mit chemischen Zaubermitteln unmöglich zu schaffen in so kurzer Zeit. Außerdem war kein Riss zu sehen.

Viermal sah ich mir die kurze Szene an – mein Eindruck blieb: Nicht nur das Kleid, auch die Frau darin war völlig verändert. Sie wirkte ungewohnt nachdenklich, manchmal für Sekunden geistesabwesend. Und noch etwas fiel mir schließlich auf: Das Kleid passte nicht mehr richtig. Am Beginn des Abends hatte es Daphnes Körper umschmeichelt, als wäre es nur für ihn gemacht. Jetzt spannte es ein wenig um die Taille und auch an den Achseln. Sollte es bei der Hauruck-Reinigung eingegangen sein?

Daphne sei sehr zufrieden gewesen, hatte Fred Karcher behauptet, und habe über das ruinierte Kleid gelacht. Diese Heiterkeit war ihr in der Zeit ihrer Abwesenheit gründlich abhandengekommen.

Eine postkoitale Depression?

Der beginnende Kater von zu viel Sekt?

Hatte die Frustration wegen ihrer verkorksten Familie und aktuellen Lebenssituation sie übermannt?

Daphne war hart im Nehmen. Sie war nicht der Typ für plötzliche Depressionen oder Weltschmerz aus dem Nichts. Sollte sie ihrem geliebten Oliver die schwere Statue an den Kopf geschlagen haben? Wo sie ihn doch geradezu vergöttert hatte? Vielleicht gerade deshalb, weil ihr Star sie so sehr enttäuscht hatte? Oder aus Angst, er könnte in seinem Furor die ganze Familie mit in den Abgrund reißen?

Und weshalb hatte der Vater nichts davon gesagt, dass er gleichzeitig mit seiner Frau im Haus gewesen war? Er müsste doch ihren Wagen gesehen oder wenigstens irgendwelche Geräusche gehört haben. Um Flecken aus einem Kleid zu entfernen und rasch eine Naht zu flicken, fährt man das Auto nicht in die Garage.

Ich nahm die Brille ab, massierte meine Schläfen und überlegte. Sollte ich versuchen, Daphne zu überrumpeln?

Sie einfach anrufen und mit meinem brandneuen Verdacht konfrontieren? Vermutlich würde ich Spott und Hohn ernten und Gelächter. Ihren Ex-Mann brauchte ich ebenfalls nicht zu fragen. Der würde nur wiederholen, was er schon am Samstagabend behauptet hatte und ich immer noch nicht glauben konnte: dass er selbst der Mörder war. Warum eigentlich? Wollte er den wahren Täter schützen? Daphne? Annalisa? War die Tochter vielleicht doch nicht das scheue Mauerblümchen, für das alle sie hielten? Mir wurde schwindlig bei all den unbeantworteten Fragen.

Obwohl ich schon zum Morgencappuccino eine Tablette genommen hatte, wurden die Kopfschmerzen nicht besser. Die Sonne brannte inzwischen wie die Erbarmungslosigkeit selbst vom Himmel. Obwohl der Vormittag noch nicht zu Ende war, herrschte draußen schon eine hochsommerliche Hitze. In meinem Büro war es trotz offen stehender Fenster so schwül, dass mir das Atmen schwerfiel.

Im Grunde blieb mir in meiner verfahrenen Situation nur noch eine Erfolg versprechende Option, wurde mir endlich klar: Ich musste mit Annalisa sprechen, wie auch immer. Ich musste mir ihre Version der Geschichte anhören. Aber dazu musste ich sie erst einmal finden …

Und zu allem Übel randalierte schon wieder dieses blöde Telefon.

Eine Nummer aus Stuttgart.

Das LKA.

Eine Frau.

Die Leiterin des Biolabors. Ich hatte sie einmal kennengelernt, erinnerte ich mich. Eine dieser Schwäbinnen, die ihren Protestantismus wie eine Kriegsflagge vor sich hertrugen. Ihre übertriebene Freundlichkeit klang nach schlechtem Gewissen.

»Tut mir wirklich sooo leid, Herr Gerlach. Bei uns hier ist was durcheinandergeraten. Grad steht eine am Boden zerstörte Mitarbeiterin vor mir …«

Trotz Barcodes und Computern hatte es die aufgelöste Laborantin geschafft, einige Speichelproben durcheinanderzubringen, entnahm ich dem Redeschwall der Stuttgarter Kollegin. Das Ergebnis ihrer wortreichen Erläuterungen: Neberger war doch in Gustafs Wohnung gewesen.

»Kein Zweifel?«

»Neunundneunzig Komma neun Prozent. Hundert gibt's bei uns bekanntlich nicht. Wir haben seine DNA an verschiedenen Stellen gefunden, vor allem um den Tatort herum.«

»An der Tatwaffe auch?«

»Davon les ich hier nichts ... Die Kollegin schüttelt auch den Kopf. Die Waffe hat er anscheinend nicht angefasst.«

»Mist! Riesengroßer Mist ...« Aufregung tat meinem Gehirn nicht gut. Ich zwang mich zur Ruhe. »Trotzdem danke.«

»Ich hoffe, wir haben bei Ihnen jetzt keinen allzu großen Schaden angerichtet.«

»Eigentlich nicht«, sagte ich erschöpft. »Die Sachlage ändert sich dadurch nicht wirklich.«

Ich bat Sönnchen um einen weiteren Kaffee und eine zweite Tablette.

Dann rief ich Gustaf an.

»Ich will Sie sprechen«, herrschte ich ihn ohne Vorreden an. »Sofort. Und diesmal kommen Sie zu mir. Jetzt ist Schluss mit lustig.«

»Darf ich wenigstens wissen, wieso?«, fragte er entspannt.

»Das erfahren Sie, sobald Sie hier sind.«

»Und wenn ich mich weigere?«

»Dann sorge ich persönlich dafür, dass Sie in der Hölle einen Platz gleich neben der Heizung kriegen.«

»Soll das ein Witz sein?«

»Klinge ich, als würde ich Witze machen?«

27

Siebzehn Minuten später saß er mir gegenüber. Zu meiner stillen Genugtuung außer Atem und gründlich durchgeschwitzt. Bei meinem Cappuccino hatte ich mich weiter beruhigt, und die zweite Tablette schien nun endlich zu wirken.

»Neberger war doch bei Ihnen«, bellte ich Gustaf an. »Versuchen Sie gar nicht erst, mich wieder anzulügen.«

Er nickte mit wachsamem Blick.

»Und jetzt will ich, verdammt noch mal, hören, was in der Nacht wirklich passiert ist!«

Er schlug die Augen nieder und begann seine Fingernägel zu inspizieren. »Sie können mir nichts anhängen von wegen Vortäuschung einer Straftat oder so. Dass mich einer umgehauen hat, ist Ihre Idee gewesen, nicht meine.«

»Die Sie allerdings nicht entkräftet haben«, sagte ich eine Spur milder und seufzte. »Ich will Ihnen ja auch gar nichts anhängen. Ich will nur endlich wissen, was los war.«

Noch ein letztes Zögern, dann sah Gustaf wieder auf. »Okay, Sie haben recht. Conny ist bei mir gewesen. Es war schon spät, als er gekommen ist, aber nicht so spät.«

»Was heißt das?«

»Gegen zehn vielleicht? Unten hat dieser verrückte Opa gerade mit seiner Knallerei losgelegt.«

»Ist er vor oder nach Ihrem Vater gekommen?«

»Kurz davor. Fünf Minuten vielleicht. Und da steht er auf einmal vor der Tür, voll auf Turkey und halb verhungert. Ich hab ihn reingelassen und ihm ein Wurstbrot und ein Bier hingestellt. Nach dem Essen ist er dann erst mal kotzen gegangen, dann hat er noch ein Käsebrot vertilgt, Wurst war alle, und anschließend konnt man wieder halbwegs vernünftig mit ihm reden. Wir haben ein bisschen gequatscht, viel hat er aber nicht gesagt. Bloß dass er am Arsch ist und ein paar Nächte bei mir pennen will.«

»Was war sein Problem?«

»Angeblich waren die Bullen ... sorry, Ihre Kollegen hinter ihm her. Wegen irgendeiner blöden Geschichte in Würzburg. Wir haben dann noch ein Bierchen gezischt, unten hat der Opa es krachen lassen wie noch nie, Conny ist lockerer geworden, hat sogar angefangen, von den alten Zeiten zu quatschen, und auf einmal ist er ausgetickt. Von einer Sekunde auf die andere komplett ausgetickt. Da war mal eine Sache in Mannheim, vor Jahren, bei der er um ein Haar draufgegangen wäre. Auf einmal hat er behauptet, ich sei schuld dran, und hat Geld von mir verlangt, außerdem Dope und noch ein Wurstbrot und mehr Bier und was weiß ich noch alles. Aber ich hab ja selber kaum Geld gehabt und Dope schon gar nicht, und die Wurst war alle, wie gesagt. Bier hatte ich auch keines mehr.« Müde grinsend schwieg Gustaf für einige Sekunden, wischte sich den Schweiß von der Stirn, fuhr fort:

»Der Blödmann ist immer lauter geworden und aggressiver. Ich hab ihm Prügel angedroht, wenn er nicht gleich die Schnauze hält, und da hat er auf einmal ein Messer und geht auf mich los. Ich hab diesen Scheißleuchter gepackt, um ihn mir vom Leib zu halten, hab ihm irgendwie das Messer aus der Hand geschlagen, und am Ende sind wir beide am Boden gelegen. Blöderweise bin ich mit dem Hinterkopf auf den Leuchter geknallt, und es hat ein bisschen geblutet.«

Als Neberger das Blut sah, hatte er sich so plötzlich wieder beruhigt, wie er zuvor ausgerastet war.

»Ich hab ihm einen ordentlichen Anschiss verpasst, und er ist dann total kleinlaut gewesen. Und wie ich da so fluchend am Boden hocke und mit einem Tempo versuche, die Blutung zu stillen, da steht auf einmal auch noch Muha im Flur und glotzt wie ein Auto. Ich hab ihn angebrüllt, er soll sich vom Acker machen, und das hat er dann auch gemacht. Keine Ahnung, was der von mir wollte.«

»Und dann sind Sie auf die geniale Idee gekommen, Ihren kleinen Unfall zu nutzen, um einen Überfall auf Sie zu inszenieren.«

Gustaf schwieg lange mit gesenktem Blick. »Sie können mir trotzdem keinen Strick draus drehen«, erwiderte er schließlich trotzig. »Ich kenn mich aus.«

»Sie haben es so gedreht, dass ich die richtigen Schlüsse gezogen habe. Aber geschenkt, ich drehe keine Stricke. Mir genügt es, endlich zu wissen, was los war.«

»Dem Conny können Sie auch nichts anhängen. Es ist einfach Pech gewesen, dass ich so blöd gefallen bin. Er hat keinen Dunst gehabt, wieso er mich aus der Wohnung schleifen soll und so weiter. Ich hab ihm gesagt, es soll ein kleiner Fake sein, um einen Kumpel zu verarschen. Fand er dann sogar ganz witzig. Später sind wir noch in eine Kneipe in der Altstadt, und ich hab ihm ein Bier und eine doppelte Portion Pommes rot-weiß bezahlt.«

»An wem wollten Sie sich mit der Show eigentlich rächen? An Ihrem Vater?«

»Ich will mich an überhaupt niemandem rächen«, erwiderte Gustaf und sah mir wieder ins Gesicht. »Rache genügt mir nicht, ich will Gerechtigkeit. Ich will, dass alle erfahren, dass ich es nicht war. Dass Ihre Kollegen mich damals in die Scheiße geritten haben. Dass sie mich nach Strich und Faden verarscht haben. Vielleicht kriege ich am Ende sogar eine Entschädigung, mit der ich mein Studium finanzieren kann, mal sehen. Und lassen Sie Conny damit bitte in Ruhe. Er hat mir bloß geholfen und hat keine Ahnung gehabt, wozu es gut sein soll. Jemandem bei etwas zu helfen, das nicht verboten ist, kann wirklich kein Verbrechen sein.«

»Der wird der Menschheit auch so für lange Zeit nicht mehr lästig fallen.«

»Wie geht's Ihrem Kollegen überhaupt?«

»Nicht gut.«

»Er kommt hoffentlich durch?«

»Hoffentlich.«

Sollte dieses so überaus clevere Schlitzohr sich ruhig noch ein wenig schlecht fühlen. Dann war ich heute wenigstens nicht der Einzige, der das plötzliche Sommerwetter nicht genießen konnte.

Nachdem der ehemalige Knacki und künftige Jurist sich mit langem Gesicht verkrümelt hatte, durchstöberte ich ein zweites Mal das Netz nach seiner Schwester. Wieder war das Ergebnis niederschmetternd. Sie war mit einem Franzosen liiert gewesen – lebte sie vielleicht heute in Frankreich? Hatte sie ihren – wie hieß er noch? – Matthieu, richtig. Hatte sie ihn geheiratet und seinen Namen angenommen?

Aus dem Nichts kam mir ein Gedanke. Nein, kein Gedanke, lediglich die Erinnerung an etwas, von dem ich nicht einmal wusste, was es gewesen war.

Gustaf hatte etwas gesagt zu diesem Franzosen. Vor Tagen schon. Am Telefon. Aber was?

Dieses Mal ließ er mich lange warten, bevor er sich herabließ, ans Handy zu gehen.

»Was ist denn jetzt noch?«, maulte er.

Ich hörte seine Schritte und Verkehrsgeräusche. Offenbar war er zu Fuß unterwegs zurück in die Stadt, und hoffentlich kam er dabei wieder ordentlich ins Schwitzen.

»Am Samstag haben Sie gesagt, Ihre Schwester hätte in Trier einen Franzosen kennengelernt.«

»So hab ich es gehört, ja. Ich hab selber mal eine Weile nach ihr geforscht. Wie ich im Bunker saß und jede Menge Zeit hatte. Dabei hab ich dann immerhin die WG gefunden, wo sie in Trier gehaust hat. Und da war ein Typ am Telefon, und der hat mir die Story von dem Franzosen erzählt. Der hat aber bloß ein paar Monate in der WG gelebt, wegen irgendeiner Schulung oder Fortbildung. Später ist er wieder zurück.«

»Zurück wohin?«

»Nach Frankreich, nehme ich an.«

»Und Ihre Schwester ist mit ihm gegangen?«

»So hat der Typ es mir erzählt.«

»Sie haben mir noch irgendwas anderes zu dem Mann gesagt.«

Allmählich wurde Gustaf wieder freundlicher. »Echt? Was denn?«

»Wenn ich es wüsste, würde ich Sie nicht anrufen.«

»Ich weiß nur, dass er Franzose war und dass Ännchen sich höllisch in ihn verknallt hat.«

»Ich habe irgendwas im Kopf, dass er kein Student war, wie die anderen in der WG, sondern irgendwas … Wenn ich nur darauf kommen würde. Es hat mit seinem Beruf zu tun gehabt, glaube ich.«

»Davon weiß ich nichts.«

Wieder saß ich allein vor meinem leise summenden Laptop, grübelte, massierte mir die Schläfen, rieb meine müden Augen. Und plötzlich war die Erinnerung wieder da. Nicht Gustaf hatte es gesagt, sondern Doreen, Annalisas ehemalige und Auch-heute-noch-Freundin: »Er hat einen Job bei der SEW gehabt.« Oder so ähnlich.

Die SEW-EURODRIVE GmbH & Co. KG hatte ihren Hauptsitz in Bruchsal, einer Kleinstadt etwa zwanzig Kilometer südlich von Heidelberg, und eine etwas unübersichtliche Homepage. Viele Franzosen aus den grenznahen Gebieten des Elsass arbeiteten östlich des Rheins in Deutschland. Weshalb nicht auch in Bruchsal?

Sollte Annalisa heute im Elsass leben? Auch wenn dies den Suchraum stark eingrenzen würde, dürfte es nicht leicht werden, sie dort aufzustöbern. Trotz Europäischer Union und der ständig beschworenen deutsch-französischen Freundschaft – in unserem westlichen Nachbarland existierte so etwas wie eine Meldepflicht nicht einmal. Über offizielle Wege würde ich also nicht weiterkommen. Vielleicht über die dortigen Kollegen? Es wäre allerdings schon ein unglaublicher Zufall, sollte sich ein Gendarm daran erinnern, kürzlich eine Deutsche mit dem hübschen Namen Annalisa verwarnt zu haben, weil sie bei Rot über die Straße gelaufen war. Und selbst wenn – ich musste ja auch diesen Gendarmen erst einmal finden.

Mangels besserer Ideen klickte ich noch ein wenig auf den Internetseiten der SEW herum. Seit fünfundachtzig Jahren stellte die Firma Elektromotoren her, erfuhr ich, und hatte sich aus einem kleinen Familienbetrieb über die Jahrzehnte zu einem Global Player gemausert.

Ich klickte auf »Standorte in Deutschland«. Neben dem Stammhaus in Bruchsal war man noch an vielen anderen Orten vertreten. Hannover, Zwickau, München ...

Moment!

Global Player – klang das nicht nach ...?

Bingo! Auch im Elsass betrieb man Werke, in Haguenau, im nur wenige Kilometer davon entfernten Brumath, im lothringischen Forbach.

Eilig tippte ich »Annalisa Haguenau«.

Nichts.

Ich versuchte andere Varianten, Brumath, Anna-Lisa mit Bindestrich, immer ohne Ergebnis. Aus schierer Verzweiflung versuchte ich es schließlich mit »Cordes Haguenau«.

Und fand wieder keine Annalisa. Dafür jedoch auf der kunterbunten Homepage einer Familie Schirmer ein Foto einer kleinen Rasselbande von Kindern im Vorschulalter. Im vergangenen Spätsommer hatte man anlässlich eines Kindergeburtstags einen privaten sportlichen Wettkampf veranstaltet, und ein gewisser André Cordes hatte den Fünfundzwanzig-Meter-Lauf gewonnen und außerdem einen Tennisball weiter geworfen als alle anderen.

Und wenn ich mir Andrés stupsnasiges Gesichtchen lange genug ansah, dann konnte ich mir sogar eine gewisse Ähnlichkeit zu Annalisa einbilden.

Annalisa Cordes wohnte in einem schäbigen zweistöckigen Backsteinhaus an der Rue de la Redoute im Osten Haguenaus. Ihr Name stand neben dem untersten der drei abgegriffenen Klingelknöpfe. Innen schepperte eine altersschwache Klingel, ich hörte eine Tür klappen, leichte, eilige Schritte näher kommen, die Haustür wurde mit Schwung geöffnet.

Es war kurz nach sechs Uhr am Abend, als ich Gustafs Schwester zum ersten Mal in die schreckensweiten Augen sah. Sie schien schon am Ton der Klingel erkannt zu haben, dass Unheil drohte. Mit Sönnchens Unterstützung – mein Französisch war über die Jahrzehnte eher schlechter als besser geworden – hatte ich eine Mail an Madame Schirmer geschrieben, die diese postwendend und auf Deutsch beantwortete. Anfangs weigerte sie sich strikt, mir die Anschrift von Andrés Mutter zu verraten, versprach immerhin, die Namen der Kinder umgehend zu löschen, die sie fahrlässigerweise ins Internet gestellt hatte, nicht ahnend, dass sie damit die deutsche Polizei anlocken würde. Am Ende gelang es mir aber doch, der erschrockenen Frau Annalisas Adresse zu entlocken. Selten habe ich so viel gelogen wie an diesem Nachmittag. Von einem alten familiären Zerwürfnis hatte ich fabuliert, von todkranken Großeltern, die in ihrem Leben nur noch den einen Wunsch hegten, ihre Enkeltochter noch einmal in die Arme zu schließen und ihrem Urenkelchen übers Köpfchen streichen zu dürfen, bevor sie in Frieden dahinschieden. Zwischendurch waren zwei Mails eingetrudelt. Die erste enthielt eine Standardabsage von Suhrkamp, die zweite kam von Alexander Gundlach, meinem Beinahe-Namensvetter. Es war ihm nicht gelungen, Annalisa ausfindig zu machen, und inzwischen hatte er das Interesse an ihr so sehr verloren, dass er nicht einmal informiert zu werden wünschte, sollte ich seine alte Schulfreundin doch noch ausfindig machen.

»Bonsoir?«, begrüßte mich Annalisa mit dem reservierten Blick einer Frau, die in ihrem jungen Leben schon zu viele Lügen und Enttäuschungen hatte hinnehmen müssen, um noch irgendjemandem zu vertrauen.

Ich setzte mein hinreißendstes Lächeln auf, nannte meinen Namen und zeigte ihr meinen Dienstausweis.

»Polizei?«, fragte sie erblassend. »Aus Deutschland?«

»Es geht um Gustaf. Bitte nicht erschrecken, es ist nichts Schlimmes. Ich habe nur ein paar Fragen an Sie.«

»Hat Doreen also doch gequatscht!«, ereiferte sich Annalisa. »Ich habe sie doch ausdrücklich …«

»Nein, nein«, beschwichtigte ich ihren hochkochenden Zorn. »Ihre Freundin hat dichtgehalten.«

Sie sah noch genauso aus wie vor sechs Jahren: schlank bis an die Grenze zur Magersucht, aber drahtig muskulös, energische, manchmal ein wenig eckige Bewegungen, etwas über einen Meter siebzig groß. Nur die Frisur hatte sich geändert: Die langen Zöpfe waren einer pflegeleichten Kurzhaarfrisur gewichen. Annalisas Augen waren die ihrer Mutter.

»Was ist mit Gustaf?«

»Wollen wir das wirklich hier an der Tür besprechen?«

Sie zögerte, sah mich finster an, trat schließlich zur Seite, um mich einzulassen. Es ging drei Stufen hinauf, die Tür zu ihrer Wohnung stand offen. Innen roch es muffig und ein wenig säuerlich. Der Flur war schmal, die Zimmer, in die ich einen Blick werfen konnte, waren schlicht, aber mit Geschmack und Liebe zum Detail eingerichtet. Annalisa, an deren Klingel immer noch oder schon wieder ihr Mädchenname Cordes stand, führte mich in eine winzige Küche, wo es sehr viel besser roch als im Flur.

»Ich habe gerade das Abendessen auf dem Herd«, murmelte sie. »Gleich kommt André.«

Hektisch rührte sie in einem Topf, in dem Spaghetti köchelten. Da sie nicht vorzuhaben schien, mir einen Platz anzubieten, setzte ich mich auf einen der vier Klappstühle, die um den kleinen Holztisch herumstanden.

»André ist Ihr Sohn?«, fragte ich scheinheilig.

Sie nickte und rührte und nickte wieder. »Er geht in die École maternelle. Ich wechsle mich mit einer Nachbarin ab. Morgens mache ich das Kindertaxi, abends sie. Nächstes Jahr kommt er in die Élémentaire.«

Während die Tochter der Nachbarin, die ein Jahr jünger war, noch ein weiteres Jahr in der Vorschule bleiben würde.

»Wie ich das dann organisiert kriege, weiß ich im Moment noch gar nicht.«

Annalisas Deutsch hatte über die Jahre im Elsass ein wenig französische Färbung angenommen.

»Sie sind berufstätig?«

Die alleinerziehende Mutter, die nach meiner Rechnung dreiundzwanzig Jahre alt sein musste, wandte mir konsequent den Rücken zu und tat so, als bräuchten die beiden Töpfe auf dem schmalen, zweiflammigen Gasherd ihre volle Aufmerksamkeit.

»Weshalb ich Sie so unangemeldet überfalle«, begann ich nach einigen stillen Sekunden, in denen nur das Sausen des Gasherds und das Ticken der billigen Uhr über der Tür zu hören waren. »Es geht um den Tag, an dem Oliver starb.«

»Warum überrascht mich das jetzt nicht?«

»Sie und Ihre Eltern waren auf einer Hochzeitsfeier in Rauenberg.«

»Stimmt.«

Vermutlich konnte sie schlecht lügen und wollte mir deshalb ihr Gesicht nicht zeigen.

»Allerdings nicht die ganze Zeit.«

Die Hand mit dem Kochlöffel erstarrte.

»Wie ... Wie kommen Sie darauf?«

»Ich habe ein Video und eine Menge Fotos gesehen, die

an dem Tag gemacht wurden. Gegen zehn ist erst Ihr Vater verschwunden, und kurz darauf waren Sie auch nicht mehr da.«

Der Kochlöffel stand immer noch still. Sie schien nicht einmal mehr zu atmen.

»Wollen Sie mir erzählen, was Sie in der Stunde gemacht haben, bis Sie zurückgekommen sind?«, fragte ich ohne jeden Vorwurf in der Stimme.

Endlich ließ sie den Stiel des Holzlöffels los, bewegte die Hand zur Stirn, stieß ein merkwürdiges Geräusch zwischen Stöhnen und Lachen aus, sackte in sich zusammen, schlug hart mit dem Kopf auf die an vielen Stellen gesprungenen, schwarz-weiß gemusterten Fliesen.

Ich sprang auf. »Frau Cordes?«

Die Augen standen einen Spalt offen, der Mund ebenfalls. Der Puls war schwach und unregelmäßig, der Atem ging flach. Ich beugte mich zu der Bewusstlosen herunter, rüttelte sanft an ihrer Schulter.

Keine Reaktion.

Die Türklingel schrillte zweimal kurz. Vermutlich das nachbarschaftliche Kindertaxi.

Ich lief ins Treppenhaus, riss die Außentür auf. Vor mir standen der kleine Junge, dessen Gesicht ich am Nachmittag schon gesehen hatte, und eine südländisch aussehende Frau, die ein Mädchen an der Hand hielt, das aussah wie ein im Maßstab 1:2 verkleinerter Klon ihrer Mutter.

Alle drei starrten mich verblüfft an.

»Sprechen Sie Deutsch?«, fragte ich atemlos.

Die Frau nickte, erwiderte jedoch nichts.

»Frau Cordes ist ohnmächtig geworden. Vielleicht können Sie mir kurz helfen?«

Sie folgte mir wortlos, die verwirrten Kinder im Schlepptau. Diese wurden begleitet von einigen knappen, militärisch klingenden Kommandos in Andrés Zimmer abgestellt, und wir liefen zu zweit weiter zur Küche.

»Aidez-moi s'il vous plaît«, sagte die Nachbarin, nachdem auch sie die Bewusstlose kurz inspiziert hatte.

Ich packte Annalisa unter den Achseln, die Nachbarin nahm die Beine. Gemeinsam trugen wir die erschreckend leichte Frau ins Wohnzimmer, wo wir sie auf eine nicht allzu alte, aber bereits durchgesessene curryfarbene Couch betteten.

Die kleine schwarzhaarige Nachbarin schien einiges von Erster Hilfe zu verstehen, hob routiniert Annalisas Augenlid, blickte in ihre Pupille, fühlte den Puls.

»Pas grave«, meinte sie, als sie sich wieder aufrichtete.

»Sie hat einen Schock, vermute ich.«

»Un choc?« Ihr Blick wurde misstrauisch.

»Ich habe sie leider ein wenig erschreckt.«

Aus Annalisas schmalem Mund mit den blassen Lippen drang ein Seufzer. Die Augen öffneten sich wieder ganz, der Blick irrte verständnislos hin und her, blieb an der Nachbarin hängen.

»Lucy«, hauchte sie. »Que s'est-il passé?«

Kurz wurde auf Französisch parliert. In Annalisas Gesicht kehrte allmählich wieder Farbe zurück. Im Nachbarzimmer lärmten die Kinder. Ich holte in der Küche ein großes Glas Wasser, das die Patientin gierig leerte. Lucy blieb noch einige Minuten bei uns, bis Annalisa sich ohne fremde Hilfe aufsetzen konnte.

Schließlich verabschiedete sich die umtriebige Nachbarin, warf der blassen, zarten Frau auf der Couch einen letzten besorgten Blick zu und erklärte mir gestenreich und in unbeholfenem Deutsch, sie wohne im Haus schräg gegenüber und ich solle im Fall des Falles bei »Duchenne« läuten, gleichgültig zu welcher Uhrzeit. Dann waren sie und ihr Töchterchen verschwunden, und ich war mit André und seiner immer noch benommenen Mutter allein. Der Junge erwies sich als aufgeweckt, sprach fast perfekt Deutsch und hatte nicht die geringste Scheu vor dem großen Fremden, der nun an der Spüle stand und die viel zu lange gekochten Spaghetti abschüttete. Ich stellte drei Teller auf den Tisch, verteilte die Nudeln darauf, darüber die appetitlich duftende Tomatensoße mit Olivenstückchen und ein wenig Hackfleisch.

André fiel über sein Abendessen her, als wäre es die erste Mahlzeit des Tages.

»Was ist mit Maman?«, fragte er, als der ärgste Hunger gestillt war.

»Sie ist hingefallen und hat sich am Kopf wehgetan.«

Dies schien hin und wieder vorzukommen, schloss ich daraus, dass der Junge nur sachverständig nickte.

»Wie alt bist du?«, fragte ich.

»Fünfeinhalb«, lautete die stolze Antwort. »Nächstes Jahr darf ich in die richtige Schule. Dann bin ich ein Großer, sagt Maman. Und Lucy sagt es auch. Madeleine muss noch in der Maternelle bleiben. Sie ist neidisch auf mich.«

Ich ging ins Wohnzimmer, um nach Annalisa Cordes zu sehen. Sie starrte ins Leere, hatte ihren Teller noch nicht angerührt.

»Sie müssen etwas essen«, ermahnte ich sie.

»Ich weiß«, erwiderte sie teilnahmslos und nahm immerhin die Gabel in die Hand.

»Passiert Ihnen das öfter?«

»Wenn ich mich aufrege. Oder erschrecke.«

»Fertig!«, rief André triumphierend aus der Küche. »Krieg ich noch mehr?«

Mit einer hilflosen Bewegung deutete Annalisa auf ihren Teller. »Geben Sie ihm noch was. Er isst zurzeit wie ein Räuber.«

»War es vorhin die Aufregung oder der Schreck?«, fragte ich, als ich zum zweiten Mal aus der Küche kam.

»Beides«, erwiderte sie nach längerem Nachdenken mit matter Stimme. Dass sie die Gabel immer noch in der Hand hielt, schien sie nicht zu bemerken.

»Soll ich besser morgen wiederkommen? Wenn Sie sich ein wenig beruhigt haben?«

»Bitte bleiben Sie. Könnten Sie mir vielleicht eine Kopfschmerztablette holen? In der Küche müssten noch welche sein. Über der Spüle, neben den Tassen.«

28

Während seine Mutter darauf wartete, dass die Tablette wirkte, kümmerte ich mich um André und durchlitt nach vielen Jahren wieder einmal das schon fast vergessene Spiel von Überredung und Verzögerung, milder Bestechung, sanftem Druck und immer neuen Ausflüchten. Schließlich steckte das angehende Grundschulkind in seinem dunkelblauen Pyjama, dessen Brust Batman im Sturzflug zierte. Zuvor hatte André akribisch und ungewöhnlich lange Zähne geputzt, eine halbe Stunde ferngesehen, und nun erklärte er sich bereit, das Bett aufzusuchen und unter gewissen Umständen auch zu schlafen. Einer dieser Umstände war, dass eine Geschichte vorgelesen werden musste. Leider gab es nur zwei deutschsprachige Kinderbücher, die nach Andrés Einschätzung Babykram waren. Meine Versuche, etwas auf Französisch vorzulesen, brachten ihn zum Lachen. So kramte ich schließlich meine Erinnerungen zusammen und erzählte ihm aus dem Stegreif eine Mischung aus Aschenputtel und Schneewittchen. Die Grimm'schen Brüder wären mit hoher Drehzahl in ihren Gräbern rotiert, hätten sie mich hören können. André hingegen war sehr angetan von meiner kreativen Mischung aus History und Mystery und forderte eine Zugabe. So gab ich noch eine Kurzversion des gestiefelten Katers zum Besten und als finales Betthupferl Hans im Glück. Schließlich verlangten die Traditionen, dass ich auch noch ein Lied sang, wobei mir nur *Alle meine Entchen* fehlerfrei glückte.

Das Deckenlicht musste aus sein, die Mickymauslampe über dem Bett an, die Tür durfte nur angelehnt werden, das Licht im Flur durfte nicht brennen, dafür das in der Küche. Endlich waren sämtliche Gegebenheiten zur Zufriedenheit des allmählich müde werdenden Jungen, und ich kehrte zur Mutter zurück, der es sichtlich besser ging. Ihr Blick war wieder klar und wach, die Miene besorgt.

»Wenn ich nur wüsste, was aus André werden soll«, murmelte sie, als ich ihr in einem etwas wackeligen Sesselchen gegenübersaß und die Beine übereinanderschlug.

»Wenn was geschieht?«

»Wenn Sie mich mitnehmen.«

»Wieso sollte ich Sie mitnehmen?«

»Weil ich es getan habe. Ich habe Oli getötet.«

Es gelang mir, keine Miene zu verziehen, als ich fragte: »Sie?«

»Ja.«

»Dann erzählen Sie mal.«

»Papa war so schrecklich wütend. Den ganzen Abend hat er kaum ein Wort gesagt, ständig vor sich hin gestiert mit einem Gesicht, als wollte er jemanden verprügeln. Wenn er doch einmal gesprochen hat, dann hat er auf Oli geschimpft. Der hatte sich am Nachmittag aber auch unmöglich aufgeführt. Es war sonst nicht Papas Art, sich so aufzuregen. Aber an dem Nachmittag bin ich in mein Zimmer geflüchtet, weil ich es keine Sekunde länger ertragen konnte. Und dann, am Abend, springt Papa irgendwann plötzlich auf und sagt, er will noch einmal mit Oli reden, so könne das nicht bleiben.«

»Worüber haben Sie beide gesprochen? Ich habe gesehen, dass er Sie beschimpft hat.«

»Nicht auf mich, auf Oliver hat er geschimpft. Am Nachmittag hatte der allen Ernstes verlangt, Mama müsse das Haus verkaufen. Oli hätte uns hemmungslos mit ins Verderben gerissen, wenn meine Eltern ihm nachgegeben hätten.«

»Ihr Vater ist also nach Hause gefahren …«

»Sie hätten sein Gesicht sehen sollen.« Annalisa, immer noch blass, blickte in ihren Schoß. »Ich hatte auf einmal solche Angst, dass etwas Schreckliches geschieht, wenn die zwei in diesem Zustand aufeinandertreffen. Papa hatte schon etwas getrunken, eigentlich hätte er überhaupt nicht mehr Auto fahren dürfen. Oli war am Nachmittag schon betrunken gewesen. Das war er damals eigentlich ständig.«

»Da haben Sie beschlossen, Ihrem Vater zu folgen.«

Dieses Mal fiel ihr Nicken sehr schwach aus.

»Um das Schlimmste zu verhüten?«

Noch ein Nicken, noch zaghafter.

»Wegen des Umwegs, den Ihr Vater fahren musste, waren Sie vermutlich vor ihm dort.«

Ein kurzer, überraschter Blick in mein Gesicht, dann sah sie sofort wieder weg, nickte dieses Mal nicht.

»Und dann?«

»Oli war ... unerträglich«, flüsterte sie mit weiten Augen. »Er konnte sich kaum noch auf den Beinen halten, so betrunken war er. Und völlig von Sinnen, ja, von Sinnen. Er hat mich angebrüllt, mich eine dumme Kuh genannt, eine miese Schlampe und noch Schlimmeres. Ich habe versucht, ihn zu beruhigen. Ich habe ihm gesagt, dass Papa gleich kommt und ihm Geld anbieten will, und er soll es doch bitte, bitte annehmen, damit nicht alles noch furchtbarer wird.«

»Wie hat er reagiert?«

Voll flammender Empörung sah Annalisa mich an. »Ausgelacht hat er mich! Papa könne sich seine Spargroschen sonst wo hinstecken, hat er gebrüllt, das Haus müsse verkauft werden, alles andere würde überhaupt nichts bringen, bei einer Million Schulden, und wahrscheinlich sei die Bruchbude nicht mal halb so viel wert. Ich habe versucht, ihm klarzumachen, dass wir irgendwo leben müssen. Da ist dann etwas Seltsames passiert – auf einmal ist er ganz kleinlaut geworden. Er sei am Arsch, hat er gesagt, wörtlich, niemand könne ihn noch retten. Auf der Straße würden wir landen, alle zusammen, und ich solle ihn in Frieden lassen.

Nein, eigentlich hat er etwas viel Schlimmeres gesagt, das werde ich aber nicht wiederholen. Dann hat er eine Weile ganz still dagesessen. Sogar die Hunde im Nebenzimmer haben aufgehört zu bellen. Dann ist er wieder zu sich gekommen. Ohne jede Vorwarnung ist er auf mich los, hat mich gepackt, wollte mich ohrfeigen, und da … da war die Statue. Ich habe sie genommen, mit beiden Händen, und …«

»Und?«

Es dauerte, bis sie das Wort aussprach: »Zugeschlagen.«

»Wie?«

Jetzt blickte sie wieder auf. »Was meinen Sie?«

Ich nahm eine Illustrierte vom Tisch, rollte sie zusammen und reichte sie ihr. »Zeigen Sie mir, wie Sie es gemacht haben.«

Gehorsam, wenn auch ein wenig verwundert, erhob sie sich, packte die Papierrolle mit beiden Händen, hob sie über den Kopf und schlug sie symbolisch und ohne Kraft auf den niederen Tisch zwischen uns.

»Er hat Ihnen den Rücken zugewandt?«

Nicken ohne Blick.

»Ihr Bruder war über zwanzig Zentimeter größer als Sie.«

»War er das? Mag sein, ja.«

»Trotzdem hätte der Schlag ihn oben am Kopf treffen müssen. Nicht im Nacken, wie es in Wirklichkeit war. Außerdem hat er Sie doch gerade noch angegriffen, wie soll er Ihnen da den Rücken zugekehrt haben?«

»Er … Er hat sich gebückt, fällt mir gerade ein. Seine Flasche war ihm heruntergefallen. Seine Whiskyflasche, er hat ja damals immer nur schottischen Whisky getrunken, und immer den teuersten. Gerade als ich zugeschlagen habe, hat er sich gebückt.«

»Als Ihr Vater kam, waren Sie immer noch im Haus?«

Heftiges, viel zu heftiges Kopfschütteln. »Ich bin sofort weggerannt, habe mich aufs Rad geschwungen und bin zurück nach Rauenberg gerast, so schnell ich nur konnte.«

Sie sank zurück auf die curryfarbene Couch, legte die symbolische Schlagwaffe auf den Tisch, strich sie mit fahrigen Bewegungen glatt. Auch noch, als es längst nicht mehr nötig war.

»Und das soll ich Ihnen glauben?«, fragte ich, als sie mir nach vielen Sekunden endlich wieder ins Gesicht sah.

Ihr Blick blieb völlig ausdruckslos. »Wieso nicht?«

»Zum Beispiel, weil Ihr Vater am Samstag behauptet hat, er sei der Täter.«

Jetzt wurden ihre Augen groß. »Papa? Dann lügt er. Er lügt, um mich zu decken.«

»Ich glaube eher, es ist umgekehrt. Waren Sie dabei, als er es getan hat? Haben Sie zugesehen? Zusehen müssen?«

»Aber nein!« Unwirsches, energisches, fast wütendes Kopfschütteln. »Ich sage doch, ich war's. Ich!«

»Hatten Sie kein Problem damit, dass Ihr Bruder jahrelang für etwas im Gefängnis war, was Sie getan haben?«

»Aber doch!«, flüsterte sie mit fiebrigem Blick. »Jeden Tag, glauben Sie mir, jeden Tag habe ich mich schlecht gefühlt deswegen. Deshalb bin ich so froh, dass Sie gekommen sind. Dass Sie endlich gekommen sind. Wenn ich nur wüsste, was mit André werden soll. Er ist doch noch so klein. Er ist doch erst vier.«

»Er behauptet, er sei schon fünf.«

»Er bringt das ständig durcheinander.«

»Darf ich fragen, wer der Vater ist?«

»Er heißt Matthieu. Wir waren aber nur ein Jahr zusammen. Ein Jahr und ein bisschen.«

»Der Mann, den Sie in Trier kennengelernt haben?«

Sie nickte mit einer Miene, als wäre dieser Punkt nicht von Belang. »Kaum war André auf der Welt, hat er mich sitzen lassen. Erst wollte er, dass ich das Kind wegmachen lasse, aber das hätte ich nicht fertiggebracht. So ein winziges Leben auslöschen, wie eine Kerze, einfach pffft, das darf man doch nicht.«

Ich erhob mich, holte mir in der Küche ein Glas Wasser, füllte auch Annalisas Glas noch einmal auf, setzte mich wieder.

»Nehmen wir mal an, André wäre doch schon fünf, wie er behauptet. Dann könnte Matthieu nicht sein Vater sein, richtig?«

Jetzt flackerte wieder Panik in Annalisas dunklen Augen. Aber der Mund blieb geschlossen. Fest geschlossen.

»Soll ich raten, oder wollen Sie es mir sagen?«, fragte ich leise.

Sie schwieg weiterhin. Starrte mich immerzu an mit einem Blick voller Entsetzen und Angst. Angst davor, dass etwas ganz und gar Unaussprechliches ans Licht kommen könnte.

»Bitte«, sagte ich. »Es wird Ihnen guttun.«

Die Lider fielen herab. Der Atem wurde heftiger und heftiger, als wollte sie jeden Moment in Tränen ausbrechen.

»Ja, es stimmt«, hauchte sie endlich.

»Sehen Sie«, sagte ich und atmete tief durch, »war doch gar nicht so schwer.«

Während der Fahrt zurück nach Heidelberg – in meinem Rücken hing die Sonne blutrot über den Gipfeln der Vogesen – wurde mir bewusst, dass Annalisa von Schulden in Höhe von einer Million gesprochen hatte. Bislang hatte ich immer nur von der Hälfte gehört. Hatte sie sich in der Aufregung versprochen? Oder einfach falsch erinnert?

Wie ihr Vater hatte auch sie es am Ende nicht fassen können, dass ich sie nicht von meinen französischen Kollegen festnehmen ließ. Was sollte dieser alberne Zirkus? Weshalb wollten nun auf einmal zwei Personen die Tat begangen haben, nachdem sie jahrelang geschwiegen hatten? Fehlte nur noch, dass auch Daphne sich selbst bezichtigte, ihren Sohn erschlagen zu haben. Die einzige Erklärung, die mir für das Theater einfiel, war, dass Vater und Tochter sich gegenseitig deckten.

Dass jeder den jeweils anderen für den Schuldigen hielten.

Was bedeutete, dass beide nicht wussten, was in Wirklichkeit geschehen war.

Erst um halb elf kam ich zugleich aufgedreht und sterbensmüde nach Hause. Sarah war noch wach, lernte in ihrem Zimmer für einen Physiktest am nächsten Tag. Ich setzte mich zu ihr und überbrachte ihr vorsichtig und in kleinen Häppchen die schlimme Nachricht, dass sie sich in einen jungen Mann verliebt hatte, der nach den Maßstäben der deutschen Gesetze ein Krimineller war. Zu meiner Überraschung nahm sie es gefasst auf, ja, sogar ein wenig befriedigt. Ich erfuhr, dass man sich am Wochenende zerstritten hatte und – nach dem kleinen Glitzern in den Augen meiner großen Tochter und einem verirrten Lächeln zu schließen – Ersatz bereits in Sicht war. Ich war gespannt, ob und wie sich dieser Umstand auf ihre Berufswahl auswirken würde.

Am Mittwochmorgen galt mein erster Anruf Daphne. Sie ging erst nach dem dritten Klingeln ans Telefon und klang noch ein wenig verschlafen. Offenbar zählten Immobilienmakler nicht zwingend zu den Frühaufstehern. Dass ich ihre Tochter gefunden hatte, freute sie nur in Maßen.

»Gibst du mir ihre Adresse?«, fragte sie in einem Ton, als würde sie eine lästige Pflicht erfüllen.

»Das hat sie mir ausdrücklich verboten. Aber ich darf dir immerhin Grüße bestellen.«

»Wie nett. Geht's ihr gut?«

»Sie hat einen Sohn, und du bist seit fünf Jahren Oma. André heißt dein Enkelkind.«

Nur allmählich wurde sie wacher. »Oma …«, murmelte sie. »Wie sich das anhört. Es geht ihr gut?«

»Im Großen und Ganzen ja. Weshalb ich …«

»Wer ist der Vater? Ist sie mit ihm verheiratet? Taugt der Kerl was?«

»Sie ist alleinerziehend. Weshalb ich dich eigentlich anrufe …«

»Sie weiß aber hoffentlich, von wem das Kind ist?«

»Ja, das weiß sie, und …«

»Zahlt er Unterhalt?«

»Nein.«

Nun war sie endlich ganz wach. Empört fuhr sie mich an: »Wieso nicht?«

»Weil er tot ist.«

Auf die Idee, dass sie selbst ihrer Tochter finanziell unter die Arme greifen könnte, kam sie nicht. Aber das würde sich vielleicht ändern, wenn sie die Neuigkeiten erst einmal verdaut hatte.

»Weshalb ich dich eigentlich anrufe«, nahm ich den dritten Anlauf. »Annalisa hat von Schulden in Höhe von einer Million gesprochen.«

»Das ist Quatsch«, fuhr Daphne mir grob über den Mund. »Da hat sie mal wieder was falsch verstanden. Typisch für sie, leider.«

Sie blieb dabei, Oliver habe nur eine halbe Million Schulden gehabt.

»Aber was heißt nur?« Sie seufzte. »Wir haben ja nicht mal das zusammengebracht …«

»Eine andere Sache muss ich auch noch fragen.«

Dass sie nach ihren Leibesübungen im Park nach Hause gefahren sei, stritt sie ebenfalls ab. »Das muss er geträumt haben, der arme Fred. War wohl nicht mehr ganz bei Sinnen von der Aufregung. Wie kommt er nur auf so was?«

»Er hat dein Auto erkannt.«

»Rote Alfa Spider gibt's Tausende in Deutschland. Das bedeutet gar nichts.«

Mein nächster Anruf galt ihrem Ex-Mann. Bei ihm wunderte es mich nicht, dass er verschlafen klang.

Mit teigiger Stimme sagte er: »Ich verstehe nicht ganz …?«

»Ich würde Sie gerne besuchen, um noch zwei, drei Kleinigkeiten zu klären.«

»Heißt das, Sie glauben mir nun doch?«

»Nein.«

»Ich muss heute zum Arzt. Schwer zu sagen, wie voll das Wartezimmer heute ist. Ich rufe Sie an, wenn ich auf dem Weg nach Hause bin, ja? Darf ich fragen, worum es geht?«

»Um Ihre Tochter. Ich habe sie gestern besucht.«

Im Gegensatz zu seiner Ex-Frau freute sich der überraschend zum Großvater avancierte Mann unbändig über das vom Himmel gefallene Enkelkind. Aber auch ihm durfte ich Annalisas jetzigen Aufenthaltsort nicht verraten, hatte ich ihr in die Hand versprechen müssen.

»Das wird sich legen mit der Zeit«, behauptete ich, ohne recht zu wissen, woher ich diese Zuversicht nahm. Andererseits – die Dinge waren in Bewegung geraten. Ich war der Lösung näher denn je. Vieles würde sich vielleicht schon bald ganz anders darstellen, und wer konnte wissen, wie es dann mit der so gründlich zertrümmerten Familie weiterging?

Noch einmal versuchte ich den zeitlichen Ablauf jenes Abends vor fast sechs Jahren zu rekapitulieren. Wann Ralph Cordes und seine Tochter die Feier verlassen hatten und wann sie wieder zurückgekehrt waren, war durch das Video und die Fotos bis auf einige Minuten genau dokumentiert. Die Unbekannte in meiner Gleichung war Daphne. Etwa fünfzehn Minuten vor ihrem Mann war sie zusammen mit Fred Karcher im Park verschwunden. Laut ihrem Partner hatte ihr Zusammensein nur wenige Minuten gedauert, was ich angesichts meiner eigenen Erfahrungen mit Daphne für glaubhaft hielt. Somit könnte sie noch vor ihrem Mann aufgebrochen sein. Und wieder die Frage: Weshalb waren die beiden sich nicht begegnet? Sollten alle drei lügen und sogar gemeinsam zu Hause gewesen sein? War dieses Treffen verabredet gewesen? Annalisa und ihr Vater hatten bereits zugegeben, dass sie zur fraglichen Zeit in ihrem Haus in Wiesloch gewesen waren. Daphne stritt es ab. Aber woher hätte sie das saubere Kleid haben sollen, wenn nicht aus ihrem Kleiderschrank? Von einer in der Nähe wohnenden Freundin vielleicht? Es wäre schon ein sehr großer Zufall, sollte diese Freundin dasselbe Kleid besitzen und auch noch in Daphnes Größe haben. Andererseits kamen auch meine Töchter hin und wieder mit denselben Sachen wie ihre aktuell besten Freundinnen vom Shoppen zurück.

Schließlich wählte ich noch einmal die Handynummer von Fred Karcher. Heute klang er sehr viel entspannter als bei unserem gestrigen Gespräch.

»Dann lügt sie«, beantwortete er meine Frage knapp. »Fragen Sie mich nicht, wieso, aber sie lügt.«

»Sie sind sich hundertprozentig sicher, dass Sie sie gesehen haben?«

»Zweihundertprozentig.«

»Zur Uhrzeit können Sie immer noch nichts sagen?«

»Herr Gerlach, also bitte!« Sein Lachen war ein wenig zu laut. »Gucken Sie auf die Uhr, wenn Ihnen eine Frau an die Wäsche geht? Ich weiß nur, dass ich gegen halb elf daheim war und meiner Frau eine große Kanne Fencheltee gekocht hab. Wadenwickel hab ich ihr auch gemacht, gegen das Fieber.«

Wie ich es auch drehte und wendete – Daphne musste in der Nacht vorübergehend zu Hause gewesen sein. Weshalb sollte Karcher mir Lügen erzählen? Zum ich weiß nicht wievielten Mal sah ich mir die entscheidenden Passagen des Videos an, ohne irgendetwas Neues zu entdecken. War es wirklich denkbar, dass zu einem bestimmten Zeitpunkt sowohl Daphne als auch ihr Mann und ihre Tochter in dem Haus in der Waldstraße waren? Dass sie Oliver gemeinsam überwältigt und niedergeschlagen hatten?

Ich versuchte Annalisa zu erreichen, aber ihr Handy war

ausgeschaltet. Daphne noch einmal zu belästigen war sinnlos. Sie würde bei ihrer Version der Geschehnisse bleiben, aus welchen Gründen auch immer.

Schließlich klappte ich wütend den Laptop zu, lehnte mich zurück, faltete die Hände im Genick. Wäre Daphne dabei gewesen, als die Statue auf den Hinterkopf ihres Ältesten krachte, hätte sie es anschließend auch noch zugelassen, dass ihr zweiter Sohn dafür unschuldig ins Gefängnis kam? Nicht nur für wenige Wochen, sondern für Jahre? Sosehr ich mich auch bemühte, es ergab alles keinen Sinn. Daphne hatte gewiss ihre Schwächen, aber eine solche Niedertracht traute ich ihr dann doch nicht zu.

Irgendwo in meinem Gleichungssystem steckte ein Fehler. Und immer noch gab es zu viele Unbekannte darin.

Auf die Sekunde genau um zehn Uhr klopfte Klara Vangelis an meine Tür, und ich war erleichtert, vorübergehend von meiner fruchtlosen Hirnakrobatik erlöst zu werden. Wir diskutierten die aktuell offenen Fälle, doch ich konnte dem Gespräch kaum folgen. Vangelis bemerkte es bald und beschränkte sich auf das Nötigste. Schon nach zehn Minuten erhob sie sich wieder, strich den Rock ihres heute dunkelblauen Nadelstreifenkostüms glatt und verabschiedete sich mit einem knappen, fast verständnisvollen Lächeln.

Plötzlich konnte ich nicht mehr still sitzen. Wie im Fieber umrundete ich meinen Schreibtisch. Ich war nah dran, ich spürte es, so nah wie nie, ich wusste es. Ich grübelte und rätselte, erwog und verwarf, kombinierte und zerpflückte, und alles führte zu nichts.

Mein Laptop meldete eine neue E-Mail, was mich daran erinnerte, dass ich heute meinen Posteingang noch keines Blickes gewürdigt hatte. Ich nahm wieder Platz. Viel Dienstliches fand ich erfreulicherweise nicht vor. Dafür Privates: eine Absage von Piper, eine Absage von Goldmann und eine zweite Mail vom S. Fischer Verlag. Diese war kurz und traf mich wie ein Stromschlag:

»In unserer gestrigen Programmsitzung habe ich das Projekt Ihrer Lebensgefährtin zur Sprache gebracht mit dem Ergebnis, dass wir nun möglicherweise doch Interesse daran hätten. Bitte geben Sie mir einige Tage Zeit, um das Manuskript durchzusehen. Spätestens kommende Woche werde ich mich wieder bei Ihnen melden. Herzliche Grüße, auch an Ihre Partnerin, Ihre …«

29

Als Ralph Cordes mir gegen Mittag die Tür zu seiner kleinen Wohnung aufhielt, wirkte er wach, geradezu aufgekratzt und noch nervöser als sonst. Wie bei meinem letzten Besuch setzten wir uns ins Wohnzimmer, das er zur Feier meines Besuches aufgeräumt und gesaugt zu haben schien.

»Wie wäre es mit einem Gläschen Sekt auf mein Enkelkind?«, lautete seine erste Frage.

Ich tat ihm den Gefallen, ließ mir jedoch nur zwei Fingerbreit einschenken. Der Sekt war warm und schmeckte gruselig.

»Ich bin sicher, Sie werden André bald kennenlernen dürfen«, sagte ich, als wir anstießen. »Er ist ein lieber, aufgeweckter Junge.«

Als Nächstes bot mein aufgeregter Gastgeber Kaffee an, was mir schon mehr zusagte. Das Angebot beschränkte sich auf Filterkaffee, da er zwar eine Espressomaschine besaß, diese jedoch schon vor Jahren das Zeitliche gesegnet hatte. Ich folgte dem frischgebackenen Großvater in die Küche, um die Zeit zu nutzen, bis die braune Brühe durchgelaufen war. Mit bebenden Händen füllte er einen kalkverkrusteten Wasserkocher. Ich lehnte mich gegen die Arbeitsplatte und sah zu.

Als der Kocher eingeschaltet war und zu summen begann, bat Cordes, mir noch einmal von dem nächtlichen Zusammentreffen mit seinem Stiefsohn zu berichten. Er wiederholte fast Wort für Wort, was er mir schon am Samstagabend aufgetischt hatte. Ich ließ mir auch von ihm demonstrieren, wie er den breitschultrigen Mann niedergeschlagen haben wollte, der fast einen Kopf größer war als er. Seine Vorführung missriet fast noch kläglicher als die seiner Tochter.

»Wieso lügen Sie?«, fragte ich schließlich. »Wen schützen Sie?«

»Niemanden«, behauptete er stur. »Ich lege ein Geständnis ab. Aber Sie weigern sich einfach, mir zu glauben.«

»Annalisa hat ebenfalls ein Geständnis abgelegt.«

»Annalisa ...?« Mit runden Augen starrte er mich an. Fassungslos. Verstört. »Herrje, das ist der größte Unsinn, den ich je ...«

»Sie war schwanger von Oliver. Ich weiß, dass sie es Ihnen erst wenige Minuten vor Ihrem überstürzten Aufbruch nach Hause gestanden hat.«

Er senkte den Blick. Fummelte sinnlos am Plastikgriff des zunehmend lauter werdenden Wasserkochers herum. Nickte endlich. »Das ist richtig, ja.«

»Ich nehme an, Sie waren daraufhin noch wütender auf Oliver als ohnehin schon.«

Cordes nickte erneut. Seine freudige Aufregung war schon wieder verflogen. »In mir ... Ich war ... Wäre er in Reichweite gewesen, ich hätte vermutlich ...«

»Angeblich haben Sie es ja kurze Zeit später auch getan.«

»Das ... äh ...« Nun war er endgültig aus dem Konzept geraten.

»War Oliver schon tot, als Sie das Haus betraten? Ich kann es zwar selbst nicht glauben, aber war vielleicht doch Annalisa die Täterin? Haben Sie ihr geholfen, die Spuren zu verwischen?«

»Warum? Warum hätte sie ihn erschlagen sollen?«

»Vielleicht, weil sie durch eine Vergewaltigung schwanger geworden ist? Sie hatte Oliver übrigens auch erst am Nachmittag von der Schwangerschaft erzählt. Daraufhin hat er sie erst ausgelacht und dann beleidigt. Gründe genug für eine junge Frau in ihrer Situation, um die Nerven zu verlieren.«

Cordes schwieg lange mit versteinerter Miene. Dass der Wasserkocher sich ausschaltete, bemerkte er nicht. Schließlich sah er auf. Unsäglich müde und ratlos. Jede Farbe war aus seinem Gesicht gewichen.

»Sie hat während der Pfingstferien in Olivers Firma gejobbt. Büroarbeiten, Telefondienst, solche Dinge. Von dem Verdienst wollte sie sich ein besseres Rad kaufen.«

»So hat sie es mir auch erzählt.«

»Sie hat in der Zeit bei ihm gewohnt, im Gästezimmer, und eines Abends ... Sie lag in der Badewanne. Selbstverständlich hatte Oliver eine riesige Wanne mit allem Luxus und technischem Schnickschnack, den man sich nur denken kann.«

Ralph Cordes war jetzt wieder tief in der Vergangenheit. Der Schmerz der schrecklichen Erinnerungen verzerrte sein fahles Gesicht zur Fratze. Die Augen kamen nicht mehr zur Ruhe. »Oliver, er war ein Monster. Früher war er nicht so gewesen, früher nicht. Aber zum Ende hin ... Als wollte er nichts auslassen, um uns wehzutun. Uns ins Verderben zu stürzen. Annalisa hatte viel zu lange geschwiegen, eine Abtreibung kam nicht mehr in Betracht. Sie hätte so etwas aber auch gar nicht gewollt.«

Endlich wandte er sich wieder dem Wasserkocher zu, schüttete mit bebenden Händen dampfendes Wasser in den Kaffeefilter und einiges daneben.

»Sie sind dann umgehend aufgebrochen, um ihn zur Rede zu stellen«, mutmaßte ich. »Es ging gar nicht um Geld, wie Sie mir erzählt haben. Es ging um Annalisa.«

Als hätte er mich nicht gehört, wischte er ungeschickt das verschüttete Wasser auf, verbrannte sich ein wenig die Finger dabei.

»Ich war so voller Zorn«, presste er zwischen zusammengebissenen Zähnen hervor. »In diesen Minuten, wenn ich gekonnt hätte, wenn ich die Möglichkeit gehabt hätte, wenn er nicht schon am Boden gelegen hätte, als ich kam, Gott steh mir bei ...«

»Kommen wir doch mal zu den Details«, unterbrach

ich sein Gestammel. »Wo genau haben Sie Ihr Auto abgestellt?«

»Am Straßenrand. Ein Stück von unserer Einfahrt entfernt war ein Platz frei. Das habe ich immer so gemacht, wenn ich gleich wieder wegwollte.«

»Haben Sie das Rad Ihrer Tochter irgendwo gesehen?«

Cordes nickte so zögernd, als wäre er sich nicht ganz sicher.

»Wo?«

»Neben der Tür«, flüsterte er. »Neben der Haustür. Es lag am Boden. Wie weggeworfen.«

»War die Haustür offen oder zu?«

»Offen. Einen Spalt. Das sollte eigentlich nicht sein, aber der Türschließer war schon länger defekt.«

»Sie haben das Haus betreten ...«

Wieder Nicken.

»Wie war es da? Was haben Sie gesehen? Was haben Sie gehört?«

»Die Hunde. Sie haben gebellt wie verrückt. Sie müssen etwas gespürt haben, konnten aber nicht aus ihrem Gefängnis heraus. Zum Glück.«

»Sie sind zur Wohnzimmertür gegangen ...«

Nicken. Stutzen. Kopfschütteln.

»Erst ... Ich musste zur Toilette. Ich musste mich übergeben. Das war alles ... Es war alles zu viel für mich. Für meinen Magen. Er reagiert empfindlich auf Stress, mein Magen. Das war immer schon so. Schon in der Schule ...«

»Wie lange hat das gedauert?«

»Fünf Minuten. Länger wohl nicht. Nein, länger nicht.«

»Als Sie wieder herauskamen – war die Tür zum Wohnzimmer da offen oder geschlossen?«

»Offen. Halb. Und die Hunde, diese furchtbaren, furchtbaren Hunde ... Ich höre ihr wütendes Gekläffe immer noch. Jede Nacht. Jede Nacht verfolgen sie mich im Traum, diese Bestien.«

»Sie sind zur Wohnzimmertür gegangen und haben hineingesehen …«

Stöhnen. Die Hände zitterten mehr denn je.

»Was war da? Was genau haben Sie gesehen?«

»A…« Er schaffte es nicht, den Namen seiner Tochter auszusprechen. Fuhr sich mit der Rechten über die Stirn, als ließen sich die entsetzlichen Erinnerungen einfach wegwischen.

»Oliver lag schon am Boden?«

Nicken.

»Und Annalisa?«

»Sie hielt diese … dieses Ding in der Hand. Ich habe sie gehasst, diese schreckliche Statue, immer schon. Als hätte ich geahnt, dass sie uns einmal Unglück bringen wird.«

»Was hat sie damit gemacht?«

»Nichts hat sie gemacht. Sie stand da und hat auf Oliver hinabgestarrt, als wollte sie noch einmal zuschlagen.«

»War sie ansprechbar?«

»Nein.«

»Jetzt lassen Sie sich doch nicht jedes Detail einzeln aus der Nase ziehen!«

»Ich habe ihren Namen gerufen. Sie hat aber nicht reagiert. Ich bin zu ihr gegangen und habe ihr die Statue weggenommen. Erst wollte sie sie nicht loslassen. Ich musste sie ihr fast mit Gewalt entreißen. Und die Hunde haben gebellt und gebellt und sind gegen die Tür gesprungen, dass ich dachte, jeden Moment springt sie auf und sie stürzen sich auf uns.«

»Was haben Sie mit der Statue gemacht?«

»Ein Taschentuch genommen, sie abgewischt und an ihren Platz zurückgestellt.«

»Sie haben also geglaubt, Annalisa hätte ihren Halbbruder erschlagen?«

»Aber …« Zutiefst erstaunt sah er mich an. »Es war doch offensichtlich!«

Anschließend hatte er seine willenlose Tochter aus dem Raum geführt und die Tür sorgfältig hinter sich geschlossen.

»In der Küche habe ich Kaffee gekocht, für sie und für mich. Zum Glück hatten wir damals einen dieser neumodischen Automaten, wo man nur einen Knopf drücken muss. Zu mehr wäre ich nicht in der Lage gewesen. Beim Kaffee ist Annalisa allmählich wieder zu sich gekommen. Bis dahin hatte ich schon so etwas wie einen Plan entwickelt. Wir würden zurück nach Rauenberg fahren, hatte ich überlegt, zu dieser dreimal verfluchten Feier, uns dort noch ein wenig sehen lassen und so tun, als wäre alles in Ordnung.« Cordes lachte, brach sofort wieder ab.

Bevor die beiden aufbrachen, hatte er das Wohnzimmer noch einmal betreten, die Statue ein zweites Mal und mit größerer Sorgfalt abgewischt und wieder neben den Kopf des Opfers gelegt.

»Wozu das?«

»Ein Reflex. Vielleicht ... Ich kann es nicht sagen ... Damit es authentischer aussieht, vielleicht. Ich kann es wirklich nicht sagen.«

»Haben Sie bemerkt, dass Ihre Frau ebenfalls im Haus war?«

»Wie?« Wie in Trance starrte er mich an. »Daphne? Aber wieso denn? Weshalb sollte sie?«

»Sie haben ihren Wagen nicht gesehen?«

Ralph Cordes' Blick war der eines entlaufenen Irren, der sich in der plötzlichen, ungewohnten Freiheit zu Tode fürchtet. Er schüttelte den Kopf.

»Sie hatte sich bei der Feier ihr Kleid ruiniert. Könnte es sein, dass sie noch ein zweites, identisches Exemplar besessen hat?«

Endlich kam wieder Leben in den unglücklichen Mann. Daphne hatte tatsächlich manche Kleidungsstücke doppelt gekauft.

»Manchmal auch in verschiedenen Größen, weil sie immer mal wieder ein paar Kilo ab- und später wieder zugenommen hat. Eine Marotte von ihr, die mich von Beginn an gestört hat. Bei Schuhen war es dasselbe, auch bei Handtaschen. Manches hat sie in verschiedenen Farben gekauft, weil sie sich nicht entscheiden konnte. Ihr schlagendes Argument war immer, es sei ihr Geld, das sie verpulverte, Geld aus ihrem Erbe, und sie dürfe sich zehn Kleider im selben Design kaufen, und es würde mich trotzdem nichts angehen.«

»Sie hat also nicht nur das Haus mit in die Ehe gebracht, sondern auch einiges an Geld?«

Das Wasser war ohne weitere Unfälle durch den Filter gelaufen. Cordes suchte nach sauberen Bechern und fand keine. Mit unsicheren Bewegungen nahm er zwei Exemplare aus der schmalen Spülmaschine und wusch sie von Hand ab.

»Sie sind sich sicher, dass das Rad schon neben der Haustür lag, als Sie ankamen?«

Mit dem Rücken zu mir stand er da. Das Gesicht konnte ich nicht sehen, an seinem Körper zuckten unkontrolliert alle möglichen Muskeln.

»Sicher bin ich mir nicht«, gab er schließlich zu. »Vielleicht habe ich es auch erst gesehen, als wir das Haus zusammen verlassen haben.«

Er spülte die Becher sicherheitshalber ein zweites Mal, ergriff irgendein Tuch, um sie abzutrocknen.

»Ich muss Ihnen etwas gestehen.« Cordes wandte sich um und sah mir wieder ins Gesicht. »Annalisa ist nicht mit dem Rad zurückgefahren. Sie hätte es gar nicht gekonnt in ihrem Zustand. Ich habe sie im Wagen mitgenommen. Ihr Rad habe ich in die Garage gestellt.«

»Soll ich Ihnen sagen, was ich denke?«, fragte ich, nachdem ich den ersten Schluck von dem Kaffee gekostet hatte, der für meinen Geschmack viel zu stark geworden war.

»Ihre Tochter ist nach Ihnen ins Haus gekommen, während Sie auf der Toilette waren, hat Oliver leblos am Boden gefunden und geglaubt, Sie hätten ihn erschlagen. Sie hat die Statue aufgehoben, warum auch immer, Sie sind dazugekommen und haben nun wiederum gedacht, Annalisa sei es gewesen.«

Sehr zögerndes, sehr ungläubiges Nicken. Cordes hielt seinen Becher in der Hand, trank aber nicht.

»Was bedeutet, Sie waren es beide nicht.«

In seinem Blick glimmte ein Hauch von Hoffnung auf.

»Haben Sie je mit ihr darüber gesprochen?«, fuhr ich fort.

Entsetztes Kopfschütteln. »Das … Es war unmöglich. Für uns beide völlig unmöglich. Annalisa ist ja auch bald danach verschwunden.«

Wir blieben in der Küche, tranken schlechten Kaffee im Stehen, kamen noch einmal zum Thema doppelt gekaufte Kleider.

»Es könnte also wirklich sein, dass Ihre Frau ein zweites Exemplar des rosafarbenen Kleids besessen hat.«

»Wie gesagt …«

»Falls sie gleichzeitig mit Ihnen im Haus war, dann hätte ihr Alfa Romeo vor der Tür stehen müssen.«

»Das tat er aber nicht. Wäre sie wirklich zurückgekommen, dann hätte sie es gemacht wie ich und ihn am Straßenrand abgestellt und … Und Sie denken wirklich, sie war auch dort? Um sich umzuziehen?«

»Bevor sie den Saal verließ, hatte sie einen Fleck im Kleid. Als sie später wiederauftauchte, war er verschwunden.«

Lange herrschte Schweigen. Jeder mit seinen eigenen Gedanken beschäftigt, nippten wir an unseren Bechern. Es waren billige Exemplare, vielleicht aus einem Ein-Euro-Shop. Meiner war grün, der meines Gastgebers rot.

»Sie könnte natürlich … Vielleicht hat sie etwas weiter entfernt geparkt? Ich sagte schon, direkt beim Haus war nichts frei. Alles war zugeparkt, obwohl Samstagabend war. Ich vermute, eine Party in der Nachbarschaft.«

»Oder Sie haben den Alfa in der Aufregung einfach übersehen. Gehört haben Sie nichts von ihr? Wenn sie oben war und sich umgezogen hat, dann hat sie doch bestimmt irgendwelche Geräusche gemacht.«

Andererseits hatten ja die Hunde angeblich die ganze Zeit gebellt.

»Daphne und ich haben uns schließlich so geeinigt«, sagte Ralph Cordes, ohne auf meine Frage einzugehen. »Was ich verdiente, kam in die Familienkasse. Und wenn Daphne wieder einmal extravagante Wünsche hatte, dann hat sie auf ihr Konto zurückgegriffen. Solche Wünsche hatte sie nicht gerade selten. Sie hat immer schon gerne auf großem Fuß gelebt. Diesen Charakterzug hatte Oliver eindeutig von ihr, wer auch immer sein Vater war.«

»Sie wissen bis heute nicht, wer der Mann war?«

»Daphne wollte es mir nicht sagen.«

»Um die Schulden ihres Sohnes zu bezahlen, hat ihr ererbtes Geld aber nicht gereicht.«

Erschöpft schüttelte Cordes den schmalen Kopf. »Später, bei der Scheidung, habe ich erfahren, dass Daphne ihr Erbe schon fast vollständig verprasst hatte. Aber wie gesagt, das war ihre Angelegenheit und ging mich nichts an.« Er füllte noch einmal Kaffee in seinen Becher, ohne mir nachzuschenken. »Wir hatten getrennte Konten. Von Anfang an hatten wir getrennte Kassen. Daphne wollte das so.«

»Als wir zum ersten Mal darüber sprachen, sagten Sie, Ihr Stiefsohn hätte etwa eine halbe Million Schulden gehabt.« Ich trank den letzten Schluck aus meinem Becher.

»Eine halbe Million und etwas, richtig. Exakte Zahlen habe ich nie erfahren, und auf zehntausend mehr oder weniger kam es ohnehin nicht an.«

Auch er konnte sich keinen Reim darauf machen, dass Annalisa vom doppelten Betrag gesprochen hatte.

»Ihre Eltern waren ganz anders.«

»Daphnes Eltern? Inwiefern?«

»Ich habe die beiden leider nie kennengelernt.« Erst jetzt fiel ihm auf, dass er keine Milch in seinen zweiten Kaffee getan hatte. Er holte das Versäumte nach, rührte so hektisch um, dass Kaffee aus dem Becher schwappte und er sich ein zweites Mal die Finger verbrannte. »Sie waren schon einige Jahre tot, als ich Daphne kennenlernte. Aber ich weiß, dass der Vater Angestellter war beim Technikmuseum. Die Mutter war Hausfrau und hat zeitlebens nichts verdient.«

Ich stellte meinen Becher vorsichtig auf die Arbeitsplatte, weil in meinem Gehirn ein Blitz gezuckt hatte bei dem, was ich soeben gehört hatte. »Trotzdem konnten sie ihrer Tochter am Ende ein schuldenfreies Haus mit Swimmingpool hinterlassen? Und dazu noch einen offenbar nicht ganz unbeträchtlichen Geldbetrag?«

»Sie war das einzige Kind«, erwiderte Cordes hilflos. »Aber Sie haben recht. Die Eltern müssen im Gegensatz zu Daphne sehr sparsam gewirtschaftet haben. Vielleicht war Daphne das Knausern deshalb so verhasst? Aus ihrer Sicht war ich ein Kleingeist, ein Spießer und ein Versager, der ihr den Lebensstandard nicht bieten konnte, der ihr zustand.«

Irgendetwas war falsch, ich fühlte es mit jeder Faser meines Körpers. Irgendetwas war völlig falsch.

Ich kam nur nicht darauf, was.

Noch nicht.

Wieder jeder in seine Gedanken vertieft, standen wir da. Cordes nippte hin und wieder an seinem Becher.

»Olivers Vater«, nahm ich schließlich den nächsten Anlauf. »Haben Sie wenigstens einen Verdacht, wer er ist?«

»Daphne hat sich immer strikt geweigert, mir auf diese Frage eine Antwort zu geben. Was ich, ehrlich gesagt, nie verstanden habe. Oliver war ein uneheliches Kind, gut, aber so etwas ist doch heutzutage keine Schande mehr. Ich vermute, der Vater hat darauf bestanden, nicht bekannt zu werden.«

»Hat er für seinen Sohn gesorgt? Hat er Alimente bezahlt?«

Kopfschütteln. »Auch so ein Punkt, der mich nach Daphnes Meinung nichts anging. Sie hat mich gebeten, den Jungen zu adoptieren, gleich nach der Hochzeit, und das habe ich dann auch getan. Wir waren nicht reich, aber wir kamen immer gut zurecht.«

In meinem Kopf gärte und rumorte es weiter. Eine Unruhe hatte mich gepackt, die ich nur zu gut kannte. Und dann kam die Erleuchtung. Aus dem Nichts. In meinem Gehirn ging eine Sonne auf.

Das weithin bekannte Technikmuseum lag in Sinsheim. »Sinsheim«, hatte sie damals auf meine Frage geantwortet, wo sie zu Hause war. »Meine Alten wollen aus dem blöden Kaff einfach nicht weg.«

Sobald sie ihr erstes Geld verdiente, würde sie ausziehen, am liebsten nach Berlin oder Frankfurt, zur Not auch nach Mannheim oder im schlimmsten Fall wenigstens nach Heidelberg. Das war ihr Plan gewesen.

Das Haus in Wiesloch konnte nicht ihr Elternhaus gewesen sein.

Ich bat meinen verdutzten Gastgeber um die Anschrift und reichte ihm die Hand zum Abschied.

»Wie war Daphnes Mädchenname noch mal?«, fragte ich schon im Gehen.

»Roth. Weshalb nennen Sie sie plötzlich Daphne?«

»Ein Versehen«, log ich und verließ im Laufschritt die Wohnung, ohne die Tür hinter mir zu schließen, raste die Treppen hinab, rannte fast zum Wagen.

Die Nummer des Grundbuchamts der Stadt Wiesloch herauszufinden war dank Smartphone und Internet eine Sache von Sekunden. Dort ging zum Glück auch jetzt, in der Mittagszeit, jemand ans Telefon, erfreulicherweise ein kluger und unkomplizierter Mann. Zudem kannte er meinen Namen und glaubte mir ohne kleinkrämerische Nachfragen, dass mein Anliegen wichtig und eilig war.

»Das haben wir gleich, Moment … Waldstraße, sagen Sie? Nette Ecke dahinten, schön ruhig – ah, hier, ich hab's. Was genau wollten Sie jetzt wissen?«

»Wem es vor Frau Cordes gehört hat.«

»So was darf ich Ihnen nicht so einfach verraten, Herr Gerlach, das wissen Sie schon?«

»Natürlich weiß ich das. Sie hat es angeblich geerbt. Stimmt das? Von ihren Eltern?«

»Wie haben die denn geheißen, die Eltern?«

»Roth.«

»Negativ. Der Vorbesitzer hat anders geheißen.«

»Könnten Sie mir vielleicht einen Tipp geben? Einen winzig kleinen Tipp, bitte, bitte?«

Der Beamte am anderen Ende lachte gemütlich. »Sie sind mir ja einer. Also gut, Sie kriegen es ja sowieso raus, aber verpfeifen Sie mich bloß nicht. Es fliegt in der Luft herum und macht manchmal piep?«

»Vogel.«

»Vorname so ähnlich wie Theologie. Den Rest finden Sie im Wewewe.«

Prof. Dr. Dr. h. c. Theobald Vogel war in Wiesloch und Umgebung ein bekannter Mann. Ärztlicher Direktor und Chefarzt am Psychiatrischen Zentrum Nordbaden.

30

Zu meiner Verwunderung war der bedeutende Mann sofort für mich zu sprechen. Seine blasse und ein wenig depressiv dreinschauende Sekretärin hatte mich zunächst abwimmeln wollen, ließ sich jedoch dazu herab, ihren Chef von meinem Kommen in Kenntnis zu setzen, als ich mit meinem Dienstausweis vor ihrer Nase wedelte. Seufzend die Augen rollend, hatte sie den Telefonhörer in die Hand genommen, »Polizei, ja richtig, ich weiß auch nicht …«, und fünf Sekunden später hielt sie mir restlos verwirrt die schwere Polstertür zum Allerheiligsten auf.

Professor Vogels Büro war dunkel eingerichtet, mit schweren Vorhängen an den wandfüllenden Fenstern, und etwa halb so groß wie meine Vier-Zimmer-Altbauwohnung. Als ich eintrat, stand der hochgewachsene, hagere Mann in weißem Arztkittel hinter seinem gewaltigen Schreibtisch aus fast schwarzem Holz, der mich sofort an das Ungetüm denken ließ, hinter dem mein früherer Chef Liebekind mich immer empfangen hatte.

Der Professor war im Moment ein wenig grau im Gesicht, zog mit gemessenen Bewegungen den blütenweißen Kittel aus, legte ihn sorgsam zusammen und auf einen Stuhl, kam um seinen Schreibtisch herum und blieb vor mir stehen.

»Ist es nun also so weit«, sagte er, ohne mir eine Hand zu reichen. »Ich muss nur noch rasch meine Kündigung unterschreiben und das Datum einsetzen, dann stehe ich zu Ihrer Verfügung.«

Ich begriff, dass dieser würdige und eisern gefasste Mann, der schon hoch in den Fünfzigern war, seit sechs Jahren auf diesen Moment gewartet und sich darauf vorbereitet hatte. Sogar eine kleine Tasche aus dunkelbraunem weichem

Leder mit dem Nötigsten für die ersten Tage in Untersuchungshaft stand in einem Wandschrank bereit.

Sprachlos beobachtete ich, wie er ein Dokument unterschrieb, das seine Karriere als Arzt und Klinikdirektor mit sofortiger Wirkung beendete, es umsichtig in eine Klarsichthülle steckte und seiner jetzt leichenblassen Sekretärin überreichte, die die makabre Szene mit offenem Mund beobachtete.

Minuten später saß Prof. Vogel neben mir im Auto, seine Tasche auf den Knien. Die Fahrt nach Heidelberg verlief schweigend. Der Mann, der seinen Sohn erschlagen hatte, blickte stur und mit völlig ausdrucksloser Miene nach vorn.

»Wollen Sie vielleicht erst einmal zu sich kommen, Herr Professor?«, fragte ich, als wir mein Büro betraten. »Sich ein wenig sammeln, bevor wir uns unterhalten?«

»Nein.« Ernst und entschieden schüttelte er das silbergraue Haupt. »Bringen wir es rasch hinter uns. Ich bitte Sie sehr.«

»Möchten Sie einen Anwalt? Wollen Sie mit jemandem telefonieren?«

Kopfschütteln. Kopfschütteln.

»Auch nicht mit Ihrer Frau? Sie wird sich Sorgen machen, wenn sie erfährt, was passiert ist.«

Wieder Kopfschütteln.

Steif nahm er auf dem rechten meiner Besucherstühle Platz, stellte die Tasche neben sich. Ich organisierte in Rekordzeit das Nötige – Aufzeichnungsgerät, Videokamera, Klara Vangelis als Zeugin.

Vierzehn Minuten nach unserer Ankunft konnten wir beginnen.

Professor Vogel hatte nur wenige Monate nach meiner Nacht mit Daphne eine Beziehung mit ihr begonnen. Inzwischen hatte sie ihren Plan in die Tat umgesetzt und einen Job sowie eine kleine Wohnung in Heidelberg gefunden.

Vogel hatte damals noch an seiner Doktorarbeit geschrieben.

»Ich begreife bis heute nicht ganz, was in mich gefahren war«, gestand er leise und mit gesenktem Blick. »Bald darauf war ich Assistenzarzt, frisch von der Uni. Und Daphne ... Sie ... Aber nein, ich will nichts beschönigen. Ich war erwachsen. Sie war nicht die erste Frau in meinem Leben. Es war von Beginn an keine ganz – nun ja – unkomplizierte Beziehung. Ich habe bald aufgehört zu zählen, wie oft wir uns getrennt und wieder versöhnt haben. Drei Jahre haben wir uns miteinander gequält, und im Grunde hat es in keiner Weise gepasst. Sie war zu impulsiv für mich, zu jung, zu unstet, und auch – bitte legen Sie mir das nicht als Arroganz aus –, auch auf der intellektuellen Ebene waren wir nicht ganz auf Augenhöhe.«

Wenige Wochen nach der finalen Trennung, die mit Tränen, Streit und Drama verlief, hatte Daphne Vogel eines Morgens angerufen und ihm eröffnet, sie sei schwanger.

»Haben Sie auf einem Vaterschaftstest bestanden?«

»So war sie nicht. Daphne hat nicht gelogen. Obwohl eine milde Lüge ja meist besser ist als die grobe Wahrheit. Daphne war immer geradeheraus. Und ich habe mich selbstverständlich meiner Verantwortung gestellt. Ein Problem war, dass sie nicht viel verdient hat, und mit Kind würde sie zunächst über Jahre gar nichts mehr verdienen können. Ich musste sie finanziell unterstützen, anders wäre es nicht gegangen. Nur eines war von vornherein klar – eine Ehe kam nicht infrage. Weder für sie noch für mich.«

Inzwischen hatte er seine spätere Frau kennen- und lieben gelernt und wollte seine noch frische Beziehung nicht gleich von Anfang an mit Problemen belasten. Auf der anderen Seite wäre es für ihn unvorstellbar gewesen, Daphne und sein Kind unversorgt zu lassen. So hatte er der werdenden Mutter das Haus an der Waldstraße überschrieben, das er selbst erst kurz zuvor von einer im Alter von siebenundneunzig Jahren verstorbenen, kinderlos gebliebenen Tante geerbt hatte, und Daphne außerdem ein Startkapital von hundertfünfzigtausend Mark überwiesen.

»Dazu musste ich sogar einen kleinen Kredit aufnehmen, aber ich wollte, dass es meinem Sohn an nichts fehlte. Dass er einen guten Start ins Leben hatte. Ich wollte ihm ein guter Vater sein, auch wenn ich persönlich nicht zur Verfügung stehen konnte.«

Daphne hatte schlecht mit dem Geld gewirtschaftet, sodass Vogel ihr auch später noch hin und wieder kleinere Beträge hatte spendieren müssen.

»Manchmal fünf-, einmal auch zehntausend. Dann war wieder für ein Weilchen Ruhe. Als Oliver fünf war, hat sie dann ihren Ralph geheiratet, und danach habe ich nur noch sehr selten etwas von ihr gehört. Wir hatten vereinbart, dass sie mich auf dem Laufenden hält, was unser Kind betraf. Daran hat sie sich anfangs auch gehalten, hat mir Fotos geschickt und kleine Briefe mit kurzen Berichten, später Mails. Aber die Berichte wurden bald seltener und blieben irgendwann ganz aus.«

Während sein Sohn heranwuchs, hatte sein Erzeuger eine steile Kariere hingelegt. Vogel war schon nach wenigen Jahren Oberarzt geworden, leitender Oberarzt, Abteilungsleiter, hatte irgendwann ebenfalls geheiratet.

»Weiß Ihre Frau davon?«

»Wovon?«

»Dass Sie einen unehelichen Sohn hatten. Dass Sie seine Mutter weiterhin unterstützt haben?«

»Ersteres selbstredend ja. Letzteres nein.«

Seine Frau war nicht unvermögend gewesen. Geld war in dieser Ehe nie ein Thema gewesen.

»Wir hatten immer mehr, als wir ausgeben konnten.«

Aber dann, im Frühjahr vor acht Jahren, hatte Daphne sich überraschend wieder gemeldet und Vogel von der tollen Firma seines so glänzend begabten Sohnes vorgeschwärmt. Wie rasant sie wuchs, wie viele Mitarbeiter er schon beschäftigte, wie leuchtend die Perspektiven waren. Wären nur die Banken nicht so ängstlich und knauserig gewesen. Damals lag die große Finanzkrise der Nullerjahre schon einige Zeit zurück, aber den Bankern steckte immer noch der Schreck in den Knochen, und sie waren vorsichtig geworden. Übervorsichtig, wie Daphne fand, pingelig, kleinlich.

Nach reiflichem Überlegen hatte Professor Vogel schließlich zugesagt, seinem Sohn einen verzinslichen Kredit über zweihundertfünfzigtausend Euro zu geben. Ohne Sicherheiten. Seine Ehe war kinderlos geblieben, sodass er sich seinem Sprössling vielleicht mehr verpflichtet fühlte, als zu erwarten gewesen wäre.

»Ein Jahr später war es dann noch einmal derselbe Betrag. Ich war nicht blauäugig, nicht dass Sie so etwas denken. Oliver war bei mir – übrigens unsere erste persönliche Begegnung – und hat mir einen recht überzeugenden Businessplan vorgelegt. Den habe ich einem Bekannten vorgelegt, der Wirtschaftsprüfer ist. Er hat mir zugeraten. Und, nun, es war ein überschaubares Risiko für mich. Ich hätte den Verlust verkraften können.«

»Hat er da schon in finanziellen Schwierigkeiten gesteckt?«

»Man hätte über alles reden können«, murmelte der Professor kopfschüttelnd. »Aber Oliver … Später war es einfach nicht mehr möglich, vernünftig mit ihm zu sprechen. Er hatte sich innerhalb kurzer Zeit so verändert.«

»War er wieder bei Ihnen, als ihm die Probleme über den Kopf wuchsen?«

»O ja, das war er. Er hat mich in der Klinik heimgesucht. Regelrecht überfallen hat er mich. Hat sich aufgeführt, ungefähr so charmant wie der Boss einer Rockergang. Meine arme Christine war am Boden zerstört, als er endlich wieder fort war. Hätte ich sie nicht daran gehindert, sie hätte die Polizei gerufen, so hat Oliver getobt.«

»Wann war das?«

»Am Tag vor ...«

»Bevor er starb?«

Nicken.

»Was hat er verlangt?«

»Er meinte, ich sei stinkreich – das waren seine Worte – und wolle doch bestimmt keinen Skandal. Den könne er mir aber machen, den Skandal, der mich meinen Ruf und meine Position, vielleicht sogar meine Ehe kosten würde.«

»Er hat versucht, Sie zu erpressen.«

»Anders kann man es leider nicht ausdrücken, ja.«

»Und weiter?«

»Ich habe um Bedenkzeit gebeten. Die Morgenvisite stand an, meine Oberärzte warteten. Ich habe Oliver vorgeschlagen, wir sollten uns zusammensetzen und alles in Ruhe besprechen. Darauf hat er sich murrend eingelassen. Am selben Abend ging es bei mir nicht wegen einer wichtigen privaten Verpflichtung. Es war dann sein Vorschlag, uns am folgenden Abend zu treffen, wenn er allein zu Hause sein würde. Der Rest der Familie war bei irgendeiner Feierlichkeit.«

»Und so haben Sie sich am Samstagabend wiedergesehen.«

»Zwischenzeitlich hatten wir noch einmal telefoniert und er hatte mir noch diverse E-Mails geschickt. Auch darin ging es immer nur darum, mir zu drohen. Er hat nicht realisiert, dass ich auf seiner Seite war. Dass ich ihm helfen wollte. Er war zu diesem Zeitpunkt schon völlig verblendet, hat sich ringsum von Feinden umzingelt gesehen.«

Vangelis, die bisher still zugehört hatte, räusperte sich und wechselte die Sitzposition. Sie schien seit Neuestem ein anderes Parfüm zu benutzen, fiel mir nebenbei auf. Oder war es der Professor, der so blumig duftete?

»Und so sind Sie also am nächsten Abend zum Haus Ihrer verstorbenen Tante gefahren.«

Professor Vogel schwieg mit leerem Blick. Schien sich zu sammeln. Kraft zu schöpfen. Anlauf zu nehmen für die entscheidenden Sätze.

»Gegen neun war ich dort. Nur im Wohnzimmer brannte Licht. Hunde haben im Haus gebellt, waren aber zum Glück eingesperrt. Ich habe ein wenig Angst vor großen Hunden, bin als Kind einmal von einem Schäferhund gebissen worden. Anfangs hat Oliver sich noch im Zaum gehalten. Er hatte getrunken und war sehr nervös, aber er hat sich zurückgehalten. Ich habe ihm erklärt, dass ich ihm helfen würde. Aber zuvor wollte ich die Zahlen sehen. Ich wollte wissen, wie schlimm es wirklich um ihn stand. Ich wollte die Daten wieder meinem Bekannten vorlegen, wollte mir bei ihm Rat holen, wie man mit einer solchen Situation umgeht. Ich hoffte sogar, mein Freund könnte Oliver beraten. Ich wollte ihm doch wirklich helfen.«

»Aber er hatte keine Zeit mehr.«

»Das Haus hat schon gebrannt, lichterloh. Maximal achtundvierzig Stunden könne er noch warten, hat er behauptet. Aber wie sollte das gehen? Wo sollte ich in zwei Tagen eine halbe Million auftreiben? Was wir besitzen, ist gut angelegt in Obligationen und Immobilien. Auch wenn ich kein Fachmann bin, bin ich doch nicht so blauäugig, solche Beträge auf einem Girokonto liegen zu lassen.«

»Wie hat er reagiert?«

Der Professor schwieg lange, bevor er antwortete.

»Er hat mich vor die Wahl gestellt, sein Spiel mitzuspielen oder mit ihm zusammen unterzugehen.«

»Inwiefern unterzugehen?«

»Durch den Skandal. Durch die Schande. Den Verlust von Ansehen.«

»Sie haben sich doch nichts zuschulden kommen lassen. Ihre Frau war informiert, wen sonst sollte die Geschichte etwas angehen?«

»Er …« Der Professor schluckte. Und schluckte. »Er wusste

etwas über mich. Von Daphne. Etwas, das sonst niemand weiß. Sie werden mich hoffentlich nicht zwingen, das preiszugeben?«

»Selbst wenn es strafrechtlich relevant wäre, könnte ich das nicht.«

»Ich habe es Daphne in einem stürmischen Moment erzählt. Unvorsichtigerweise erzählt. Eine Dummheit, für die ich nun seit Jahren büße.«

»Sie hat es Oliver weitererzählt?«

Vogel nickte mit niedergeschlagenen Augen, über denen buschige, stachelige Brauen wucherten.

»Etwa, um ihm ein Druckmittel gegen Sie in die Hand zu geben?«

Er hob die Schultern. Seine Miene sagte: Ja.

»Sie war immer so offen und geradeheraus. Hat mir im Bett alles Mögliche gebeichtet. Sie hatte sich schon einige Verrücktheiten geleistet in ihrem jungen Leben.«

Dann hatte sie ihm mit Sicherheit auch von unseren Sandkastenspielchen erzählt, aber das war nun auch nicht mehr von Belang.

»Und da wollten Sie auch ehrlich und geradeheraus sein.«

»Es war der größte Fehler meines Lebens.«

»Wie ist es mit Oliver weitergegangen?«

»Ich solle mir einen Kredit besorgen, hat er verlangt, sofort. Auch ich war allmählich etwas erregt, fragte ihn, wie er sich das denn vorstellt, an Sonntagen seien die Banken bekanntlich geschlossen. Er meinte, ich würde bestimmt den Chef irgendeiner Bank aus meinem Club kennen oder vom Golfplatz. Ich solle mich nicht anstellen wie ein kleines Mädchen. Immer wieder lief es darauf hinaus, ich wolle ihm in Wirklichkeit gar nicht helfen. Ich sei nur zu bequem, zu faul, zu ängstlich, zu …«

Der Professor schluckte und verstummte.

Nach Sekunden fuhr er fort, ohne dass ich den Anstoß dazu gegeben hätte: »Am Ende hat er mich sogar bedroht.

Körperlich bedroht. Am Kragen hat er mich gepackt. Mich geschüttelt und gewürgt. Ich wollte ihn nicht töten, gewiss nicht. Ich wollte mich nur wehren. Und ohne etwas in der Hand hätte ich mich seiner nicht erwehren können.«

»Und dieses Etwas war eine Statue.«

»Eine billige Kopie. Nein, Kopie ist noch zu hoch gegriffen. Ein dem Original von Modigliani nachgeäffter Kitsch. Erst habe ich nur damit gedroht. Ich konnte mich losmachen, wir standen uns gegenüber, er mit blutunterlaufenen Augen und irrem Blick, ich mit diesem … Ding in der Hand. Plötzlich begann er zu lachen. Sagte, wenn ich ihm so käme, dann würde er jetzt eben die Hunde loslassen, und dann würde ich ja sehen, was mir meine alberne Waffe nützte.« Der Professor nahm zwei tiefe Atemzüge, als wären es seine letzten. »Er ging ganz ruhig zu der Tür, hinter der die Hunde tobten. Ich wollte ihn nicht töten, gewiss nicht.«

»Sie haben ihn auch nicht getötet.«

Überrascht sah der Professor auf. »Bitte?«

»Wie oft haben Sie zugeschlagen?«

»Einmal. Dann lag er am Boden und hat sich nicht mehr bewegt.«

»Sie sind Arzt. Haben Sie überprüft, ob er noch atmet? Haben Sie Hilfe gerufen?«

Professor Vogel wurde ein wenig kleiner in seinem Stuhl. »Nein«, gestand er zerknirscht. »Ich war so … Ich habe in diesen schlimmsten Sekunden meines Lebens nur noch an mich selbst gedacht. Es war mir … Ja, es war mir tatsächlich gleichgültig, ob er noch lebte oder nicht. Ich wollte nur noch fort. Raus aus diesem Haus, weg von dem ewigen Gebell der Hunde, weg von meinem Sohn, der mich so maßlos enttäuscht hatte.«

»Laut Obduktionsbericht haben Sie ihn nur bewusstlos geschlagen. Oliver hat zwei Schläge auf den Hinterkopf erhalten. Erst der zweite war tödlich.«

Schlimmstenfalls würde Vogel wegen schwerer Körperverletzung in einer Notwehrsituation angeklagt werden und mit etwas Glück freigesprochen werden.

»Kritisch könnte werden, dass Sie ihn anschließend einfach liegen ließen. Hätten Sie sich um Oliver gekümmert, dann wäre er wahrscheinlich heute noch am Leben.«

Vogel starrte mich fassungslos an. Alle möglichen Muskeln zuckten in seinem hageren, blassen Gesicht. Er schien noch nicht zu begreifen, dass das, was er eben gehört hatte, eine gute Nachricht war.

»Gut.« Ich klappte meinen Block zu, schaltete das Mikrofon aus. »Das war's fürs Erste. Sollten sich später noch Fragen ergeben, hören Sie von mir. Sie müssen selbstverständlich nicht hierbleiben.« Ich zögerte kurz, klappte meinen Block wieder auf. »Eine allerletzte Frage habe ich doch noch: Haben Sie an dem Abend Daphne gesehen?«

»Wie gesagt, sie war auf einer Hochzeitsfeier.«

»Ihren Wagen vielleicht? Einen kleinen roten Sportwagen von Alfa Romeo?«

»Ich ...« Vogels Blick wurde unsicher. »Einen Alfa Romeo? Welche Farbe denn?«

»Rot«, wiederholte ich.

»Ich bin mir nicht ganz sicher«, sagte er nach einigem Nachdenken. »Als ich wegfuhr, ich meine, da war tatsächlich ein kleiner Sportwagen. Ich war einigermaßen aufgewühlt, wie Sie sich denken können, habe mich nicht sonderlich für Autos und dergleichen interessiert. Aber doch, ich meine fast, da war tatsächlich ein kleiner roter Wagen. Er bog gerade in die Waldstraße ein, als ich hinausfahren wollte, es war ein wenig eng, und der andere musste sogar ein Stück zurücksetzen. Und, ja, ich könnte mir sogar einbilden, es hätte eine Frau darin gesessen.«

»Hat sie sich später jemals wieder bei Ihnen gemeldet?«

»Nein. Nie.«

Wenn die Frau im anderen Auto Daphne gewesen war – und nur wenig sprach dagegen –, dann hatte sie es gewusst.

All die Jahre hatte sie gewusst, dass nicht Gustaf seinem Halbbruder den ersten Schlag versetzt hatte, sondern ihr früherer Geliebter, Olivers Vater.

Und all die Jahre hatte sie geschwiegen.

Und gelogen.

Blieb die Frage, wer hatte den zweiten Schlag geführt? Ich war mir fast sicher, die Antwort schon zu kennen.

Wir erhoben uns, verabschiedeten uns in aller Form und Höflichkeit. Vogel ergriff seine Tasche und ging mit schlurfenden Schritten und gebeugtem Rücken davon. Ein gebrochener Mann, dessen Leben an einem Abend vor sechs Jahren innerhalb von Sekunden in Trümmer gegangen war.

»Du hast was?«, fragte Theresa am Abend entgeistert. »Ohne mich zu fragen?«

»Es gibt Menschen, die muss man manchmal ein bisschen zu ihrem Glück zwingen. «

»Aber, Alexander, das ... Ich weiß gar nicht, was ich dazu sagen soll.«

»Du könntest zum Beispiel sagen, dass du dich freust, weil sich ein großer Verlag für dein Buch interessiert.«

»Freuen werde ich mich später. Im Moment bin ich noch entsetzt über diesen eklatanten Vertrauensbruch.«

Wir saßen am hübsch gedeckten Esstisch, hatten jedoch noch nicht zum Besteck gegriffen. Theresa griff sich an die Stirn, an die Nase, an den Hals, wurde gar nicht fertig mit Kopfschütteln.

»Mein Manuskript heimlich kopieren und an Gott und die Welt verschicken – ich bin wirklich fassungslos, Alexander!«

»Ich habe es gut gemeint. Ich wollte dir helfen, über deinen Schatten zu springen.«

»Zu meinem Glück wolltest du mich also zwingen ...«

An Theresas Miene konnte ich beobachten, wie allmählich die Erkenntnis ihr Bewusstsein eroberte, dass sie demnächst vielleicht nach Frankfurt fahren und dort mit der Cheflektorin eines namhaften Verlags kluge Gespräche führen würde.

Sie atmete einige Male tief durch, erhob sich, kanzelte mich noch einmal gründlich ab, warf mir Diverses an den Kopf, was sie immer schon an mir gestört hatte, nahm schließlich ein wenig keuchend wieder Platz.

»Das war's?«, fragte ich.

Sie blitzte mich an. »Fürs Erste ja. Mehr fällt mir im Augenblick nicht ein.«

»Wie wär's dann mit einem Gläschen Sekt auf die gute Nachricht?«

»Für mich zwei. Eines zur Beruhigung, das zweite auf die Nachricht.«

Am Ende tranken wir noch ein drittes Glas einfach so. Inzwischen lachte Theresa wieder, knuffte mich nur noch dann und wann, aber schon wieder mehr aus Spaß und Übermut. Irgendwann stellte sie ihr Glas zur Seite, fiel mir mit Schwung um den Hals, küsste mich mit Inbrunst, sagte: »Wenn das klappt, Alexander …« Noch ein feuchter Kuss. »Wenn ich dich nicht hätte …«

Das Abendessen wurde auf später verschoben.

31

»Setz dich, wo du willst«, sagte Daphne, als sie mich am Donnerstag gegen vierzehn Uhr in ihr teuer, modern und farbenarm eingerichtetes Büro in der Nähe des Würzburger Hauptbahnhofs führte. Ich brauchte nur in ihr Gesicht zu sehen, um zu wissen, dass auch sie diesen Moment seit Langem erwartet und gefürchtet hatte. Ich war unangemeldet gekommen und hatte für alle Fälle zwei uniformierte Würzburger Kollegen mitgebracht, die jetzt vor der Tür Wache hielten.

Wir nahmen Platz. Daphne vielleicht aus Gewohnheit auf einem Stuhl mit dem Rücken zum Fenster, ich am anderen Ende des langen Tischs, etwa vier Meter von ihr entfernt. Demonstrativ stellte ich das kleine digitale Aufzeichnungsgerät auf den Tisch, um den herum noch zehn weitere Stühle standen, und schaltete es ein.

Daphne schien noch ein wenig blasser zu werden.

»Wie viel weißt du schon?«, fragte sie mit brüchiger Stimme.

Heute war nichts mehr zwischen uns zu spüren von Sympathie, Wehmut oder gar Verlockung.

Am Vormittag hatte ich mir den Bericht des Rechtsmediziners noch einmal vorgenommen, der Olivers Leichnam obduziert hatte, und mir – äußerst widerwillig – einige der Tatortfotos genauer angesehen. Sowohl die Ergebnisse der Obduktion als auch die Bilder ließen keinen Zweifel: Die Hunde hatten Oliver erst angefallen, als er schon tot war. Das war sogar für mich als medizinischen Laien zu erkennen, denn anderenfalls hätte viel mehr Blut am Boden sein müssen. In der Nacht hatte mich die plötzliche Hoffnung aus dem Schlaf gerissen, er könnte vielleicht nicht durch

Daphnes Schlag gestorben sein, sondern die Hunde hätten ihre Tat später vollendet. Dann wäre es nicht Totschlag oder gar Mord, sondern nur schwere Körperverletzung mit Todesfolge gewesen.

Aber da gab es nichts zu deuteln, es gab nichts zu beschönigen – Daphne hatte ihren Sohn erschlagen.

»Alles bis zu dem Moment, als du Oliver gefunden hast«, beantwortete ich ihre Frage.

Sie senkte den Blick, schluckte, sah wieder hoch, an mir vorbei auf ein großformatiges, chaotisch buntes und wild abstraktes Gemälde an der Wand hinter mir. In der Ferne quietschten die Bremsen eines Zugs. Bahnhofshallengequäke war zu hören. Es roch nach Computern und längst kalt gewordenem Kaffee.

»Also dann«, begann Daphne mit starrem Blick. »Ich habe den Alfa am Straßenrand abgestellt. Die Einfahrt zu unserem Grundstück war ein bisschen eng und unübersichtlich, und ich wollte ja nur kurz bleiben.«

Wie von mir vermutet, hatte ihr Mann den Wagen deshalb nicht bemerkt, weil Daphne ihn fünfzig Meter weiter geparkt hatte.

»Ich bin ins Haus, habe mich gewundert, wieso die Hunde einen solchen Radau veranstalten. Ich habe ins Wohnzimmer geguckt, und da steht Oli, blutend, mit blödem Blick und dieser kreuzdämlichen Statue in der Hand.«

»Du weißt, dass kurz vor dir sein Vater bei ihm war?«

Sie deutete ein Nicken an. »Erstens sind wir auf der Straße beinahe ineinandergerasselt, und zweitens hat Oli es mir gleich gesagt. Außerdem hat er noch gesagt, dass er die Schnauze jetzt endgültig voll hat. Dass wir Idioten sind, alle zusammen, und dass es uns noch sehr, sehr leidtun wird, dass wir ihm so übel mitspielen. Theo, mir, Ralph, allen würde es leidtun. Ich habe ihm einen ordentlichen Anschiss verpasst, normalerweise hat er ja auf mich gehört. Aber an dem Abend ... Ich weiß nicht, was er genommen hatte, jedenfalls zu viel davon. Wir sind laut geworden, beide, haben uns angeschrien wie noch nie, ich war auch ein bisschen … na ja, überreizt, kann man vielleicht sagen.«

Noch immer war die eisige Kälte, die sie am Anfang verstrahlt hatte, nicht ganz aus ihrem Blick gewichen.

»Ist er handgreiflich geworden?«

»Das nicht, nein. Es hätte vielleicht anders geendet, wenn er auf mich losgegangen wäre. Aber im Gegenteil, er hat mir die blöde Statue in die Hand gedrückt, als wäre ich seine Angestellte, und hat sein Handy gezückt. Wen er anrufen will, habe ich ihn gefragt. Die Polizei, hat er geantwortet. Er werde Theo wegen Mordversuch anzeigen, und wir könnten uns auch schon mal warm anziehen. Ich wollte ihm den Schwachsinn ausreden, aber er hat mir überhaupt nicht mehr zugehört. Er hat das Handy ans Ohr genommen und mir einfach den Rücken zugedreht.«

»Und da hast du …«

Ihr Blick ging nun ins Leere. »Das hat mir komischerweise den Rest gegeben: dass er mich einfach ignoriert hat. Alles andere war ja weiß Gott schon schlimm genug, aber das hat mir den Rest gegeben, dass er mich einfach hat stehen lassen. Und dass er Theo jetzt auch noch in seine Scheiße reinziehen wollte, Theo, der doch immer fair zu uns war, der ihm sogar geholfen hat, als keiner ihm mehr helfen wollte oder konnte. Und ich … ich war am Ende, in jeder Beziehung. Annalisa hatte mir erst am Morgen das mit ihrer Schwangerschaft gebeichtet und dass Oli der Vater war und wie das Ganze abgelaufen ist. Dann …« Nun sah sie mir wieder ins Gesicht. »Ich habe ihn darauf angesprochen, wie er da vor mir stand und mich nicht mal angesehen hat, und weißt du, was er gemacht hat? Gelacht hat er! Die Schultern gezuckt und gelacht, als würde ich von einem kleinen Kratzer in seinem Auto reden. Obwohl, ein Kratzer in seinem Porsche, das hätte ihn wahrscheinlich härter getroffen, als dass er mal eben seine kleine Schwester geschwängert hat.«

Der Blick blieb starr, die Miene wie tot.

»Weißt du, das mit Fred, ich habe das nicht zum Vergnügen gemacht. Eigentlich war es am Ende alles andere als ein Vergnügen, aber Schwamm drüber. Ich wollte Ralph aus der Reserve locken. Ich wollte, dass er ein einziges Mal aufsteht und ein Mann ist. Dass er mich beschimpft, dass er mich ohrfeigt, von mir aus, dass er Fred einen Kinnhaken verpasst. Damit ich Respekt vor ihm haben kann. Wenigstens ein einziges Mal. Aber auch das hat nicht geklappt. Nichts hat mehr geklappt, gar nichts.«

Über diesen Punkt schien sie ein Weilchen nachdenken zu müssen.

»Alles war von Anfang an falsch«, fuhr sie dann fort. »Ralph und ich, es hat vom ersten Tag an nicht richtig funktioniert. Ich habe ihn gemocht, seine unbeholfene, treuherzige Art, ich habe ihn wirklich gemocht. Aber geliebt habe ich ihn nie, und weißt du was? Eine solche Beziehung hatte ich ja gesucht. Mit der Liebe hatte ich schon so viele schlechte Erfahrungen gemacht, dass ich dachte, mit weniger Gefühl und Drama lebt es sich vielleicht leichter und besser. Aber es lebt sich nicht besser, nur anders. Gusti und Annalisa mussten so viel büßen für meinen Fehler. Auch deren Leben habe ich versaut. Natürlich auch, weil sie immer an zweiter Stelle standen. Weil ich ihnen Oli viel zu lange und viel zu oft vorgezogen habe.«

Sie sah jetzt auf die schwarz lasierte, matt glänzende Tischplatte, zwinkerte Tränen weg. Draußen hupte ein Auto. Ein zweites antwortete. Ein weiterer Zug fuhr in den Bahnhof.

»Alles ist schiefgegangen, alles. Mein ganzes Leben war eine einzige Müllhalde geworden, das ist mir in dieser Sekunde klar geworden, als Oli mit dem Rücken zu mir dastand und ganz entspannt an seinem Handy rumgefingert hat. Und ja, am meisten hat mich in Rage gebracht, dass er mich einfach hat stehen lassen, als wäre ich seine Tippse.

Die Statue hatte ich noch in der Hand. Ich wollte das nicht. Aber dann hat etwas Fremdes, etwas Böses in mir drin das Ding gepackt und ihm auf den Schädel gehauen. Er ist einfach umgefallen, das Handy ist irgendwohin geflogen, und im nächsten Moment höre ich draußen Ralphs Diesel. Ich habe das Ding fallen lassen, wo ich stand, und bin nach oben. Wollte niemanden sehen. Wollte mit niemandem sprechen. Ich wollte mich waschen und umziehen, erst mal wieder klar im Kopf werden. Und eigentlich …«

Eigentlich hatte sie bis zum nächsten Tag geglaubt, Oliver sei lediglich bewusstlos und werde bald wieder zu sich kommen.

»Weißt du, dass er tatsächlich noch am Leben war?«, sagte ich leise. »Ist dir klar, dass er noch leben könnte, wenn du Hilfe gerufen hättest?«

Über eine Stunde lang musste sein Herz noch geschlagen haben, hatte ich gelesen. Er hatte noch geatmet, wäre noch zu retten gewesen. Erst dann war er irgendwann an seinem Erbrochenen erstickt.

»Mir ist überhaupt nichts mehr klar«, murmelte Daphne kopfschüttelnd. »Schon lange nicht mehr. Damals war es mir einfach egal, was mit Oli war und was nicht mit ihm war. Ich hatte meine ganze Enttäuschung, meine Wut, den Frust über mein verkorkstes Leben in diesen Schlag gelegt. Ich war fertig mit allem und wollte sterben. Genug Schlaftabletten hatte ich schon lange zur Seite gelegt für diesen Zweck.«

»Aber?«

Über ihr Gesicht zog ein Gewittersturm nach dem anderen. Sie hörte nicht auf zu blinzeln, wollte sich nicht die Blöße geben, jetzt auch noch zu weinen.

»Unten hörte ich Ralph und Annalisa herumschreien«, fuhr sie schließlich tonlos fort. »Die Kaffeemaschine hat gebrummt. Zwei Zimmer weiter lag mein zweiter Sohn und hat geschlafen. Auch er nicht gerade ein Wunderkind, weiß

Gott nicht, aber immerhin doch mein Kind. Vielleicht sind sie alle besser dran ohne mich, habe ich gedacht. Aber dann … Die Tabletten waren schon aufgelöst im Glas, aber es ging nicht. Ich konnte es nicht. Am Ende habe ich das Zeug weggeschüttet und mich umgezogen, weshalb ich ja eigentlich hergefahren war. Praktischerweise hatte ich das rosa Kleid auch noch eine Größe kleiner im Schrank hängen. Irgendwann ist Ralphs Ford wieder weggefahren. Ich bin dann wie ein Aufziehmännchen nach unten, habe mich ins Auto gesetzt, bin nach Rauenberg zurückgefahren, habe auf dieser dummen Party rumgestanden wie im völlig falschen Film, habe mit Leuten gequatscht, an die ich mich eine Minute später nicht mehr erinnern konnte. Später, lange nach Mitternacht, bin ich auf meinen Stöckelschuhen über die Felder bis zur Bahnlinie gewackelt, wollte mich vor einen Zug schmeißen. Aber es ist keiner mehr gekommen. Es war zu spät.« Sie schloss die Augen. »Es war viel zu spät.«

In ihrem selbst jetzt noch schönen Gesicht war nur noch Trauer und Selbsthass und Verzweiflung.

»Was ich immer noch nicht fassen kann«, sagte ich nach langer Stille, »keiner von euch hat sich um ihn gekümmert. Sogar Olivers Vater, der zumal Arzt ist, hat sich nicht die Mühe gemacht, den Puls zu fühlen, nachzuprüfen, ob er noch atmet. Dein Mann, deine Tochter, Gustaf, keiner hat ihm geholfen, keiner hat es für nötig befunden, einen Krankenwagen zu rufen. Ihr habt ihn einfach liegen lassen, und erst daran ist er letztlich gestorben, an eurer Gleichgültigkeit.«

»Das ist es nicht.« Zum ersten Mal seit vielen Minuten sah mir Daphne wieder ins Gesicht. »Es war nicht Gleichgültigkeit. Es war alles andere als Gleichgültigkeit.« Sie starrte mich an, als wollte sie mich gleich anschreien, mir die Schuld an allem geben. »Niemand hat ihm geholfen, weil wir alle *wollten*, dass er tot ist, verstehst du? Jeder wollte, dass der Wahnsinn endlich ein Ende hat. Jeder von uns, jeder hat seinen Frust an Oli ausgelassen. Gustaf, den am wenigsten Schuld trifft und der am härtesten bestraft wurde, hat seinen Frust rausgelassen, indem er Oli beklaut hat.«

Wieder herrschte für lange Zeit Schweigen. Ihr vorwurfsvoller Blick wurde wieder weich, irrte irgendwann ab.

»Aber nicht nur Gustaf wurde bestraft«, sagte Daphne dann. »Jeder von uns hat sich in dieser finstersten Nacht von allen eine Last aufgebürdet, an der er bis ans Ende seiner Tage schwer zu schleppen haben wird. Du wirst dich fragen, wie ich zulassen konnte, dass Gustaf ins Gefängnis kam für das, was ich getan habe. Ich kann dir nur antworten, dass ich es nicht weiß. Es hat mich fast zerrissen, aber ich war wie gelähmt. Tausendmal wollte ich zur Polizei gehen und mich stellen, und tausendmal habe ich es wieder auf morgen verschoben. Glaub mir bitte, ich fühle mich so … so mies deswegen. Aber ich konnte eben nicht aus meiner Haut, halte von mir, was du willst. Und wenn ich heute so darüber nachdenke, dann hat Gustaf es vielleicht sogar noch am besten getroffen von uns allen. Er ist als Einziger mit sich im Reinen.«

Auf der Straße unten rauschte dichter Verkehr. Ampeln wurden rot und wieder grün. Ein Zug hielt und fuhr wieder weg.

»Ach, Alex«, hörte ich Daphne sagen. »Wieso hast du denn damals nicht angerufen?«

»Okay.« Ich erhob mich, versuchte eine amtliche Miene aufzusetzen. »Wir sollten dann allmählich.«

»Wen ich nicht verstehe, ist die Tochter«, sagte Vangelis mit krauser Stirn, als wir am frühen Abend noch einmal zusammensaßen und Bilanz zogen. »Die Mutter deckt Olivers Vater, dem sie sich verpflichtet fühlt und dem sie ihren Wohlstand verdankt. Ralph deckt seine Tochter, weil er denkt, sie hat in ihrer Verzweiflung ihren Bruder erschlagen. Er will verhindern, dass dadurch ihr Leben zerstört wird. Das leuchtet mir alles ein. Aber weshalb deckt Annalisa ihren Vater?«

»Weil sie dachte, er hätte es ihretwegen getan. Deshalb hat sie sich schuldig gefühlt.«

»Schuldig woran? Dass sie schwanger war?«

»Dass sie sich hat vergewaltigen lassen.«

Vangelis nickte nachdenklich und sah zum Fenster hinaus, wo schon den ganzen Tag das herrlichste Sommerwetter herrschte, wie mir erst in diesem Moment bewusst wurde. »Der Mistkerl schwängert sie, und sie gibt sich anschließend auch noch die Schuld daran. So läuft das ja viel zu oft.«

Kaum war Vangelis gegangen, brummte mein Handy auf dem Tisch. »Lorenzo« stand auf dem Display. An ihn hatte ich heute noch keine Sekunde gedacht. Seufzend nahm ich das Gerät ans Ohr.

»Sie ist sooo nett«, sprudelte er los. »So klug und gebildet. Wir verstehen uns blendend, Alexander, blendend!«

Das alternde Liebespaar war noch in der Stadt, gönnte sich gerade einen Kaffee.

»Luca ist auf der Toilette, und ich *musste* dich einfach anrufen, Alexander, ich *musste*.«

»Klingt, als würdet ihr euch immer noch prima verstehen.«

»So gut wie damals, ja, vielleicht sogar noch besser. Wir sind nicht nur älter geworden, sondern auch reifer. Heidelberg gefällt ihr übrigens sehr. Sie könnte sich gut vorstellen, hier zu leben.«

»Habt ihr schon einen Termin für die Hochzeit ins Auge gefasst?«, fragte ich müde. »Ich stehe natürlich als Trauzeuge zur Verfügung.«

Lorenzo lachte herzlich. »So weit sind wir natürlich ... Oh, sie kommt, ich muss auflegen. Du bist doch heute

Abend dabei? Sieben Uhr? Ich weiß immer noch nicht, was ich kochen werde, etwas Einfaches nur, aber …«

Mitten im Satz legte er auf.

Nur Sekunden später legte der Festnetzapparat los. Dieses Mal rief Gustaf an.

»Haben Sie schon Nachrichten gesehen?« Am Ton seiner Stimme hörte ich, dass etwas geschehen war, etwas Schlimmes.

»Sollte ich?«, fragte ich missmutig. Nach nichts stand mir zurzeit weniger der Sinn als nach schlechten Nachrichten.

»Ich fürchte, ja. Gucken Sie mal auf spiegel.de.«

»Islamistische Terrorgruppe in Brüssel ausgehoben«, lautete die Überschrift der Eilmeldung. In der vergangenen Nacht hatten Spezialkräfte der belgischen Polizei im Stadtteil Molenbeek eine kleine, aber offenbar hochgefährliche Gruppe islamistischer Terroristen überwältigt. Die fünf jungen Männer hatten einen Anschlag auf den Brüsseler Hauptbahnhof geplant. Größere Mengen Waffen wurden dabei sichergestellt, darunter Maschinenpistolen, Handgranaten, zwei Schnellfeuergewehre und Munition, um Hunderte von Menschen zu töten. Außerdem ein tausendfach kopiertes Flugblatt, in welchem als Ziel des Anschlags die Tötung möglichst vieler Ungläubiger genannt wurde.

»Die Männer leisteten heftige Gegenwehr«, lautete der Schlusssatz der rot unterlegten Meldung. »Zwei Polizisten wurden verwundet, einer der Terrorverdächtigen erschossen.«

Die Polizei hatte das Ereignis erst jetzt gemeldet, da man zunächst vermutete, es könnte noch weitere potenzielle Attentäter geben, die man nicht aus ihren Verstecken scheuchen wollte.

Der Name des Toten, eines jungen Afghanen, lautete Muhammad M.

Es war ein sonniger, nicht zu heißer Abend, als ich mich Lorenzos Haus näherte. In mir herrschte eine Stille wie nach einem großen Gewitter. Ich war traurig, wenn ich daran dachte, welche Hölle Daphne, Ralph, Gustaf und Annalisa hatten durchleiden müssen. Vielleicht würden sie nun ihren Frieden finden, nachdem alles geklärt war. Daphne würde vermutlich nicht wegen Mordes, sondern wegen Totschlags angeklagt werden und mit etwas Glück und einem aufgeweckten Anwalt mit einigen Jahren Gefängnis davonkommen. Irgendwann würden sie alle vielleicht wieder ein normales Leben führen können ohne Selbstvorwürfe und gegenseitige Verdächtigungen.

Ich hatte Lorenzos Haus fast erreicht, als sich mein Handy wieder meldete. Erst wollte ich den Anruf wegdrücken, aber dann sah ich den Namen: Leonie Arbogast.

»Sie haben bestimmt schon gehört, in Brüssel …?«, fragte sie.

»Ja. Vorhin erst. Es tut mir leid.«

»Also wirklich Mumin?«, fragte sie mit einer Stimme ohne jeden Klang.

»Ich fürchte, ja. Aber ich weiß leider auch nicht mehr als Sie.«

»Es ist so unfair. So gemein. Wieso macht er bloß immer so einen Mist?«

Ich blieb stehen, wog das Handy in der Hand. Von Lorenzos Haus trennten mich nur noch wenige Schritte und das Gartentörchen. Aber plötzlich konnte ich nicht mehr weitergehen. Jetzt ein schönes Essen mit Abendsonne und heiter turtelnde Gesellschaft?

Ich stellte das Handy auf stumm, versenkte es in der Hosentasche, machte kehrt und ging den Weg zurück, den ich gekommen war. Nach Hause. Zu Theresa. Lorenzo würde ich irgendwann später anrufen, um ihm mein Fortbleiben zu erklären. Jetzt fühlte ich mich nicht in der Lage dazu.

Der wolkenlose tiefblaue Himmel versprach auch für morgen wieder einen schönen Tag. Die Zeit des ewigen Regens schien fürs Erste vorbei zu sein.